オスカー・ワイルドの文学作品

新谷好

英宝社

目次

秀輝、曜子
雄平、彩と結月に

オスカー・ワイルドの文学作品

凡例

表記について

書名、新聞と雑誌は『』に、短編、短詩、論説と記事などは「」に、絵画は《》に入れて記す。

本文中の補足説明は（）に、引用文中の補足説明は［］に入れて記す。

引用文のページ番号は主に引用の最後に（）に入れて記し、引用文中の筆者による省略は［・・・］の形で記す。

不適切な表現あるいは差別的な用語について

文学作品からの引用やその説明などで不適切な表現あるいは差別的な用語が用いられているが、これらは当時の社会的事象に言及したもので、何ら他意のないことをご理解いただきたい。

ワイルドのテキストについて

まず、ワイルドの作品からの引用に関しては、主にオックスフォード大学出版局の『オスカー・ワイルド全集』を使用する。しかし、この全集には未出版の作品もあるので、以下に主な使用テキストを作品別に掲載する。

そして、作品からの引用に際しては、該当ページ数を記し、劇と詩の場合に該当の幕あるいは行数を記し、脚注からの引用の場合には該当ページ数の後にnと付記する。

『ドリアン・グレイの肖像』

Bristow, Joseph, ed. *The Complete Works of Oscar Wilde*, Vol. III. Oxford: Oxford UP, 2005.

Frankel, Nicholas, ed. *The Picture of Dorian Gray*. London: Belknap Press of Harvard UP, 2011. この版からの引用の際には、*F*と略記して該当ページ数を記す。

短編小説と物語

Sloan, John, ed. *The Complete Short Stories*. Oxford: Oxford UP, 2010.

「W・H氏の肖像画」（加筆版と雑誌版）

主に加筆版の Dowling, Linda, ed. *The Soul of Man under Socialism and Selected Critical Prose.* Middlesex: Penguin Books, 2001. を使用する。

雑誌版については Small, Ian, ed. *Complete Short Fiction.* Middlesex: Penguin Books, 1994. を使用し、この版からの引用の際には、*S*と略記して該当ページ数を記す。

『ヴェラ、あるいはニヒリストたち』

Reed, Frances Miriam, ed. *Oscar Wilde's Vera; or, The Nihilist.* New York: Edwin Mellen Press, 1989. これは、一八八三年に上演された際のシナリオを定本にしている。

一般に、この劇は *Vera; or, The Nihilists* とされているので、右記の日本語訳に統一する。

『パデュア公爵夫人』と『サロメ』

Donohue, Joseph, ed. *The Complete Works of Oscar Wilde*, Vol. V. Oxford: Oxford UP, 2013.

『ウィンダミア卿夫人の扇』

Small, Ian, ed. *Lady Windermere's Fan.* London: Ernest Benn, 1980.

『何でもない女』と『理想の夫』、また初演時の際の舞台衣装

Small, Ian and Jackson, Russell, eds. *Two Society Comedies.* London: Ernest Benn, 1983. これらの劇の初演時の際の舞台衣装は、右記のテキストの付録に掲載の『スケッチ』誌の記事に詳しい。その記事からの引用の際には、そのテキストの該当ページ数を記す。

『真面目が肝心』（四幕物と三幕物）

四幕物は Foreman, J. B., ed. *Complete Works of Oscar Wilde*. London: Collins, 1966. を使用する。

三幕物は Jackson, Russell, ed. *The Importance of Being Earnest*. London: A & C Black, 1988. を使用する。

未完の『妻の悲劇』

Shewan, Rodney, ed. '*A Wife's Tragedy*: An Unpublished Sketch for a Play by Oscar Wilde', *Theatre Research International*, Vol. 7, No. 2, 1982, 75-131.

未完の『フローレンスの悲劇』と『聖娼婦』

Foreman, J. B., ed. *Complete Works of Oscar Wilde*. London: Collins, 1966.

『スフィンクス』、『レディング監獄のバラッド』とその他の詩

Fong, Bobby and Beckson, Karl, eds. *The Complete Works of Oscar Wilde*, Vol. I. Oxford: Oxford UP, 2000.

『書簡——獄に繋がれて』（『獄中記』）と『デイリー・クロニクル』紙への二通の手紙

Small, Ian, ed. *The Complete Works of Oscar Wilde*, Vol. II. Oxford: Oxford UP, 2005.

「社会主義下の人間の魂」、「虚言の衰退」、その他の評論

Guy, Josephine M., ed. *The Complete Works of Oscar Wilde*, Vol. IV. Oxford: Oxford UP, 2007.

「アメリカの印象」とアメリカでの講演

Ellmann, Richard, ed. *The Artist as Critic*. New York: University of Chicago Press, 1968.

O'Brien, Kevin. *Oscar Wilde in Canada*. Toronto: Personal Library, 1982.

ジャーナリズム関係

Stokes, John and Turner, Mark W., eds. *The Complete Works of Oscar Wilde,* Vol. VI. Oxford: Oxford UP, 2013.

Stokes, John and Turner, Mark W., eds. *The Complete Works of Oscar Wilde*, Vol. VII. Oxford: Oxford UP, 2013.

オスカー・ワイルドの手紙

オスカー・ワイルドの手紙に関しては、左記の『オスカー・ワイルドの全書簡』を使用し、*CL* と略記して該当ページ数を記し、脚注の場合には該当ページ数の後に n と付記する。

Holland, Merlin & Hart-Davis, Rupert, eds. *The Complete Letters of Oscar Wilde*. London: Fourth Estate, 2000.

母親ジェーンの手紙

ワイルドの母親ジェーンの手紙に関しては、左記を使用し、オスカーに宛てた手紙は *LO* と略記し、コンスタンスとジェーンの友人などに宛てた手紙は *LC & F* と略記して、該当ページ数を記す。

Tipper, Karen S. A., ed. *Lady Jane Wilde's Letters to Oscar Wilde, 1875-1895*. Lampeter, Ceredigion: Edwin Mellen Press, 2011.

———, ed. *Lady Jane Wilde's Letters to Constance Wilde, Friends and Acquaintances, with Selected Correspondence Received*. Lampeter, Ceredigion: Edwin Mellen Press, 2013.

ワイルドの事典と翻訳とドイルの短編のテキストについて

次の事典と翻訳を参考にさせていただいた。

Beckson, Karl. *The Oscar Wilde Encyclopedia*. New York: AMS Press, 1998.
西村　孝次（訳）『オスカー・ワイルド全集』全六巻　青土社、一九八八〜九年。
山田勝（編）『オスカー・ワイルド事典』　北星堂書店、一九九七年。

ドイルの短編「捩れた唇の男」と「高名の依頼人」には左記のものを使用し、引用に際しては該当ページ数を記す。

Green, Richard Lancelyn, ed. *The Adventures of Sherlock Holmes*. Oxford: Oxford UP, 1993.
Robson, W. W., ed. *The Case-Book of Sherlock Holmes*. Oxford: Oxford UP, 1993.

まえがき

アイルランド出身のオスカー・フィンガル・オフレアティ・ワイルド(Oscar Fingal O'Flahertie Wilde、一八五四―一九〇〇）は、一八八〇年代にそのダンディぶりが『パンチ』誌で風刺され、一躍唯美主義の闘士と目された。彼は劇『ヴェラ、あるいはニヒリストたち』（一八八〇年に自費出版）に手を染め、一八八一年に『詩集』を自費出版して文壇にデビューした。そして、翌年W・S・ギルバート（一八三六―一九一一）とA・サリヴァン（一八四二―一九〇〇）共作のオペレッタ『ペイシェンス』（一八八一）の宣伝を兼ねて、彼はアメリカに講演旅行に出掛けた。一年後に帰国した彼は、『パデュア公爵夫人』（一八八三年に自費出版）を完成し、英国のほぼ一五〇ケ所で二四〇回ほど一八八八年まで散発的に講演を行った。

このワイルドは一八八四年にコンスタンス・メアリー・ロイド（一八五八―九八）と結婚して二児を儲けたが、親友のロバート・ロス（一八六九―一九一八）に触発されて一八八六年に同性愛に染まったらしい(Douglas 45; Ransome 106)。一八八七年に、彼は婦人雑誌『ウーマンズ・ワールド』の編集に携わり、一八八八年に『幸福な王子とその他の物語』、その翌年に「W・H氏の肖像画」を発表した。そして、一八九〇年に彼は長編小説『ドリアン・グレイの肖像』を雑誌に発表してセンセーションを巻き起こし、翌年に改訂して単行本として上梓した。この年に彼はアルフレッド・ダグラス卿（一八七〇―一九四五）に出会ったと言われる。その一八九一年に、彼は『意向集』、『アーサー・サヴィル卿の犯罪とその他の物語』、『柘榴の家』、「社会主義下の人間の魂」などを発表した。

一八九二年に彼の風習喜劇の皮切りとなる『ウィンダミア卿夫人の扇』が成功を博した。そして、サラ・ベルナール（一八四四―一九二三）を主演とするフランス語版の『サロメ』がリハーサル中に検閲制度に抵触して上演禁止となり、彼は英国の道徳的偏狭さに激怒して芸術の国フランスに帰化すると極言した。その『サロメ』を彼はパリとロンドンで一八九三年に同時出版し、『何でもない女』を上演して成功を収めた。翌年、彼はダグラス英訳の『サロメ』をA・ビアズリー（一八七二―九八）の挿絵入りで出版して物議を醸し、一八九五年に『理想の夫』と『真面目が肝心』がロンドンの著名な劇場で上演された。

この頃、ワイルドとの豪遊を誇示する息子ダグラスに立腹した第八代クイーンズベリー侯爵（一八四四―一九〇〇）がワイルド所属のアルベマール・クラブを訪れ、「男色家を気取るオスカー・ワイルドへ」と記した名刺を置いて行った。これに憤慨したワイルドは、侯爵を名誉毀損で告発し、逆に彼自身が同性愛の罪で一八九五年五月に二年の実刑判決を受けた。この時、ワイルドは四〇歳で、ペントンヴィル、ウォンズワース、レディング監獄で刑に服し、獄中でダグラスに宛てた『書簡――獄に繋がれて』（『獄中記』、以下『書簡』と略記する）を執筆した。その『書簡』で、ワイルドは服役中に起きた破産、母親の死、妻子との別離などを連綿と綴り、次のように回想している。

神々はほとんどすべてを私に付与してくれていた。私には天賦の才、著名な名前、高い社会的地位、才気、知性の大胆さが備わり、私は芸術を哲学に、哲学を芸術に、人々の考え方と物事の色合いを変え、私の言動で人々を驚嘆させなかったことは何一つなかった。［・・・］私は私の世紀の想像力を覚醒させたので、私の周りに神話と伝説が創られた。私はすべての体系を寸言で、すべての実在を警句で要約した。［・・・］私は怠け者、ダンディ、流行の人であるのを楽しんだ。［・・・］私は自らの天賦の才の浪費者となり、永遠の青春を浪費することが私に奇妙な喜びを与えた。高台にいるのに飽きると、私は故意に新たなセンセーションを求めて堕落した。思想の領域で逆説が私に存在したように、情熱の領域で倒錯が私に存在した。(95)

誇張があるにしても、この所見は彼の芸術と人生の要約であることは否めない。

一八九五年頃にワイルドに出会ったアンドレ・ジード（一八六九―一九五一）は、長編小説など書けまいと友人に言われたワイルドが『ドリアン・グレイの肖像』を数日で書き上げ、「それ［私の人生の偉大なドラマ］は私［ワイルド］が私の天賦の才を人生に注いだことだ。私は著作には私の才能だけを注いだのだ」(Mikhail 297) と語った逸話を紹介している。現在、オックスフォード大学出版局から『オスカー・ワイルド全集』が第八巻まで出版されている。その第三巻の『ドリアン・グレイの肖像』を読めば、ジードが語ったように、自称「怠け者、ダンディ、流行の人」が「二つの偉大な神の『金銭と野心』」(*CL* 39) のために「才能だけを注い」でこの小説を数日で書いた逸話は彼の虚勢であることに気付くだろう。これは、ワイルドがオックスフォード大学時代に

「出来の悪い学生」(*CL* 70) を装い、実は猛勉強して二科目最優等生となった挿話を想起させる。実際、大学時代の親友D・ハンター＝ブレア（一八五三—一九三九）は「彼［ワイルド］は彼の本を軽んじるディレッタントを気取るのが好きだったが、彼の部屋での我々の楽しい饗宴の後に、彼がよく夜更けまで何時間も根気強く勤勉に読書していたのを私は知っていた」(qtd. Fitzsimons 79) と回想している。

確かに、彼がアメリカや英国で行った講演は、様々な著者の考えを援用した可能性は多分にある。しかし、友人の画家J・M・ウィスラー（一八三四—一九〇三）が糾弾したように、「オスカーは意見を——他人の意見を大胆にも発言する！」(*CL* 419) と全面的に認めるべきかどうかには疑問の余地がある。と言うのは、一八八六年のT・チャタートン（一七五二—七〇）の講演の準備のためにワイルドがコピーアンドペーストしたノートが、彼の剽窃癖、延いては自己剽窃癖を確定した嫌いがあるからである (Bristow and Mitchell 17)。今後出版される『オスカー・ワイルド全集』の続編あるいは完結を待たなければならないが、「神話と伝説」の付き纏うワイルドの素顔を見極めることは難事である。

ワイルドは『書簡』で「生まれついての道徳律廃棄論者」(98, a born antinomian) の素顔を見せると文学活動を終止した感がある。彼は、小説などで自らの性向をベールに包んで表現し、劇作でもその葛藤の片鱗を示し、『レディング監獄のバラッド』（一八九八）を「白鳥の歌」(*CL* 1035) とした。いみじくも、ワイルドは「人は自らの真の性質を悟らなければならず、自然が命ずるままでなければならない。だから人は自らの性質が何であるのかを発見しなければならない」

と蔵書のアリストテレスの『ニコマコス倫理学』の序文に書き込んでいる (Ellmann 62)。
ワイルドの文学は「自らの真の性質」の探求、そして自己実現の旅であったと言えるかも知れない。そのために、ワイルドは自己犠牲を強いるピューリタニズムと偏執的なまでに戦わなければならなかった。その精神の軌跡は、彼の文学作品に散見される。そのワイルドは、人間の「罪と愛の関係」(*CL* 196) を至上の命題とし、『書簡』で述べる「単に愛の一形態」の「想像力」(119) を称揚する作品を創作している。その際に、彼は社会道徳の軛から文学を解き放つ芸術至上主義を本義としたが、社会に断罪された後には「多くの点で私自身の芸術哲学のある種の否定」(*CL* 928) である『レディング監獄のバラッド』を詠うことになる。

同性愛のために「のけ者——不名誉、極貧と侮蔑——の人生」(*CL* 655) を送ることを強いられたワイルドは、セバスチャン・メルモスと名乗り、妻や友人の好意に縋って「自由奔放な生活」(*CL* 1229, a Bohemian existence) を送る。そうは言っても、彼の文学作品に窺われるユーモア溢れる人となりは出獄後の彼の手紙にも鮮明に表れている。そのような手紙と絡めながら、彼一流の風刺と機智に富んだ文学作品を取り上げ、彼のケルト的な色彩感覚と個性的な人柄を浮き彫りにしたい。

親友のロスが述べるように、ワイルドの「個性と会話は彼が書いたどんなものよりもはるかに素晴らしいので、彼の著作は彼の才能の色あせた影を映すにすぎない」(*CL* 1229) かも知れない。そのワイルドの「個性と会話」の妙味を本書が多少なりとも提示できたかどうかは、読者のご判断にお任せするしかない。

最後に、ここに掲載の作品論は散文作品の小説と物語、劇作品、詩作品のジャンルに大別されている。先に触れた『書簡』は『レディング監獄のバラッド』と内容的に関連があるので、詩作品のジャンルに収められている。ただ、これらの分類は形式にすぎないので、どの作品論から読み始めて下さっても結構である。そして、『ドリアン・グレイの肖像』（一八九一）の「序文」で「最も低級な型の批評として最も高級なものは自伝の形態である」と表明されている、「最も低級な型の批評」の「自伝の形態」に本書が陥っていないことを願う次第である。

引用文献

Bristow, Joseph and Mitchell, Rebecca N. *Oscar Wilde's Chatterton*. London: Yale UP, 2015.

Douglas, Alfred. *Oscar Wilde: A Summing Up*. London: Icon Books, 1962.

Ellmann, Richard. *Oscar Wilde*. New York: Alfred A. Knopf, 1988.

Fitzsimons, Eleanor. *Wilde's Women*. London: Duckworth Overlook, 2015.

Mikhail, E. H., ed. *Oscar Wilde: Interviews and Recollections*, 2 Vols. London: Macmillan Press, 1979.

Ransome, Arthur. *Oscar Wilde*. London: Methuen & Co., 1913.

はじめに

1　アイルランド時代（一八五四―七三）

オスカー・ワイルド（一八五四―一九〇〇）は一八五四年一〇月一六日にダブリンのウェストランド・ロウ二一番地で生まれ、翌年四月二六日に聖マルコ教会で洗礼を受け、オスカー・フィンガル・オフレアティ・ワイルド（Oscar Fingal O'Fflahertie Wilde）と命名された［挿絵1］。その洗礼名にオスカーがウィルズ（Wills）を付け加えたのは、オックスフォード大学の学生時代である。

オスカーが生まれた翌年、アイルランドのプロテスタントのワイルド家は上流の人々が住むメリオン・スクエア一番地に引っ越した［挿絵2］。その際、両親はドイツ人の女性家庭教師、フランス人の子守と六人の召使いを雇用した。この中流階級の上層の家庭でオスカーは育った。

オスカーの両親はダブリンで著名であった。父親のウィリアム・ワイルド（一八一五―七六）は、耳鼻科・眼科の医者で一八四四年に聖マルコ病院を設立し、熱烈なアイルランド愛国主義者ジェーン・エルジー（一八二一―九六）と一八五一年に結婚した。しかし、彼は結婚以前に私生児を儲けていた。例えば、ロイヤル外科コレッジの特別研究員（フェロー）ヘンリー・ウィルソン（一八三八―七七）はその一人である。オスカーが「従兄」（*CL* 54）と呼ぶウィルソンは、肺炎のために三九歳で死亡した。当時オックスフォード大学生であったオスカーは、「彼［ウィルソン］は

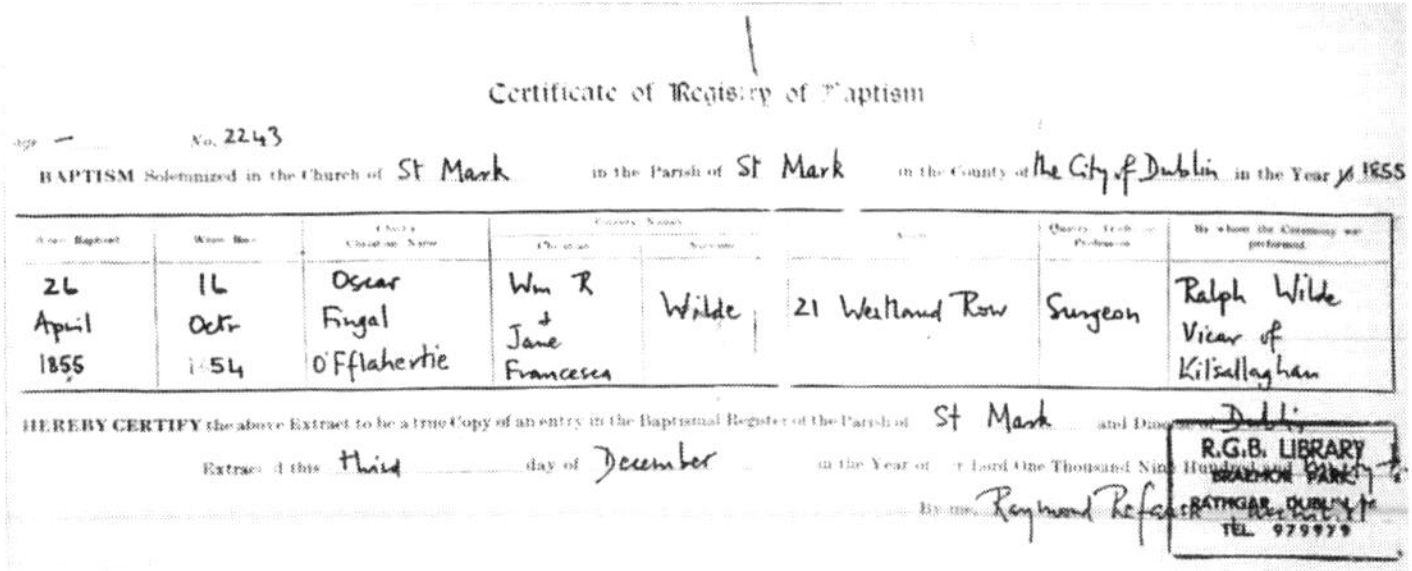
Certificate of Registry of Baptism

No. 2243

BAPTISM Solemnized in the Church of St Mark in the Parish of St Mark in the County of the City of Dublin in the Year 1855

When Baptised	When Born	Child's Christian Name	Parents' Names: Christian	Parents' Names: Surname	Abode	Quality, Trade or Profession	By whom the Ceremony was performed
26 April 1855	16 Octr 1854	Oscar Fingal O'Flahertie	Wm R + Jane Francesca	Wilde	21 Westland Row	Surgeon	Ralph Wilde Vicar of Kilsallaghan

HEREBY CERTIFY the above Extract to be a true Copy of an entry in the Baptismal Register of the Parish of St Mark and Diocese of Dublin

Extracted this third day of December in the Year of Our Lord One Thousand Nine Hundred and ...

By me, Raymond Refaussé

R.G.B. LIBRARY BRAEMOR PARK RATHGAR, DUBLIN TEL. 979979

［挿絵１］オスカーの洗礼登録証明書

私の父の病院におよそ八千ポンド、私の兄に二千ポンド、私には私がプロテスタントであると言う条件で一〇〇ポンド残してくれたよ！［・・・］これには私はひどく失望したよ。私はポケットの中も心の中もカトリック教への偏愛でひどく苦しんでいるのが分かるだろう」(CL 54) と述べている。ウィルソン以外にもウィリアムは一八四七年にエミリー、一八四九年にメアリーを儲けた。この姉妹は、それぞれ二四歳と二二歳の一八七一年に舞踏会に招かれて、舞踏の最中に炉格子のない暖炉の火がエミリーのスカートに引火し、それを助けようとしたメアリーも巻き込まれて共に焼死した。

　父親のウィリアムは、有名な座談家でアイルランドの民間伝承と考古学に興味を示した。彼は一八五二年に『アイルランドの民間の迷信』を、翌年に『耳科外科学に関する実務記録並びに耳の病気の性質と治療』を出版した。やがて、彼は一八六三年にヴィクトリア女王の眼科外科侍医に任命され、翌年アイルランド医療の国勢調査委員となった。その国勢調査を全うした彼はサー（卿）の称号を授与された。

　しかし、同年ウィリアムはトリニティ・コレッジの法医学教授の娘メアリー・トラバーズが引き起こした訴訟に巻き込まれた。と言うのは、妻のジェーンがメアリーの父親に「彼女［メアリー］はその地域［ブレイ］のあらゆるやくざな新聞少年と付き合い、彼らを雇って私の名前が書かれた不快なビラと、ウィリアム・ワイルド卿と彼女が不義を働いたと思わせるパンフレットをばら蒔いている」（*LC & F* 101）と書き送ったからである。その手紙を盗み見たメアリーはジェーンを名誉毀損で訴えた。その裁判でメアリーはウィリアムが診療中にクロロホルムで麻酔をかけて強姦したと陳述した。しかし、その出来事の後もメアリーがワイルド家と懇意であったことが歴然としていたので、陪審員は事情を斟酌した。最終的に、裁判官はメアリーに有利な判決を下したが、その賠償額は一ファージング（一ペニーの四分の一）にすぎなかった。賠償額はわずかであったが、ジェーンは裁判に要した二千ポンドを支払わなければならなかった。

［挿絵 2］メリオン・スクエア 1 番地

そして、不幸なことに、一八七六年にウィリアムは癌の兆候を示して死亡した（*LC & F* 5）。寡婦となったジェーンは、夫が借金をしていたことを初めて知り、財政上の問題に直面した。その三ケ月後にオスカーは大学で優等学位を得て、「私の父はこれをとても喜んでくれたであろうに」（*CL*

20) と友人に書き送り、さらに「ほんの二九歳で裕福な人でなかった時に私の父が建てた病院について私があなたに送付する報告書」が「彼［私の父］の名前の偉大な記念碑」(*CL* 32) であると付け加えて、亡き父親を偲んでいる。

他方、母親のジェーンは「一八四八年に『ネーション』紙で『スペランザ』として［・・・］青年アイルランド党員を燃え上がらせたあのペンの炎と情熱」(*CL* 116) の愛国主義者である。彼女は、一八四九年にJ・マインホルト（一七九七―一八五一）のゴシック小説『魔女シドーニア』を英訳する。この小説は少年時代のオスカーのお気に入りとなる (Wright, *Books* 41)。この母親のオスカーに対する影響は甚大であったと推測できる。『書簡――獄に繋がれて』(『獄中記』、以下『書簡』と略記する) で、オスカーは母親を「知性ではエリザベス・バレット・ブラウニング、歴史的にはローラン夫人に比肩する」(134) と回顧し、こよなく母親を敬愛している。実際、彼女は「アイルランドのローラン夫人」(O'Sullivan 55) と呼ばれていたのである。そして、死の床の夫ウィリアムをある女性が見舞うのを黙認した母親の寛容さについて、オスカーは「私の父の絶え間ない不貞を彼女は十分承知していて［・・・］しっかりとベールを被った黒衣の女性がメリオン・スクエアの我が家に毎朝来て［・・・］千人の中の一人ですら女性が［死の床の夫と］居合わせるのを許容しなかったであろうに、母はそれを許した。その理由は、私の父がその女性を愛していると母が承知し、その女性が臨終の父の側にいることが父の喜びで慰めになると思ったからである」(qtd. Melville 128-9) と説明している。この逸話は、オスカーの『パデュア公爵夫人』（一八八三）あるいは『アヴィニョンの枢機卿』（未完）で描かれる、愛への畏敬の念を想起させる。

また、ジェーンは女性の権利を主張するフェミニストであった。オスカーは、この母親の女性観を踏襲した嫌いがある。彼女は『社会学』（一八九三）の一編「勝利者ヴィーナス」で「女性は共感と愛で夫を援助し、その返礼として夫に何も要求しない救いの力を持つ人であるべき」と論じている (Melville 55)。実際、彼女はその一編で、女性が男性のように自由な服装をして喫煙しても、女性は本領を発揮して「人類の真の天使」となるべきであると主張している。つまり、彼女は男性への「共感と愛」が女性の本質と信じ、「愛することは最も高貴な魂の最高の喜びで、女性を天使の資質に高める」(Lady Wilde 82-3) と明言している。また、ジェーンは「人を欺くピンクのシェードの大燭台」(Sherard 73) を好み、若さの喪失を憂えている。母親譲りの気質のオスカーも、美と青春への賛美を惜しまず、ケトナーズ（レストラン）の晩餐の席上に「ピンクのシェードの蠟燭」(Croft-Cooke 144) を愛用している。彼のこの嗜好は『ウィンダミア卿夫人の扇』（一八九二）のアーリン夫人の「ピンクのシェード」(IV. 234) への言及に窺われる。

さて、オスカーに二歳年上の兄ウィリアム（一八五二―九九）と三歳年下の妹アイソラ（一八五七―六七）がいる。兄のウィリアムはオスカーと同様に陽気な気性で、一八六八年にダブリンのトリニティ・コレッジに進学し、卒業後にロンドンのミドルテンプル法学院で学び、一八七五年にアイルランドの法廷弁護士の資格を得る。その兄は「巡回裁判に出る」(CL 29) が、その職に専念せずに詩などを雑誌に寄稿する。また、ピアノ演奏が得意だった彼は、作曲家で婦人参政権運動家となるエセル・スマイス（一八五八―一九四四）を魅了して婚約するが、彼女は三週間後に婚約を破棄している。やがて、父親の死の三年後の一八七九年に兄は自宅を売り払ってロンドンに出てジャーナリストになろうとしたので、母親のジェーンも彼と合流した。これに関して、彼女は「私の息子たちの両方が光と進歩と知性の焦点のロンドンに住みたいのよ。それで、私たちはそこに家を借りたの」(*LC & F* 61) と説明している。

ロンドンに出た兄とジェーンはオヴィントン・スクエア一番地にアパートを借り、兄は『パンチ』誌や『ヴァニティー・フェア』誌の演劇批評家、『デイリー・テレグラフ』紙の論説記者を務め、ジェーンは社交的集いを開催して文筆活動を継続した。しかし、兄は公然と売春婦と付き合って酒に慰めを得るようになり、一八八八年に破産宣告を受ける。そんな彼も三九歳の時にニューヨークで出版社を経営する一六歳も年上の裕福なフランク・レズリー夫人（一八三六―一九一四）と一八九一年に結婚して四人目の夫となる。ところが、夫人は一年足らずで離婚手続きを開始し、夫の姦通と酒浸りの理由で一八九三年六月に離婚している。『何でもない女』（一八九三）の「四人目［の夫］」(I. 386) のジョン卿の戯画は、オスカーが兄の結婚事情を念頭に置いたものかも知れない。

離婚したウィリアムは母親の元に舞い戻ってジャーナリストを続け、オスカーは兄に仕送りせざるを得なくなる。その一例は、オスカーが兄に宛てた手紙の「あなたと魅力的なダンがアメリカのシガレットを吸っていると聞いて非常に心を痛めているよ。そんな恐ろしいことをしては本当にいけないよ。素敵な人は金の吸い口のシガレットを吸うべきで、さもなければ死ぬべきだから、小さな紙切れを同封するよ。その紙切れで、無謀な銀行員が金貨を渡してくれるだろう。あなたには死んでもらいたくないからね」(*CL* 569) に窺われる。この兄は一八九三年一二月にも借金の令状を送達されたので、オスカーは離婚したレズリー夫人に電報を打って貸し付けを頼んで、兄と母親の窮状を救っている (Melville 245)。それにも拘わらず、甲斐性のない兄は同棲中のリリー・リーズ（一八五九―一九二二）と翌年に結婚し、母親の家に転がり込む。しかも、兄は母親に金の無心をして、オスカーの悪感情を引き起こす。と言うのは、オスカーは一八九四年七月頃の手紙で「三年間二つの世帯――私自身のと同様に親愛なる私の母の――を養わなければならなかった」(*CL* 597) からである。

そんな中、母親は息子たちの仲裁に尽力するが、功を奏しない。ただ、オスカーが同性愛のために起訴されてホロウェイ監獄に収監された時、兄は弟を弁護しているという趣旨の「最も忌まわしい手紙」(*CL* 645, the most monstrous letters) をオスカーに送って彼を悩ませている。しかし、オスカーが刑を終えて出獄した時には、兄は出迎えに来ず、一八九九年に四六歳で肝臓と心臓の病気で死亡する (O'Sullivan 435)。兄の訃報を知ったオスカーは、親友のロバート・ロス（一八六九―一九一八）に「それはしばらく前から予想されていたことと思う。[・・・] 彼と私の間には、あなたも知っての通り、何年にも亘って深い溝があったのだ。安らかに眠れ」(*CL* 1130) と述べている。

他方、金髪の妹アイソラは、愛くるしい笑い声で家族を明るくする「一家のお気に入り」(O'Sullivan 84) で、オスカーは彼女を「陽光の化身」(Harris 214, 'embodied sunshine') と呼んでいる。しかし、オスカーが一二歳の冬に彼女は脳出血で急死してしまう。妹へのオスカーの愛着の深さは、彼が彼女の墓をしばしば訪れた事実、あるいは彼がある封筒を終生大事にしていた事実からも推察される。その封筒には「私のアイソラの髪。一八六七年二月二三日に逝く。彼女は死んだのではなく眠っているのだ」(Holland, *world* 12) と記されていた。また、一八八一年の『詩集』

にオスカーは詩「死者のための祈り」('Requiescat')を収め、「ユリのように、雪のように白く／彼女はほとんど知らなかったのだ／自分が女であることを。かくて／愛らしく彼女は育った」(9-12)と愛しい妹を追想している。

話を少年時代のオスカーに戻すと、ダブリンの学校に通っていた兄と共に彼は一八六四年にプロテスタントの子弟が通うエニスキレンのポートラ・ロイヤル・スクールへ遣られる。それゆえ、寄宿した初年度に兄弟は先のメアリーの名誉毀損裁判を聞いたことになる。やがて、オスカーはギリシア文学を愛好し、兄が入学したトリニティ・コレッジへ一八七一年に奨学金を得て進学する。そして、彼はギリシア語でバークレー金賞を受賞し、古代史教授のジョン・マハフィー(一八三九―一九一九)の指導を受ける。マハフィーは、オスカーに拠れば「私の最初にして私の最高の先生[・・・]ギリシア的な物事の愛好の仕方を私に教えてくれた学者」(*CL* 562)である。このマハフィーの勧めで、彼は一八七四年に二〇歳で給費奨学生として英国のオックスフォード大学のモードリン・コレッジへ転学する［挿絵3］。

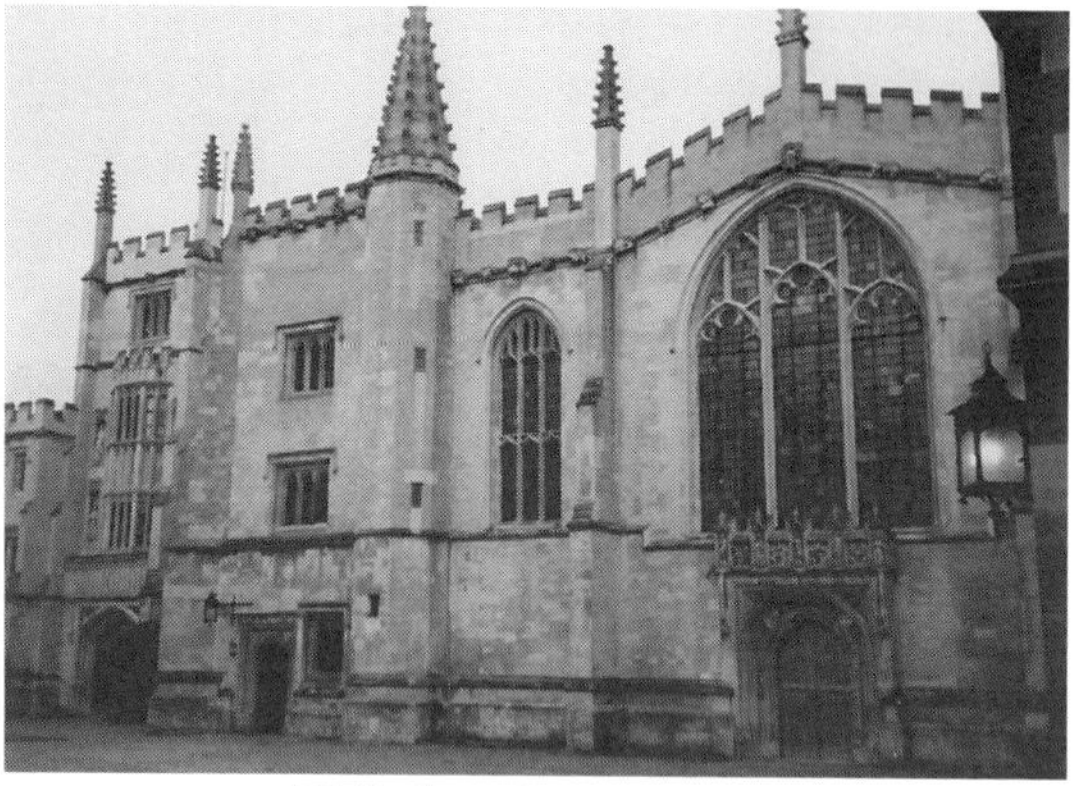

［挿絵 3］モードリン・コレッジ

2　オックスフォード大学時代（一八七四―八）

オスカーは『書簡』で「私の人生の二つの大きな転機は、父が私をオックスフォードに遣った時と社会が私を監獄に送った時だった」(99) と回想している。そして、『真面目が肝心』（一八九五）の台詞のように、彼は生涯「オックスフォード大学出身者」(III. 221-2, an Oxonian) を自負し、大学時代にアイルランド訛りを直している。また、彼はその学風を『書簡』で「『オックスフォード気質』」(39, the 'Oxford temper') と呼び、「社会主義下の人間の魂」（一八九一）で、人が十全に生きるには新個人主義が不可欠と論じ、「新個人主義は新ヘレニズムである」(268) と結んでいる。それゆえ、彼は作品を通じて「オックスフォード気質」の根底にある「新ヘレニズム」を説いていることになる。

彼の在学中に学友間の交流にソクラテス的理想が掲げられ、「ギリシア的愛」あるいは「ウラニアの愛」と呼ばれる男性間の同性愛が醸成された (Dowling 66; 124)。この「ウラニアの愛」への関心は大学時代の彼の蔵書に伺える (Wright, *Books* 200)。実際、オスカーは一八七六年頃に友人への手紙で「ちょうど一七歳で、私がこれまでに見た中で最も完璧な美しい顔」(*CL* 29)（傍点は原文）の少女フローレンス・バルクーム（一八五八―一九三七、後のブラム・ストーカー夫人）を自慢げに紹介する一方、別の友人にはチャールズ・トッド（一八五四―一九三九）の同性愛的行動を知らせて、意見を求めている(*CL* 28-9)。このような興味は、一八七七年に発表したオスカーの詩「過ぎ去りし日々」が一八八一年に「我が聖母」('Madonna Mia')に改変された際に、「美しくすらりとした少年」が「ユリの少女」に変貌していることにも窺われる（Behrendt 55-6)。

大学の初めての夏休みに、オスカーはイタリア旅行に出掛け、マハフィーと合流する。マハフィーは『ホーマーからメナンドロスまでのギリシアの社会生活』（一八七四）を出版した際に、その序文でその本の校正をしたオスカーに謝辞を述べている(*CL* 28 n)。また、オスカーは一八七六年八月六日の手紙で「マハフィーのギリシア旅行の本がほどなく出版されるよ。私は彼の原稿の校正をしていて、それがすごく好きなのだ」(*CL* 28)と述べている。ところが、出版されたマハフィーの『ギリシアの散策と研究』（一八七六）にはオスカーへの言及は何らなかった。

前年の一八七五年二月に、オスカーは父親と同様にフリーメイソンの会員となり、二年後にも「私は最近フリーメイソンにかなり熱中し、それをとても信じている」(*CL* 38)と述べている。このフリーメイソンの衣装から、彼はアメリカ講演旅行で着用した、半ズボン、燕尾服、白のネクタイ、絹の靴下、パンプスなどの唯美服の霊感を得ている。また、最初の劇『ヴェラ、あるいはニヒリストたち』（一八八〇）で彼はニヒリストの集会を描く際に、フリーメイソンの儀式を取り入れている(Ellmann 123)。さらに、一八八一年の『詩集』の出版の際にも、彼は表題の頁にフリーメイソンのバラの上に教皇冠を配置し、それらを取り囲んで「この印の元にて汝は打ち勝つ」と言うラテン語を配している(Ellmann 140)。

この大学時代に、オスカーはカトリック教にも関心を示し、「私のかわいそうな叔父［父親ウィリアムの兄で教区牧師のジョン］とひどく議論し、そのため叔父は日曜日の朝にローマについて、晩に謙虚について説教して私に復讐したよ」(*CL* 18) と記している。この頃の彼の手紙にオックスフォード運動の中心人物のJ・H・ニューマン（一八〇一―九〇）、H・E・マニング（一八〇八―九二）、E・B・ピュージー（一八〇〇―八二）の名前が散見され、オスカーは「彼［ニューマン］の多くの本を購入」(*CL* 25) している。そして、彼は「ローマカトリック教に改宗することは、私の二つの偉大な神の『金銭と野心』を犠牲にし、断念することになるだろう」(*CL* 39) と苦悶している。その彼は一八七七年にマハフィーとローマへ旅立とうとして、「今こそ私の人生の転換期、岐路である。時の種子を覗き見て、何が起こるのか確かめられたらなあ」(*CL* 43) と述べ、「ローマカトリック教熱」(*CL* 57) に取り付かれている。この時の旅行で、彼はJ・キーツ（一七九五―一八二一）の墓を訪れてソネット「キーツの墓」（一八七七）を書き、「ああ、我が英国の最も甘美な歌人よ！」と詠おうとした。すると、『アイルランド月刊』誌の編集長が「我が英国の」と詠むオスカーの心情を非難したので、オスカーは「我が」を「あの」にその時は修正した (*CL* 53; Fong and Beckson 237)。

思想面では、オスカーはJ・ラスキン（一八一九―一九〇〇）の説く社会改革思想に共鳴し、ラスキンの提唱した沼地の道路改良計画にも参加した。また、大学の最初の学期に読んだW・ペイター（一八三九―九四）の『ルネサンス史研究』（一八七三）について、オスカーは「私の人生にとても奇妙な影響を及ぼしたあの本」(102) と『書簡』で回想している。母親に拠ると、一八七五年頃のオスカーは「そこ［大学］で古典の特別研究員［フェロー］になるために勉強するつもり」(*LC & F* 58) だったらしい。その彼の一八七七年の人生の目標は「成功――名声あるいは悪評でも」(Holland, *Album* 45) である。この年に、彼はロンドンのクラブ「セント・スティーヴンズ」(*CL* 39) の会員に選ばれている。このクラブの設立委員に、画家J・M・ウィスラー（一八三四―一九〇三）と建築家のE・W・ゴドウィン（一八三三―八六）がいるので、オスカーはこのクラブで二人に出会ったと思われる。やがて、彼は「私は批評家の人生を選ぶつもりである」(*CL* 51) と述べ、「最初の美術評論」(*CL* 58) の「グローヴナー・ギャラリー」（一八七七）を発表する。この時期に、オスカーはペイターが『ルネサンス史研究』の「サンドロ・ボッティチェリ」で用いた「想像的な彩色」(imaginative colouring) を「『色彩の思想』」(*CL* 52, 'thought in colour') と表現し、その意味合いを「マーリンの眠りが色彩で暗示され表現されるような、色彩によって表現される思想」(*CL* 52) と解説している。そして、彼は一八七八年に詩「ラヴェンナ」でニューディギット賞を獲得し、文学士の学位を得て、ロンドンで「下宿を探し、文学上の友人を作る」(*CL* 77) ことに専念する。

3　ロンドンの独身時代とアメリカ講演旅行（一八七九―八三）

大学卒業の翌年の一八七九年にオスカーは画家F・マイルズ（一八五二―九一）の借家のソールズベリー・ストリート一三番地に移り住む。このマイルズのアトリエで「お茶と美人」(*CL* 86)の会が催され、「ラングトリー夫人とロンズデール卿夫人」(*CL* 86)が来訪する。その翌年に、彼はマイルズと共にタイト・ストリート一番地（キーツ・ハウス）に引っ越して共同生活を継続し、社交界で指折りのスタンリー夫人の「素晴らしいサロン」(*CL* 115)に出入りし始める。しかし、オスカーの『詩集』（一八八一）を読んだマイルズの父親（ビンガム牧師館の高位聖職者）は、それが反キリスト教的で不道徳と批判し、息子に共同生活を止めるように忠告する。経済的に父親に依存していたマイルズはそれを受け入れたので、激怒したオスカーは即座に家を出る(Ellmann 148)。そして、オスカーは兄の借家のオヴィントン・スクエア一番地にしばらく滞在し、その後グローヴナー・スクエアのチャールズ・ストリート九番地に引っ越す。この『詩集』を巡る出来事は、芸術家マイルズの俗物根性とオスカーの芸術至上主義志向の落差を示唆する。また、この『詩集』を巡って思わぬ珍事も起きた。それは、オックスフォード学生会が『詩集』の寄贈をオスカーに要請したのに、その受け入れを拒否して返却したからである。この事態に臨んで、オスカーは「学生会で私を騎士道的に擁護」(*CL* 117) したジョージ・カーゾン（一八五九―一九二五）に深謝し、「私はチェルシーの私の家［キーツ・ハウス］を出ている」(*CL* 117) と知らせている。

話を一八七九年二月下旬に戻すと、オスカーは「大英博物館の図書の閲覧」(*CL* 78) を申し込み、母校の名誉総長英語随筆賞を獲得するために「歴史批評」（「歴史批評の勃興」）を執筆しようとするが、結局功を奏さない (Smith II xvi)。そこで、オスカーは「少年時代から私の父を通じて、古代の遺跡を訪問して報告し、拓本を取って寸法を測り、普通の野外の考古学のすべての技術に慣れている」(*CL* 85)（傍点は原文）ので「アテネの考古学の奨学金」(*CL* 79) を得ようとする。また、彼は「教育官あるいは視学官」(*CL* 87) になるために人脈を辿ったりする。さらに、オスカーは「今夜シャイロックを演じるアーヴィングをラスキンと共に観て、その後ミレーの舞踏会に行く」(*CL* 85)（傍点は原文）と述べ、美術界の著名人とも交流を深めている。

やがて、オスカーは「圧政への私の最初の攻撃」(*CL* 117) である劇『ヴェラ、あるいはニヒリストたち』（一八八〇）を書き上げる。そして、彼は私的に数部出版して、女優のエレン・テリー（一八四七―一九二八）にこの劇を献呈し、「私の友人のディオン・ブーシコー氏の提案」(*CL* 97) で他の著名な劇場関係者にも送付している。例えば、彼は検閲官のE・ピゴット（一八二六―九五）にこの劇を送付し、「実際に素晴らしい劇を書くことがいかに難しいか百も承知していますが、劇は民衆の芸術ですので、私は演劇芸術に取り組み、名声を望んでいます」(*CL* 98)（傍点は原文）と直截である。後に、オスカーは「舞台はすべての芸術の合流点であるのみならず、芸術が人生に回帰する所でもある」(216) と「シェイクスピアと舞台衣装」（一八八五、一八九一年に『意向集』

に収められた際に「仮面の真理」と改題）で述べている。

この『ヴェラ、あるいはニヒリストたち』について率直な感想を求められた劇作家ブーシコー（一八二二—九〇）は、「あなたの劇の六分の五を占める対話の素材は——アクションではなく——議論である。［・・・］あなたのアクションは対話のために停止する——ところが、対話は登場人物に影響を及ぼすアクションの必然的結果であるべきだ」(Small 96-7)（傍点は原文）と指摘している。実際、オスカーは小説『ドリアン・グレイの肖像』（一八九〇）を書き終えた時、「それ『ドリアン・グレイの肖像』」は幾分私自身の生活——会話ばかりで、全くアクションのない——のようだと思う。私はアクションが描けない。私の登場人物は椅子に腰掛けお喋りする」(CL 425)と自嘲している。また、彼は「『ウィンダミア卿夫人の扇』にアクションがないと批判した評論家たちに応えて、私は『何でもない女』の第一幕を書いた。当該の幕には、全然全くアクションはなかった。それは完璧な幕であった」(Mikhail 241)と応酬している。事実、父親に似て座談家であったオスカーの劇にはアクションが希少で、彼一流の機知に富んだ寸言、警句と逆説が多く、それが彼の劇の魅力となっている。

画家W・P・フリス（一八一九—一九〇九）の《一八八一年王立美術院の招待展示内覧》（一八八一—二）は、当時の唯美主義運動の有り様を明瞭に物語る。この絵画には、社交界のL・ラングトリー夫人（一八五二—一九二九）、王立美術院会長F・レイトン（一八三〇—九六）、首相W・E・グラッドストーン（一八〇九—九八）、画家J・E・ミレー（一八二九—九六）に混じってオスカーが描かれ、彼が展示作品を題材に唯美主義を披露する様が鮮やかに描かれている (Sato and

Lambourne 34-5)。この頃に唯美主義が大流行し、『パンチ』誌や『ペイシェンス』(一八八一)の宣伝のお蔭で、ダンディズムに抜きん出たオスカーが「流行のグローヴナー・ギャラリーと当時密接に結び付けて考えられた唯美主義運動の第一人者」(Sato and Lambourne 28)と見なされる。そのため、興行師R・D・カート(一八四四―一九〇一)は『ペイシェンス』を宣伝するために、彼を唆してアメリカに講演旅行に赴かせた。

こうして、オスカーはマイルズの家を飛び出した四ケ月後の一八八一年一二月に英国を出発し、「英国の文芸復興」、「装飾芸術」、「美しい家」の演題で一〇ケ月間に亘って一〇〇以上の都市で一二五回ほど講演を行う。この講演旅行中に、友人R・ロッド(一八五八―一九四一)の詩集に寄せた彼の「献辞」(L'Envoi)は「ラスキン氏とラファエロ前派からの私の新たな出発を意味し、唯美主義運動に一時代を画する」(*CL* 140)とオスカーは述べている。それゆえ、この時期にオスカーが道徳的芸術観から装飾芸術の美を重視する芸術至上主義に移行していることが分かる。

また、この旅行中にオスカーは「私は徹底的な共和主義者である。その他のいかなる政治形態も芸術の発展にとって好ましくない」(Ellmann 196)と述べている。そして、一八八二年五月に起きたアイルランド大臣F・キャヴェンディッシュ卿(一八三六―八二)の暗殺に関し、彼は「自由の女神が血に染まった手で現れると握手し難い。[・・・]英国がいかに非難されるべきかを我々は忘れている。英国は七世紀に亘る不当行為のために自業自得の目に遭っている」(Lewis and Smith 344)と『フィラデルフィア・プレス』紙に語っている。それゆえ、彼はアイルランド人のアイデンティティを自由の国アメリカで認識し、愛国主義者ジェーンの息子と再確認した嫌いがある。事実、彼は「私の母の作品はここで偉大な成功を収めると思う。それは、彼女の頽廃した芸術家の息子の作品と全く似ていない」(*CL* 182) と述べ、アメリカ在住のアイルランド人のために「一九世紀のアイルランドの詩人と詩」の演題を特別に用意している。

さらに、この旅行中にオスカーは「毎日私は奇妙で新しいものを見て、今は日本に行こうと考えている」(*CL* 166) と述べ、日本に行った気分になって「いつ日本に来るのですか?」(*CL* 174) とウィスラーを誘っている。この日本訪問は実現しなかったが、彼はウィスラー宛ての手紙で「あの可愛いピンクの貴婦人・・・とてもよく覚えているよ、それらについて教えてよ」(*CL* 173-4) とウィスラーの絵画作品《肌色とピンクの調和》（一八八一―二）に言及している。この頃、彼は講演「美しい家」でも「あなた方は色彩の美と喜びを教えてくれるウィスラーのような人物をあなた方の中に持つべきである」(O'Brien 170) と助言している。

このアメリカ講演旅行は英米の言語の相違のみならず、両国の文化的差異と彼のアイデンティティと芸術観を再認識させる機会を与えたことは間違いない。こうして、コスモポリタニズムを鼓吹された彼は、後に短編の「カンタヴィルの幽霊」（一八八七）や風習喜劇『何でもない女』（一八九三）にアメリカ女性を登場させ、英国のピューリタニズムを痛罵させる。やがて、一八八三年一月に帰国した彼は、講演旅行で稼いだ資金を頼りに三ケ月ほどパリに出掛け、S・マラルメ（一八四二―九八）やP・ヴェルレーヌ（一八四四―九六）などの象徴派の芸術家と親交を結び、「私の青年期の傑作」(*CL* 196) と自称する『パデュア公爵夫人』（一八八三）を完成している。また、彼は唯美服を脱ぎ捨て、ルーブル博物館の大理石像を真似てローマ風の髪型にして、「第二期のオスカー・

ワイルド」と自称している (Ellmann 220)。その彼は、一八八三年四月初旬に「散文の韻律的価値は決してまだ十分に検証されていない。私が詠って私のスフィンクスを寝かせ、棺台に見合う三音節語の韻を見付けるとすぐに、そのジャンルでさらに何か仕事をしたいと思う」(*CL* 205-6) と述べている。しかし、詩『スフィンクス』(一八九四) は完成せず、数ケ月後に彼は「ロンドンの生活の素晴らしい旋風と渦巻きが、私を私のスフィンクスの元から運び去ってしまう。[・・・] パリに戻れたらよいのにと思う。あそこでなら、とてもよい仕事ができたのだ」(*CL* 211) と慨嘆している。こうして、彼は生計を立てるために一八八八年頃まで英国を散発的に旅し、「アメリカの印象」、「美しい家」、「現代生活での芸術の価値」、「ドレス」、「チャタートン」などの演題で二四〇回ほど講演を行う (Dibb 216-7)。

4　結婚と創作（一八八四―九〇）

オスカーは母親が気に入ったコンスタンス・メアリー・ロイド（一八五八―九八）と一八八三年に婚約する。するとジェーンは大喜びで彼に「あなたはロンドンに小さな家を持ち、文芸生活を送り、コンスタンスに校正を教え、やがて下院議員になって欲しい」(*LO* 105) と書き送った。この「下院議員」となるのは、母親に拠れば「彼［オスカー］の考えである」(*LC & F* 110)。そして、『真面目が肝心』（一八九五）でブラックネル卿夫人が語るように、彼は翌年「結婚するにはとてもよい年齢」(I. 491) の二九歳で、「厳粛でほっそりした、菫色の目の可愛いアルテミス」(*CL* 224) の二六歳のコンスタンスと結婚する。一八八四年の結婚の証明書に彼は二八歳と記入し、二度の国勢調査でも実年齢を一～二歳ほど誤魔化している (Robins 170)。

新居の建築を彼はマイルズの家（キーツ・ハウス）を設計したゴドウィンに依頼し、しかも決別したマイルズの家の近隣のタイト・ストリート一六番地に一八八四年の暮れ頃に移り住む［挿絵４］。評論「シェイクスピアと舞台衣装」（一八八五）で、オスカーが「今世紀の英国で最も芸術心のある一人」(216) と称揚するゴドウィンは、シェイクスピア劇も手掛け、一八八四～六年に牧歌劇俳優協会のデザイナー兼文配人も務めている。また、オスカーが「いつも素晴らしい可能性が一杯あるに違いない」(Pearson 114) と評するタイト・ストリートには、ウィスラーやJ・S・サージェント（一八五六―一九二五）などの前衛芸術家が住んでいる。後者の画家に関して、コンスタンスはパリに新婚旅行に出掛けた際に、兄のオットー・ロイド（一八五六―一九四三）への手紙でサージェントに触れている。この折、サージェントはある社交界婦人のデコルテ姿の肖像画《マダムX》（一八八四）を展示してスキャンダルを引き起こし、肖像画家の仕事を続けられなくなる (Cox 139)。そのため、彼は一八八六年にタイト・ストリート一三番地に引っ越す。サージェントのその絵画の煽情性を、オスカーは『理想の夫』（一八九五）のゴーリング子爵の台詞「チーヴリー夫人の過去は単に少しデコルテのもの」(II. 263-4) に反映させている。そのチーヴリー夫人をオスカーは髪の毛を染めた「新しい女」にする予定であった。と言うのは、ゴーリング子爵の削除された台詞に「髪の毛を染める女性の場合は、その女性らしさは挑戦であって防御ではない。個人的に、私は髪の毛を染める女性に敬服する」(185 n) があるからである。当時、染髪は必ずしも好ましいとは見なされず、堅気の女性は一目で分かる化粧はしなかった (Marsh 33; Mitchell 140)。

［挿絵 4］タイト・ストリート 16 番地

さて、コンスタンスの母親アデレイドはアイルランド人だったが、父方は英国人の弁護士の一家であった。コンスタンスは幼少時に兄オットーと共に女性家庭教師から教育を受け、兄が学校に通い始めると女子学校に通った。彼女が一六歳の折に父親ホラス・ロイド（一八二八―七四）が逝去すると、母親は彼女を苛め始め、四年後には娘連れの寡夫と再婚してしまった。そのため、コンスタンスは祖父のジョン・ロイドに預けられ、ロンドンのランカスター・ゲイト一〇〇番地に住んだ。彼女はコレッジで詩人Ｐ・Ｂ・シェリー（一七九二―一八二二）専攻の英文学課程を選び、一八八二年頃にセント・ジョンズ・ウッド芸術学校で陶芸を学んだ。また、彼女は洋服のデザインも手掛け、フランス語、イタリア語、ラテン語にも通じた。

やがて、著名なオスカーと結婚したコンスタンスは、兄に「新聞の通信員になるか、それとも舞台に立つかを考えているの」（*CL* 230）と書き送った。しかし、翌年に彼女はシリル（一八八五―一九一五）、翌々年にヴィヴィアン（一八八六―一九六七）を儲け、『レディーズ・ピクトリアル』誌に劇評を書き始める。また、催眠術に興味のあったコンスタンスは、一八八四年に神秘学協会の会合に出席し始める。そして、「私は迷信を愛好する」（*CL* 581）と自認するオスカーはその妻の影響でオカルト的な要素を小説中に持ち込んだのかも知れない。また、最初のアイルランド自治法案が否決された一八八六年頃に、オスカーは首相グラッドストーンが会長の「八〇年クラブ」（*CL* 348）の会員となり、アイルランド自治論者のコンスタンスも夫に同行してその行事に参加している（Wright, 'Party political animal' 14）。

また、父親となったオスカーは「自分の子供のために童話を書くのがすべての父親の務め」

(Pearson 185) と語り、一八八五年にケンブリッジ大学生に「幸福な王子」の物語を話し (Moyle 134)、『幸福な王子とその他の物語』(一八八八) と『柘榴の家』(一八九一) を出版する。前者の童話集の一つ「我が儘な巨人」(一八八八) の草稿はコンスタンスの直筆である (Moyle 136)。この時期に彼女も「あれは夢だったの?」以外に「小さなツバメ」と「遥かなる日本」の童話を書いている。また、彼女は『昔話――おばあちゃんの話』(一八八九) と『昔々』(一八九二) の童話集を出版している。さらに、オスカーが一八八七~九年に『ウーマンズ・ワールド』誌の編集をした際に、彼女は「今世紀の子供服」と「マフ」の記事を寄稿している。

このように、オスカー夫妻はそれぞれ創作活動に従事している。やがて、オスカーはロバート・ロスに触発され、一八八六年に同性愛に染まり、一八八九年にそれが常習となったらしい (Douglas 45; Ransome 106)。しかし、その真偽のほどは定かではない。確かなことは、結婚翌年の終わり頃に彼がH・C・マリリャー (一八六五―一九五一) に相当な興味を示していることである。また、彼は一八八四年の秋頃に母校で設立された演劇部の設立会員のD・エーンズリー (一八六五―一九四八) と連絡を取っている。この演劇部は、一八五五年創設のケンブリッジ大学のアマチュア劇クラブと異なり、男性は女性の役柄を演じてはならなかった (Stokes and Turner VI 255)。また、一八八六年にオスカーは講演でT・チャタートン (一七五二―七〇) を取り上げ、チャタートンが道徳心よりも芸術的良心を有した純粋な芸術家であったことを評価している (Ellmann 285)。そして、オスカーは一八八八年の冬には性の暗黒街のパブを探索し始めている (McKenna 131)。やがて、一八九一年にアルフレッド・ダグラス卿 (一八七〇―一九四五) が彼の人生に登場する。

さて、ペイターの「『色彩の思想』」(*CL* 52) に興味を抱いたオスカーがウィスラーの影響を受けたことは確かである。詩「黄色の交響曲」（一八八九）の題名で明らかなように、彼はウィスラーを真似て「小夜曲」、「調和」、「夜想曲」などの音楽用語を用い、『パデュア公爵夫人』（一八八三）も「作品第二番」(Donohue 44, Opus II) と記している。そのオスカーは「美術学生への講演」（一八八三）で「最も気高い芸術のすべての性質を兼ね備え、その作品はいつも喜びで［・・・］あらゆる時代の巨匠」(Ross 319-20) とウィスラーを絶賛している。

しかし、ウィスラーはオスカーが芸術の権威として講演を続けるのに嫌気がさし、一八八五年に「一〇時講演」で次のようにそれと分かるように彼を嘲笑した。

> このところしばらく、関係のない作家がこの芸術面の中間業者となり、彼の影響で人々と画家の隔たりはさらに大きくなり、絵画の目的に関しても最も完全な誤解を齎している。(Whistler 146)

やがて、オスカーは評論「ペン、鉛筆と毒薬」（一八八九）で偽造と犯罪と芸術の関連を取り上げ、「虚言の衰退」（一八八九）で「芸術が人生を模倣するよりは、人生の方がはるかに芸術を模倣する」(90) と芸術観を披露する。すると、ウィスラーは『ツルース』誌で「犯罪者の中で最も太ったあの人――我々自身のオスカー」(*CL* 418) を剽窃者の一覧表に記載するのを人々が忘れていると揶揄し、「オスカーは意見を――他人の意見を大胆にも発言する！」(*CL* 419) と糾弾した。

確かに、オスカーは「もちろん私は漂窃する。それは鑑賞力のある人の特権だ」(qtd. Ellmann 376)と語っている。また、一八八六年のチャタートンの講演のために、彼がコピーアンドペーストしたノートが、彼の剽窃癖、延いては自己剽窃癖を確定した嫌いがある(Bristow and Mitchell 17)。しかし、彼の剽窃癖を全面的に認めるかどうかについてはなお疑問の余地がある。

最終的に、オスカーはウィスラーと決別するが、《黒と金の夜想曲——落ちるロケット花火》(一八七五年頃)から童話「素晴らしいロケット花火」(一八八八)の霊感を得ている(Ellmann 295-6; Stokes and Turner VI 206)。また、彼はウィスラーの絵画《白の交響曲第一番——白い少女》(一八六二)を真似て、『ドリアン・グレイの肖像』の女優ヴェインを「この白い少女」(47)、童話「若い王」(一八八八)でも王の母親を「白い少女」(141)と記述している。また、短編「カンタヴィルの幽霊」(一八八七)でも、カンタヴィル家の書斎の窓に記された古い予言の中にオスカーは「金の少女」(56)を導入している。これも、ウィスラーの《黄色と金の調和——金の少女》(一八七六年頃)の影響であろう。さらに、彼はウィスラーの先の《肌色とピンクの調和》(一八八一—二)に霊感を得て、意味深長な「ピンク」を主に風習喜劇で利用している。

さて、オスカーは先の「虚言の衰退」を「すべての私の対話体作品の中で最初にして最高のもの」(42)と評し、この「対話体作品」はロスとの慎ましい晩餐の産物であると『書簡』で述懐している。また、彼は「W・H氏の肖像画」(一八八九)を出版した際にも、ロスに「その物語[「W・H氏の肖像画」]は、半分はあなたのもので、あなたがいなければ書かれなかっただろう」(*CL* 407-8)と述べている。この「物語」は自らの性癖をシェイクスピアに投影した作品である。

短編小説「カンタヴィルの幽霊」（一八八七）で「三世紀の間」(38) 魂が救済されなかった「幽霊」と同様に、「ほぼ三〇〇年前に出版されたソネットの本」(93) が「私の魂のロマンスの一部始終」(93) を説明してくれる、と加筆版の「W・H氏の肖像画」（一八九三年に出版契約が結ばれたが、未出版となった）に記されている。

やがて、オスカーはセンセーションを巻き起こすと予言した『ドリアン・グレイの肖像』（一八九〇）を『リッピンコッツ・マンスリー・マガジン』誌に寄稿し、翌年に改訂して単行本とした。この改訂版で彼は雑誌版に窺われた画家バジルの同性愛の性癖を削除しようとした。その雑誌版の煽情性に関して、妻のコンスタンスは「オスカーが『ドリアン・グレイ［の肖像］』を書いてから、誰も私たちに話しかけようとしないの」(Ellmann 320) と嘆いている。実際、雑誌版には「人が普通友人に対して抱く以上の大いなるロマンスの感情で、私［バジル］があなた［ドリアン］を崇拝したのは全く本当だよ。どういうわけか、私は決して女性を愛したことがなかったのだ」(90) の不穏当な表現があった。そのため、一八九五年の裁判でE・カーソン弁護士（一八五四―一九三五）は、バジルがドリアンに愛を告白する場面が改訂版で削除された事実に論及し、作者の性癖を立証しようと試みた (Holland, *Trial* 86-9)。実際、この裁判の発端となる名誉棄損の訴訟もオスカーのセンセーション好みの一端を物語っている。そして、彼は一八九二年の秋頃から奔放なダグラスと豪遊し、妻と家庭を見捨てている。

他方、コンスタンスは一八八六年に合理服協会の活動を開始し、その協会の季刊誌『合理服協会新聞』の編集に一八八八年から二年間携わる。従来、彼女の服装改革の考えは夫の影響と思われていたが、実際には彼女も夫に影響を与えたと考えるのが妥当である。また、彼女はチェルシーの女性リベラル協会の会員となり、一八八九年に港湾労働者のストライキを支持するデモに夫を連れ出している (Amor 79)。さらに、彼女は女性リベラル協会の会長のサンドハースト卿夫人（一八二八―九二）と共に女性参政権運動を展開し、一八九一年に女性クラブの会員募集を開始している (Moyle 162)。

先の『合理服協会新聞』を発行したハチャーズ書店の支配人アーサー・ハンフリーズ（一八六五―一九四六）がコンスタンス編纂の『オスカリアーナ』（一八九五）の出版を手掛けている。そして、彼女は夫の知人でもあるハンフリーズに宛て、「あなたの私への愛ほど私の生涯でこんなに私を幸せにしてくれたことはないのよ。そして、私はあなたを信頼し、すべてに亘ってあなたを信頼しているわ」(Moyle 243) と恋情を吐露している。二人は相思相愛であったが、その関係はラブレターを交わす以上には進展しなかったようである。そして、オスカーはこの妻の想いに気付いていたようである (Moyle 245; Edmonds 90)。皮肉なことに、オスカーは『理想の夫』（一八九五）でガートルードが夫の友人のゴーリング子爵に宛て、「ピンクの便箋」(III. 42) に「あなたが必要なの。あなたを信頼しているわ。あなたの許に参りますわ」(III. 45) としたためた手紙を送る筋書きを導入している。

5　風習喜劇の創作（一八九一―一四）

アメリカの男優L・バレット（一八三八―九一）は一八九一年一月に『パデュア公爵夫人』を『グイード・ファランティ』と改題してニューヨークで上演した。この劇は、グイードが主役になっても不思議ではない作品である。その上演に関し、オスカーは「バレットはそれが大成功し、それで彼の公演期間中それを続演するつもりだ、と私に電報を打ってきたよ。彼は、それで大喜びしているようだ」（*CL* 464）と述べている。しかし、残念ながら公演は二一回で中止となった。そのためか、オスカーはこの頃に新機軸の劇に着手し、支配人兼俳優のG・アレクサンダー（一八五八―一九一八）に「私は私自身にあるいは私の作品に満足していない。私は未だこの劇を掌握できないでいる。私の登場人物を本物にできていないのだ」（*CL* 463）とこぼし、夏頃にも「私はその劇を書けていない」（*CL* 486）と伝えている。同年一二月三日に、母親はオスカーに「彼女［コンスタンス］はいつも私にとても親切なのよ。とても彼女が好きなの――本当に家に戻りなさい。彼女はとても寂しく、あなたのことを嘆いているわ」（*LO* 132）と哀訴している。それゆえ、この頃に彼が新作の劇を模索しながら、「［結婚の］絆を無視」（*CL* 785）して家を留守にしていたことが分かる。

やがて仕上げた『ウィンダミア卿夫人の扇』（一八九二）を、オスカーは「イプセン劇」(CL 480) に関して意見の合うリットン伯爵（一八三一―九一）に献呈しているのは注目すべきである。H・イプセン（一八二八―一九〇六）と言えば、婦人解放を喧伝した『人形の家』（一八七九）が一八八九年にロンドンで上演されて反響を呼んでいる。『イプセン主義の神髄』（一八九一）を出版したG・B・ショー（一八五六―一九五〇）は、ロンドンでの『人形の家』の上演は「ヴィクトリア朝の家庭道徳に致命的打撃を与えた」(qtd. Worth 19) と宣言している。また、ショーの『イプセン主義の神髄』は「刺激的で清新」(CL 554) だったので、オスカーは絶えず手に取り読んでいる。さらに、オスカーは『ウィンダミア卿夫人の扇』を「アイルランド派の作品第一番」(CL 563 n. Op. I of the Hibernian School) と呼び、「英国は知性に霧が立ち込める国」(CL 554) なので、その「霧」を一掃するためショーと劇を競作している。

この時期までに、オスカーが手を染めた未完の劇『妻の悲劇』がある。この作品の創作時期は一八八七～九年と推定され (Shewan, 'Oscar Wilde and *A Wife's Tragedy*' 94)、断片的な草稿しか現存しない。しかし、この劇に作者の意匠を垣間見ることができる。この劇は、作者特有の美意識と道徳の葛藤あるいは愛と義務の相克を扱い、『ウィンダミア卿夫人の扇』との類似点も見受けられる。劇の女主人公ネリーは夫ジェラルド・ラヴェルのつれない態度に失望し、ヴェラのように「私も結局は普通の女にすぎない」(Shewan, '*A Wife's Tragedy*' 125) と悟って、恋心を打ち明けたアーサー・マートン卿（夫の親友）と駆け落ちする。この時期、オスカーの身辺でもこのような事態は起こっている。例えば、コンスタンスの兄のオットーは一八八四年に結婚したネリー・ハッチンソンを三年後に見捨て、彼女の親友のメアリー・ウィンターと一八八八年に再婚している。また、ゴドウィンと結婚したベアトリス・フィリップは夫が死亡した二年後の一八八八年に夫の親友のウィスラーと再婚している。

オスカーは短編小説「アルロイ卿夫人」（一八八七、一八九一年に「秘密のないスフィンクス」と改題）では、視点を男性に置く手法を採用し、男性の観点から既婚女性の神秘を描こうとしている。そして、オスカーは先の「W・H氏の肖像画」の発表以降、シェイクスピアの『ソネット集』の『ダーク・ウーマン』の問題」（*CL* 407）に取り組み、男女の三角関係の相克と女性の性愛の資質を捉え直す姿勢を示している。そのため、オスカーは「W・H氏の肖像画」の加筆版（未発表）で「肉欲についてのあの偉大なソネット」（80）でシェイクスピアが性の交わりの道徳的、肉体的影響を大胆に詠う姿を紹介している。このような姿勢は『ドリアン・グレイの肖像』（一八九〇）の「魂と肉体、肉体と魂――それらは何と神秘的であったか！魂にも獣欲があったし、肉体にも精神性の瞬間があった」（*F* 129）の叙述にも顕在である。また、『スフィンクス』（一八九四）で詠われるスフィンクスの「獣性」（168, bestial sense）と「肉欲」（46, lust）の描写にもオスカーの性的関心が垣間見られる。

それゆえ、先の『グイード・ファランティ』のように、オスカーは男性を主役にして男女の愛の葛藤を描いてもよかったが、『ヴェラ、あるいはニヒリストたち』、『パデュア公爵夫人』、『妻の悲劇』（未完）を踏襲して、女性を主役に据えて女性の視点から男女の愛と性差に焦点を当てようとしている。その典型が『サロメ』（一八九三）である。また、一八九三年頃の『フローレンスの悲劇』（未完）と『聖娼婦』（未完）にもその姿勢の片鱗が窺える。『サロメ』を除いて、それら二つの未完の劇はレーゼドラマであろう (Moyle 235)。その『フローレンスの悲劇』で、オスカーはシモーネ夫妻の愛の倦怠と縺れを取り上げ、美しい妻ビアンカに横恋慕する城主の息子グイードを登場させている。そして、シモーネがグイードと短剣で決闘して勝利し、そのシモーネの雄姿を目の当たりにして惚れ直すビアンカの心情を描いて、男性の力強さと女性の美しさの意味合いを際立たせようとしている。この男女の性差の強調は、C・ダーウィン（一八〇九—八二）の人類の性の選択、つまり「それぞれの種族のより力強い男性による、より魅力的な女性の選択」(Darwin, Vol. II: Part II 369) の概念を想起させる。

ところで、一連の風習喜劇の皮切りとなる『ウィンダミア卿夫人の扇』が一八九二年に上演されて成功を博した。この後の風習喜劇で、オスカーはロバート・ロスの作成した「覚書」を利用している。と言うのは、ロスは一八八七年に二ケ月ほどオスカーのタイト・ストリートの家の下宿人となり、彼の発言を書き留めた「覚書」を作成したからである。そして、オスカーは「金銭が欲しかったので大急ぎで時間と競って書いた彼［オスカー］の後の劇の一つにその覚書の多くを利用」(*CL* 1229) したのである。ロスは『ウィンダミア卿夫人の扇』について言及して「彼の後の劇の一つ」と述べているので、該当するのは『何でもない女』（一八九三）、『理想の夫』（一八九五）、『真面目が肝心』（一八九五）の何れかである。また、『理想の夫』の出版に際して、オスカーは助動詞の 'will' と 'shall' の使用法が「アイルランド的」(*CL* 1135, Hibernian) でないようにして欲しいとロスに依頼している。『ドリアン・グレイの肖像』（一八九一）を編集したC・カーナハン（一八五八—

一九四三）にも、オスカーは「これらの言葉［'will' と 'shall'］の使い方が私はケルト的で、英国的ではない」(CL 473) と釈明し、それらの使用法を彼に確認してもらっている。

これらの風習喜劇と異質の劇をオスカーが創作しようとしたのは注目に値する。それは、作者が『書簡』で「美しい彩色の音楽的作品」(130) と呼ぶ『サロメ』、『フローレンスの悲劇』と『聖娼婦』である。筆頭の『サロメ』を作者は一八九一年の暮れ頃にフランス語で執筆し、翌年ロンドンでS・ベルナール（一八四四―一九二三）を主演として『サロメ』のリハーサルを開始している。ところが、この『サロメ』が演劇の検閲制度に抵触して上演禁止となった。そのため、オスカーは「私は英国を去ってフランスに定住し、そこで帰化の認可状を取得し［・・・］私はイギリス人ではない。私はアイルランド人だ」(Mikhail 188) と英国の道徳的偏狭さに激怒し、翌年にパリとロンドンで『サロメ』を同時出版している。

この『サロメ』と『ウィンダミア卿夫人の扇』の創作時期はほぼ同じである (Donohue 487)。それを考慮すれば、『サロメ』上演禁止の際のインタビューでオスカーが触れたJ・マスネ（一八四二―一九一二）のオペラ『エロディアード』（一八八一）の影響が想起される。このオペラで描かれるサロメのジャン（ヨハネ）への大胆な愛の告白と彼女の「愛は何ら冒瀆ではない」(Massenet 61) の主張は『サロメ』の女主人公の人物像を、また母親ではなく女であることを選ぼうとするエロディアードの心性は『ウィンダミア卿夫人の扇』のアーリン夫人の姿を想起させるからである。実際、作者は『サロメ』（一八九三）で女性の性愛の資質を顕現し、レーゼドラマの『聖娼婦』でも聖人ホノリーウスと性愛に耽る娼婦ミルリーナを配して、キリスト教的精神主義と異教的エロスを対置している。さらに、『エロディアード』の残響は、シナリオしか残存しない一八九四年頃の『アヴィニョンの枢機卿』の男女の愛の縺れにも窺われる。それは、ローマ教皇になる野心を抱く枢機卿、その被後見人である娘とその娘を愛する若者の三角関係に見受けられる。被後見人である娘を愛する枢機卿は、その娘が若者と婚約したと知ると、若者にその娘は若者の妹であると偽る。そのため、若者はその娘と結婚しない素振りを示し、絶望した娘は自殺してしまう。やがて、枢機卿の虚偽を知った若者は逆上して彼を殺そうとする。すると、枢機卿は若者の父親であると告白するが、無駄である。枢機卿がその娘を愛していたと告げると、若者は自刃するのである。

このように、オスカーは自殺、姦通、非嫡出と近親相姦などのテーマを絡めて『サロメ』風の斬新な劇を創作しようと試みているが、結実しなかった。そして、『ウィンダミア卿夫人の扇』の成功を受けて、彼は風習喜劇の路線を辿り、『サロメ』風の男女の愛の縺れの劇を完成しなかった。それには、作者が一八九二年の秋頃からダグラスとの豪遊のための資金と時間を必要とした事情が関与しているのかも知れない。何れにせよ、彼は「私の新しい劇では、ほとんど全く男性の役柄がない――それは女性の劇である」(*CL* 558) と語る『何でもない女』(一八九三) を仕上げている。この劇には『エロディアード』の異曲のように、突然の息子の出現により父性愛に目覚めるイリングワース卿が登場する。しかし、彼はこの「女性の劇」ではダンディズムを発揮せず、ダンディの女性版とも言うべきアロンビー夫人が彼の肩代わりをする。

このアロンビー夫人、あるいは男女差別の二重標準を弾劾するアメリカ娘のヘスター以上に、「神の家」(IV. 247) で跪いても性的過失を悔いないレイチェルがその劇に登場している。レイチェルは息子ジェラルドに「私はあなたの母であることの方がむしろいいわ――ああ！むしろずっと！――いつまでも純潔でいるよりは」(IV. 253-5) と断言し、性的存在としての女性の実相を主張する。オスカーは「私は女性の男性らしさが好きだ。女性がとても男性的なので、男性らしさは男性にあっては女性的に見える」(Small 144) と言う警句をノートに書き留めている。そのためか、イリングワース卿がジェラルドを「私生児」(bastard) と呼ぶ寸前に、「非常に端麗な」(II. 492) レイチェルがイリングワース卿の顔面を手袋で強かに打って決闘を申し込むかのような場面をオスカーは演出している。

翌年の一八九四年に、オスカーはダグラス英訳の『サロメ』をA・ビアズリー（一八七二―九八）の挿絵入りで出版して物議を醸す。その本の献辞にオスカーが「私の友人、私の劇の翻訳者アルフレッド・ダグラスへ」と付したのは、『書簡』で述べるように、オスカーがダグラスの「学童並みの誤り」(45-6) を指摘して口論となったからに他ならない。オスカーは何度かダグラスと絶交しようとし、この年にも数ケ月間は彼と絶縁している。ところが、ダグラスの兄のドラムランドリグ子爵（一八六七―九四）が不慮の死を遂げたので、ダグラスに同情して縁りを戻した、とオスカーは『書簡』で述べている。

オスカーは一八九四年二月下旬頃のP・ホートン宛ての手紙で、『理想の夫』（一八九五）と思われる原稿の写しを送付する趣旨を述べて、こう追記している。

私の側の故意で、私は単にディレッタント、ダンディとしか世間に映っていないようだ――世間に人の心を見せるのは賢明でないから——そして、真面目な物腰が道化師の装いであるように、軽薄と無関心と不注意と言う絶妙な様式の愚行が、賢者の衣装なのだ。このような俗悪な時代では、私たちには皆仮面が必要だ。(*CL* 586)

この『理想の夫』に見られる「仮面」のモチーフは、オスカーの劇に頻出する (Miyoshi 311)。この劇には、妻のコンスタンス同様一八八六年創設の「女性リベラル協会」(II. 277) に所属するガートルードが登場する。妻のコンスタンスは、先に述べたように、既婚男性のハンフリーズに一八九四年六月一日の手紙で「あなたは理想の夫で［・・・］私はあなたが好きだったし、あなたに興味を抱いたの」(Moyle 242) と恋情を打ち明け、その妻の想いにオスカーは気付いていたようである。また、この時期オスカーが二重生活を続行していたのは先述した通りである。それゆえ、この劇の題名はワイルド夫妻にとって両刃の剣である。

そして、「軽薄と無関心と不注意と言う絶妙な様式の愚行」が見事に劇化されたのが『真面目が肝心』(一八九五) である。この「幾分ファース的な喜劇」(*CL* 620) で、オスカーに馴染みの「あのシガレットケース」(I. 111) と「さらに恥ずべき借金と奢侈」(II. 218) が取り沙汰される。また、コンスタンスの兄のオットーが再婚したメアリーは赤ん坊の時に手提げ鞄の中で発見され (Moyle 338)、アーネストも手荷物預かり所に預けられた手提げ鞄の中で見付けられている。

さて、男性の同性愛への仄めかしは『サロメ』のナラボスと小姓とエロドに関してだけではない。最初の劇『ヴェラ、あるいはニヒリストたち』(一八八〇) に登場する小姓も同性愛の傾向を示し、「可愛い顔［・・・］カールした髪」(IV. 291) のアレクシスの手にキスしようとする。また、『パデュア公爵夫人』でもゲッソー公爵は男性を好み、グイードとアスカーニオの関係はナラボスと小姓の親密さを彷彿とさせる。さらに、『何でもない女』のイリングワース卿がジェラルドに抱く父性愛にも同性愛的側面を看取することも可能であろう。一八九八年二月になるが、オスカーはロスに宛て「私の人生を改めていたなら、ウラニアの愛が不名誉なものと認めたことになったであろう。私はそれを高貴だ――他の種類よりもさらに高貴だ――と思っている」(*CL* 1019) と書き送っている。

6　裁判、投獄と出獄後（一八九五―一九〇〇）

オスカーとの交友を誇示する三男のダグラスに堪り兼ねた第八代クイーンズベリー侯爵（一八四四―一九〇〇）は、一八九五年二月にオスカー所属のアルベマール・クラブを訪れ、「男色家を気取るワイルドへ」と記した名刺を置いて行った。これを受け取ったオスカーは、名誉毀損で侯爵を訴え、その裁判が四月三日に始まった。侯爵弁護団のE・カーソン弁護士は、オスカーのトリニティ・コレッジ時代の学友であった。まず、カーソンはオスカーが三九歳と偽っていることをすっぱ抜くため、彼の生年月日の写しを用意してその偽証を証明した。さらに、カーソンは雑誌版の『ドリアン・グレイの肖像』（一八九〇）の一節（後の改訂版で削除されたバジルの台詞「どういうわけか、私は決して女性を愛したことがなかったのだ」(90) がある）を読み上げ、ドリアンに対するバジルの感情は正常なのか否かの誘導尋問を行い、オスカーが交際した少年たちを証人として控えさせていると陳述した。この成り行きに不安を感じたオスカーは告訴を取り下げたが、侯爵側は公訴局長官に「法の誤審が全く無きように、裁判の速記録と共に我々のすべての証人の陳述を直ちにお送りするのが義務と存じます」(Hyde 151) としたためた。そのため、オスカーの逮捕状が出され、ダグラスが滞在していたカドガンホテルの居間で彼は逮捕された (Douglas 112)。

すると、『理想の夫』（一八九五）と『真面目が肝心』（一八九五）が上演中止となり、彼の著作も出版社のリストから削除された。

やがて、オスカーの知人のA・テイラーも逮捕され、二人が共同被告となる裁判が四月二六日に始まった。この時、検察側は「自然な愛」と「不自然な愛」が詠われているダグラスの詩「二つの愛」（一八九二）を取り上げ、オスカーに尋問した。オスカーは、その詩で詠われる「あえてその名を言わざる愛」(the Love that dare not speak its name) は、年少の男性に対する年配者の偉大な愛情であると答弁した。さらに、彼は、それはダビデとヨナタンの愛、プラトンがその哲学の基盤とし、シェイクスピアのソネットで詠われる高貴な愛で、その愛には不自然な所など微塵もないと雄弁を振るった。そのため、陪審員の意見がまとまらず、裁判官は再審を命じた。この間、友人たちは海外への逃亡を薦めたが、オスカーは「私は臆病者あるいは逃亡者と呼ばれたくなかった。偽名、偽装、追われる人生、それらすべては私の性分に合わない」(*CL* 652) と述懐している。

五月二〇日に始まった再審で、検察側はサヴォイホテルの証人を二名追加し、F・ロックウッド（一八四七―九七）は法務次官として「最後の言葉」を陪審員に述べる権限があった。ロックウッドは、オスカーのダグラス宛ての手紙の「あなたの赤いバラの花弁の唇は、狂おしいキスのために［・・・］」(Hyde 245) を朗読し、その表現が「上品」であるかどうか、その文面は「男性同士の愛」を物語るものかどうかをオスカーに尋問した。また、彼は下層階級の少年との交友関係をオスカーに問い質し、文学者が交際すべきは教養人であって、文盲の少年などでは決してないと力説し、テイラーとの間に親密な交友関係があった事実を強調した。さらに、ロックウッドは先のダグラス宛ての手紙は「罪の情熱の証拠」で、そのためオスカーがウッド少年からその手紙を買い戻したと結論付けた。その結果、陪審員はオスカーに有罪の評決を下し、ウィルズ裁判官は「これは私がこれまでに審理した最悪の裁判である」(Hyde 272) と極言し、重労働を伴う二年の服役と言う最大の刑を言い渡した。オスカーは「私には何も言えないのですか、裁判官?」(Hyde 273) と尋ねたが、裁判官は看守に連行するよう指図しただけであった。

　こうして、オスカーはペントンヴィル監獄、そしてウォンズワース監獄に送られ、一一月二〇日にレディング監獄に移送された。その移送の当日、連絡駅のクラパムジャンクションに囚人服姿のオスカーがいるのに気付いた人々は彼を嘲笑した。そのため、彼は「私は灰色の一一月の雨の中、野次る群衆に取り囲まれて半時間そこに突っ立っていた」(128) と屈辱を述べ、それが精神的外傷となって毎日同時刻に涙を流したと『書簡』で述べている。そして、翌々年の一八九七年五月一八日に釈放されるまで彼はレディング監獄で服役生活を送った。この間、唯一の慰みはフランス語版の『サロメ』が一八九六年二月にパリで初演されたことである。これに関し、オスカーはロスに「私の感謝をリュニエ＝ポーに伝えてくれ。不名誉と恥辱の時に、私が今なお芸術家と見なされるのは何よりだ」(CL 652-3) と書き送っている。やがて、九月二五日に彼はM・エイディ（一八五八―一九四二）に「ペンとインクを単に使うだけでも私の救いになる。[・・・] 私は私のノートにしがみついている。それは私の救いになる。それを持つ以前は私の頭脳はまさに悪循環を引き起こしていた」(CL 666) と吐露している。実際、彼は「まさに悪循環」の「頭脳」を正すために秋頃に『書簡』に取り掛かり、翌年の四月にロスにそのタイプ写しを校正用に一部作成し、原稿はダグラスに送付して、別途タイプ写しを作成するように依頼した（CL 781）。それゆえ、オスカーはこの『書簡』で引用する『ハムレット』のように、世間に狂気と映る行動に出た真意を後世に伝えるホラーショの役割をロスに付与したことになる。この『書簡』でオスカーは服役中に起きた破産、母親の死、妻子との離別などの想いを連綿と綴り、「生まれついての道徳律廃棄論者」（98）と自認し、「個人主義者の中で最も崇高な」（113）キリストの「共感」と「詩的正義」（120）に意義を見出し、愛と憎しみの相違をダグラスに説き聞かせようとしている。

他方、夫の醜聞のために名前をホランド姓にしたコンスタンスは、二人の子供のことと夫婦の行く末を協議するため、一八九五年九月にウォンズワース監獄を訪れている。その際、夫が許しを懇願したので、彼女は離婚を断念した。翌年二月にも、彼女は義母のジェーンが死去した報を知らせるため、わざわざジェノアからレディング監獄に赴き、「かわいそうなオ［オスカー］に出会ったわ。彼が全く元気だと人は言うけれど、彼は以前と比べれば全くの敗残の身だわ」（CL 652 n）と兄に書き送った。そして、一八九七年三月にコンスタンスは兄に「彼［オスカー］は愛情深いと思うが、今や奇跡を起こせると信じる根拠は何ら見当たらず、私は子供たちの面倒を見なければならず、彼らの将来を危うくしてはならないの」（CL 783-4 n）と窮状を訴えている。

オスカーも一八九七年四月の手紙でロスに次のように告白している。

私の子供たちが法律上剥奪されるのを辛辣に感じる。

［・・・］何年も私は［結婚の］絆を無視していた。でも、実際私の妻が絆で縛りつけられているのは過酷なことと思う。いつもそう思っていた。そして、こんなことを言うと、友人の幾人かは驚くかも知れないが、私は妻が実際とても好きで、妻にはとても済まなく思っている。妻がもし再婚するなら、幸せな結婚をしてくれればと心から願うよ。妻は私を理解できなかったし、私はほとほと結婚生活にうんざりしていたのだ。でも、妻の性格には優しい所があって、私には驚くほど誠実だったよ。(*CL* 785)

コンスタンスへのこの想いは、オスカーがF・ハリス（一八五六―一九三一）と合作しようとした「『愛は法』［『ダヴェントリー夫妻』］」(*CL* 1189, *Love is Law*) の別名の「『彼女の二度目の機会』」(*CL* 1199, *Her Second Chance*) に投影されているのかも知れない。

コンスタンスは最終的に裁判上の別居を決意し、一八九七年五月に事務弁護士のA・D・ハンセルに同行して、再度レディング監獄を訪ねている。その時の模様を看守は「外では、私と共に通路で、正式の喪服の悲しげな人が待っていた。それは、ワイルド夫人――涙を流して――であった。［・・・］ワイルド夫人は私の方を向いて頼みごとを言われた。彼女は『私の夫をちらっと見させて下さい』と言われ、私はそれを断われなかった」(qtd. Amor 209) と語っている。ハンセルの差し出す別居の証書に署名している時に、コンスタンスが覗いていたことなどオスカーは知る由もなかった。皮肉なことに、この時が二人の永遠の別れとなった。

やがて、出獄したオスカーは殉教者と大伯父の小説『放浪者メルモス』（一八二〇）の主人公に因んで、セバスチャン・メルモスと名乗り、ディエップに渡ってロスらと合流した。ほどなく、オスカーはベルヌヴァルに移った。そして、オスカーは八月にルーアンでダグラスと再会して「あなたの元に戻ることに誰もが私に激怒するが、彼らは我々を理解しないのだ。［・・・］私の壊れた人生を是非とも再建してくれ、そうすれば我々の友情と愛は世間に対して違った意義を持つだろう」(*CL* 933) と書き送り、ナポリでダグラスと同棲生活を送った。しかし、仕送りが立たれて生活資金が尽きると、二人は三ケ月ほどで同棲生活を解消した。

さて、『書簡』で「監獄方式は完全に全く間違っている。私が出所したら、それを変えることができるように何でもする」(125) と述べているように、オスカーは社会が課す刑罰、特に非人道的な監獄制度に批判を浴びせることになる。それが『デイリー・クロニクル』紙に投稿した彼の二通の手紙と「私の白鳥の歌」(*CL* 1035) の『レディング監獄のバラッド』（一八九八）である。後者の著者名は彼の独居監房のC・3・3（C棟四階三番）であった。『書簡』で、彼は「私自身あの時には名前など全くなかった。あの時に私が投獄された巨大な監獄では、私は単に長い廊下の小さな独房の数字と文字、千もの生命のない人のように、千もの生命のない番号の一つにすぎなかった」(77) と語っている。その詩に関して、彼自身が「多くの点で私自身の芸術哲学のある種の否定」(*CL* 928) と評し、「この詩はあまりに自伝的で［・・・］それは私から絞り出され、苦痛の叫び、マルシュアスの叫びで、アポロの歌ではなかった」(*CL* 1025) と釈明している。この詩で、オスカーはレディング監獄で「恥辱の死」(55) を遂げた元近衛騎兵連隊のウールドリッジに自己投影し、「二人の追放者であった私たちは」(170) 愛のために罪を犯したと詠う。

この詩の発表後の一八九八年三月に、オスカーは手紙で「私はこれから再び書くことはないと思う。生きる喜びがなくなった。そして、それは、意志の力と共に、芸術の基盤なのだ」(*CL* 1035)

と述べている。他方、コンスタンスは多発性硬化症の兆候を示し(Fitzsimons 240 n)、脊髄の手術を受けて一八九八年四月七日に四〇歳と言う若さで死去してしまう。彼女が亡くなった翌年の一八九九年に、オスカーはジェノアにある彼女の墓地を訪ね、ロスに「彼女の名前——もちろん、彼女の姓も私の名前も書かれていなかった——が墓石に刻まれているのを目にするのはとても悲劇的だった。ただ『勅撰弁護士ホラス・ロイドの娘コンスタンス・メアリー』と『ヨハネの黙示録』からの一節があった」(*CL* 1128)と書き送った。

その後、オスカーは生前の妻の約束の仕送りと篤志の友人からの送金を頼りに「自由奔放な生活」(*CL* 1229)を送り、イタリアを旅してパリのオテル・ダルザスに戻った［挿絵5］。そのホテルで、彼は一九〇〇年一〇月に右耳の手術を受けた。と言うのも、ウォンズワース監獄で彼が倒れた際に怪我した右耳が感染症に罹ったからである。翌月に彼の容態が急変し、駆け付けたロスの計らいで、彼は臨終の間際にカトリックの秘蹟を受けた。しかし、この改宗は彼の自発的な意志によるものかどうか疑問の余地が残る。また、彼の死因に梅毒説もあるが(Ellmann 92 n)、

［挿絵5］オテル・ダルザス

死の三日前に診察した医者の診断では髄膜脳炎であった。それゆえ、彼は一一月三〇日に慢性化膿性の中耳炎に付随する髄膜脳炎で死亡したと考えられる（Robins 114）。

こうして、「見目麗しいもの［・・・］社会的地位」（*CL* 1229）が不可欠であったオスカーは一二月三日にバニューの墓地に一時的に埋葬された。死後九年経った一九〇九年に、ロスの意向で彼の遺骸はパリの「ペール・ラシェーズ」（*CL* 1222）に移され、一九一二年にJ・エプスタインの墓碑が据えられた［挿絵6］。その墓碑に『レディング監獄のバラッド』の一節、「そして異邦人の涙が彼のために満たす／憐みの長く壊れし墓を／と言うのは、彼の哀悼者は追放者であろうから／そして追放者はいつも哀悼するのだから」（531-4）が刻まれた。それから八〇年以上経った一九九五年に、ウェストミンスター寺院の文人顕彰コーナーにオスカー・ワイルドの記念の窓が設置され、漸く彼は文人として認知された。

［挿絵6］ペール・ラシェーズにあるワイルドの墓

引用文献

Amor, Anne Clark. *Mrs Oscar Wilde*. London: Sidgwick & Jackson, 1983.

Behrendt, Patricia Flanagan. *Oscar Wilde: Eros and Aesthetics.* London: Macmillan Academic and Professional, 1991.

Bristow, Joseph and Mitchell, Rebecca N. *Oscar Wilde's Chatterton*. London: Yale UP, 2015.

Cox, Devon. *The Street of Wonderful Possibilities*. London: Frances Lincoln, 2015.

Croft-Cooke, Rupert. *The Unrecorded Life of Oscar Wilde.* London: W H Allen, 1972.

Darwin, Charles. *The Descent of Man, and Selection in Relation to Sex.* Princeton, New Jersey: Princeton UP, 1981.

Dibb, Geoff. *Oscar Wilde: A Bagabond with a Mission*. London: Oscar Wilde Society, 2013.

Donohue, Joseph, ed. *The Complete Works of Oscar Wilde*, Vol. V. Oxford: Oxford UP, 2013.

Douglas, Alfred. *Oscar Wilde: A Summing Up*. London: Icon Books, 1962.

Dowling, Linda. *Hellenism and Homosexuality in Victorian Oxford.* London: Cornell UP, 1994.

Edmonds, Antony. *Oscar Wilde's Scandalous Summer*. Gloucestershire: Amberley Publishing, 2014.

Ellmann, Richard. *Oscar Wilde.* New York: Alfred A. Knopf, 1988.

Fitzsimons, Eleanor. *Wilde's Women*. London: Duckworth Overlook, 2015.

Fong, Bobby and Beckson, Karl, eds. *The Complete Works of Oscar Wilde*, Vol. I. Oxford: Oxford UP, 2000.

Harris, Frank. *Oscar Wilde*. London: Panther Book, 1965.

Holland, Merlin. *The Real Trial of Oscar Wilde*. New York: Fourth Estate, 2003.

______________. *The Wilde Album*. London: Fourth Estate, 1997.

Holland, Vyvyan. *Oscar Wilde and his world*. Norfolk: Thames and Hudson, 1960.

Hyde, H. Montgomery. *The Trials of Oscar Wilde.* New York: Dover Publications, 1962.

Lady Wilde. *Social Studies.* London: Ward & Downey, 1893.

Lewis, Lloyd and Smith, Henry Justin. *Oscar Wilde Discovers America*. New York: Benjamin Blom, 1967.

Marsh, Madeleine. *Compacts and Cosmetics*. South Yorkshire: Pen & Sword Books, 2014.

Massenet, Jules. *Hérodiade・Livret de Paul Milliet & Henri Grémont*. Editions Heugel. Paris: EMI Classics 7243 5 55378 2 9, 1995.

McKenna, Neil. *The Secret Life of Oscar Wilde.* London: Arrow Books, 2004.

Melville, Joy. *Mother of Oscar: The Life of Jane Francesca Wilde.* London: John Murray, 1994.

Mikhail, E. H., ed. *Oscar Wilde: Interviews and Recollections*, 2 Vols. London: Macmillan Press, 1979.

Mitchell, Sally. *Daily Life in Victorian England*. London: Greenwood Press, 1996.

Miyoshi, Masao. *The Divided Self*. New York: New York UP, 1969.

Moyle, Franny. *Constance: The Tragic and Scandalous Life of Mrs Oscar Wilde*. London: John Murray, 2011.

O'Brien, Kevin. *Oscar Wilde in Canada*. Toronto: Personal Library, 1982.

O'Sullivan, Emer. *The Fall of the House of Wilde*. London: Bloomsbury Publishing, 2016.

Pearson, Hesketh. *The Life of Oscar Wilde*. London: Macdonald and Jane's, 1975.

Ransome, Arthur. *Oscar Wilde*. London: Methuen & Co., 1913.

Robins, Ashley H. *Oscar Wilde: The Great Drama of His Life*. Brighton: Sussex Academic Press, 2011.

Ross, Robert, ed. *The Collected Works of Oscar Wilde*, Vol. XIV. London: Routledge/Thoemmes Press, 1993.

Sato, Tomoko and Lambourne, Lionel, eds. *The Wilde Years*. London: Philip Wilson Publishers, 2001.

Sherard, R. H. *The Life of Oscar Wilde*. London: T. Werner Laurie, 1906.

Shewan, Rodney, ed. '*A Wife's Tragedy*: An Unpublished Sketch for a Play by Oscar Wilde', *Theatre Research International* , Vol. 7, No. 2, 1982, 75-131.

______________. 'Oscar Wilde and *A Wife's Tragedy*: Facts and Conjectures', *Theatre Research International* , Vol. 8, No. 2, 1983, 83-95.

Small, Ian. *Oscar Wilde Revalued*. Greensboro, NC: ELT Press, 1993.

Smith II, Philip E. *Historical Criticism Notebook*. Oxford: Oxford UP, 2016.

Stokes, John and Turner, Mark W., eds. *The Complete Works of Oscar Wilde,* Vol. VI. Oxford: Oxford UP, 2013.

Whistler, James Abbott McNeill. *The Gentle Art of Making Enemies*. New York: Dover Publications, 1967.

Worth, Katharine. *Oscar Wilde*. London: Macmillan Press, 1983.

Wright, Thomas. *Oscar's Books*. London: Vintage Books, 2009.

______________. 'Party political animal', *Times Literary Supplement*. June 6, 2014, 13-5.

第1章

1 『アーサー・サヴィル卿の犯罪とその他の物語』について

はじめに

『アーサー・サヴィル卿の犯罪とその他の物語』(一八九一)に収められた物語は、既に一八八七年に「カンタヴィルの幽霊」、「アーサー・サヴィル卿の犯罪」、「アルロイ卿夫人」(後に「秘密のないスフィンクス」に改題)、「模範的な百万長者」の順に社交界の読者に向けて『コート・アンド・ソサエティ・レビュー』誌と『ワールド』誌に発表されている。

これらの作品でワイルドは心霊現象、占いと犯罪、「新しい女」とアイデンティティ、変装と慈善などをモチーフにしている。これらのモチーフは、同時代のA・C・ドイル(一八五九—一九三〇)のものと共通する。ワイルドの「模範的な百万長者」はドイルの「捩れた唇の男」(一八九一)と比較して両作家の資質を検討したいので、ここでは「模範的な百万長者」は割愛する。

ワイルドは最初の短編「カンタヴィルの幽霊」にアメリカ人一家を登場させている。これには彼のアメリカ講演旅行が大いに関与している。と言うのは、彼は一八八一年一二月からW・S・ギルバート(一八三六—一九一一)とA・サリヴァン(一八四二—一九〇〇)共作のオペレッタ『ペイシェンス』(一八八一)の宣伝を兼ねて、ほぼ一年間アメリカに出掛けたからである。さらに、帰国後に彼は英国の各地で講演「アメリカの印象」(一八八三)を行い、論説「アメリカの侵略」(一八八七)と「アメリカ人男性」(一八八七)を『コート・アンド・ソサエティ・レビュー』誌に発表している。

これらの講演や論説で、ワイルドは両国の言語の相違は言うに及ばず、伝統と文化の差異を風刺している。例えば、「カンタヴィルの幽霊」でヴァージニアは「私たち［アメリカ人］には全く廃墟も骨董品もないからだと思うわ」(55)と発言する。この風刺などは、ワイルドがアメリカ滞在中にレポーターと交わした受け答えの中に窺える内容である(Hofer & Scharnhorst 55)。

英国とアメリカの伝統と文化の差異以外に、ワイルドは当時流行した超自然現象や占いなどを取り込んでいる。例えば、「カンタヴィルの幽霊」に「心霊現象」(42)や「霊体」(49)の語彙が見られ、「心霊協会」(41)の「マイヤーズ氏とポドモア氏」(42)などは実在の人物である。次の「アーサー・サヴィル卿の犯罪」でも「手相見」(4)が登場し「テレパシー」(32)の語が用いられ、「秘密のないスフィンクス」では「透視力のある女性」(34, a *clairvoyante*)が登場している。

このように、これら小説の背景は明らかに当時の世相を反映している。それゆえ、それらの流行と世相を念頭に置き、最初の作品「カンタヴィルの幽霊」から見ていくことにする。

I

ロシアの亡命者H・P・ブラヴァツキー夫人(一八三一―九一)は、一八七三年にニューヨークで霊媒師として叩音、空中浮遊と霊魂物質化現象などを実演し、一八七五年に神智学協会を設立した。その神智学協会は英国にも支部を作り、アンナ・キングズフォード（一八四六—八八）がその会長となり、ワイルドの妻コンスタンスは神智学の熱狂者となった。やがて、一八八三年三月にキングズフォードが別組織の神秘学協会を設立すると、コンスタンスはその「黄金の曙」の会員となり、翌年七月にその会合に出席している（Moyle 167）。そのため、コンスタンスの知人ド・ブレモン伯爵夫人アンナ（一八六四—一九二二）は、ワイルドの超自然現象を扱った短編や長編の小説の執筆がコンスタンスの影響であると回想している（99）。

超自然現象を科学的に解明するため、心霊研究協会が一八八二年二月に設立されている。この協会は、設立の趣旨として次の主な六項目、つまり、人が別人に行使する心霊影響の性質とその程度の調査、催眠術による入神状態と透視力の研究、心霊力の探求、人の死の間際に現れる幽霊と幽霊屋敷の撹乱との調査、降霊の物理現象の調査と研究、そして超自然現象に関する資料収集を挙げている（Ledger and Luckhurst 271-2）。この心霊研究協会の設立後に、ブラヴァツキー夫人は引き戸の仕掛けで疑似の超自然現象を引き起こしている、と彼女の家政婦が告発した。そのため、心霊研究協会は一八八五年にR・ホジソン（一八五五—一九〇五）を派遣して事実を調査させた。三ケ月の調査を終えてインドから帰国したホジソンは、ブラヴァツキー夫人は「歴史上最も熟練した、独創的で興味深い詐欺師の一人」（Beckson 323）と報告した。

このような社交界の話題を素材にして、ワイルドはこの作品を創作している。そして、彼は幽霊のサイモン・ド・カンタヴィル卿が三百年前に妻のエレアノアを殺害した理由を、毒殺魔T・

G・ウェインライト（一七九四—一八五二）がヘレンを毒殺した際のように、些細なものにしている。と言うのは、エレアノアは夫の襞襟の糊付けを綺麗に出来ず、料理に関しても無知で、しかも「不器量」(54, plain) と言う理由でサイモンに殺害されるからである。そして、「邪悪な」(54) サイモンは彼女の兄弟に復讐され、秘密の部屋に幽閉されて餓死する。このため、サイモンの魂は救済されずに幽霊となってカンタヴィル屋敷に取り付く。この由緒ある英国の幽霊屋敷に「モダンな」(44) アメリカ人が移り住むのである。

こうして、作者はアメリカの科学万能の功利主義を体現するオーティス家と、英国の幽霊サイモンの確執をコミカルな筆致で活写する。例えば、「モダンな」オーティス家は、サイモンが妻を殺害した証である「血痕」(40) をアメリカ製の化学薬品で消し去り、錆びた甲冑姿で現れるサイモンにアメリカ製の潤滑油を用意し、「悪魔の笑い」(45) を発する幽霊にその治療薬を提供する。挙げ句の果てに、サイモンは双子の男児に脅かされて寝込んでしまう。そんなサイモンに偶然出会った一五歳の「驚くべき女傑」(39, a wonderful amazon) のヴァージニアは「哀れみ」(53, pity) を感じ、彼の魂の救済の手助けをする。

このように、「オーティス夫人がアテネへの旅行から戻ってほどなく、あなた方ロンドンの郊外で生まれた」(62) ヴァージニアは、彼女の家族と一風異なり、英国の文化的風土を理解する人物として設定されている。それゆえ、彼女はチェシャー公爵と聖ジョージ教会で結婚式を挙げ、英国の貴族性とアメリカの「共和主義の質素の真の原理」(63) を融合させる。

この短編の副題「物質と観念のロマンス」が示唆するように、作者は「物質と観念」、つまり新世界と旧世界の価値観の融和の「ロマンス」を提示している。しかし、それ以外に彼のテーマ、つまり、「ピューリタン」のヴァージニアに「生が何であるのか」(63, what Life is) を学ばせる趣向も添えている。ヴァージニアの性格は、「優しいピューリタンの厳粛さが時々あって、それは古いニューイングランドの先祖から受け取っていた」(54) と言う描写に明瞭に現われている。後年、作者は英国のピューリタニズムを一連の風習喜劇で揶揄するが、その兆しは既にこの作品に窺える。

ワイルドは一八八二年一月の『ボストン・ヘラルド』紙の記者とのインタビューで、ギリシアの美意識を持ち出し、英国に触れて「それからピューリタンの運動が起こり、すべての芸術的衝動を破壊した。我々は英国のピューリタニズムからちょうど回復しつつある」(Hofer & Scharnhorst 43) と述べている。それゆえ、「オーティス夫人がアテネへの旅行から戻ってほどなく」生まれた「優しいピューリタン」を登場させた作者の真意は、「英国のピューリタニズム」に対する風刺にある。このことは、作者が講演「アメリカの印象」(一八八三) で「我々はそれ［英国のピューリタニズム］を取り除いている。アメリカは今なおそれを保持しているが、それは短命な骨董品だと思いたい」(Ellmann 9) と明言していることからも推測できる。

それゆえ、ギリシアの美意識を胚胎したヴァージニアは「抽象的な倫理の安っぽい厳格さ」(54) を克服し、幽霊サイモンの救済を通じて生と死と愛の意味を体得しなければならない。そのため、彼女は屋敷の「書斎の窓に書かれた古い預言」(56) の「金の少女」(56) となり、妻殺しの幽霊の唇から神への「祈願」(56, prayer) を引き出す。この挿話は、J・スローンが指摘するように、セクシュアリティと死と再生の循環が連鎖するペルセポネ誘拐のギリシア神話に遡る (xiv)。そして、タンホイザーの伝説のように、「古く枯れたアーモンドの木に花が咲き」(60)、サイモンの罪が神に許されたことが暗示される。そして、ヴァージニアは「幽霊と閉じ込められた時にあなた［ヴァージニア］に降りかかったこと」(63)を夫のチェシャー公爵に「秘密」(63)にして何も語らない。このような「秘密」は、作者好みの趣向である。

さらに、注目すべきことが二つある。一つはサイモン卿の葬儀が「夜の一一時頃」(60)に執り行われていることである。幽霊の葬儀などは途方もないことだが、通常の葬儀は午前中に行われる。しかし、この場合の葬儀にワイルド流の考えが実践された可能性がある。と言うのは、作者は宗教儀式の改革志向の牧師J・P・ホップス（一八三四―一九一二）に一八八五年一月の手紙で「死者の埋葬と哀悼の現在の様式は、私には悲しみを馬鹿げたものにし、哀悼を笑い種に変えているように思えます。［・・・］棺は夜間に教会の礼拝堂にひっそりと運ばれ、そこに会葬者が翌日に落ち合うと言うのが、私のいつもの意見です」(*CL* 246-7)と述べているからである。ただ、この短編では会葬者が夜に埋葬も済ませているが、それはヴァージニアが「白とピンクのアーモンドの花で拵えた大きな十字架」(61)を棺の上に置くと、月が雲間から現れて「銀」(61)の光が教会墓地を照らし、遠くの雑木林からナイチンゲールが美しく囀るための唯美的趣向に拠ると思われる。この「白とピンク」と「銀」はワイルド好みの色彩で、他の作品にも頻出している。

もう一つの注目すべきことは作者が年月を明確に記載していることである。例えば、妻のエレアノアを「一五七五年」(40)に殺害したサイモンの魂が「一五八四年以来三世紀の間」(38)救済されないので、物語の語りの現在はほぼ一八八四年になる。一八八四年は、作者がコンスタンスと結婚した年に当たる。それゆえ、P・K・コーエンは「アーサー・サヴィル卿の犯罪」と同様に、この作品も作者の「ベールを掛けた告白の手段」(54)と見なしている。この洞察は、極めて興味深い。と言うのも、作者はそれとなく自伝的要素を作中に差し挟む癖があるからである。

その象徴的な挿話が、暖炉の側に今も残るエレアノアの血痕に纏わるものである。この血痕は長男のワシントンによって消去されるが、その「くすんだ赤い染み」(40)が「明るいエメラルドグリーン」(44)に変化したことが語られる。「赤い染み」の血痕が「エメラルドグリーン」に変わった理由はヴァージニアによって種明かしされる。幽霊のサイモンが彼女の絵具を盗んで、その絵具の一つを使ったことが分かる。そして、ヴァージニアが「月光の情景」(54)を描いていたことも分かる。ワイルドはアメリカ講演中のインタビューで、フィラデルフィアのデザイン学校を訪問した際に、若い女性が月光の風景を描く様子を語っている(Hofer & Scharnhorst 42)。その体験がヴァージニアの人物造形に利用され、彼女は芸術家であることが示唆される。しかし、事はそれだけではない。ヴァージニアとの会話で、サイモンは「色彩に関しては、それはいつも趣味の問題である」(54)と述べているのである。

緑色は、短編「秘密のないスフィンクス」でも意味ありげに使われている。また、作者は、評論「グローヴナー・ギャラリー」(一八七七)で、L・アルマ＝タデマ（一八三六―一九一二）の絵画作品に触れて「ブロンズの素晴らしい緑色のスフィンクス」(3)に言及している。さらに、作者は「ペン、鉛筆と毒薬」（一八八九、一八九一年に改訂された際に「緑色の研究」の副題が付けられた）で、毒殺魔ウェインライトに関して「あの奇妙な緑色の愛好があった。それは個人にあっては常に精妙な芸術家気質の徴候であり、国家にあっては道徳の頽廃でなくても放縦さを示すと言われている」(108)と記述している。しかも、作者は鮮やかな緑色を発するスカラベ（古代エジプト人にとって魂の象徴）の指輪をはめている(Schmidgall 78; Mikhail 270)。また、作者は自宅の客間の炉棚に「小さな緑色のブロンズのナルキッソス像」を飾っている(Ellmann 257)。それゆえ、「緑色は、言い換えれば、芸術家、デカダント、破壊活動分子、アイルランド人の色彩」(Sammells 16)（傍点は原文）と要約できる。そして、この緑色が後の「緑のカーネーション」が象徴する同性愛の符丁となる。

このように、作者は自らの「奇妙な緑色の愛好」の「趣味」に触れているのである。次に、この短編集の題名を冠した「アーサー・サヴィル卿の犯罪」を検討しよう。

II

L・ストレイチー（一八八〇―一九三二）は「一八世紀の最後の痕跡は消えていた。皮肉癖も狡猾さも干からびて粉々になった。そして、義務、勤労、道徳と家庭的なことがそれらを打ち負かした」(117)と述べ、「義務」をヴィクトリア朝の気風の筆頭に挙げている。「アーサー・サヴィル卿の犯罪」の副題は、一八九一年に短編集に纏められた際に「義務の研究」に変更されたが、元は「手相占いの物語」である。それゆえ、当初は「手相占い」がこの短編の眼目であったことが分かる。事実、ド・ブレモン伯爵夫人はロンドンの社交界に押し寄せた流行について、「誰もが手相占い、占星術、運星術、善悪の不可視の諸力のエジプト崇拝に取り付かれた」(95)と回想している。

しかも、作者の妻コンスタンスは神秘学に相当な関心を示し、ド・ブレモン伯爵夫人と共にその秘密結社の「黄金の曙」に一八八八年一一月に入会している。他方、作者も素人占い師E・ヘロン＝アレン（一八六一—一九四三）と知り合い、一八八七年に神秘主義者J・F・モロイ（一八五八—一九〇八）を訪問している。前者は一八八五年に『手相学の手引書』を編集し、後者は一八八七年に小説『現代の魔術師』を出版している。実際、ワイルドは一八八五年六月にヘロン＝アレンに「私たちのために子供［シリル］の星占いをしてくれないか？［・・・］私の妻が子供の運命をとても知りたがり、あなたに星占いして欲しいと頼んだのだ」(*CL* 262)と書き送っている。

手相占い以外に、作者は当時暗躍したテロリストをこの作品に登場させている。R・L・スティーヴンソン（一八五〇—九四）は妻と合作の『ダイナマイター』を一八八五年に発表するが、一八八三年にダイナマイターによるテロ活動がロンドンで起きている。その破壊活動は、アイルランドの秘密結社のフェニアン党員によるものである。そのため、スコットランド・ヤードは犯罪捜査課のアイルランド特別部門を設置し、多くの警察官を公共の建物の警備に常置させたのである(Browne 195)。例えば、一八八四年にロンドンの四つの駅に爆発物入りの旅行鞄が置かれ、その中ヴィクトリア駅に置かれたものだけが爆発したが、幸い死者は出なかった(Richards and MacKenzie 136)。このようなテロ活動を念頭において、作者は主人公がテロリストからダイナマイトを購入する筋書きを導入している。

さて、三回連載の「アーサー・サヴィル卿の犯罪」の初回分を読んだワイルドの母親ジェーンは、一八八七年五月一三日頃に「この物語はとても素敵で魅力的だわ。［・・・］解決される、とてもスリル満点の謎があるわ――全くあなたの警句的な文体はこの種の作品に効果的よ。［・・・］それに、あなたの社交界のすべての知識がとてもよく活かされているわ、特にあなたの描く女性にね――」(*LO* 110-1) と書き送っている。この「素敵で魅力的」な物語を作者は知人に語ってから、念入りに仕上げた形跡がある。例えば、H・ピアソンは俳優H・アーヴィング（一八三八―一九〇五）が作者から聴いたアーサー卿の冒険譚を紹介している (134-5)。それを要約すると、およそ次のような粗筋になる。

アーサー卿はサールミア卿夫人の宴会で手相見のランソム氏から殺人を犯す運命にあると告げられる。そのため、アーサー卿は犠牲者を見付けようとするが、思う通りに行かない。例えば、彼は牧師を突いて乗合馬車に轢かせようとするが、牧師が急に後ずさりして彼の足を踏ん付ける。次に、彼は長患いの叔父の遺言で遺産を得ようと毒殺を目論むが、叔父は二週間後に快気祝いを開催する。次に、彼は馬車でハイド・パークを通り掛かると、病人らしき男を見かけて轢き殺そうとする。しかし、その男は馬車が暴走したと勘違いして制止してくれ、その返礼にアーサー卿は一ソブリン手渡すことになる。次に、彼は叔母に爆発物を送るが、功を奏しない。そこで、彼は婦人を躓かせて運河に転落させるが、通行人がその婦人を救出し、彼は二人に弁償する羽目になる。最後に、彼は乳母車を転倒させて幼子を殺そうとするが、これもうまく行かず、その幼子は面白がって、もう一度と要求する始末である。こうして、運命に見放された彼は、自殺しようとテムズ河畔に行く。すると、誰かが欄干に凭れている。これは絶好の機会と思い、彼はその人の脚を摑んで投げ入れる。こうして、義務を果たしたと思った彼はぐっすり眠り、翌日の新聞で「著名な手相見の溺死――ランソム氏の自殺」の見出しに気付く。ランソム氏の葬儀に送った花輪に、彼は「感謝を込めて」と言う言葉を添えたのである。

この冒険譚の粗筋の方が、出来上がった小説よりも滑稽で趣向に富んでいる。しかし、この冒険譚と小説には歴然とした相違がある。まず、小説ではアーサー卿の殺害の犠牲者は「単に遠い親戚」(9)と言及される点、並びに、アーサー卿はテムズ河畔の欄干に凭れ掛かる人物が「あの手相見」(29)と認知して投げ込む点である。さらに重要なことは、この冒険譚ではアーサー卿の婚約者シビルは登場せず、しかも、彼の結婚と殺人の動機の関連が欠如している点である。小説では「すべての中であの最も稀な、つまり常識」(16)を有するアーサー卿は、シビルと幸せな結婚をするために「親戚」を殺害しようとする。そして、アーサー卿が殺害した手相見は「親戚があったようには思えない」(31)「ひどい詐欺師」(32)であったことが判明する。

確かに、冒険譚でもアーサー卿は「義務」を果たして心の平静を取り戻すが、小説では彼は「彼の義務がどこにあるのか」(15)を認識し、「殺人を犯すまでは結婚する権利は全くないと言う事実」(15)を自覚している。しかも、小説の副題は「手相占いの物語」から「義務の研究」に変更されている。それゆえ、「義務」感を抱くアーサー卿の思考と行動が風刺されることになる。事実、彼は「善良で高貴なすべての象徴」(15)であるシビルと結婚するために、殺人を決意する。しかし、その際に彼はその殺人が「罪ではなく犠牲」(15)と見なし、「利己主義が愛に打ち勝つのを許してはならない」(15)と考える。そのため、彼は冒険譚と異なって遺産目当てではなく、叔母のボーシャン卿夫人に「胸焼け」(18) の治療薬と偽ったカプセルをチョコレートボックスに入れて手渡す。しかし、叔母はそのアコニチン入りのカプセルを服用せずに「自然死」(22) を遂げ、しかもカーゾン・ストリートの家を彼に遺贈する。そのことを知った彼は、シビルとの結婚式を延期する。

しばらくすると、「優れた常識」(22-3) が蘇り、アーサー卿は時計の収集家である叔父のチチェスター主席司祭を「ダイナマイト」(23) で殺害する計画を立てる。そのため、彼は友人のニヒリストのロシア人を訪ね、自由の女神を象った「フランス時計」(25) を購入し、叔父宛てに発送してもらう。こうして、叔父の家の書斎に置かれたその時計は、設定時刻に少し煙を上げる「ある種の目覚まし時計」(27) と勘違いされ、子供の玩具となってしまう。この顛末を知ったアーサー卿は、「運命」(29, Destiny) に任せるしかないと断念し、テムズ河畔を彷徨い、手相見のポジャーズ氏に遭遇する。「素晴らしい考え」(29) が浮かんだアーサー卿は、彼をテムズ河に投げ込む。こうして、彼は「手相見の自殺」(30) の記事を見て、シビルと結婚式を挙げる。やがて、男児と女児が誕生し、二人が幸せな家庭生活を送る様が描かれる。

この小説の最終場面で、ウィンダミア卿夫人が「官能的な口元」(29) の「六五歳」(31) のポジャーズ氏は「ひどい詐欺師」と暴露し、アーサー卿を次のように一笑に付して、この小説は終わる。

「手相占いを信じているると仰しゃるつもりじゃないわよね?」

「もちろん、信じていますよ」と若者は、微笑みながら言った。

「でもどうしてなの?」

「私の人生のすべての幸福はそのお蔭だからですよ」と、彼は柳細工の椅子に身を投げ出して呟いた。

「まあ、アーサー卿、何が手相占いのお蔭なの?」

「シビルですよ」と彼は答え、妻にバラを手渡し、妻の菫色の目を覗き込んだ。

「何て馬鹿げたことを!」とウィンダミア卿夫人は叫んだ。「生まれてこの方そんな馬鹿げたことを聞いた例がないわ。」(32)


この小説も、先の短編「カンタヴィルの幽霊」と同様、作者の性癖に「ベールを掛けた告白の手段」(Cohen 54) と解釈できる。アーサー卿の妻のシビルは「菫色の目」をしているが、ワイルドは妻となるコンスタンス（一八五八―九八）を「菫色の目の可愛いアルテミス」(CL 224) と形容している。また、ワイルドは加筆版の「W・H氏の肖像画」（未発表）で「女性の役柄を演じた」(71) 少年俳優の中に、この小説の主人公と同姓同名の「アーサー・サヴィル」(71, Arthur Savile) を挙げている。この点を勘案して、K・コペルソンは「男性の同性愛恐怖をテーマにした多くの世紀末の独身男性の物語文学の一つの『アーサー・サヴィル卿の犯罪』で、セプティマス・ポジャーズは、アーサー・サヴィル卿がシビル・マートンと結婚するために始末しなければならない迷惑な独身男性である」(25) と簡潔である。そして、女役の少年俳優のアーサー・サヴィル (Arthur Savill) は実在の人物である (Bristow and Mitchell 280-1)。

このように、小説の「カンタヴィルの幽霊」と「アーサー・サヴィル卿の犯罪」は、登場人物の結婚と犯罪と秘密を巡る物語である。次に見る「秘密のないスフィンクス」でも「透視力のある女性」の「秘密」が結婚を巡ってクローズアップされる。

III

短編「アルロイ卿夫人」は一八九一年に先の短編集に収められた際に、「秘密のないスフィンクス」に改題され、「エッチング」の副題が追加された。「アルロイ」(Alroy)はアイルランド語で「赤い髪の」を意味するが、この短編ではアルロイ卿夫人の髪の色には一切言及がない。ワイルドの作品に登場する「赤い髪の」女性は、『理想の夫』(一八九五)のチーヴリー夫人である。彼女の「ヴェネチア風の赤毛」は華麗と冒険心を示唆する(Raby 346)。さらに、『何でもない女』(一八九三)のレイチェルも「マグダラのマリア風の赤い髪」(Worth 116)である。それゆえ、アルロイ卿夫人もココット(娼婦)まがいの「女策士」(an adventuress)の雰囲気を付与されていると考えられる。

この短編ではアルロイ卿夫人の「写真」(33)がモチーフに使われ、彼女の人物像が男性二人によって「エッチング」風に描出される。具体的には、語り手の「私」が旧友のジェラルド・マーチソン卿とアルロイ卿夫人との出会い並びに二人の恋の成り行きについて語ることになる。「私」が一〇年ぶりにパリで再会したマーチソン卿は、オックスフォード大学時代と打って変わり、何かに思い悩んでいる様子である。そこで、「私」は女性のことであろうと見当をつけると、彼は「豪華な毛皮」(34) に身を包んで「かすかな微笑」(34) を浮かべるアルロイ卿夫人の写真を差し出し、その「喪服のジョコンダ」(34) との出会いを話し始める。

それに拠ると、ボンド・ストリートを歩いていたマーチソン卿は、「小さな黄色の一頭立て四輪箱馬車」(34) から顔を出した「私の美しい見知らぬ女性」(34, *ma belle inconnue*) の魅力に取り付かれる。一週間後に、彼はマダム・ド・ラスターユの晩餐会でその女性と邂逅し、彼女が「パーク・レーンに美しい家を所有する未亡人」(35) であると知る。そして、彼は知己となった夫人を約束通りに訪問するが、意外にも不在である。彼は気を取り直して手紙を送ると、その返信に今後は「グリーン・ストリート、ウィッティカーズ図書館気付け、ノックス夫人」(35) 宛てに送って欲しいと書かれている。

マーチソン卿は社交シーズン中に夫人と頻繁に出会うが、彼女の「神秘の雰囲気」(35) は消えない。情夫がいるのだろうかと訝りながらも、彼は心情を抑えきれずに結婚を申し込む決意をする。彼女の家を訪ねるために彼が近道の「多くのむさくるしい小さな通り」(36) を歩いていると、「深々とベールを被った」(36) 夫人が前方を歩いているではないか。やがて、彼女は「カムナー・ストリート」(36) の「ある種の間貸し家」(36) に辿り着くと、鍵を取り出して中に入った。これが彼女の「神秘」(36) と合点した彼はその家を物色し、落ちていた彼女のハンカチを拾う。中に闖入して真相を確かめようかとも迷ったが、彼は断念する。

こうして、彼は約束の六時に「パーク・レーン」にある彼女の家を訪ね、彼女の「神秘」を突き止めるために先のハンカチを見せて、彼女への愛を告白する。そして、彼が「誰かに会いに行ったのでしょう」(36)と迫っても、彼女は「誰かに会いに行ったのではなかったの」(36)と返答するだけである。そのため、血迷った彼は「ひどいこと」(36, terrible things)を言って、立ち去ってしまう。翌日、彼女からの手紙が届いたが、彼は開封もせずに送り返し、アラン・コルヴィルと「ノルウェー」(36)へ旅立つ。一ケ月後に帰国した彼は、『モーニング・ポスト』紙で彼女の急死を知り、例の間貸し家を訪ねる。すると、予期に反して、アルロイ卿夫人は読書のために間借りしていたと言う意外な事実を、彼はその家の女主人から聞き出す。そして、この物語は次のように締め括られる。


「いいかい、ジェラルド」と私は答えた。「アルロイ卿夫人は、単にミステリー狂の女性にすぎなかったのだ。彼女はベールを下してそこへ出掛け、自分が女主人公であると想像する楽しみのために、そういった部屋を借りたのだ。彼女は秘密が大好きであったが、彼女自身は秘密のないスフィンクスにすぎなかったのだ。」

「本当にそう思うのか?」

「確かにそうだと思うよ」と私は返答した。

彼は、例のモロッコ革のケースを取り出し、それを開け、写真を見た。「そうだったのかなあ?」と彼は最後に言った。(37)


この余韻の残る結末はワイルド流のどんでん返しで、「喪服のジョコンダ」のアイデンティティは、マーチソン卿の予期に反して「秘密のないスフィンクスにすぎなかった」と片付けられようとしている。しかし、この結末でも彼女の正体に疑問が残る。それがこの短編の魅力であろう。

よく考えれば、彼女は貴族か準男爵と結婚したので「アルロイ卿夫人」(34)と呼ばれ、「未亡人」となってからは「ウィッティカーズ図書館」で働き、「ノックス夫人」と称していたのかも知れない。当時、図書館員は中流階級の女性のための上品な新種の職業であったからである(Walkowitz 65)。そうなると、彼女は働く「新しい女」と考えられる。また、「カムナー・ストリート」(カムナーは『書簡――獄に繋がれて』〈『獄中記』、以下『書簡』と略記する〉で言及されるオックスフォード近在の村で、この名前の通りはロンドンには実在しない)に間借りする彼女は、裏社交界の女性と考えられる。

マーチソン卿が結婚の申し込みを決意した日に「パーク・レーン」にある彼女の家を訪ねるために通った地名が明確に小説に記載されている。当日、マーチソン卿は「リージェント・パーク」(36)に住む叔父と昼食を共にし、その後「メリルボン・ロード」(36)から「ピカデリー」(36)に行くために「多くのむさくるしい小さな通り」を歩いて、彼女の借家を見付けている。それゆえ、彼女の借家はボンド・ストリートの近辺だったと推定される。当時、ボンド・ストリートからコヴェント・ガーデンの彼方まで、裏社交界の女性が愛人と秘かに会う「木賃宿」(accommodation houses)が存在している(Chesney 400)。また、彼女が「ベール」を被っていることも娼婦の連想を伴う。と言うのも、「メイヒューに拠れば、ベールは娼婦に神秘の雰囲気を付与し、事実上そのセクシュアリティがベールに投影された」(qtd. Michie 71)からである。後年になるが、ワイルド自身も一八九三年一〇月から翌年の三月まで、「考えて書く機会を持つために［・・・］セント・ジェイムジズ・プレース」(39) に間借りしたことを『書簡』で触れている。そして、ワイルドが間借りした部屋をアルフレッド・ダグラス（一八七〇―一九四五）ばかりでなく「一連の若い男性の訪問者たち」(McKenna 371) も訪れている。

ところで、マーチソン卿は「ノルウェー」に旅立つが、その国へ向かう理由は明記されていない。この旅行の後に、彼は急死した夫人のアイデンティティを確かめる筋書きを考慮すれば、その旅は彼に「新しい女」の存在を気付かせる経験であったのかも知れない。と言うのは、女性解放の思想を喧伝したノルウェーの劇作家H・イプセン（一八二八―一九〇六）が、『人形の家』（一八七九）を発表しているからである。イプセンの『幽霊』（一八八一）は、一八八七年一月にベルリンで上演されてセンセーションを巻き起こし、『人形の家』は一八八九年にロンドンで上演されて大反響を呼んでいる。さらに、後にイプセン劇女優として名を馳せ、ワイルドと親交のあったアメリカ女優エリザベス・ロビンズ（一八六二―一九五二）は、ノルウェーへの旅の帰途の一八八八年九月頃に再度ロンドンに立ち寄り、英国で舞台に立つ決意をしている (John 72)。

当時の社会的事象をどう考慮するかによって、アルロイ卿夫人のアイデンティティの解釈は左右されるであろうが、作者の眼目は神秘的なアルロイ卿夫人のアイデンティティの意表を突く提示であることに変わりはない。彼女は「スフィンクス」に擬せられ、自由奔放に振る舞う「新しい女」、裏社交界の女のように描かれながら、結局は「秘密のないスフィンクス」と片付けられようとしている。

おわりに

ワイルドは様々な社会的事象を背景にして、愛と結婚の「秘密」を巡って葛藤する登場人物を設定し、「カンタヴィルの幽霊」、「アーサー・サヴィル卿の犯罪」、「秘密のないスフィンクス」を創作した。このような愛と結婚に纏わる「秘密」は作者好みの趣向である。そして、作者は自らの恋愛と結婚に鑑みて、自伝的要素を作中に差し挟んでいる。それゆえ、コーエンは「アーサー・サヴィル卿の犯罪」と「カンタヴィルの幽霊」を作者の「ベールを掛けた告白の手段」と見なしたのである。

さて、J・ガイとI・スモールは、「秘密のないスフィンクス」で「私」とマーチソン卿の会話が「ブローニュの森のレストラン」(33)で交わされる点に着眼し、「ブローニュの森」は「娼婦、男娼とそれらの得意客のたまり場」と述べ、ワイルドの作品に頻出する美しい青年はヴィクトリア朝一般の男主人公と異質であることを指摘している(191)。さらに、「濃い緑色」(33)の馬車でブローニュの森へ出掛ける「私」とマーチソン卿は「ほぼ一〇年前」(33)にオックスフォード大学に在籍している。この「アルロイ卿夫人」が発表されたのは一八八七年五月で、ほぼ一〇年前の一八七八年一二月に作者はオックスフォード大学を卒業している。それゆえ、この短編の年月の明記も「カンタヴィルの幽霊」の場合と同様、作者の伝記的事実とほぼ合致する。そう言えば、短編「カンタヴィルの幽霊」のチェシャー公爵は「彼女［ヴァージニア］の少年の恋人」(62, her boy-lover)と表記されている。「男色」(paederasty) と言う語は、「少年」(a boy) と「恋人」(a lover) が結合したギリシア語から派生している。実際、ワイルドは『サテュリコン』に登場する従僕ギトンを「少年の男色家」(*CL* 1070, the boy-paederast) と記している。

また、作者は妻のコンスタンスと同様に、手相占いに相当な関心を示している。V・オサリヴァン（一八六八―一九四〇）は、作者の投獄の三、四年前（つまり、一八九一～二年頃）に作者が手相占いをしてもらった実話を作者から直に聞いている。それに拠れば、その手相占いは作者の過去の幾つかの出来事を見事に言い当て、「ある時点まであなたにはとても輝かしい人生が見える。それからは壁が見える。その壁の向こうには何も見えない」(27) と付け加えたそうである。ワイルドは一八九一年一月に、反迷信主義の一三人クラブを設立したW・H・ブランチに宛て「私は迷信を愛好する。それら［迷信］は思想と想像力の色彩要素だ。それらは常識の対抗者だ。常識はロマンスの敵だ」(*CL* 581) としたため、一三人クラブからの晩餐会の招待を辞退している。

そのワイルドは社交界でよく知られた占い師のロビンソン夫人を「モーティマー・ストリートの女占い師」(*CL* 594) と名付けている。実際、彼は自らの裁判の成り行きを占ってもらうために彼女を訪れている。そして、彼は「スフィンクス」と呼び習わしたエイダ・レヴァソン（一八六二―一九三三）に「彼女［ロビンソン夫人］は完全な勝利を予言し、とても素晴らしかったよ」(*CL* 636) と一八九五年三月二五日の電報で知らせている。

引用文献

Anna, Comtesse de Brémont. *Oscar Wilde and His Mother.* New York: Haskell House Publishers, 1972.
Beckson, Karl. *London in the 1890s.* London: W. W. Norton & Company, 1992.
Bristow, Joseph and Mitchell, Rebecca N. *Oscar Wilde's Chatterton*. London: Yale UP, 2015.
Browne, Douglas G. *The Rise of Scotland Yard*. London: George G. Harrap & Co., 1956.
Chesney, Kellow. *The Victorian Underworld*. Middlesex: Penguin Books, 1972.
Cohen, Philip K. *The Moral Vision of Oscar Wilde*. London: Associated University Presses, 1978.
Ellmann, Richard, ed. *The Artist as Critic*. New York: University of Chicago Press, 1968.
Guy, Josephine and Small, Ian. *Studying Oscar Wilde: History, Criticism, and Myth.* Greensboro, NC: ELT Press, 2006.
Hofer, Matthew & Scharnhorst, Gary, eds. *Oscar Wilde in America*. Chicago: University of Illinois Press, 2010.
John, Angela V. *Elizabeth Robins: Staging a Life*. Gloucestershire: Tempus Publishing, 1995.
Kopelson, Kevin. *Love's Litany: The Writing of Modern Homoerotics.* California: Stanford UP, 1994.
Ledger, Sally and Luckhurst, Roger, eds. *The Fin de Siècle*. Oxford: Oxford UP, 2000.
McKenna, Niel. *The Secret Life of Oscar Wilde.* London: Arrow Books, 2004.
Michie, Helena. *The Flesh Made Word*. Oxford: Oxford UP, 1987.
Mikhail, E. H., ed. *Oscar Wilde: Interviews and Recollections*, 2 Vols. London: Macmillan Press, 1979.
Moyle, Franny. *Constance: The Tragic and Scandalous Life of Mrs Oscar Wilde*. London: John Murray, 2011.

O'Sullivan, Vincent. *Aspects of Wilde*. New York: Henry Holt and Company, 1976.
Pearson, Hesketh. *The Life of Oscar Wilde*. London: Macdonald and Jane's, 1975.
Raby, Peter, ed. *The Importance of Being Earnest and Other Plays*. Oxford: Oxford UP, 1995.
Richards, Jeffrey and MacKenzie, John M. *The Railway Station*. Oxford: Oxford UP, 1986.
Sammells, Neil. *Wilde Style: The Plays and Prose of Oscar Wilde*. London: Routledge, 2014.
Schmidgall, Gary. *The Stranger Wilde*. New York: Dutton, 1994.
Sloan, John, ed. *The Complete Short Stories*. Oxford: Oxford UP, 2010.
Strachey, Lytton. *Queen Victoria*. Middlesex: Penguin Books, 1971.
Walkowitz, Judith R. *City of Dreadful Delight*. Chicago: University of Chicago Press, 1992.
Worth, Katharine. *Oscar Wilde*. London: Macmillan Press, 1983.

2　ワイルドの「模範的な百万長者」とドイルの「捩れた唇の男」について

はじめに

最初のホームズ作品『緋色の研究』（一八八七）で成功を収めたコナン・ドイル（一八五九―一九三〇）は、『リッピンコッツ・マンスリー・マガジン』誌の編集長J・M・ストッダート（一八四五―一九二一）に一八八九年に晩餐会に招かれ、その席上でワイルドと出会った。ドイルの歴史小説『マイカ・クラーク』（一八八九）を読んでいたワイルドは、ドイルのその小説について熱狂的に語ったので、ドイルはその晩餐を「黄金の夕べ」と回想している（*Memories and Adventures* 78）。その後、『リッピンコッツ・マンスリー・マガジン』誌にドイルは『四つの署名』（一八九〇）を、ワイルドは『ドリアン・グレイの肖像』（一八九〇）を寄稿し、翌年にワイルドは大幅に改訂してウォード・ロック社から単行本として出版している。この間、ワイルドはこの小説が誘起した不道徳の非難に応えて、新聞紙上に私見を述べている。しかし、芸術を解さぬ書評家との論争に疲弊したのか、ワイルドはドイルに「彼らがどうして『ドリアン・グレイ［の肖像］』を不道徳と受け止めるのか、私には理解できない。私の難事は、内在するモラルを芸術的で劇的な効果に従属させることだったが、それにしてもそのモラルはあまりに明白だと私には思える」(*CL* 478)とこぼしている。

それから数年後にドイルがワイルドと再会した折りに、ワイルドは「ああ、[観劇に]行かなくてはいけないよ。素晴らしいよ。天賦の才だね!」と自作の劇(『何でもない女』)を褒めたので、ドイルはワイルドが「気が狂った印象」を受けた(*Memories and Adventures* 79)。しかし、ドイルは、ワイルドの同性愛の裁判に関して「彼を滅ぼした恐るべき事態は病理的で、警察裁判所よりはむしろ病院がそれを考慮する場所だ、とその当時も思ったし、今でもそう思っている」(*Memories and Adventures* 79-80)と真摯な感想を漏らしている。

この二人には興味深い共通項がある。ドイルはJ・M・ウィスラー(一八三四—一九〇三)の影響を受けて「少し芸術用語」(a little art jargon)の『緋色の研究(習作)』(*A Study in Scarlet*)を題名にしている(Klinger 76)。また、ワイルドもウィスラーに並々ならぬ影響を受けている。そして、ワイルドは「ペン、鉛筆と毒薬」(一八八九)で毒殺魔T・G・ウェインライト(一七九四—一八五二)を取り上げ、ドイルの『緋色の研究』に倣ってその副題を「緑色の研究」('A Study in Green')とした。他方、ドイルも「高名の依頼人」(一九二四)で「すべての偉大な犯罪者はそれ[複雑な精神]を有している。[・・・]ウェインライトも並の芸術家では全くなかった」(111)とホームズに述べさせた。また、ワイルドは『ヴェラ、あるいはニヒリストたち』(一八八〇)と『ドリアン・グレイの肖像』で、ドイルは「金の鼻眼鏡」(一九〇四)と「時計だらけの男」(一八九八)

で、ニヒリストと異性装に関心を寄せた。さらに、ワイルドは『アーサー・サヴィル卿の犯罪とその他の物語』（一八九一）で、占い、犯罪、心霊現象、「新しい女」、アイデンティティと変装をモチーフにした。ドイルも、「幽霊選び」（一八八三）、「北極星号の船長」（一八八三）と「ブロカスコートの暴れ者」（一九二二）で心霊現象を、「アイデンティティの事件」（一八九一）で変装とアイデンティティを、「三破風」（一九二〇）で「つれなき美女」をモチーフにした。

ここで、ワイルドの「模範的な百万長者」（一八八七、一八九一年に『アーサー・サヴィル卿の犯罪とその他の物語』に収められた）とドイルの「捩れた唇の男」（一八九一）を比較し、乞食のモチーフがどう扱われているかを検討し、慈善に対する社会通念と両作家の資質を考察したい。

I

ロンドンの人口は一八七〇年に三百二十万五千人だったが、農場や炭坑からの労働者あるいはロシアやポーランドからのユダヤ人の移民が加わり、一八九〇年に四百二十万一千人に増加した。そして、清浄な空気の田舎で暮らす人の平均寿命が五一歳だったのに比べ、ロンドンのスモッグの中で暮らす人の平均寿命はわずか二八歳だった。また、ロンドンの労働者階級地区に暮らす人の三分の一が貧窮生活を送り、家庭の「貧困線」は週給一八〜二〇シリングで、失業者は二万人に上ると推計された（Von Eckardt 146-8）。それゆえ、ヴィクトリア朝の作家は慈善に縋る貧しい人々、特に乞食を無視できなかった。

しかし、ドイルの短編「捩れた唇の男」では、ロンドンの乞食が中流階級の紳士であったと言う意外な事実が披露されている。この短編の典拠に関し、R・L・グリーンはW・M・サッカレイ（一八一一―六三）の『C・J・イェロープラッシュ氏の回想記』（一八六一）、W・コリンズ（一八二四―八九）の『月長石』（一八六八）、É・ガボリオ（一八三五―七三）の『ルコック探偵』（一八六九）、『ティッツ・ビッツ』誌の記事「職業乞食の一日」（一八九一）などを挙げている(344-5)。また、K・チェズニーは、乞食が同情を引くために怪我や傷を本物らしく見せる手口を紹介し、金持ちの乞食もいたと言う驚くべき事実（一八四六年）を次のように紹介している。

もちろん、金持ちの乞食もいた。治安判事の前に出頭した、驚くほど汚らしい男は、預金で三〇〇ポンド以上も所持しているのが判明した。また、もう一人は、警察官が身体検査をしようとすると激しく抵抗し、ぼろ服に金貨を六四ポンド縫い込んでいた。(261)

これらの事実を突き合わせれば、ドイルの意表を突く筋書きも、あながち想像を絶する奇想天外な話ではないように思われる。

この短編「捩れた唇の男」（一八九一）は、一八八九年六月に起こった事件を扱っている。医者ワトソンの妻の学友にケイト・ホイットニーがいる。ケイトは、アヘン窟に出掛けて二日も帰宅しない夫アイサの身の上を案じてワトソン宅を訪ねる。このアイサの一件は、乞食に変装したセント・クレアー氏の事件の伏線となる。

アイサは、セント・ジョージ神学校の校長であった故イライアスの兄弟である。彼はアヘンに耽溺し、今や「高貴な人の変わり果てた抜け殻」(123) である。アイサの「担当医」(124) のワトソンは、ケイトに同情してアイサを探しに「シティの最東端にある」(124) アヘン窟に出掛け、そこでホームズに遭遇する。ホームズは、セント・クレアー氏の妻の依頼で、行方不明のセント・クレアー氏の手掛かりをインド人水夫が経営するアヘン窟「金の延べ棒」(124) で探っていたのである。と言うのは、セント・クレアー氏がシティに出掛けた当日、夫人は船会社を訪ねて引き返そうとした矢先に、アヘン窟の三階の部屋の窓から夫の叫び声を聞き、直後に夫の姿が消えたからである。主人の身に何か起こったと思い、中に入ろうとした夫人は、インド人水夫に押し戻され、すぐに警官を呼んで中に入った。ところが、夫の姿は見当たらず「恐ろしい容貌で手足の不自由な哀れな人」(131) の乞食しかいなかった。そのため、警官は夫人の勘違いと思ったが、夫が子供に約束していた積み木がテーブルの上にあった。また、夫の服がカーテンの後ろに隠され、窓の敷居に血痕があった。さらに、夫のコートがその部屋の外の「泥の堆積層」(134) に発見された。それゆえ、セント・クレアー氏はその乞食に殺害されて傍らのテムズ河に投げ込まれたと推定され、乞食は容疑者として拘留された。

漸く、ワトソンはアヘン窟で見付けたアイサを辻馬車の御者に託し、手掛かりの摑めぬホームズと共にセント・クレアー氏の屋敷に同行する。すると、夫人は主人の手紙が今頃届き、「大失態」(138) を修正するのに時間が要ると書かれていると言う。この不可解な事件の糸口を、ホームズは「ブルジョワ階級の最も私的な空間の一つ」である「浴室」(Hodgson 416) に発見する。そこで、ホームズは拘留中の乞食の寝込みを襲い、「とても大きな浴用スポンジ」(143)で彼の正体を次のように暴く。

これまでそのような光景を私［ワトソン］は決して見たことがなかった。その男の顔は、樹皮が木から剝がれるように、スポンジで剝がれ落ちた。粗野な茶色の色合いも消えていた！また、顔を横切る恐ろしい傷跡も、顔に不快な冷笑を浮かばせる捩れた唇も消えていた！スポンジの一引きで、赤いもつれ髪が取れ、青ざめた悲しげな顔の、上品に見える黒髪のなめらかな肌の男が、眠たげに当惑して周りをじろじろ眺めてベッドに起き返っていた。(144)

この「上品に見える」セント・クレアー氏の父親は、チェスターフィールドの教師であった。そのため、セント・クレアー氏は「素晴らしい教育」(145)を受け、ロンドンの夕刊新聞の記者となり、物乞いの記事を書くために一日乞食になったことがあった。その時、彼は二六シリング四ペンスも稼いだ。やがて、友人の保証人となったセント・クレアー氏は、その友人が弁済できないので途方に暮れ、乞食になった時の稼ぎを思い出して、物乞いに成り済まして借金を返済した。この後、彼は「私の自尊心と金銭の長い争い」(146)に苦しみ、結局「金銭」に屈して乞食になった。金持ちになるにつれて彼は野心を抱き、ケント州の郊外に大きな屋敷を構え、地元の醸造業者の娘と結婚して子供を儲けたのである。

最終的に、ホームズは「一家の汚名」(145)を子供に着せたくないセント・クレアー氏に「非常な大失態」(144)を悟らせ、「汚らしいならず者」(142)の乞食を抹殺する誓いを立てさせる。つまり、「慈善」(133, charity) を求めて乞食となったセント・クレアー氏の金銭欲を、ホームズは社会的モラルの観点から断罪する。

このように、ドイルは乞食となる行為を個人のモラルの問題と捉える。そのため、作者の創造したホームズは、私立探偵の立場を利用して違法者の「自尊心」を尊重し、その罪を社会に暴露しない。この短編が収められている『シャーロック・ホームズの冒険』(一八九二)で、ホームズは上流階級や中流階級の社会的価値観を遵守し、醜聞を引き起こす違法者を断罪するが、彼らを社会的に抹殺することはない。そして、この短編もその例外ではない。

II

ドイルの描く乞食が中流階級の金持ちだったのに対し、ワイルドの短編「模範的な百万長者」では乞食が文字通り「百万長者」だったと言う奇想天外な物語である。しかし、この奇抜な物語にも典拠がある。それは、当時ヨーロッパに流布したJ・M・ロスチャイルド男爵(一七九二―一八六八)に纏わる逸話である (qtd. Beckson 218)。ロスチャイルド男爵は飢えた表情の格好のモデルと思われたので、画家のE・ドラクロワ(一七九八―一八六三)は彼に乞食のモデルを依頼した。ところが、それを知らない若い助手が乞食に同情し、そっと一フランを渡した。そこで、翌日男爵の召使いが一フランの利子と複利に当たると言う一万フランを助手に贈った。この逸話は、ワイルドの短編の筋書きとそっくりである。

ワイルドと言えば、『何でもない女』（一八九三）で取り沙汰される、貧民に対する皮肉が有名である。例えば、イリングワース卿はイースト・エンドの問題について「それは、奴隷制の問題だ。そして、我々は奴隷を楽しませることによって、それを解決しようとしているのだ」(I. 261-2) と発言する。実際、ワイルドが貧しい人に対してそれほど冷淡でないことは、論説「詩人のコーナー」（一八八八）で次のように述べていることから推測できる。

他方、貧困と窮乏は恐ろしく具体的な事柄だ。我々は、至る所にその具体例を目の当たりにするが、今は芸術の事柄を論じているので、それらが絵画性に欠けるものではないと躊躇せずに言える。エッチング版画家や画家は、いわゆる「労せずして得た題材」をそれらに見付け、詩人は金持ちの紫衣と貧民の襤褸を鮮烈で劇的に対比する素晴らしい機会を得る。(99)

それゆえ、ワイルドは先のロスチャイルド男爵の逸話を模倣して、この短編で「金持ちの紫衣と貧民の襤褸を鮮烈で劇的に対比する素晴らしい機会」を得たと思える。実際、写真家のJ・トムソン（一八三七―一九二一）はスラム街に被写体を見出し、『ロンドンの街の生活』（一八七七―八）を発表している (Sontag 57)。

また、画家J・E・ミレー（一八二九―九六）が「すべての画家が今では写真を使っている」と語るように、画家がネガを使って絵画の仕上げをしたので、モデルの使用頻度は減少している (Ford and Harrison 17-9)。画家F・マイルズ（一八五二―九一）と共同生活を送ったワイルドは、その辺の事情に熟知していたはずである。実際、ワイルドは「プロのモデルは純粋に現代の発明である」(133)と言う一文で始まる論説「ロンドンのモデル」(一八八九)を発表している。その論説で作者は「時折画家はまた貧民街で一組の浮浪児を捕まえ、彼らにアトリエへ来るよう頼むことがある。[・・・]モデルになるよう勧められた浮浪児は、画家は単に慈悲深い慈善家で、救済を受けるに値しない人々に施しを授けるのに一風変わった手段を選ぶと考えてモデルになる」(136)と述べている。それゆえ、画家アラン・トレヴァーのアトリエでモデルを務めていた乞食をヒューイ・アースキンが「貧民街」の老人と勘違いしたのはごく自然な事に思われる。

さて、主人公ヒューイは、父親から遺贈された「騎兵の剣」(64)や「『半島戦争史』」(64)が象徴する一昔前の騎士道的な男性ではなく、競馬に凝り「姿見」(64)を必要とする「洒落者」(64, a butterfly)である。この当世風のヒューイは「ロンドン株式取引所」(64)や「茶の商人」(64)を試みるがものにならず、叔母から貰う二〇〇ポンドで暮らす「失業者」(64)である。この「失業者」(the unemployed)と言う語は、一八八六年のトラファルガー・スクエアでの暴動に際して『タイムズ』紙が使用したものである(Small and Jackson 249 n)。さらに悪いことに、ヒューイはローラ・マートンに恋してしまう。この少女の父親の退役大佐は、ヒューイが好きだが娘との結婚には反対で、「一万ポンド」(64)用意できたら娘との結婚を考えてもよいと言う。そこで、ヒューイは「ロマンスは金持ちの特権で、失業者の携わる事柄ではない」(64)と言う「現代生活の偉大な真実」(64)を身に染みて知る。

そんな朝、ヒューイは友人の画家トレヴァーの家に立ち寄る。すると、画家は「驚くべきモデル」(65)を使って「素晴らしい等身大の乞食男の絵」(65)を仕上げている。絵の報酬として二千ギニー得る画家に、ヒューイはモデルも「歩合」(66)で支払われるべきと主張するが、一笑に付される。折しも額縁師が来訪し、画家がアトリエから出ていくと、次の描写になる。

その年老いた乞食男は、トレヴァーがいなくなったことに託けて、後ろの木のベンチにしばらく休んだ。その男があまりに惨めで哀れに見えたので、ヒューイは哀れみを覚えざるを得ず、いくら持ち合わせているのか確かめようとポケットを探った。一ソブリン金貨と何枚かの銅貨しかなかった。「かわいそうな老人だ、私よりも彼の方がこのお金を必要としているが、そうなると二週間は辻馬車に乗れないなあ」と彼は心の中で思った。そして、彼はアトリエを横切り、一ソブリン金貨をそっと乞食の手に滑り込ませた。

その老人は、はっと驚き、かすかな微笑が彼の萎びた唇をよぎった。「ありがとうございます、旦那さま。ありがとうございます」と彼は言った。(66)

トレヴァーが戻ってくると、ヒューイは自分のしたことに赤面しながら立ち去る。その夜、偶然パレット・クラブで画家に出会ったヒューイは、トレヴァーが「私［ヒューイ］のすべての私的な事情」(67)まであの乞食に話したことに腹を立てる。すると、画家は事の次第を説明した。それに拠ると、あの乞食は「ヨーロッパで最も大金持ちの一人」(67)であるハウスバーグ男爵で、男爵は気まぐれに「乞食」(67)姿の肖像画を描いて欲しいと依頼したのである。こうして、ヒューイは馬鹿な真似をした自分に意気消沈して帰宅する。

翌朝ヒューイが朝食を取っていると、男爵の代理人が来訪し、男爵からの手紙を手渡す。それには「ヒューイ・アースキンとローラ・マートンの結婚の贈り物」(68)と書かれ、「一万ポンドの小切手」(68)が入っていた。二人の結婚式で、トレヴァーは新郎の介添人を務め、男爵は祝いのスピーチをした。最後に、トレヴァーが「百万長者のモデルも結構珍しいが、模範的な百万長者は断じてもっと珍しい」(68)と述べて、この物語は終わる。

このように、乞食に哀れみを覚えた「失業者」ヒューイの「博愛主義の精神」(68)が報われ、彼は「模範的な」(model)「モデル」(model)の百万長者から、念願の一万ポンドを貰ってローラと結婚できたのである。

おわりに

F・エンゲルス（一八二〇―九五）は『英国の労働者階級の状態』（一八四五）で、ある婦人の投書の「しばらく前から私たちの目抜き通りに大勢の乞食が出没して［・・・］とても恥知らずで迷惑な態度で通行人の同情を引こうとします。私たちは救貧税を払っていますばかりか、慈善団体にも大いに寄付をしておりますので、このような不愉快な厚かましい嫌がらせを免れる権利は十分にあると存じます」(277)を引き合いに出し、ブルジョワ階級の「慈善」に対する態度を誹謗している。この批判はエンゲルスに限ったわけではなく、ワイルドも「社会主義下の人間の魂」（一八九一）で「慈善は夥しい数の罪を作り出している」(232)と述べ、貧困は社会の犯罪と断定して次のように述べている。

貧しい人々は慈善に感謝しているとよく耳にする。確かに、彼らの幾人かはそうだが、大半の人は決して有り難いと思っていない。彼らは恩義を感じず、不満を抱き、不従順で反逆的である。彼らがそうなのは全く正しいのだ。慈善は一部弁償と言う馬鹿げた不十分な方法か感傷的な施しなので、通常彼らの私生活を虐げようとする、感傷主義者の側の何か無礼な企てを伴う、と彼らは思うのである。(234)

一八六九年に発足した慈善事業協会は、各種団体の代表者からなる委員会を組織し、救済の申し込み事務所を開設して、いわゆる「救済を受けるに値する人々」と「救済を受けるに値しない人々」を識別した(Jones 256)。この識別を皮肉って、ワイルドは先の論説「ロンドンのモデル」で「救済を受けるに値しない人々」(the undeserving)の用語を用い、『理想の夫』(一八九五)でも「救済を受けるに値しない人々を援助しての、素晴らしい慈善」(II. 510)での「活人画」(II. 507)でメイベルに逆立ち演技をさせている。

この慈善に対する社会の雰囲気を反映するかのように、劇作家のW・S・ギルバート(一八三六―一九一一)は『慈善』(一八七四)を書いている。この劇では、一女を持つ未亡人が私財を投じて見捨てられた女性を社会復帰させるために慈善事業に尽力する。ところが、この女主人公に復讐を企む悪徳治安判事によって彼女の過去が暴露される。しかし、彼女は慈悲の手を差し伸べる主教に助けられ、慈善活動で救った女性(かつては売春婦で泥棒)のお蔭で悪党の魔の手から逃れることができる。こうして、彼女たちは新天地のオーストラリアに赴き、情愛、忍耐、信仰、寛容、希望、慈善を説くことになるが、「そして、これらの中で最も偉大なのは慈善である」(131)と述べる主教の台詞で幕が閉じる。

　ギルバートの『慈善』では、「過去」を持つ登場人物は醜聞を恐れ、最終的に暴露を免れ得ない。例えば、悪徳治安判事も偽造の「過去」が暴かれ、女主人公も結婚せずに私生児を生んだ「過去」が暴露される。これと類似のテーマを、ワイルドは『何でもない女』（一八九三）と『理想の夫』（一八九五）で、ドイルは「チャールズ・オーガスタス・ミルバートン」（一九〇四）と「プライアリー・スクール」（一九〇四）で取り上げている。

　乞食をモチーフにしたドイルとワイルドは、女性問題との絡みで慈善を取り上げるのではなく、乞食が金持ちだったと言う意表を突く粗筋を用意して、社会通念を風刺している。ヴィクトリア時代を表すキーワードと言えば、二つの国民、世間体、二重生活、醜聞、暴露、慈善などが想起される。そして、ドイルとワイルドの描く乞食の物語は、それらのキーワードを集約し、それぞれ独自の社会観や人間観を披露している。

　所詮、金持ちも乞食も同じ人間であることに変わりはなく、異なるのは社会的身分、あるいはそれに起因する心性だけである。ドイルは、犯罪を個人の社会的モラルの問題と考える傾向があり、その代弁者であるホームズは、慈善の施しを受ける中流階級の紳士の醜い「金銭」欲を断罪し、その秘密を保持して彼の「自尊心」を尊重する。このように、違反者に対して人間的な慈悲を示す作品を書きながら、ドイルは慈善に値しない偽りの乞食がいることを大衆に警告しているかのようである。

　それに対して、ワイルドは「失業者」のヒューイが乞食に哀れみを覚えて「慈善」を施す「博愛主義の精神」を描いている。そして、ヒューイが「模範的な」百万長者によって報われ、彼は恋人との結婚の幸福に与る。ワイルド流の風刺の効いた、模範的な百万長者の「慈善」を物語るこの短編は、人間愛を前提とした世界観を提示している。この短編を出版した一八八七年に、ワイルドは子供病院の新棟付設の慈善事業への寄付金募集の広告記事を『コート・アンド・ソサエティ・レビュー』誌に掲載している(Donohue 264)。後年ワイルドは自らの監獄経験に鑑み、監獄での児童虐待や監獄制度の改善を訴えている。そんなワイルドは、一八九八年五月三一日の手紙で次のように述べている。

> しかし、英国人に哀れみあるいは慈愛を教えることは難しい。［・・・］アングロ・サクソン人をとても愚かなほど、過酷なほど残酷にしているのは、彼ら種族の想像力の欠如である。議会で監獄改革を成し遂げようとしている人は、一人残らずケルト人である。と言うのは、すべてのケルト人には生来の想像力があるからである。(*CL* 1080)

引用文献

Beckson, Karl. *The Oscar Wilde Encyclopedia*. New York: AMS Press, 1998.
Chesney, Kellow. *The Victorian Underworld*. Middlesex: Penguin Books, 1972.
Donohue, J. with Berggren, R, ed. *Oscar Wilde's The Importance of Being Earnest*. Gerrards Cross, Bucks: Colin Smythe, 1995.
Doyle, Arthur Conan. *Memories and Adventures*. Oxford: Oxford UP, 1989.

Engels, Friedrich. *The Condition of the Working Class in England*, trans. Florence Wischnewetzky. Middlesex: Penguin Books, 1987.

Ford, Colin and Harrison, Brian. *A Hundred Years Ago*. London: Bloomsbury Books, 1983.

Gilbert, W. S. *Original Plays*. London: Chatto & Windus, 1922.

Green, Richard Lancelyn, ed. *The Adventures of Sherlock Holmes*. Oxford: Oxford UP, 1993.

Hodgson, John A., ed. *Sherlock Holmes: The Major Stories with Contemporary Critical Essays*. New York: Bedford Books of St. Martin's Press, 1994.

Jones, Gareth Stedman. *Outcast London*. Middlesex: Penguin Books, 1971.

Klinger, Leslie S., ed. *The New Annotated Sherlock Holmes: The Novels*,Vol. III. London: W. W. Norton & Company, 2006.

Small, Ian and Jackson, Russell, eds. *Two Society Comedies*. London: Ernest Benn, 1983.

Sontag, Susan. *On Photography*. Middlesex: Penguin Books, 1978.

Von Eckardt, Wolf *et al*. *Oscar Wilde's London*. London: Michael O'Mara Books, 1988.

3 『幸福な王子とその他の物語』と『柘榴の家』について

はじめに

一九世紀に伝説、神話などの伝承文学に対する関心が高まった。ドイツのグリム兄弟の兄ジェーコブ（一七八五—一八六三）と弟ウィルヘルム（一七八六—一八五九）は『ドイツの伝説』（一八一六）と『子供と家庭の物語』（一八二二）を出版した。グリム兄弟は様々な本や新聞から説話を拾い、民話を知る人々を家に招いて彼らの話を書き取った。それらを編集する際に、二人は中流階級の読者層を念頭に置いて、好色なあるいは性的な要素を削除してキリスト教的倫理観と家庭的情緒を加味した(Zipes xxv-xxviii)。また、デンマークのH・C・アンデルセン（一八〇五—七五）は、グリム兄弟と異なり、伝承物語の特徴を利用して、四作品からなる『子供に語るお話』（一八三五）を出版し、その後も数多くの童話を創作した。これら創作童話は一八四六年から一八九〇年にかけて英語に翻訳されて人々に親しまれた(Markey 73)。アンデルセンの童話もキリスト教的な教訓を含むが、彼の童話の多くは幸福な結末ではない(Owens xi)。

ワイルドの父親ウィリアム（一八一五—七六）も、アイルランドの伝承に関心を抱き、それを収集して『アイルランドの民間の迷信』（一八五二）を出版した。さらに、彼は妖精伝説も収集したが、一八七六年に亡くなった。そのため、妻のジェーン（一八二一―九六）がそれらを編集して『アイルランドの古代の伝説、魔力と迷信』（一八八七）、『アイルランドの古代の療法、魔法と慣習』（一八九〇）を出版した。また、ウィリアムが一八七一年から分冊出版していたG・ベランジェ（一七二九―一八一七）の回想録もジェーンが纏めて一八八〇年に出版した。この回想録について、ワイルドは一八七六年七月二〇日頃の手紙で「今度のクリスマスに私の父親の未完の著作『芸術家ガブリエル・ベランジェの生涯』を編集するつもりだ」(*CL* 25)と学友に知らせている。それゆえ、母親のジェーンが先の妖精伝説などを纏める際にも、息子のワイルドがその編集を手伝った可能性はある。実際、ワイルドの五つの創作童話にアイルランドの民話の痕跡が見られるが、彼は民話についてては限られた知識しか持たず、伝統的な民話の取り組み方を両親と共有したと見なすのは間違いである(Markey 196-7)。

そのワイルドは『幸福な王子とその他の物語』（一八八八）と『柘榴の家』（一八九一）を出版している。また、彼はW・B・イェーツ（一八六五―一九三九）の『アイルランドの農民の妖精物語と民話』（一八八八）を書評した際に、イェーツがジェーンの『アイルランドの古代の伝説、魔力と迷信』をT・C・クローカー（一七九八―一八五四）以来の最高の作品と称揚した一節を引用し、母親の作品「角のある女たち」と「牧師の魂」などが「それなりに実に素晴らしい」と賛美している(Stokes and Turner VII 161-2)。

また、ワイルドの妻のコンスタンス（一八五八―九八）も夫と同時期に童話に関心を抱き、「あれは夢だったの?」(一八八七)以外に「小さなツバメ」と「遥かなる日本」の作品を創作し、『昔話――おばあちゃんの話』(一八八九)と『昔々』(一八九二)の童話集を出版している。驚くべきことに、ワイルドの童話「我が儘な巨人」の原稿はコンスタンスの直筆である(Moyle 136)。それゆえ、ワイルドは妻と競作あるいは合作していた可能性もある。

ここで、ワイルドの二冊の童話集を俎上に載せ、その童話集に底流する作者の心性を探りたい。まず、彼が童話を書いた経緯と二つの童話集の相違について触れてみよう。

I

ワイルドは一八八四年にコンスタンスと結婚し、翌年にシリル(一八八五―一九一五)、翌々年にヴィヴィアン(一八八六―一九六七)と二人の男児を儲けている。長男シリルの誕生もあってか、彼は一八八五年に「幸福な王子」の物語をケンブリッジ大学生に話している(Moyle 134)。その後、ワイルドは幼いシリルとの「夢」に関する会話の内容をR・ル=ガリエンヌ(一八六六―一九四七)に次のようにユーモアたっぷりに紹介している。

> 自分の子供のために童話を書くのがすべての父親の務めだが、子供の心は大いなる謎だ。それは測り知れない。だから、誰が子供の心を見抜けるだろうか、あるいは子供の心に子供特有の喜びを齎せるだろうか?[・・・]例えば、一日か二日前に、あそこにいるシリルが私の所に来て、「お父さん、夢を見ることがあるの?」って質問したよ。「ああ、もちろんだよ、お前。夢を見るのは紳士の第一の務

めだからね。」「それじゃ、どんな夢を見るの？」と、シリルが事実を知りたい子供の馬鹿げた好奇心から尋ねたのだ。それで、もちろん、何か絵画的な夢が期待されている、と私は思ったので、素晴らしいことを話したよ。「どんな夢だって？　ああ、夢に見るのはね、金と銀の鱗の竜で、口から真っ赤な火を吐き、世界中を一度に見渡せるダイヤモンドの目をした鷲［・・・］。」このように空想に耽って話したが、やがてシリルが全く感銘を受けずに、実に全くあからさまに退屈しているのに気付いたので、屈辱を感じて話を止め、彼に向き直ってこう言ったよ。「聞かせておくれ、シリル、お前はどんな夢を見るのだい？」彼の返事は神の啓示のようであった。「僕は豚の夢さ」と彼は答えたよ。
(Pearson 185)（傍点は原文）

この逸話から、ワイルドにとって「子供の心は大いなる謎」であることが分かる。また、彼の童話は、「幸福な王子」をケンブリッジ大学生に語ったように、幼い子供を対象にしたものでもないことが分かる。それは、彼が一八八九年一月の手紙で「それら［童話］は［・・・］子供のためではなく、一八歳から八〇歳までの子供のような人々のために書かれている！」(*CL* 388) と述べているからである。

さて、ワイルドは『詩集』（一八八一）に収められた詩「エロスの庭」('The Garden of Eros') で、次のように詠っている。

　　どうなるのだろう、我々が
　虹を分析し、月から奪ってしまえば
　月の最も古くからの、汚れのない神秘を、

最後のエンディミオンの私は、すべての希望を失うだろうか、
粗野な眼差しが望遠鏡で私の恋人を見詰めるから！

何の益になるだろう、この科学的な時代が
我々の門を突き破れば、そのすべての
現代の驚異と言う従者を引き連れて！（224-31）

「科学的な時代」にあって、彼の童話創作の動機には物質主義的な社会が産み出した都会の悲惨と冷却した人の心への警鐘があるように思える。それゆえ、狭量な社会通念と俗悪な物質主義に洗脳された人々の感情教育のために、「最後のエンディミオンの私」によって二冊の童話集が上梓されたと言える。

まず、彼の童話に底流する心性を理解するために、童話の典型的な登場人物の説明から始めたい。小学校校長のT・ハッチンソン（一八五六―一九三八）宛ての一八八八年七月一三日の返信で、ワイルドは「ナイチンゲールとバラ」の登場人物に関して次のように興味深い解説をしている。

［・・・］あなたが思われるほどには私は若い学生を高く評価しません。彼はかなり浅はかな若者で、彼が愛していると思っている少女とほとんど同じほどによろしくないと私には思えます。いるとすればですが、ナイチンゲールが真に愛する者です。ナイチンゲールは、少なくともロマンスで、学生も少女も我々の大多数のようにロマンスに値しません。少なくとも、そのように私には思えますが、その物語には多くの意味があるかも知れないと思いたいのです。と申しますのは、それや他の物語を書

く際に、私はある考えから始めてそれをある形式で表現するのではなく、ある形式で始めて多くの秘密と多くの答えがあるように、十分に美しいものにしようと努めたからです。(CL 354)

この論評の趣旨は『ドリアン・グレイの肖像』(一八九一)の「序文」でワイルドが述べる意匠に通底する。その序文で、彼は「鏡」と言う語を使用し、「芸術が実際に映すのは観衆であって、人生ではない」(168) あるいは「芸術作品についての意見の多様性は、その作品が新しく、複雑で、活力に満ちていることを示している」(168) と述べている。それゆえ、彼の童話は読者の心を映す「鏡」となり、伝統的な型通りの童話と異なり、「新しく、複雑で、活力に満ちている」ことになる。

先の返信の文面から分かるように、彼の童話では「ロマンス」に値する者とそうでない者との対比が特異である。要するに、ナイチンゲールのように「真に愛する者」(the true lover) と「我々の大多数」のように「浅はかな」(shallow) 者との対比が鮮明なのである。そして、その背景には楽園に纏わる無垢と堕落の神話がある。後年、ワイルドは『書簡――獄に繋がれて』(『獄中記』、以下『書簡』と略記する) で「狭く壁に囲まれて既に肉欲で枯れ果てた、あなた「ダグラス」のありふれた欲望の庭」(66) あるいは「私は世界の庭のすべての木の果実を食べたかった」(108) と記し、キリストの愛の精神を称揚している。

さて、第一童話集の『幸福な王子とその他の物語』(一八八八) と第二童話集の『柘榴の家』(一八九一) の雰囲気に顕著な相違が窺われる。例えば、C・ナサールは第一童話集に見られる悪魔的な要素の増大を第二童話集の中に看取している(30)。A・オヤラも、理想的で美しいものの提示を第一童話集に、幻滅と諦念の顕現を第二童話集に看破している(I 174)。さらに、R・シューワンは第二童話集の副題に「牧歌の死」と付し、「愛のロマンチックな形象は自己投影と言う最も明白な形式にある。その四つの恋愛関係——王女、人魚、あるいは自己との——が崩れ去ると、牧歌は終焉となり、知識の侵犯が始まる」と正鵠を得ている(51-2)。つまり、第一童話集では、作者の想像力は醜悪な現実を覆い尽くすほどに、美しい人間愛の童話を創造し、作者一流のウィットもその全編に陽気な雰囲気を醸し出している。しかし、第二童話集ではその情趣は苛酷な現実に押し拉がれ、悪魔的な要素が増大して牧歌的な勢いは衰え、愛の夢物語は悲歌へと変貌している。

言い換えれば、第一童話集では「幸福な」主人公は、自己犠牲を信条とする「ロマンス」の世界に耽溺し、楽園への憧憬を示す。しかし、詩人J・キーツ（一七九五—一八二一）が『レイミア』（一八二〇）でいみじくも「すべての魅力は飛び去らないだろうか／冷やかな学問が単に触れただけでも?-」(Part II 229-30)と詠うように、人は楽園に憩い、ナイチンゲールの歌に耳を傾けて暮らすことはできない。それゆえ、第二童話集では「冷やかな学問」(cold philosophy)に触れた主人公の姿がクローズアップされる。事実、第二童話集では宮廷と森、都市と田園、「人工」と「自然」の対比が濃厚となり、楽園は彼方に霞み、知性と感性の狭間で苦悩する主人公の姿を映す「鏡」の世界が現出する。また、第一童話集と第二童話集では無垢を象徴する子供の描写にも変化が見られる。

以上のことを念頭に置いて、第一童話集と第二童話集の個々の作品を概略的に取り上げてみよう。

II

民話にも王侯貴族は登場するが、ワイルドの童話での王侯貴族は「楽園」の道具立てに使われているようである。『オックスフォード英語辞典』に拠れば、「楽園」(paradise)はペルシアの王侯貴族の「閉ざされた園、果樹園あるいは遊園地」を意味するギリシア語として最初クセノフォンによって使われている。この「楽園」に纏わる無垢と堕落の神話がワイルドの童話の背景にあり、特に第一童話集では「庭」が繰り返し言及されている。また、ワイルドの童話では子供と大人、利他主義と利己主義の対比が描出される。さらに、「有益な」(71, useful)と「無益な」(160, useless)、「実際的な」(82, practical)と「非実際的な」(71, unpractical)価値観が提示され、その対比が功利主義に洗脳された俗物の風刺となる。

第一童話集は、キーツの詩『エンディミオン』(一八一八)の「幸福はどこにあるのか」(Book I 777)と言う詩趣に似たテーマの「幸福な王子」から始まる。王子は、在世中は「無憂宮」(72, the Palace of Sans-Souci)に住み、悲哀など知らずに「幸福」だったことを次のように回想する。

> 昼間私は庭で私の仲間と遊び、晩は大広間でダンスを先導した。庭の周りにとても高い壁が廻らされていたが、その向こうに何があるのか私は尋ねる気など毛頭なく、私の周りのすべてがとても美しかっ

た。私の廷臣たちは私を幸福な王子と呼び、もし快楽が幸福とすれば、実際私は幸福だった。(72-3)

このように、「快楽」(pleasure)と「幸福」(happiness)の等式が成立する「高い壁」で囲まれた「庭」(the garden)は、「閉ざされた園」の楽園を示唆する。ところが、故人となった王子は「高い円柱の上」(71)に建てられ、「私の市のすべての醜さとすべての悲惨」(73)を目の当たりにしなくてはならなくなる。たまたま、来合わせたツバメが涙を流す王子に「哀れみ」(72, pity)を覚え、彼の使者となって貧しい人々に善を行なう。王子は身に着けるものを施し、ツバメは自らを犠牲にして王子に仕える。いつしか愛した王子にツバメがキスして息絶えると、王子の「鉛の心臓」(78)は真二つに裂ける。しかし、「死は眠りの兄弟」(78)とツバメが語るように、伝統的に「眠り」と「死」は双子の兄弟とされ、「死」についての新プラトン主義的解釈は「愛」と不可分である(若桑 44)。この物語の結末で、神に遣わされた「天使」(78)によって王子とツバメは「楽園と言う私[神]の庭」(78, my garden of Paradise)に運ばれ、永遠の生命を得る。

この童話は、「愛の力」(74, the power of love)は「死」を超えることを強調している。つまり、キリストが死を克服したことによって天上的存在となったのと同じく、死を超越する愛は「楽園」での甦りを意味する。一般に、ワイルドの童話では「自己」の殻に閉じ籠もった原初の「無垢」が現実世界で「悲哀」を知り、「愛の傷」(88, the wounds of Love)を負うことによって高次の「無垢」へ到達する(Nassaar 22)。この童話は、その好例である。

ワイルドの劇『ヴェラ、あるいはニヒリストたち』(一八八〇)で言及される「知識の木」

(II.140) の果実を希求する典型的人物が登場するのが、先に紹介した「ナイチンゲールとバラ」である。この童話の主役は、飽くまでもナイチンゲールであって、学生や教授の娘などでは決してない。ナイチンゲールが自らの心臓の血で染めた「赤いバラ」(83) は、情熱と殉教を象徴する (de Vries 392)。自らの生命を賭して、「死により全きものとなる愛、墓の中でも滅びない愛」(83) を恍惚と歌い続けたナイチンゲールは「庭」(79) で息絶える。そして、その「赤いバラ」を見付けた学生は喜び勇んで恋しい娘の所に持って行く。しかし、その教授の娘は顔をしかめて「花などよりも宝石の方がずっと高価なことは誰も知っているわ」(83) と冷淡である。落胆した学生はバラを投げ捨て、荷馬車がその上を轢いていく。

> 「愛は何て馬鹿げたものなのだ！」と学生は立ち去りながら言った。「それは、論理学の半分ほども有益ではない。と言うのも、それは何も証明せず、起こりそうにないことをいつも人に告げ、真実でないことを人に信じさせるからだ。実際、それは全く非実際的で、それにこの時代では実際的なことがすべてだから、哲学に戻って形而上学を研究しよう。」(84)

「哲学」(Philosophy) を希求する学生と「高価な」「宝石」を欲しがる教授の娘は、「実際的な」俗物と描かれている。ワイルドは『書簡』で、キリストが「愚かな人々、特に教育によって愚かになった人々を我慢できなかった」(121) と言明している。

　そして、文字通り少年のキリストが登場するのが童話「我が儘な巨人」である。「コーンウォールの人食い鬼」(85) を友人に持つ巨人はまさに野蛮人である。「ここでは私たちは何て幸せなのだろう」(85) と子供たちが遊びに来る「大きな美しい庭」(85) の周りに、巨人は「高い壁」(85) を築いて子供たちを締め出す。そのため、春が巡って来ても、その庭だけは霜と雪と北風の冬のままである。そんなある朝、「開いた窓」(86, the open casement) から巨人の目に、ある少年の姿が映る。壁穴から入った子供たちの中、その少年だけが木に登れずに泣いている。その後の描写は、次の通りである。

「何て私は我が儘だったのだ！」と彼［巨人］は言った。「どうして春がここに来ようとしなかったのかやっと分かった。あのかわいそうな小さな少年を木の梢に上げ、それから壁を取り壊して、私の庭を永遠に子供たちの遊び場にしてやろう。」彼は今までにしたことを本当にとても済まなく思った。(87)

こうして、巨人は少年を「木の梢に上げ」てやると、彼はお礼に巨人にキスした。そのため、巨人はその少年を一番好きになったが、二度と少年は姿を見せずに年月が流れた。とある冬の朝に「愛の傷」(88) を負った少年が現れ、年老いた巨人に「今日は私の庭に一緒に来るのですよ、楽園に」(88) と微笑んで語った。その日の午後に子供たちが遊びに来ると、「巨人は白い花で全く被われ、木の下で死んで横たわっていた」(88)。このように、巨人は甦って「楽園」(Paradise) に憩うのではなく、むしろ地上的な死を遂げるのである。

次に、作者の精神的な葛藤を風刺したと言える童話が登場する。その「献身的な友」は、「愛」と「友情」のいずれが「より高貴で」(89, nobler) あるのかの問題を扱う、風変わりな作品である。それゆえ、母親のアヒルと独身のミズネズミが登場し、今までの童話の語りと異なり、外枠と内枠の二重の語りがある。外枠の語りで、ムネアカヒワ鳥が「献身的な友情」(89) に関する「モラルのある物語」(99) を、年老いた「独身主義の男」(98, a confirmed bachelor) のミズネズミに話す。と言うのは、ミズネズミが「愛はいかにも結構だが、友情の方がずっと気高い」(89) と発言し、「もちろん、私の献身的な友人は私に献身的であると思う」(89) と利己主義的だからである。

他方、内枠の語りの「モラルのある物語」に登場するのが、正直者のハンスと利己主義的な粉屋のヒューである。「すべての田園地方で、彼［ハンス］のほど美しい庭はなかった」(90) と言う「壁」(90) で囲まれた庭で、小さなハンスは花を育てて暮らしている。そして、彼は「真の友情の無私」(90) を語る粉屋のヒューの影響をまともに受ける。

　「そこで小さなハンスは粉屋のためにせっせと働き、粉屋は友情についてあらゆる種類の美しいことを言い、それをハンスはノートに書き留め、夜に読み直したものだった。と言うのは、彼はとても立派な学習者だったからである。(96)

このように、「とても立派な学習者」(a very good scholar) のハンスは「友情の実践」(96) を会得しようと思い、「友情のない」(94, unfriendly) 粉屋の利己的な要求を鵜呑みにする。そのため、嵐の夜に梯子から落ちて怪我した息子のために医者を呼んで欲しいと粉屋に頼まれたハンスは、粉屋の「新しい角灯」(97) も持たせてもらわずに出掛ける。やっと医者の家に辿り着いたハンスは、その帰りに道に迷って溺死してしまう。

「ナイチンゲールとバラ」の学生と同じく、ハンスにも知識の木の果実を希求して「愚かになった」人間の相貌が窺われる。しかし、この内枠の物語は飽くまでもハンスが献身的な友であったことを示し、粉屋のヒューに当初共感していたミズネズミへの風刺となる。そのため、ハンスとヒューの物語を聴き終わったミズネズミは、ハンスの死に「同情」(98) し、「でも、粉屋はどうなったの?」(98) と尋ねるのである。そして、外枠の語りで、母親のアヒルが「ああ!それ「モラルのある物語をすること」はいつもとても危険なことだ」(99) と述べ、語り手の「私」が彼女の意見に同意する趣向になっている。

ついに、寓話である童話が変貌し、感傷的な作品「素晴らしいロケット花火」が登場する。この作品の題材は、ウィスラーの《黒と金の夜想曲──落ちるロケット花火》(一八七五年頃) から作者が霊感を受けたもののようである (Ellmann 295-6; Stokes and Turner 206)。「背が高く尊大に見えるロケット花火」(102) は、王子と王女の結婚式の「催しの最後の出し物」(101) として真夜中に打ち上げられることになる。しかし、あらぬ事まで想像して泣き出したロケット花火は、湿って役に立たず打ち上げられない。それにも拘わらず、ロケット花火はそれに気付かず、「何か盛大な行事」(106, some grand occasion) のために取って置かれたと勘違いする。翌日、花火の後片付けに来た職人によってロケット花火は「王の庭」(101) の「壁」(106) 越しに投げ捨てられる。そして、捨てられたロケット花火は幼い少年たちに見付けられ、薬罐を沸かす「実際的な」(105) 目的のために火中に放り込まれる。

そして、彼［ロケット花火］は確かに実際に爆発した。バン！バン！バン！と火薬が爆発した。それには何ら疑いはなかった。
しかし、誰も彼の爆発を聞かず、小さな二人の少年たちさえもそれを聞かなかった。と言うのは、二人はぐっすり眠っていたからだ。
［・・・］
「非常なセンセーションを巻き起こすと分かっていたよ」とロケット花火は喘いで言い、そして彼は消えた。(110)

これまで無垢の象徴の子供は、実利を信奉する功利的な大人と対照的に描かれていたが、この童話では子供とロケット花火の共感はない。あまりに感傷的で誰にも理解されない「素晴らしい」ロケット花火に、作者は限りない哀れみを感じているかのようである。そして、愛を賛美する童話は、ロケット花火が王子と王女の愛を祝福できずに虚しく「爆発」したのと同様に終焉を告げるのである。

III

W・B・イェーツは第一童話集が「魅惑的で面白い」のに対し、第二童話集は「過度に装飾的でめったに面白くない」と論評している(qtd. Roditi 71)。実際、第二童話集の『柘榴の家』(*A House of Pomegranates*) はそれぞれの主人公の自己認識の深化を描き、「自然」と「人工」の対立を孕んでいる。この童話集の題名に冠した「柘榴」の形象に関しては、作品「王女の誕生日」

の「柘榴が熱で裂けて割れ、血の滴る赤いハート型を見せていた」(154) から推測される（富士川 645-6）。また、「家」の形象に関しては、作品「漁夫とその魂」で、若い漁夫が自らの魂と訣別する時に語る「その間［天国と地獄の］にある、あの仄暗い薄明の家」(180) から推察される。この「柘榴」の「家」の形象が、第二童話集の基調を成している。ペルセポネがハデスによって下界に連れ去られ、足留めとして柘榴を食べさせられたように、第二童話集の主人公は「柘榴」を食べた「あの仄暗い薄明の家」(that dim twilight house) の住人なのである。事実、「星の子」の主人公は「柘榴の木で被われた壁」(210) の家の「地下牢」(211) に幽閉されている。

そして、第二童話集では美とモラル、あるいは「悪魔的なもの」と「神聖なもの」が対峙し、「自ら殺害した人の姿」を映す「鏡」の世界が現出する。この心象風景を、ワイルドは『詩集』(一八八二) の一編「人間」('Humanitad') で次のように詠っている。

だが、我々はそれら穏やかな通い先を後にして
疲れた足取りで新たなカルヴァリに赴き、
そこで、我々は凝視するのだ、鏡の中に
自らの顔を見る人のように、自ら殺害した人の姿を、
そして、その悲しげな凝視の無言の咎めの中に
人の赤い手が呼び起こす畏怖すべき幻が何かを知るのだ。(409-14)

第二童話集の最初の作品「若い王」は、既に一八八八年の『レディーズ・ピクトリアル』誌に

発表されている。それが改訂されて第二童話集に収められた際に、「庭」(149)と「遊園」(149, pleasaunce)を含む一文が追加されている(Markey 147)。この「遊園」は、装飾を第一目的に造られた人工庭園である。さらに、改訂の際に、現代的な言葉遣いが古風な表現に修正され、異国風で頽廃的な雰囲気、都会の貧困と道徳的堕落の繋がり、特権階級特有の快楽が強調されている(Markey 146-7)。そして、この作品に登場する若い王の夢に、次のように「鏡」の世界が出現する。

> そして、若い王ははっとして、そして、振り向き、巡礼の服を着て手に銀の鏡を持つ人を見た。
> そして、彼は青ざめて、こう言った。「どの王のための?」
> すると、巡礼は答えた。「この鏡を見よ。さすれば、汝はその王を見るであろう。」
> そこで、彼は鏡を見て、彼自身の顔を目にして、大きな叫び声を上げて目覚め[・・・]。(149)

素晴らしい「歓楽宮」(142, *Joyeuse*)に住み、「美」(142)を愛好する若い王の夢は、彼の実相を映す「鏡」の前に破綻を来たす。そのため、王は虚飾ゆえに多くの人命を犠牲にし、「美」を追い求めていた現実を知り、内面の美を重んじるようになる。この王は宮殿に住み始めてからも、「彼の森の生活の快適な自由」(142)を懐かしむ牧歌的人物と描かれている。

こうして、王は貧相な身なりをして「戴冠式」(141)に臨み、キリスト像の前に立つ。すると、彼の美徳ゆえに「神の栄光」(152)が授かり、彼は「天使の顔」(153)をして家路に着く。だが、彼の帰る家は虚飾に満ちた宮殿なのであろうか、それとも彼が住んでいた「人里離れた森の地域」(141)の家なのであろうか。この疑問に作者は明確な答えを与えていない。

この若い王の出生に関して、老国王の「大いなる罪」(142) が仄めかされているが、次の作品「王女の誕生日」に登場する幼い王女の身辺は、紛れもなく悪徳と堕落に満ち満ちている。この王女は迫真の演技の「操り人形芝居」(157, the puppet show) を見て「涙」(158) で目を曇らせるが、「醜い」(160) 小人の傷心には不感症である (富士川 647)。ここでも、作品の「若い王」の場合と同様に、「宮殿」(154) と「森」(160) の対比が描かれ、次のように「鏡」が導入される。

真相が分かりかけると、彼 [小人] は荒々しい絶望の叫び声を上げ、咽び泣いて地面に倒れた。[・・・] 彼自身が怪物だったのだ。そして、すべての子供たちが嘲笑していたのは彼だったのだ。そして、彼は幼い王女は自分を愛していると思ったが――彼女もまた彼の醜さを単に嘲り、彼の捩れた手足をからかっていたのだ。どうして彼を森の中にそっとして置いてくれなかったのか? そこには彼がいかに忌まわしいかを物語る鏡などなかったのに。(168-9)

宮殿は森と異なり、息苦しく重々しい雰囲気に包まれている。また、王女の誕生日に招かれる子供たちは、純真さの片鱗も見せず「あたかも成人した人」(158) のように振る舞う。この人工の世界で、小人は失恋のために息絶える。しかし、一二歳の誕生日を迎えても成長しない幼い王女は、「これから私の所に遊びに来る人たちは心をもたない者にしてね」(170) と叫び、「庭」(170) へ駆け出して行く。そして、この場面で物語は終わる。

一八八九年に『挿絵入りパリ』誌に最初「幼い王女の誕生日」として発表されたこの物語の結末にA・マーキーは着目している。それに拠れば、侍従が死んだ小人を足で引っくり返し、「彼が死んだのは残念だ。彼はとても醜いので、王を微笑ませたかも知れない」(156)と述べる場面でこの物語は終わっている。この結末は「王女の思慮のない残酷さ」よりも「侍従の冷淡さ」を提示している(Markey 156)。ところが、この童話を改訂した際に、作者は「王女の思慮のない残酷さ」を際立たせている。この王女が駆け出して行った「庭」は、人工庭園の様相を呈し、暑い陽光を浴びて「甘く重苦しい芳香」(154)が漂い、「柘榴が熱で裂けて割れ、血の滴る赤いハート型を見せて」(154)いる。この「柘榴」の形象は、小人の張り裂けた心と重なる。

次の作品「漁夫とその魂」に鏡への言及はないが、肉体と魂の分離が示唆するように、この物語は自己を引き裂かれた漁夫に纏わるものである。事実、漁夫の肉体と魂と心の三つ巴の葛藤が描かれ、「柘榴の庭」(194)への言及も見られる。人魚への愛のために自らの魂を譲り渡した漁夫は、その魂に心を与えなかった。そのため、漁夫の魂は「熟した柘榴」(183)のジュースを飲み、次々と悪事を犯す。やがて、その魂は漁夫までも誘惑し、漁夫は恋した人魚を見捨て、魂の命ずるままに「悪事」(196)を犯す。しかし、いつしか人魚への思慕が漁夫の心に募り、彼は海辺に舞い戻る。こうして、漁夫は愛しい人魚の名前を呼ぶが、虚しく二年が過ぎる。そんなある夜、漁夫は心を持たずに世間を流離った魂に同情し、魂が漁夫の心の中に戻れるよう手助けしようとする。すると、海から「大きな悲嘆の叫び声」(198)が響き、愛しい人魚の死体が海辺に打ち寄せられる。

　そして、彼［漁夫］の魂は彼に立ち去るよう懇願したが、彼はどうしてもそうしなかった。彼の愛はとても大きかったから。そして、海水がさらに近くに押し寄せ、波で彼を覆い尽くそうとした。それで、死が間近だと知ると、彼は狂おしい唇で人魚の冷たい唇にキスすると、彼の中の心が張り裂けた。そして、彼の愛が満ちて彼の心が実際に張り裂けたので、魂は入口を見付けて中に入り、ちょうど以前のように漁夫と合体した。(199)

このように、漁夫の「愛が満ちて彼の心が実際に張り裂け」ることによって、魂は「漁夫と合体」できるのである。この漁夫の肉体と魂と心の三つ巴の葛藤を描くことによって、作者は人間の肉体と魂と心を「合体」させる愛と傷心の寓話を物語っている。しかし、この寓話はこの場面で終わらずに、さらに続く。

この漁夫と人魚の亡骸は聖別されない「布晒し場」(200, the Field of the Fullers) に埋葬される。かつて漁夫に「肉体の愛は邪悪である」(174) と説教した司祭は、聖なる日に礼拝堂で「主の傷」(200) と「神の怒り」(200) を話すつもりでいた。ところが、「布晒し場」から咲き出た「それら［白い花］の香り」(200, their odour) に幻惑された司祭は、いつしか「その名前が愛の神」(200) の話をしているのに気付く。しかし、その日以来、花は二度と「布晒し場」には咲かず、海の生物も入江に来なくなる。これがこの物語の結末である。

最後の「星の子」では、「水の井戸」(208) が鏡の役割を果たし、「柘榴の木」(210) への言及がある。自ら遠い星の生まれと思い込んだ星の子は、美貌も手伝って、我が儘で高慢な子に成長する。この星の子は、彼を探して一〇年間も流離った「乞食で醜く襤褸服姿の」(207) 母親を拒絶して「彼の心の扉」(208) を閉ざす。この振る舞いのため、星の子の顔は醜悪になり、それを「彼の遊び友だち」(208) に指摘される。

そこで、彼［星の子］は水の井戸の所に行き、中を覗き込んだ。すると、見よ！彼の顔はヒキガエルの顔のようで、彼の体は毒蛇のように鱗で被われていた。それで、彼は草地に身を投げ出して泣き、こう自らに言った。「きっとこれは私の罪ゆえに私に振り掛かったのだ。と言うのは、私は私の母を認めず、追い払い、高慢で、彼女に残酷だったからだ。だから、私は彼女を世界中に探し、彼女を見付けるまでは休まない。」(208)

こうして、星の子は母親を捜し求めて流離う。やがて、彼はリビアの魔法使いの老人の所に売り飛ばされ、「柘榴の木で被われた壁」(210) の家の「地下牢」(211) に幽閉される。そして、この魔法使いの吹っ掛ける無理難題に苦しみながら、星の子は自らの苦悩を忘れて罠に掛かった「小さな野兎」(212) を助け、自らの死の運命をも顧みずに癩病の男に「哀れみ」(213) をかける。

やがて、星の子は重い足どりで帰路に着くと、町の人々が歓呼して彼を出迎えているではないか。群集の中に乞食姿の母親を目にした彼は、「心が張り裂けんばかりの人」(215) になって駆け寄り、頭を塵に埋めて彼女に許しを請う。この「謙虚さ」(215) によって魔法が解ける。すると、乞食女の母親は女王、癩病の男は国王で、しかも彼は王子であったことが判明する。その後、星の子は統治者となって善政を行うが、「彼の苦悩」(216) は大きく、試練も過酷だったため、三年後に不帰の客となる。そして、彼の跡を継いだ者は、悪政を行うのである。

以上のように、第二童話集でも主人公の「心」が傷つくことによって、主人公は自己の姿を認識する。しかし、第一童話集と異なり、第二童話集の主人公の救済はなく、陽気な雰囲気は苛酷な現実によって押し拉がれ、愛の夢物語は悲歌へ変貌している。結局、第二童話集では「血の滴る赤いハート型を見せていた」柘榴の心象が前景に出、鏡が主人公の傷心をまざまざと映し出す。そのため、いくら主人公が改悛して「神の栄光」を授かっても、「罪」の意識に囚われた心を癒せないのである。それゆえ、第二童話集の主人公は、星の子が母親に嘆願したように、こう叫んでいる。「森に帰らせて下さい」(215)と。

おわりに

第一童話集では、作者の表現の対象は飽くまでも「幸福な」主人公の理想の追求とその成就にあり、主人公の目は自己の内面よりも外界に向けられる。それゆえ、第一童話集は人間愛の神話を創出し、「美」は「善」の等式が成立する一元的な価値観を提示する傾向にある。つまり、楽園を背景に据えた第一童話集は、キリストのように自己犠牲を信条とするロマンスの世界を現出する。また、第一童話集の「我が儘な巨人」の作品のように、無垢の象徴の子供は堕落した大人と対照的に、「すべての中で最も美しい花」(88)と記述される。実際、作者は『書簡』で「彼［キリスト］は『花のような人生を』送るべきとこれまでに人々に語った最初の人であった。［・・・］彼は子供を人々がなろうと努めるべき型の人と見なしていた」(120)と述べている。

ところが、第二童話集になると、主人公の目は外界ではなく、否応なく自己の内面に向けられ、物語は単純な寓話ではなくなる。この傾向は、第一童話集の「献身的な友」で既に始まりかけている。そして、第二童話集の表現方法は第一童話集ほど一元的、明示的ではなく、重層的で暗示的となり、「美」は「善」の等式は成立しなくなる。さらに、無垢の象徴の子供も生来の天真爛漫さを喪失し、「王女の誕生日」では「あたかも成人した人」(158) のように描かれている。そして、「美」に囚われた主人公の自己投影の世界は、主人公の実相を映す「鏡」によって破綻を来たし、「罪」の意識に囚われた主人公は自虐的となる傾向がある。

このように、作者は人の心の有り様に魅了され、美、罪、呵責に囚われた主人公の物語を書き綴っている。M・ノルダウ（一八四九―一九二三）は、世紀末の情趣を「傲慢にも永遠に花咲き、常しえに生きる自然の真っ只中で、刻々に死期が迫るのを感じる病人の無力な絶望感」(3) と評している。その世紀末にあって、ワイルドは滅び行く肉体の虚しさを自覚し、束の間の安息を美に見出そうとするかのようである。そのようなロマン主義者の苦悩が「苦痛嗜愛」(algolagnia) なのであろう (Praz 321-2)。自らの心臓の血を注いで一輪の白いバラを赤く染めるナイチンゲール、現実認識の衝撃のために心が張り裂ける人物像などに、作者のロマン主義の心性を垣間見ることができる。

「新しい戦慄」(*CL* 453) の探求の中にワイルドの文学、延いてはワイルドの童話の美学がある。と言うのは、自らの命を賭して生き抜く執念は、凡庸な生を虚しく送るよりもはるかに芸術的だからである。ワイルドは一八八五年一二月一二日の手紙で、H・マリリャー（一八六五―一九五一）に次のように書き送っている。

> センセーションのためなら火刑になってもいいし、最後まで懐疑家であってもいいのだ！ただ一つのことが私には無限に魅惑的だ、ムードの神秘さが。このムードの支配者なのは申し分ないが、ムードに支配されることの方がさらにずっと素晴らしい。芸術的人生は長く美しい自殺行為と時折思うが、そうであっても悔いはない。(*CL* 272)

この「芸術的人生」(the artistic life) は、「ワイルドが抱く道徳律廃棄論者のキリスト」(Sloan 165, Wilde's antinomian Christ）への限りない憧憬に裏打ちされている。H・ピアソンは、ワイルドがキリストに魅惑され、「彼［ワイルド］自身をほとんどキリストと同一視するようになった」(136) と述べている。そして、キリストの「愛の傷」(88) が象徴するように、ワイルドにあっては「愛」は常に「罪」との連想において思考され、ワイルドの愛に対する意識は複雑である。「愛」には人を永遠の生命の在り処へと導く神聖な力があると同時に、絶えず人を「罪」の世界に陥れる魔力もある。その「愛の神秘」(80) を巡って、ワイルドの童話は偏執的なほどに人の「心」の有り様に収斂していく。そして、その心象風景には、今まで見てきたように、楽園と鏡の世界が横たわっている。

引用文献

de Vries, Ad. *Dictionary of Symbols and Imagery*. London: North-Holland Publishing Company, 1976.

Ellmann, Richard. *Oscar Wilde.* New York: Alfred A. Knopf, 1988.
Garrod, H. W., ed. *Keats: Poetical Works*. Oxford: Oxford UP, 1973.
Markey, Anne. *Oscar Wilde's Fairy Tales*. Dublin: Irish Academic Press, 2011.
Moyle, Franny. *Constance: The Tragic and Scandalous Life of Mrs Oscar Wilde*. London: John Murray, 2011.
Nassaar, Christopher S. *Into the Demon Universe*. London: Yale UP, 1974.
Nordau, Max. *Degeneration*. London: University of Nebraska Press, 1968.
Ojala, Aatos. *Aestheticism and Oscar Wilde*, 2 Pts. Helsinki: Richard West, 1980.
Owens, Lily, ed. *The Complete Hans Christian Andersen Fairy Tales*. Gramercy Books, 1996.
Pearson, Hesketh. Th*e Life of Oscar Wilde.* London: Macdonald and Jane's, 1975.
Praz, Mario. *The Romantic Agony*, trans. Angus Davidson. Oxford: Oxford UP, 1970.
Roditi, Edouard. *Oscar Wilde*. Connecticut: New Directions Books, 1947.
Shewan, Rodney. *Oscar Wilde*. London: Macmillan Press, 1977.
Sloan, John. *Oscar Wilde*. Oxford: Oxford UP, 2003.
Stokes, John and Turner, Mark W., eds. *The Complete Works of Oscar Wilde,* Vol. VI. Oxford: Oxford UP, 2013.
Zipes, Jack, trans. *The Complete Fairy Tales of the Brothers Grimm*. Toronto: Bantam Books, 1987.
富士川　義之ほか（訳）『ロード・ジム／ドリアン・グレイの画像ほか』（世界文学全集第六三巻）　講談社、一九七八年。
若桑　みどり　『マニエリスム芸術論』　岩崎美術社、一九八〇年。

4 「W・H氏の肖像画」について

はじめに

一八八七年一〇月頃の手紙でワイルドは「私は現在別の物語を書いていて［・・・］その物語はシェイクスピアのソネットと関連がある」(*CL* 325)と述べている。その「物語」(story)が『ブラックウッヅ・マガジン』誌（一八八九年七月号）に掲載された「W・H氏の肖像画」（一八八九）である。この作品で、作者はシェイクスピア（一五六四―一六一六）の『ソネット集』（一六〇九）の献辞のW・H氏は、美少年俳優ウィリー・ヒューズ(Willie Hughes)と推定している。しかし、K・ダンカン＝ジョーンズはソネット二〇番の「容貌」(hue)の注釈で、このワイルド説を支持する証拠が欠如していると言及している(150)。

「W・H氏の肖像画」の着想は、作者の親友ロバート・ロス（一八六九―一九一八）の示唆によるものと思われる。実際、ワイルドは一八八九年七月にロスに宛て「その物語［「W・H氏の肖像画」］の半分はあなたのもので、もしあなたがいなければ書かれなかっただろう」(*CL* 407-8)と語っている。また、作者は別の手紙でロスに「ウィズデンは明らかにウィリー・ヒューズの生まれ変わりだね」(*CL* 408) と書き送っている。そう言えば、この物語に登場するシリル・グレアムとジョージ・アースキンの二人は、ロスとウィズデン同様「ケンブリッジ」(35) に進学している。ケンブリッジ大学出身の登場人物は、オックスフォード大学出身者を自負するワイルドの作品には珍しい。しかも、ジョージ・アースキンは「スコットランドの家柄」(36) と記述され、ワイルドはロスをスコットランドの友人と紹介している (Croft-Cooke, *Unrecorded* 189)。さらに、R・エルマンは、作中のウィリー・ヒューズがロスと同年齢の一七歳であることに着目している (277)。

さて、ワイルドはその論説を掲載した雑誌の編集長W・ブラックウッド（一八三六―一九一二）に宛て一八八九年七月一〇日に「さらに述べるべき多くの論点があり、ソネットの終わりの『ダーク・ウーマン』の問題にまだ取り組んでいませんので、私はそれ［「W・H氏の肖像画」］に追加できます。［・・・］その物語に三千語ほど追加できます」(*CL* 407) と提案している。実際、この論説に関してワイルドの次男ヴィヴィアン・ホランド（一八八六―一九六七）は「オスカー・ワイルドはこの論説に含まれた考えに益々取り付かれ、次の四年間にこの物語を書き直して付け加え、総計二万五千語にした」(Foreman 14) と指摘している。

また、ワイルドはウィリー・ヒューズの肖像画を挿絵画家のC・リケッツ（一八六六―一九三一）に依頼した際に、「私の本が出ると我々英国の家庭はその根底まで揺らぐだろう」(Ricketts 33) と語っている。最終的に、彼が加筆した「W・H氏の肖像画」の「本」は出版されなかった。と言うのは、彼の著作の出版を請け負っていたC・E・マシューズ（一八五一―一九二一）とJ・レーン（一八五四―一九二五）が一八九四年九月に共同経営を止め、この本の出版予告を新聞に掲載していたにも拘わらず、刊行を拒否したからである。それほどまでに、彼の加筆した「W・H氏の肖像画」は深刻な内容を含んでいたと考えられる。また、その加筆版で、作者は語り手の「私」に「いかにあの表現［愛で哲学する］が私のオックスフォード時代に私を感激させたことか！」(92)と感嘆させ、「私」がオックスフォード大学出身者であることを明記している。

いずれの版にせよ、作者が「私の初期の傑作の一つ」(Pearson 332)と呼ぶ「W・H氏の肖像画」は、詩『スフィンクス』（一八九四）と同様に「英国の家庭はその根底まで揺らぐ」内容を含んでいる。それゆえ、この作品の雑誌版と加筆版（未発表）の内容を吟味し、作者の意匠を探ってみよう。

I

一八八九年発表の「W・H氏の肖像画」に囚われ、ワイルドがその後「ダーク・ウーマン」の問題に取り組んだことは注目すべきである。特に、この作品は作者の性癖を明示するからである。例えば、一八九五年の裁判で弁護士のE・カーソン（一八五四―一九三五）はこの作品に言及している。それは、カーソンが雑誌版の『ドリアン・グレイの肖像』（一八九〇）を取り上げ、画家のバジルが「私があなたを狂おしいほど過度に馬鹿げたほど敬愛したことを全く認めるよ」(90)とドリアンに語る点を指摘し、それと類似の感情を若い男性に抱いたことがあるかとワイルドに尋問した場面である。それに対し、ワイルドは「いかなる芸術家も若い男性を非常に賛美し、愛することは全く自然なことと思う」(Holland 90) と述べ、この考えはシェイクスピアのソネットから借用したと弁明した。すると、カーソンは「あなたはシェイクスピアのソネットは実質的に男色的と指摘する論説を書いたことがあると思う」(Holland 93) とワイルドを追及した。

そのカーソンの論及に対して、ワイルドは「それら［ソネット］を献呈した若者に対するシェイクスピアの愛は、私が彼の芸術の一部だと想像するパーソナリティに対する芸術家の愛であると私は説明しようとしたのだ」(Holland 93) と返答し、歴史家のH・ハラム（一七七七―一八五九）の見解と意見を異にすることを表明した。そのため、カーソンはそれ以上「W・H氏の肖像画」に言及せず、『ドリアン・グレイの肖像』に話を戻した。と言うのも、この時カーソンはワイルドの「説明」を論駁できる確たる記述を雑誌版の「W・H氏の肖像画」に認めなかったからであろう。それゆえ、エルマンが述べるように、「この物語［雑誌版の「W・H氏の肖像画」］は抑制され――ワイルドが後に書いた長いバージョンよりも抑制され――俳優に対するシェイクスピアの情熱の問題を持ち出しながら、その問題を職業的な友情に偏向させていた」(299) ことが分かる。

実際、カーソンへの返答で言及したハラムについて、ワイルドは加筆版で「ハラムのように、そもそもソネットが書かれたことを後悔し、その中に危険なもの、非合法なものまで認める批評家たちもいた」(68) と記述している。この「非合法なもの」(something unlawful) と言う言葉遣いは、一八八五年に制定されたH・ラブーシェア（一八三一―一九一二）の刑事修正法を意識したものであろう。一九七〇～九〇年代にかけて、社会の浄化運動は社会浄化連合（一八七三）や全国自警協会（一八八五）などの各種団体を創出し、一八八五年の刑事修正法の成立の原動力となった

(Smith 217-9)。この刑事修正法の成立の後に、社会の浄化運動は覇権を獲得し、ワイルドの嫌悪したピューリタニズムが勢いを得たのである。そのワイルドは、一八九七年四月六日のロス宛ての手紙でラブーシェア、W・T・ステッド（一八四九―一九一二）と「社会浄化連盟」(*CL* 788, the Social Purity League) に触れている。

また、先の裁判でワイルドは「今世紀の『あえてその名を言わざる愛』は、ダビデとヨナタンの間に存在し、プラトンがその哲学のまさしく基盤とし、ミケランジェロとシェイクスピアのソネットに見出すような、年少の男性に対する年配者の偉大な愛情である。［・・・］それは、美しく、素晴らしく、最も高貴な種類の愛情である。それには不自然な所など微塵もない。それは知的で、年配者に知性があり、年少者の前途に人生のすべての喜びと希望と魅惑がある時に、それは年配者と年少の男性の間に繰り返し存在する」(Hyde 201) と熱弁を振るっている。このような考えは、加筆版の「W・H氏の肖像画」に鮮明である。作者は、シェイクスピアの『恋人の嘆き』から一二ケ所ほど引用し、その作品で詠われる両性の魅力を備えた若者もウィリー・ヒューズと解釈している。この解釈の提示の後に、ワイルドはプラトンの『饗宴』の果たした役割を強調し、一六世紀に新プラトン主義が詩人や学者を魅了し、シェイクスピアもその影響を受け、ミケランジェロも若いカバリエッリにソネットを書いたと述べ、男性同士の友情に「愛のプラトン的概念」(67) を読み取っている。

さて、先のカーソンへの答弁でワイルドが使った「パーソナリティ」(personality) と言う言葉は、他の人と異なる性質を有する特別な人を意味し、「性的に共感し合う」(Sandulescu 88) 同性愛者をも暗示する。例えば、『ドリアン・グレイの肖像』で画家バジルが初めてドリアンと出会った際の描写にもこの言葉が用いられている。また、『理想の夫』（一八九五）のロバート・チルタン卿もト書きで「著名なパーソナリティ」と紹介され、「パーソナリティ」と言う言葉は雑誌版の「W・H氏の肖像画」で五回、加筆版では一四回も使用されている。

このように、ワイルドは自らの性癖をシェイクスピアに投影し、憧憬する「パーソナリティ」を登場させている。その理由の一端は、エルマンが指摘するように、ワイルドはシェイクスピアと同様に妻子持ちで、美少年に魅了されたからであろう(297)。また、並々ならぬ関心をシェイクスピアに示したワイルドは、論説「シェイクスピアと舞台衣装」（一八八五、一八九一年に『意向集』に収められた際に「仮面の真理」と改題）を発表している。

一八七〇年代後期から八〇年代初期に、シェイクスピア劇の舞台衣装に史実に忠実な衣装が使用された。これは、ワイルドの知人E・W・ゴドウィン（一八三三―八六）が提唱したことである。ところが、その動向を批判してE・リットン伯爵（一八三一―九一）が一八八四年一二月に『一九世紀』誌で「アンダーソン嬢のジュリエット」を発表し、シェイクスピア劇に考古学的知識を持ち込むのは愚かな衒学趣味と批判した(Guy 522)。そのため、ワイルドはゴドウィンを擁護して、シェイクスピアほど史実に忠実な舞台衣装を重んじる劇作家はいなかったことを先の論説で証明しようとした。その際に、ワイルドはシェイクスピア時代のロンドンの劇場で使用された舞台衣装の目録やロンドン塔に収集された衣装を参照しながら、シェイクスピアが史実を扱った歴史劇を再現するために、歴史的な衣装や服飾にいかにこだわったかを例証しようとしたのである。

この論説は色彩の調和についてのワイルドの演劇論を知る上で興味深いが、シェイクスピアのソネットへの言及はなく、加筆版の「W・H氏の肖像画」に見られる「女性に変装する少年の下品さ」(71)や「両性の曖昧さ」(72)への言及もない。ところが、ワイルドは加筆版の「W・H氏の肖像画」の第三部で、女性の服装を好んだD・ロビンソンや女優の登場を遅らせたと言われる名優E・キナストンなどを挙げている。さらに、加筆版でワイルドはピューリタンが「女性に変装する少年の下品さ」を非難した点を取り上げ、異性装を禁じる旧約聖書の申命記に言及して「我が偉大な劇作家たちによって用いられた、演劇的好奇心のあらゆるモチーフの中で、両性の曖昧さほど微妙で魅惑的なものはない」(72)と述べている。この「両性の曖昧さほど微妙で魅惑的なものはない」の立言は、ワイルドの文学の特徴を言い表している点で注目に値する。特に、それは『ドリアン・グレイの肖像』や詩『スフィンクス』(一八九四)に通底するモチーフである。

次に、雑誌版と加筆版の「W・H氏の肖像画」の相違点を吟味し、ワイルドが加筆した意図をさらに検討したい。

II

雑誌版の「W・H氏の肖像画」の三部構成は、加筆版で五部構成に改変されている。雑誌版の第一部は修正されて加筆版の第一部になり、雑誌版の第二部は加筆版の第二部から第五部の最初の部分まで増補され、雑誌版の第三部は修正されて加筆版の第五部の残りの部分を構成している。

ワイルドは、先の手紙で述べていたように、加筆版でダーク・ウーマン（「ダーク・レディー」ではなく）の問題に取り組み、シェイクスピアとW・H氏と彼女の三角関係に多大な関心を示している。

まず、作者は雑誌版で犯した明らかな誤りを加筆版で改めている。例えば、作者はペンブルック卿の肖像画の所在地をペンハーストからウィルトンに、ソネット八二番の引用箇所の八行目を七行目に訂正している。また、作者はシェイクスピアが演劇から引退した年を一六〇四年から一六一一年に、またシェイクスピアのデスマスクが英国大使の随行員によってドイツに持ち込まれた年を一六一五年から一六一七年に訂正している。

作者が修正した最も重要な点は、ピストル自殺したシリルの「血の幾らか」(S 61)がW・H氏の肖像画の額縁に生々しく飛び散る描写である。それに付随して、作者は肖像画に書き込まれた名前のウィル（ウィリー）・ヒューズの色彩と箇所に修正を施している。彼の名前は、雑誌版では「色褪せた金地に黒のアンシアル書体の文字」(S 60)で額縁に書かれているが、加筆版では「色褪せたピーコック青地に金のアンシアル書体の文字」(44)で肖像画の隅に描かれている。この名前の書き込み場所は肖像画の隅が妥当なのかも知れないが、シリルの血が肖像画の額縁に飛び散る描写を作者が削除し、鮮やかな「青」と「金」の色彩に変更しているのは注目に値する。この肖像画は、加筆版の第五部で「この奇妙な芸術作品」(100)と描写され、美少年俳優W・H氏の若さと美を浮き彫りにする。それゆえ、ドリアンの「申し分のない青春と美」(357)に輝く肖像画が無傷で残存したように、美しいW・H氏の肖像画の額縁にはシリルの血など付着してはならないのだろう。そして、シリルは自殺ゆえに「すべての文学の殉教者の中で最も若く、最も素晴らしい」(47)と「私」に映る。しかも、この「素晴らしい」(splendid)と言う言葉に着眼したK・コペルソンは、ワイルドの作品で自殺と同性愛が現象学的に符合すると興味深い指摘をしている(35-7)。

このW・H氏は、シェイクスピアの他の作品『恋人の嘆き』と『ヴィーナスとアドーニス』に登場する美少年と同一人物であることも加筆されている。しかも、『恋人の嘆き』からの引用は数多く追加され、この不実な羊飼いが「男女両性を魅了した」(63)と言う詩行が追加され、彼が「男女両性を魅了」する美しさを兼ね備えていることが力説されている。このことは、『恋人の嘆き』を編纂したJ・ケリガンが「この若者の両性の魅力は、もちろんソネットの若者の二重の魅力を想起させる」(409)と注記していることからも推測できる。この「二重の魅力」(double appeal)は、少年俳優の歴史の記述の際にも敷衍され、ワイルドはW・H氏の美しさは「両性の魅力を結び合わせ、ソネット集が我々に告げるように、アドーニスの優雅さとヘレンの愛らしさを結合させたように思われた」(70)と追記している。さらに、作者はこの「両性の魅力」(the charm of both sexes)の考えがシェイクスピアによって完成されたことを追加している。それゆえ、W・H氏はシェイクスピアが劇作家として成長するのに不可欠な存在であったことが力説されている。

ここで、作者が『ソネット集』とその登場人物に関して加筆している事柄に着目したい。まず、作者は、ソネット三八番からW・H氏が一〇番目の「詩神」に当たり、ソネット四七番からW・H氏の肖像画は「心と目の歓喜」のために「描かれた祝宴」で、シェイクスピアがその肖像画を所持していたと推論する。この英国の金髪のW・H氏は、高貴な生まれではないので、シェイクスピアの劇団に所属する。ところが、シェイクスピアのライバル詩人のC・マーロー（一五六四—九三）（シリルはG・チャップマンと見なしていた）がW・H氏を奪い、その結果W・H氏はマーローの『エドワード二世』（一五九二年頃）のギャヴェストンを演じる。やがて、W・H氏はシェイクスピアの一座に戻って偽名で舞台に立つ。そのため、彼の名前はファーストフォリオに記載のシェイクスピア一座の俳優の一覧表に見当たらない。

このように、作者はW・H氏の経歴を描き、『ソネット集』の制作年代を「一五九〇年と一五九五年の間」(59)と追記している。C・バロウに拠れば、『ソネット集』の制作年代は大雑把に次のようになる。ソネット一～六〇番は一五九五～六年（あるいはその後に改訂）、ソネット六一～一〇三番は一五九四～五年、ソネット一〇四～二六番は一五九八～一六〇四年、ソネット一二七～五四番は一五九一～五年である(104-5)。このバロウの見解では、シェイクスピアは一五九一～一六〇四年に亘ってソネットを書き、最初にダーク・ウーマンを扱ったソネットを書いたことになる。他方、ワイルドはダーク・ウーマンを扱ったソネット群（一二七～五二番）は、ソネット三三と四〇番の間に入るべきと見なしている。それは、ソネット三三番で、美少年の裏切りと詩人の疎遠が詠われ、ソネット四〇番で恋人を奪った少年を許す詩人の愛が詠われているからであろう。

こう読み解いたワイルドは、この物語の語り手の「私」にダーク・ウーマンとW・H氏とシェイクスピアの愛欲の三角関係を再構築させている。それに拠れば、『ソネット集』は「四つの場面あるいは幕に分かれる」(87)。まず、ソネット一～三二番の第一幕でシェイクスピアはW・H氏の素晴らしい肉体美と優雅さを演劇に奉仕するように誘う。第二幕は、ソネット三三～五二番と六一番と一二七～一五二番で、赤いバラの花咲く七月にダーク・ウーマンがW・H氏に恋し、それに嫉妬したシェイクスピアがW・H氏を守るためにダーク・ウーマンを誘惑する。やがて、シェイクスピアはロンドンを去る。第三幕は、ダーク・ウーマンのW・H氏への影響が過ぎ、シェイクスピアがロンドンに戻り、W・H氏と友情を新たにする。ところが、再度ライバル詩人のマーローがW・H氏を誘い、シェイクスピアは別離を味わう。最後の第四幕は、ソネット一〇〇～一二六番で、W・H氏がシェイクスピア一座に復帰し、シェイクスピアのW・H氏への愛は報われる。

このように、語り手の「私」はシリルの『ソネット集』の解釈を継承し、シェイクスピアとW・H氏とダーク・ウーマンの関係を再構築している。それゆえ、この物語の加筆版の粗筋と登場人物を巡って、さらに「W・H氏の肖像画」の重要点を検討してみよう。

III

「W・H氏の肖像画」の執筆は「ペン、鉛筆と毒薬」（一八八九）とほぼ同時期である。この二つの作品で、作者はほぼ同一のテーマ、つまり、偽造と犯罪と芸術の関連を取り上げている。「W・H氏の肖像画」の冒頭で言及されるT・チャタートン（一七五二―七〇）は、T・G・ウェインライト（一七九四―一八五二）と同様に文書偽造の芸術家で、一七歳で自殺している。このチャタートンは、一五世紀の修道士ローリーを捏造し、自らの詩を彼の作品と称して出版した「素晴らしい少年」（*CL* 290, the marvellous boy）である。特に、ワイルドは講演でチャタートンを論じるために詳細なノートを作成している (Bristow and Mitchell 15)。さらに、ワイルドはチャタートンが道徳心よりも芸術的良心を有した純粋な芸術家であったことを評価している (Ellmann 285)。

この「W・H氏の肖像画」でも、肖像画の偽造を画家エドワード・マートンに依頼する若者が登場する。その若者は、肖像画に描かれた「明らかに幾分女っぽい」(34) W・H氏と同様、「女っぽい」(36, effeminate) シリルである。このシリルより一〜二歳年上のアースキンから、語り手の「私」はシリルに纏わる話を聴くことになる。そのため、『ソネット集』の解釈以外に、事実と虚構に纏わる挿話が導入されている。まず、シリルのピストル自殺を知る人は、彼からの手紙を受け取ったアースキンだけで、シリルの祖父のクレディトン卿も世間もシリルは「不慮の」(47) 死を遂げたと思っている。また、そのアースキンが自殺する意向をしたためた手紙を受け取った「私」は、アースキンが自殺ではなく肺病で死亡したことを主治医から知ることになる。極めつけは、当初F・クルエ（一五二〇?—七二）の後期の作品を想起させると紹介された肖像画が、物語の最後で「私」の友人の芸術家たちによって、クルエではなくウーヴリィ (Ouvry) の作品と結論付けられていることである。しかも、ウードリィ (Oudry) と言う画家は実在しても、ウーヴリィは実在しない。このように、W・H氏の正体と同様に、この物語自体が曖昧模糊とした要素を含んでいる。

さて、この物語の冒頭で語られるように、アースキンは四〇歳で、「私」よりもかなり年上である。そして、彼は若かりし頃のシリルの話を「私」に語る。その話を聴いた「私」が「それ［美の奴隷であること］は芸術家である条件である」(48) と述べると、アースキンは同種の発言をしたシリルを想起する場面が加筆されている。こうして、「私」はシリルの解釈を継承し、『ソネット集』で表明されるシェイクスピアの想念に同化して「異なった」(91)自分に気付くように修正されている。そして、「私」は芸術が顕現するのは我々の魂で、我々の「パーソナリティ」(91)を我々に顕示するのは芸術のみと考えるようになる。

短編「カンタヴィルの幽霊」(一八八七)で「三世紀の間」(38)魂が救済されなかった幽霊と同様に、「ほぼ三〇〇年前に出版されたソネットの本」(93)が「私の魂のロマンスの一部始終」(93)を説明してくれることが加筆されている。こうして、「私」はソネット四六番で詠われる「『水晶の目でも決して貫けない戸棚』」(98)であるシェイクスピアの「心」を探索する。その結果、「私」はエリザベス朝の正統派の美女と異なるダーク・ウーマンは『恋の骨折り損』に登場するロザラインのような女性で、ビルーンがロザラインに恋するのはシェイクスピアの性癖の投影と解釈する。結局、「私」はダーク・ウーマンの実名までは突き止められないが、彼女はシェイクスピアよりも年上で知的な魅力を持ち、年老いた裕福な市民の放蕩な妻と推定する。また、シェイクスピアはW・H氏の純潔を守るためにダーク・ウーマンを愛する素振りを見せて接近し、「肉欲についてのあの偉大なソネット」(80)の一二九番で性の交わりの道徳的、肉体的影響を大胆に詠う。そんなシェイクスピアも、「彼自身の堕落」(82)を痛感して、彼女との絆を断ち切る。

やがて、「私」はシェイクスピアがW・H氏の結婚に重要性を置いたことを考究し、その結婚は「『彼の詩神との結婚』」(53)であるとの結論を導き出す。そして、加筆版で、ソネット一七番で詠われる「『あなたのある子供』」(56)は芸術的創造物のことで、ソネット一一六番の「『真の心の結婚』」(56)はW・H氏と詩人との友情の賜物であることが追加されている。「我々のこの偉大な友情」(56)は新しい文化に不可欠で、英国のルネサンスは本質的に男性的文化であることが加筆されている。こうして、『ソネット集』に情熱的な友情を読み取った「私」は、ギリシア思想に対する情熱とヘレニズム精神への共感を想起し、「いかにあの表現［愛で哲学する］が私のオックスフォード時代に私を感激させたことか！」(92)と感嘆する場面が追加されている。実際、L・ダウリングが指摘するように、ワイルドの大学時代のノートには「愛で哲学する」が「倹約で美を愛する」と共にギリシアの理想として書き留められている(121)。

漸く二ケ月が過ぎ、「私」はシリルの解釈に精力を傾注した成果をアースキン宛ての手紙に託す。その後「奇妙な反動」(94)が起こり、熱狂から覚めた「私」はシリルの理論は「単なる神話、空しい夢」(94)と思うようになる。一方、「私」の手紙を読んだアースキンはその解釈を信じ、彼の変貌に驚く「私」の反応が加筆されている。他方、アースキンは「私」の変節を矯正するため、シリルが自らの命を犠牲にした「同じ大義名分」(98, the same cause)のために生涯を捧げることになる。しかし、アースキンはその目的を果たせずに、自殺すると記した手紙を二年後に「私」に送り付ける。すぐに、「私」はフランスのホテルに駆け付け、主治医から彼が肺病で亡くなったことを知る。そして、「私」は開いた窓からの「菫の重苦しい香り」(100)に気付き、W・H氏の美しさを早咲きの菫に譬えたソネット九九番を想起し、虚偽の手紙を送ったアースキンの動機に思いを馳せる場面が加筆されている。そして、アースキンの死に際の願いで彼の母親はW・H氏の肖像画を「私」に譲り、その肖像画を見る度に「私」はW・H氏に関して大いに弁ずべき所があると思う。ここで、この物語は終わる。

ところで、シリルとアースキンは、先に述べたように、ケンブリッジ大学のトリニティ・コレッジに在籍している。そして、ケンブリッジ大学とオックスフォード大学の気風の相違が加筆版で追記されている。それは、W・H氏の正体が確たるものか仮説なのかの考え方に対する両大学の学風の相違である。アースキンは、ケンブリッジ大学は科学の研究所、オックスフォード大学は文学に時間を浪費する所と見なすのに対し、「私」は「ケンブリッジ大学はある種の教育機関であると意識している」が「そこに行かなかったことは嬉しい」(97)と端的である。この「私」の発言は、作者自身が『書簡——獄に繋がれて』(『獄中記』)で述べる「知的な事柄での『オックスフォード気質』」(39)の反映である。

おわりに

シリルとアースキンは、イートン校とケンブリッジ大学のトリニティ・コレッジで親友だった。当時、イートン校とケンブリッジ大学のキングズ・コレッジの絆は強く、一八五〇年代までキングズ・コレッジの学生はすべてイートン校の出身であった(Fryer 29)。ワイルドの親友のロバート・ロスはイートン校出身ではなかったが、一八八八年にキングズ・コレッジに進学した。同年一〇月頃にワイルドは、ロスに「オスカー・ブラウニングを知っているの?彼はあらゆる点で親切で愉快だと分かるよ」(*CL* 360)と知らせ、特別研究員(フェロー)のブラウニング(一八三七—一九二三)

にも「あなたがボビー［ロバート］・ロスを気に入ると分かっていましたよ。彼は魅力的で、非常に賢明で、素晴らしい趣味と確かな知識を有していますよ」(*CL* 360) と書き送っている。このブラウニングは、イートン校を辞めてキングズ・コレッジに職を得た同性愛者である (Croft-Cooke, *Feasting* 114)。また、ワイルド自身も一八八八年の冬には同性愛の暗黒街を探索し始めている (McKenna 131)。

この物語では、シリルはケンブリッジ大学に入学した最初の学期に大学のアマチュア劇クラブに所属している。一八五五年に創設されたこのアマチュア劇クラブについて、作者は一八八〇年二月二〇日頃の手紙で先のブラウニングに宛て「アーヴィングの夕食会でホートン卿に出会いましたよ。卿はアマチュア劇クラブが素晴らしい祭りを開催すると仰いますが、ボビー坊ちゃんが演劇に傾倒するのにご満悦とは思えませんね」(*CL* 88) とそのクラブに触れている。この「ボビー坊ちゃん」はトリニティ・コレッジに在籍し、後にクルー侯爵となるR・ミルンズ（一八五八―一九四五）である。

ワイルドの母校のオックスフォード大学でも一八八四年の秋学期に演劇部が設立されたが、そこでは男性は女性の役柄を演じてはならず、素人が女性の役柄を演じなければならないと言う制限があった (Stokes and Turner 255)。加筆版で、演劇がオックスフォードとケンブリッジの大学生によって研究され、両大学の何人かが舞台に立つのが珍しくなくなりつつあると言及されている。しかし、ここで重要なのは作者が「アマチュア劇クラブでは女性が演じることは許されていないことをあなた［語り手の「私」］も知っているだろう。［・・・］シリルがいつも女形を振り当てられ、

『お気に召すまま』が上演された時は、彼がロザリンドを演じたのだ」(37)と書き記していることである。

ここで着目すべきは、『ドリアン・グレイの肖像』でドリアンが初めて女優のシビルと直に話をし、彼女にキスするのは彼女がロザリンドを演じた時だったことである。しかも、シェイクスピア劇で異性の服を大胆に身に纏うロザリンドは、英国の同性愛者にとって禁断の幻想のシンボルで、特にアメリカ女優A・リーアン（一八六〇―一九一六）が最も人気があった(Auerbach 232-4)。それゆえ、作者はW・H氏をわざわざ「ロザリンドの少年俳優」(52)と明記し、さらに加筆版で、異性装を禁じる旧約聖書の申命記に言及し、「我が偉大な劇作家たちによって用いられた、演劇的好奇心のあらゆるモチーフの中で、両性の曖昧さほど微妙で魅惑的なものはない」(72)と特筆している。

このように、ワイルドは「両性の曖昧さ」に魅了されたことは確実である。それは、彼がラシルド（一八六〇―一九五三）の『ヴィーナス氏』（一八八四）を読んで、男性の同性愛のテーマに興味を抱いたことでも明らかである(Hyde 56-7)。この点に関し、T・ライトもワイルドがこの小説を貪り読んだと指摘している(215)。さらに、『ドリアン・グレイの肖像』の自筆原稿とタイプ原稿版にもその痕跡が見受けられる。それは、ヘンリー卿がドリアンに贈る「黄色の本」(102)の題名である。その題名は、自筆原稿とタイプ原稿版で『カチュール・サラザンによるラウールの秘密』と明記されている。その著者名はワイルドが面識のあったカチュール・マンデス（一八四一―一九〇九）とG・サラザン（一八五三―一九三五）の合成語で、その題名はラシルドの『ヴィーナス氏』を示唆しているのである (Frankel 185)。

引用文献

Auerbach, Nina. *Ellen Terry*. Philadelphia: University of Pennsylvania Press, 1997.

Bristow, Joseph and Mitchell, Rebecca N. *Oscar Wilde's Chatterton*. London: Yale UP, 2015.

Burrow, Colin, ed. *Shakespeare: The Complete Sonnets and Poems*. Oxford: Oxford UP, 2002.

Croft-Cooke, Rupert. *Feasting with Panthers*. London: W H Allen, 1967.

________________. *The Unrecorded Life of Oscar Wilde*. London: W H Allen, 1972.

Dowling, Linda. *Hellenism and Homosexuality in Victorian Oxford*. London: Cornell UP, 1994.

Duncan-Jones, Katherine, ed. *The Arden Shakespeare: Shakespeare's Sonnets*. London: Bloomsbury, 1997.

Ellmann, Richard. *Oscar Wilde*. New York: Alfred A. Knopf, 1988.

Foreman, J. B., ed. *Complete Works of Oscar Wilde*. London: Collins, 1966.

Frankel, Nicholas, ed. *The Picture of Dorian Gray*. London: Belknap Press of Harvard UP, 2011.

Fryer, Jonathan. *Robbie Ross*. New York: Carroll & Graf Publishers, 2002.

Guy, Josephine M., ed. *The Complete Works of Oscar Wilde*, Vol. IV. Oxford: Oxford UP, 2007.

Holland, Merlin. *The Real Trial of Oscar Wilde*. New York: Fourth Estate, 2003.

Hyde, H. Montgomery. *The Trials of Oscar Wilde*. New York: Dover Publications, 1962.

Kerrigan, John, ed. *The Sonnets and A Lover's Complaint*. Middlesex: Penguin Books, 1995.

Kopelson, Kevin. *Love's Litany: The Writing of Modern Homoerotics*. California: Stanford UP, 1994.

McKenna, Niel. *The Secret Life of Oscar Wilde*. London: Arrow Books, 2004.

Pearson, Hesketh. *The Life of Oscar Wilde.* London: Macdonald and Jane's, 1975.

Ricketts, Charles. *Recollections of Oscar Wilde.* London: Pallas Athene, 2011.

Sandulescu, C. George, ed. *Rediscovering Oscar Wilde.* Buckinghamshire: Colin Smythe, 1994.

Smith, Alison. *The Victorian Nude.* Manchester : Manchester UP, 1996.

Stokes, John and Turner, Mark W., eds. *The Complete Works of Oscar Wilde,* Vol.VI. Oxford: Oxford UP, 2013.

Wright, Thomas. *Oscar's Books*. London: Vintage Books, 2009.

5 『ドリアン・グレイの肖像』について（1）

はじめに

『書簡――獄に繋がれて』（『獄中記』）で「私の世紀の子」(151)と自負するワイルドは、文字通り世紀末の闘士だった。その彼が『リッピンコッツ・マンスリー・マガジン』誌に発表したのが唯一の長編小説『ドリアン・グレイの肖像』（一八九〇）である。この小説の自筆原稿をタイプ原稿版に完成させて、ワイルドはそのタイプ原稿版をリッピンコット社に送付した際に、この小説はセンセーションを巻き起こすと予告している(Burdett 136)。と言うのは、前年に同性愛のクリーヴランド・ストリート事件が起き、その余韻の冷めやらぬ時期に彼がこの小説を発表したからであろう。

そのためか、一八九〇年七月五日の『スコッツ・オブザーバー』紙は「この物語は――犯罪捜査課か秘密の審問にのみ相応しい事柄を扱い［・・・］無法者の貴族と電報局の倒錯した少年のためにしか彼［ワイルド］が著作できないのであれば［・・・］」(Beckson 75)と酷評した。そこで、ワイルドは『スコッツ・オブザーバー』、『セント・ジェイムズ・ガゼット』、『デイリー・クロニクル』紙などに私見を述べて書評家と論争し、芸術と道徳は別次元とする「『ドリアン・グレイの肖像』の序文」を『フォートナイトリー・レビュー』誌に送った。その後、ワイルドはその「序文」に新たに二つの警句を追加し、先の雑誌版を大幅に改訂して、翌年に単行本にしている。

これらタイプ原稿版、雑誌版、改訂版と自筆原稿については、この小説の校訂を一九八八年に行ったD・ローラーが「テキストについての説明」(*Picture* x-xiii) で詳述している。また、ローラーは改訂版で作者がジェイムズ・ヴェインの復讐の筋書きを導入し、新たに六章を追加して、雑誌版に窺われた明白な同性愛的性癖を抑制して「序文」を追加したことを指摘した (*Inquiry* 16; 21; 65)。その後、二〇〇五年にJ・ブリストーが校訂を行い、ワイルドが改訂版を出版する際に雑誌版の未製本の抜き刷りを用いて校正したことを指摘した (Bristow xxx)。さらに、二〇一一年にN・フランケルが、リッピンコット社に作者が送付したタイプ原稿版に関して、その雑誌の編集長のJ・M・ストッダート(一八四五―一九二二)を始めとする八名ほどが、作者の承諾を得ずにタイプ原稿版から約五〇〇語の不穏当な表現を削除して雑誌に掲載したことを指摘した (40-1; 45-6)。それゆえ、ワイルドがリッピンコット社に送付したタイプ原稿版は、作者の同意を得ずに修正されていたのである。そのことをワイルド自身が知っていたかどうかは不明である。

その作者は一八九四年二月一二日の手紙で、この小説について次のように興味深いコメントを付している。

私のあの奇妙な彩色の本をあなたが好きなのはとてもうれしいよ。あれは、私の人となりを大いに含んでいる。バジル・ホールウォードは私だと思う人物、ヘンリー卿は世間の人が私だと考える人物、

ドリアンは、恐らく別の時代であろうが、私がそうなりたいと思う人物だ。(*CL* 585)

作者が「私の人となりを大いに含んでいる」と語るこの小説を、登場人物の造形の観点から検討し、作者の心性を明らかにしたい。そのため、先ほど触れた校訂者の調査に依拠し、作者と編集長が修正した事項を検討して、小説の筋と登場人物がどう変容したのかを見ていくことにしたい。

I

この小説が当時の道徳観に抵触した記述の修正点から始めよう。まず、ヘンリー卿の妻ヴィクトリアについて異同がある。タイプ原稿版のヘンリー卿の台詞「ドリアン、彼女［ヴィクトリア］はある時期あなたに心底恋していたよ。彼女があなたにお世辞を言うのを見ていると面白かったものだ」(*F* 245) は削除された。また、彼女の使用する香水は雑誌版では売春婦が使用する「パチョリ」(37) であったので、改訂版で「フランジパーヌ」(210) に修正された。これらの比較的些細な修正以外に、性道徳に抵触した記述の検閲がある。それは、男女と男性間の関係に大別される。

男女の関係では、ドリアンの恋人のシビルが「情婦」(mistress) と記述された点である。タイプ原稿版の「シビル・ヴェインはあなた［ドリアン］の情婦なのか?」(*F* 120) は、雑誌版で「シビル・ヴェインとあなたの関係はどうなのだ?」(42) に修正された。また、タイプ原稿版の「下層階級の一〇％は自分の妻と暮らしていないと思うね」(*F* 83) は、雑誌版で「下層階級の一〇％は礼儀にかなった暮らしをしていないと思うね」(11)に変更された。さらに、ヘティ・マートンの記述に関して、タイプ原稿版の「ついに彼女は私［ドリアン］と町に行くことを約束したよ。私は彼女のために家を借り、すべてを整えたよ」(*F* 242)と「突然私は『この少女を破滅させはしない。彼女を恥ずかしい目に遭わせはしない』と心の中で思った」(*F* 242)は雑誌版で削除された。これら男女の関係の修正は、先述した通り、編集者のストッダートたちによるものであって、ワイルド自身によるものではない。

他方、男性間の関係では、ドリアンに対するバジルの同性愛の性癖が自筆原稿では鮮明である。例えば、自筆原稿の「彼［ドリアン］か私が死ぬまでは［私は］決して彼から離れない」(8 n)や「彼［ドリアン］の手を握っていると世界が私には新鮮になる」(13 n)、あるいは「私は彼［ドリアン］を他の人から隔離し、彼が全く私のものだと思いたい」(14 n)などはタイプ原稿版で削除された。また、シビルの舞台をドリアンたちと観た後に、バジルが独り寂しく立ち去る際の自筆原稿の「彼の目は涙で一杯となり［・・・］」(56 n)はタイプ原稿版で「彼の目は陰鬱となり［・・・］」(*F* 137)に和らげられた。そして、タイプ原稿版の「あらゆる描線に愛があり、あらゆる筆致に情熱があった」(*F* 172)や「かくも情熱的でかくも不毛なロマンスには無限に悲劇的な何か」(*F* 175)があったと言う記述は雑誌版で削除された。しかし、「彼［バジル］の性質には純粋に女性的な優しさのようなものがあった」(87)や「人が普通友人に対して抱く以上の大いなるロマンスの感情で、私［バジル］があなた［ドリアン］を崇拝したのは全く本当だよ。どういうわけか、私は決して女性を愛したことがなかったのだ」(90)などは雑誌版でも削除されなかった。そのため、一八九五年の裁判で、E・カーソン弁護士（一八五四―一九三五）は当該箇所を読み上げ、バジルがドリアンに愛を告白する場面が改訂版で削除された事実に論及し、ワイルドの性癖を立証しようと試みたのである(Holland 86-91)。

それゆえ、バジルの「私自身の魂の秘密」(7)は裁判で有名になった「あえてその名を言わざる愛」を示唆すると思われる。実際、「あえてその名を言わざる愛」の言説が雑誌版の第八章（改訂版では第一〇章）に見られる。それは、「彼［バジル］が彼［ドリアン］に抱いた愛――と言うのは、それは実際に愛だったから――には高貴で知的なものがあった。それは感覚から生じ、感覚が倦むと消滅する、あの単なる美の感覚上の賛美ではなかった。それは、ミケランジェロが知り、モンテーニュ、ヴィンケルマン、そしてシェイクスピア自身が知っていた愛だった」(96)と言うものである。しかも、タイプ原稿版でバジルはドリアンの肖像画に関して「私はそれ［肖像画］に途方もないロマンスのすべてを傾注したからだよ。もちろん、そのロマンスについてはあえて彼［ドリアン］には決して話さなかったよ」(*F* 85)とヘンリー卿に洩らしている。

また、バジルがドリアンのことをヘンリー卿に話す場面が第一章にある。雑誌版のバジルの発言「私はぼろを出してしまう。［・・・］私たちは腕組みしてクラブから一緒に歩いて家に帰る」(14)は、改訂版で削除された。さらに、醜悪と化した肖像画をドリアンがバジルに見せる場面は、雑誌版では「あなたはその中にあなたのロマンスが見えないのか?」(135)であったが、改訂版で「あなたはその中にあなたの理想が見えないのか?」(299)に修正された。当然、「ロマンス」(romance)は恋愛を示唆するとしか考えられない。次に、ドリアンがヘンリー卿の腕に手を置く描写はどの版でも修正されなかったが、自筆原稿の「彼［ドリアン］は彼［ヘンリー卿］に対して全くロマンスを感じなかった」(91 n) はタイプ原稿版で削除された。また、タイプ原稿版のバジルの質問の「あなた［ドリアン］が後援するすべての若い男性が酷い目に遭う、直ちに破滅するように思えるのはどうしてなのだ?」(*F* 215) は、雑誌版で「あなたの友情は若い男性たちにとってどうしてそんなに致命的なのだ?」(129) に改変された。さらに、改訂版ではそのバジルの質問に対してドリアンが「若い男性たち」の放蕩の仔細を語り、彼らの破滅の責任は自分にないと返答する長文が追加された。ところが、ドリアンがヘンリー卿の姉妹のグウェンドレン卿夫人を破滅させ、彼女に醜聞が付き纏う点は改訂版でも変更されなかった。

このように、バジルは同性愛を言動に表し、ドリアンは異性愛と同性愛の兆候を示している。ヘンリー卿もバジルの腕を取る同性愛的な仕草が自筆原稿にある。また、ヘンリー卿がバジルの肩に手を置く仕草は、雑誌版の第一章にその痕跡を留めたが、改訂版では削除された。さらに、ドリアンに奇妙な噂が付き纏い始めると、彼の親友さえも彼を見捨てたことを記述した、雑誌版の「彼［ドリアン］のすべての友人たち、あるいはいわゆる友人たちの中で、ヘンリー卿だけは彼に忠実な唯一の人であった」(120) は改訂版で削除された。

これらバジル、ドリアンとヘンリー卿は親密な関係にあり、同性愛的性癖があることは否めないであろう。実際、ドリアンと知り合ったバジルは、ヘンリー卿に「私に人生を全く美しくし、人生が有するあらゆる驚異と魅力を私の芸術に与えてくれる唯一の人を、私から奪わないでくれ」(16-7) と雑誌版で懇願している。この描写は改訂版で「それ［世界］が有するあらゆる魅力を私の芸術に与えてくれる唯一の人を私から奪わないでくれ。芸術家としての私の人生は彼次第なのだから」(180) に和らげられている。

一八七六年九月六日頃の手紙になるが、ワイルドは「差し当たりローマへの巡礼は断念したよ。ロナルド・ガウアーとフランク・マイルズが来ていたのだ。（我々は偉大なる三人組になっていたであろうが）、でも間際になってロナルドが時間を取れなくて［・・・］」(*CL* 32) と述べている (Whittington-Egan 35)。この時の「偉大なる三人組」(a great Trinity) のワイルドは二二歳、画家マイルズ（一八五二―九一）は二四歳、ガウアー（一八四五―一九一六）は三一歳である。この小説の冒頭ではドリアンは二〇歳、バジルとヘンリー卿は三〇歳位で、ヘンリー卿はバジルの「オックスフォード時代の旧友」(18) である。

ワイルドは大学卒業の翌年の一八七九年にマイルズの借家のソールズベリー・ストリート一三番地に移り住み、その翌年に彼と共にタイト・ストリート一番地に引っ越して共同生活を継続している。そのタイト・ストリート一番地の家と小説のバジルのアトリエは類似し、しかもバジルのアトリエの外の庭の描写にマイルズの植物愛好の様子が窺われる (Cox 163)。また、ヘンリー卿のモデルは、ワイルドが先の手紙で言及したガウアーと思われる。その理由は、自筆原稿のヘンリー卿は「麦藁色の口髭」と「ヘンリー二世風の顎髭」を生やしているからである (Lawler, *Picture* 179 n)。しかも、ガウアーもマイルズも「自覚のある奔放な同性愛者」(Croft-Cooke 194) であった。

先の「カンタヴィルの幽霊」と同様に、ワイルドはこの小説の雑誌版に自伝的要素を差し挟んだ可能性がある。R・エルマンはこの小説の雑誌版と改訂版でのドリアンの年齢の変更に着目している。それは、雑誌版の「彼［ドリアン］自身の三二歳の誕生日の前夜」(126) が改訂版では「彼自身の三八歳の誕生日の前夜」(291) になっている点である。エルマンは、ワイルドが友人のロバート・ロス（一八六九―一九一八）に触発されて「三二歳」の一八八六年に同性愛に染まったことに鑑みて、その「三二歳」の年齢をわざわざ「三八歳」に修正したと推論している (277)。それ以外にもドリアンに妙な噂が流布し始める年齢が明記されているが、それはどちらの版でも「二五年」(287) である。ワイルドは二五歳の時にマイルズと共同生活を始めている。

さて、第九章の自筆原稿に「ドリアン・グレイは本と肖像画によって毒された。ヘンリー卿が彼に前者を与え、バジル・ホールウォードが後者を描いた」(125 n) と言う叙述がある。それゆえ、「逆説のプリンス」(334) のヘンリー卿と美の芸術家バジルがドリアンの変貌に深く関わった構図が窺える。まず、自筆原稿でのドリアンはフランス人の召使のジャックに話し掛ける際にフランス語を用いているが、タイプ原稿版では召使は英国人のヴィクターになり、ドリアンは英語で彼に話し掛けるように修正されている。その意図は、ごく無邪気な普通の若者だったドリアンがヘンリー卿の薫陶を受けた後に、彼を真似てフランス語を使うようになることを示すためである (Lawler, *Inquiry* 120)。

このことは、ドリアンが初めて登場する際に、ピアノの傍らに坐り、シューマンの「森の情景」の楽譜を繰る牧歌的な人物と描かれていることからも推測できる（富士川 651)。このドリアンの性格は、最終章で再度描出される。それは、ドリアンがシビルの面影のあるヘティ・マートンを可憐な娘のままにしておこうと決意して別れたことをヘンリー卿に告げる場面にある。その時、ヘンリー卿はドリアンの話を遮って、「でも私はあなたの牧歌的物語を終わりにすることができるよ」(155) と発言する。この「牧歌的物語」(idyll) と言う語はタイプ原稿版で採用されたが、自筆原稿では「物語」(story) だったのである。

この牧歌的な心性のドリアンは、芸術家バジルによる美の啓示とヘンリー卿の説く快楽の哲学によって劇的な変化を遂げる。そして、変貌したドリアンが美と快楽の世界に深く耽溺し、性倒錯に陥る様を作者は描きたかったと思われる。この作者の意匠は、ドリアンに奇妙な噂が立って友人たちが忌避し始めた記述、あるいはヘンリー卿からの贈り物の「本」の記述に垣間見られる。ところが、これらの記述は雑誌編集者の検閲で削除されてしまった。例えば、タイプ原稿版の記述の「夜に通りを徘徊する罪深い人たちでさえも、彼らよりも大いなる堕落を彼［ドリアン］に見、彼の実人生の恐怖をあまりにもよく知っていたので、彼が通り過ぎる時に彼を罵ったと言うことだった」(*F* 203)、あるいはドリアンが毒された「本」の第四章で記述される、主人公ラウールが「カエソニアの媚薬を飲み、夜にヴィーナスの服を着て、昼に金色の付け顎鬚をした」(*F* 206) は削除された。これら削除された記述は、ドリアンの性倒錯を暗示する。

このドリアンについては、さらに興味深い修正がある。それは、ドリアンと年老いた家政婦リーフ夫人に纏わるものである。ドリアンが赤ん坊の時から仕えているリーフ夫人は、彼が腕白でジャム好きであったことを語り、今でも彼を「ドリアン坊っちゃま」(Master Dorian) と呼んでいる。その呼び掛けに応じるかのように、ドリアンが「お前のリューマチはよくなっただろうね。それから、必ず朝食にはジャムを出しておくれよ」(*F* 177) と無邪気に発言する場面がタイプ原稿版と雑誌版にあるが、改訂版では削除された。

ここで、改訂版で新たに追加された各章の粗筋を検討し、さらに登場人物の変化、あるいは筋書きの変更の意味合いを考えたい。

II

作者が改訂版で新たに追加したのは、「序文」、第三章、第五章と第一五～八章である。改訂版の第一九～二〇章は雑誌版の最後の第一三章を二分割し、それぞれ加筆修正したものである。まず、「芸術家は美しいものの創造者である」で始まり「すべての芸術は全く無用である」で終わる「序文」は、作者が『フォートナイトリー・レビュー』誌に送付したものと趣旨は同一である。この「序文」の「いかなる芸術家も倫理に対して共感を示さない」は、作者の芸術至上主義の表明である。この改訂版にはウォード・ロック社の編集長J・C・カーナハン（一八五八―一九四三）が関与している (Bristow li-lii)。しかし、先に述べた修正、削除と次に述べる追加あるいは改変がカーナハンの助言によるものか、あるいは作者自身の意向によるものなのかは判別し難い。

まず、改訂版の第三章で、ドリアンに興味を抱いたヘンリー卿は、叔父のファーモア卿を訪ね、ドリアンの不幸な生い立ちを聞く。それに拠れば、ドリアンの母親マーガレットが無一文の若者と無分別な結婚をしたため、マーガレットの父親のケルソー卿が無頼漢を雇用したことが分かる。そして、ドリアンの父親がその無頼漢と決闘して死亡し、失意のマーガレットは一年足らずで死去したことも分かる。その後、ヘンリー卿は叔母のアガサ卿夫人を訪ね、「愛と死の息子」（200）のドリアンに「快楽の哲学」（206）を鼓吹してイースト・エンド地区での慈善活動を断念させる。こうして、ドリアンはヘンリー卿の説く「逆説」に「魔法に罹った人のように」（205）魅せられ、バジルとの約束を破棄してヘンリー卿とハイド・パークへ同行することを希望する。自筆原稿ではヘンリー卿がドリアンをハイド・パークに同行するよう求めたので、ドリアンがバジルとの約束を破棄する筋書きであったが、改訂版ではドリアンが自発的にヘンリー卿との同行を望んでいる。

次に、第五章は「花のような唇」（225）の可憐な女優シビル・ヴェインの家庭環境の詳述である。彼女の一家は「ユーストン・ロードのみすぼらしい家」（229）に間借りする貧しい母子家庭である。しかも、一家は借金を払えず、場末の劇場の支配人のアイザックスから五〇ポンドの大金を融通してもらっている。と言うのも、シビルの母親は二〇年前に妻子ある男性と関係し、その後にその男性が死亡したからである。そのため、シビルもその劇場で働くことになる。また、シビルに一歳違いの弟ジェイムズがいる。粗野で厳格な一六歳の弟は、姉と母親を劇場から救い出すためにオーストラリアに出掛けて金を稼ごうと思っている。ところが、その矢先に「若いダンディ」（226）が姉に熱を上げ、姉もその紳士を熱愛していることを彼は知る。英国滞在の最後の午後を姉と過ごすため、ジェイムズはハイド・パークに出掛け、その紳士のことを聞き出そうとする。しかし、姉は彼を「プリンス・チャーミング」（227）と呼ぶだけで、彼の本名も素性も知らない。そんな折、幌付きの軽四輪馬車に二人の貴婦人と同乗したドリアンを姉は目にするが、弟はその紳士の顔を確かめられない。そんなこともあって、ジェイムズは姉の身に何か起これば、相手の男を殺すと断言して、姉の面倒を母親に託して英国を去る。

次に作者が改変したのは、バジル殺害後のドリアンの心境の変化と英国に舞い戻ったジェイムズとの邂逅である。そのため、作者はドリアンが友人のキャンベルの来訪を不安な面持ちで待つ心境を第一四章で加筆し、さらに第一五～八章を新たに追加している。まず、第一五章では、バジル殺害の翌晩にドリアンはナーバラ卿夫人のパーティーに出席する。しかし、彼は何ら食欲を示さず、ヘンリー卿は彼の身を案じる。その席上で、ラックストン卿夫人はシガレットを吸い、社交界の男女の噂話が作者一流の当意即妙な会話で活写される。そして、社交界新聞の『モーニング・ポスト』紙が言及され、ナーバラ卿夫人はドリアンが結婚すべきと主張して、彼に相応しい女性を見付けてあげると発言する。そんな中、マダム・ド・フェロールと親密な関係にあるドリアンは「二重生活の恐るべき快楽」(314) を享受しながら、「人生は大いなる失望である」(318) と嘆く厭世主義者の相貌を呈する。やがて、パーティーを早々に辞したドリアンは、バジル殺害の証拠となるコートとバッグを秘密の戸棚から取り出して焼却し、真夜中過ぎにアヘン窟に出掛ける。

第一六章では、ドリアンがテムズ河畔のアヘン窟のデーリーに到着すると、友人から見放されたエイドリアンがいる。エイドリアンとの出会いで罪の意識を掻き立てられたドリアンは、別のアヘン窟へ行こうとする。その時、一人の女が「悪魔の取引人」(329) と彼に罵声を浴びせ、「プリンス・チャーミング」(329) と揶揄する。その呼び名を耳にして、ジェイムズ・ヴェインが酔いから覚め、彼の後を追い掛ける。拱道で追い着いたジェイムズは、ドリアンに銃口を突き付け、姉の仇と何年も探していたことを告げる。この時、ドリアンは一縷の望みを抱き、明るい所に連れて行ってくれと嘆願する。ランプに照らされたドリアンは「二〇歳の若者」（331）にしか見えない。人違いと思ったジェイムズは、手を緩めてよろめく。そこへ、ドリアンに罵声を浴びせた先の女が姿を見せ、あの男に出会って「一八年近く」（332）経つと断言する。しかし、その時にはドリアンの姿はなく、ジェイムズが振り返ると、女の姿も消えている。

この第一六章では、先に述べた通り、ドリアンが罪の意識に苛まれ、それを忘却するためにアヘン窟を訪れる。それは、初対面の折にドリアンがヘンリー卿から聴いた言葉「感覚によって魂を、魂によって感覚を癒す」（324）を想起するからである。そして、罪の意識から逃れようとするドリアンの姿がありありと描かれ、彼の意に反して、罪の具現としてエイドリアン、延いてはジェイムズが登場する。この折のドリアンの心理描写は、かなり修正されている。例えば、ドリアンがアヘン窟に向かう場面で、「三日で彼［ドリアン］は自由になるだろう」（325）の後に続く自筆原稿の「その後もはや彼は罪を犯さないだろう」（325 n）は削除されている。そして、ドリアンがエイドリアンの肩に手を置いて発する自筆原稿の「エイドリアン、あなたをとても気の毒に思うよ」（328 n）も削除されている。また、以前にドリアンがそのアヘン窟を訪れた際に彼を刺そうとした女がいたことへの言及が自筆原稿にあるが、これも削除されている。さらに、ジェイムズが英国に舞い戻った際の自筆原稿の記述「何年も離れていた。戻ってくると、私の母は死にかけていた」（331 n）も削除されている。結局、罪の意識から「自由になる」ためにアヘン窟に出掛けたのが仇となって、ドリアンはジェイムズに復讐される恐怖に苛まれるのである。

次の第一七章は、一週間後のドリアンのカントリーハウスでの様子が描かれる。一二人ほどの滞在客の中に、ドリアンに恋する若いモンマス公爵夫人がいる。彼女はヘンリー卿の従姉妹で、六〇歳の夫がいる有閑夫人である。この夫人とヘンリー卿が交わす、英国人気質あるいは恋愛を巡る男女の性差の談義にワイルド流の興趣がある。しかし、ここで重要なのは、ドリアンが未だに「逆説のプリンス」(334)のヘンリー卿の影響下にあることが浮き彫りとなることである。ところが、ドリアンは快楽への情熱を失い、好意を寄せる公爵夫人に慇懃に振る舞うだけである。公爵夫人のために「蘭」(337)を取ってこようとしたドリアンは、「温室の窓」(338)に顔を押し当てるジェイムズを目撃して卒倒する。意識を取り戻したドリアンは、恐怖を感じながらも気丈に振る舞おうとする。

この章を受け継いだ第一八章では、ドリアンがセルビーのカントリーハウスに閉じ籠もって涙し、死の恐怖に苛まれる姿が描出される。このドリアンは三日後に漸くモンマス公爵夫人と散歩に出掛け、敷地内の狩猟に加わる。公爵夫人の兄弟ジェフリー・クラウストン卿に同行したドリアンは、獲物を駆り出す勢子の叫び声や銃の速射音に自由な気分を味わう。しかし、いざ野兎が飛び出すと、ドリアンは無意識に「それを撃つな、ジェフリー。生かしてやれ」(340)と叫ぶ。その制止を嘲けるかのように、クラウストン卿が撃つと、野兎と人の叫び声が同時に響く。どうやら、勢子が銃弾を受けたらしい。そのため、ドリアンは「不吉な徴候」(341)を感じ、海上の「ヨットの上なら人は安全だ」(342)と思ってしまう。「私自身のパーソナリティが私には重荷となった」(342)と語るドリアンは、内密の手紙を公爵夫人から受け取っても開封さえしない。と言うのは、ドリアンは「公爵夫人がとても好きだが、彼女を愛していない」(342)からである。

このモンマス公爵夫人は「紳士仕立てのガウンを着たアルテミスのように見える」(342)と記述され、妻のコンスタンス（一八五八―九八）も「菫色の目の可愛いアルテミス」(CL 224)とワイルドに形容されている。それゆえ、作者は「アルテミス」のような男性的な女性が好みのようである。話を小説に戻すと、その魅力的なモンマス公爵夫人が姿を見せても、ドリアンは自室に戻って恐怖に戦く始末である。そのため、ドリアンは夜行列車で急遽ロンドンに戻る段取りを整える。そこへ、猟場番人の親方のソーントンが面会に来る。ドリアンは、不慮の事故死の勢子の家族を思って小切手を親方に渡そうとするが、亡くなったのは「六連発銃」(344)を所持した船乗り風の男である。そこで、一抹の希望が蘇り、ドリアンは馬を走らせて農場に行く。すると、麻布の上に青いズボン姿の死体が横たわっている。召使がハンカチを取り除くと、それは他ならぬジェイムズである。ドリアンは喜びの叫び声を発し、安堵の「涙」(345)を一杯ためて家路につく。そのジェイムズの死体はセルビーの教会の無名の墓に埋葬されたことが第二〇章で追加されている。

このジェイムズの挿話以外に、作者が加筆した箇所が第一九〜二〇章に散見される。まず、ドリアンがヘンリー卿の影響から脱して「改宗者」(352, the converted)となった様を鮮明にする箇所がある。それは、雑誌版の「それら［教養と頽廃］がいつも一緒に見られるのは、今の私［ドリアン］には奇妙に思われる」(154)の箇所の「奇妙に」(curious)が改訂版では「恐ろしく」(346, terrible)に修正されている点である。さらに、ドリアンがバジルを殺害したのは自分だと言ったらどう思うと切り出し、ヘンリー卿の反応を窺う場面が加筆されている。その場面で、ヘンリー卿はドリアンの示唆の可能性を否定し、ドリアンとの交友が途絶えると「彼［バジル］は偉大な芸術家ではなくなった」(349)と述べる点である。また、この場面で、ドリアンが肖像画をセルビーのカントリーハウスに搬送した際に、それが「途中で行方不明になったか盗まれた」(349)とヘンリー卿に偽っていることが明らかになる。

さらに、ドリアンはその肖像画のモデルを務めたことを後悔し、『ハムレット』からの引用の「悲しみの絵画のように、／心のない顔」(350)が加筆されている。そして、ヘンリー卿は「人が人生を芸術的に扱えば、その人の頭脳がその人の心である」(350)と持論を展開するが、もはやドリアンはヘンリー卿に同調しない。このヘンリー卿との会話で、ドリアンがはっと驚く場面が追記されている。それは、ヘンリー卿がハイド・パークを通った折に路傍の説教師が語るのを耳にした聖書からの引用句の最後の言葉を彼がドリアンに尋ねた時のことである。その聖マルコ伝からの引用句の全文は「もし、人が全世界を手に入れても、自らの魂を失えば何の益があるだろうか」(456)と言うものである。その引用句の最後の言葉に当たる「魂」の存在などヘンリー卿は否定するが、ドリアンは「魂は恐ろしい実在」(350)と断言して譲らない。そして、「改宗者」となったドリアンは「私は同じ人ではないよ、ハリー」(351)と明言する。そのため、ヘンリー卿が魅力的なブランクサム卿夫人かモンマス公爵夫人との昼食会にドリアンを誘っても、彼は「本当に行かなければならないの、ハリー?」(353)と躊躇し、彼の招待を不承不承に受け入れるのである。

最終章でも、ドリアンが昔日を追憶する場面が追加され、新生を期待する心境が描出される。そのため、ドリアンが「永遠の若さの汚れなき輝き」(354)を永続できるように祈願した回想が加筆されている。そして、ドリアンはヘンリー卿の贈り物の「奇妙な彫刻を施した鏡」(354)を取り上げて覗き込む。その時、ドリアンは自分を溺愛した「ある人」(354) が書き綴った崇拝の言葉を想起し、今も若々しい自己の姿を見るに耐えず、鏡を床に投げつけて踏み潰す場面が追加されている。「象牙のキューピッド像の枠に納められた楕円形の鏡」(245) をドリアンが破壊する行為は、ヘンリー卿との決別を明確に物語る。そして、恋人のヘティ・マートンに対するドリアンの「善行」(346) は「偽善」(356) によるものだったとの認識が追加され、「好奇心のために自己否定を試みていた」(356) ことをドリアンが認知する場面が加筆されている。また、肖像画を破壊する件では、彼の手にしたナイフが肖像を「切り裂く」(357 n) のではなく、その心臓を「突き刺す」(357) 行為に修正されている。「切り裂く」(191) 行為は、仕上げたばかりの肖像画をバジルがパレットナイフで破ろうとする際の記述に窺える。しかし、肖像画の破壊の場面でのドリアンの行為は、肖像画の「途方もない魂の生命」(357) に止めを刺すためである。

このように、作者はドリアンを中心に据え、ドリアンに対するヘンリー卿とバジルの言動の影響を鮮明にし、ドリアンがバジルの道徳的な芸術観を脱してヘンリー卿の説く「新しい快楽主義」(187, a new Hedonism) に移行し、最終的にヘンリー卿の世界から脱落して「改宗者」となる姿を明確にしている。

最後に、バジル、ドリアン、ヘンリー卿についての作者のコメントから、ワイルドの心性を集約したい。

おわりに

ワイルドは一八八四年にコンスタンスと結婚し、翌年にシリル（一八八五―一九一五）、翌々年にヴィヴィアン（一八八六―一九六七）と男児を儲けたが、同性愛の傾向があったことは事実である。そのため、彼はロバート・ロスに触発され、一八八六年に同性愛に染まり、一八八九年にそれが常習となったらしい（Douglas 45; Ransome 106）。しかし、その真偽のほどは定かではない。確かなことは、結婚の翌年の終わり頃にワイルドがワイルドが二〇歳のH・C・マリリャー（一八六五―一九五一）に相当な興味を示したことである。ワイルドは一八八五年一一月八日の手紙で彼に「もし私がもう一度実際に生きるのなら、それは花――魂などはなく全く美しい――のようでありたい。恐らく、私の罪ゆえに私は赤いゼラニウムになる‼」（*CL* 267）と語り、同年一二月一二日の手紙で「センセーションのためなら、火刑になってもいいし、最後まで懐疑家であってもいいのだ！［・・・］芸術的人生は長く美しい自殺行為と時折思うが、そうであっても悔いはない」（*CL* 272）と述べている。

そして、一八九一年にアルフレッド・ダグラス卿（一八七〇―一九四五）が彼の人生に登場する。一八九五年に作者が惹き起こした名誉毀損の告訴、逮捕、断罪となった裁判も、彼の「センセーション」好みの気質の一端を物語る。それゆえ、ドリアンが辿るセンセーショナルな「芸術的人生」は、作者の願った芸術家の一様式であったことはほぼ間違いなかろう。事実、「センセーションへの情熱があった」（211）ドリアンは、「何か冒険」（211, some adventure）を求めてロンドンを「東へ」(211) 彷徨い、場末の劇場で女優のシビルを見出す。また、作者自身も一八八八年の冬には同性愛の暗黒街を探索し始めている (McKenna 131)。事実、改訂版でドリアンに狂おしい崇拝の言葉で終わる「狂気の手紙」(354) を書き送った先の「ある人」(some one) の性別は明記されていない。

この小説の主要登場人物について、E・ロディティは次の興味深い心理分析をしている。

> 従って精神分析的にこう論証されるかも知れない。ワイルドの無我意識のドリアンは、ワイルドの自我であるヘンリー卿の説く美と快楽の教義を、あまりに利己的に字義通りに誤解し、自ら課する死へと駆り立てられる。また、作者の超自我であるホールウォードは、彼の警告と叱責がドリアンの官能的満足の拘束なき追求を阻止するかも知れない時に殺される。(183)

このように、作者の分身、内的葛藤がこの小説で劇化されている。実際、ドリアンは牧歌的な人物と描かれ、それと対極的なヘンリー卿は快楽主義を標榜する「逆説のプリンス」である。そして、作者が「私だと思う人物」のバジルは「魂と肉体の調和」(177) の具現であるドリアンを崇拝する。だが、奇しくも、作者が語る「私がなりたいと思う人物」であるドリアンは、自我に目覚めてセンセーショナルな人生を送ろうとする。このドリアンこそが、作者が憧憬する人物であるのはほぼ間違いない。

この小説の改訂の跡を辿れば、「我々自身の時代に奇妙に復活している、あの粗野で無様なピューリタニズム」(278-9) に批判的なワイルドの「知性」をヘンリー卿に垣間見ることができる。

道徳的なバジルが、ドリアンを表層的にしか認識しなかったのに比べ、ヘンリー卿は「その若者［ドリアン］の無意識のエゴイズムに働きかけるのにこの上ない喜びを見出し」(253-4) ている。このように、ドリアンに生への情熱を認識させ、さらに「快楽の哲学」(206) を吹き込むことは、ヘンリー卿自ら語るように、彼の「魂」(183) を与えることである。人生を積極的に生きることを教示するヘンリー卿は、ドリアンを「愛と死の息子」(200) と認識し、その瞬間からドリアンは時の流れに実在する生身の人間に生まれ変わっている。それゆえ、このドリアンはヘンリー卿の魂を吹き込まれた「素晴らしい創造物」(185) と言える。後年になるが、ワイルドは一八九七年六月二日頃にダグラスに宛て「もちろん、エゴイスティックな旋律が私には現代芸術の根本的かつ究極の旋律であり、また常にそうであったが、エゴイストになるためには人はエゴを持たなければならない。芸術の王国に入ることができるのは、『私、私』と言う者すべてとは限らないのだ」(*CL* 874)（傍点は原文）と意味深長に述べている。

引用文献

Beckson, Karl, ed. *Oscar Wilde: The Critical Heritage.* London: Routledge & Kegan Paul, 1970.

Bristow, Joseph, ed. *The Complete Works of Oscar Wilde*, Vol. III. Oxford: Oxford UP, 2005.

Burdett, Osbert. *The Beardsley Period*. New York: Cooper Square Publishers, 1969.

Cox, Devon. *The Street of Wonderful Possibilities*. London: Frances Lincoln, 2015.

Croft-Cooke, Rupert. *Feasting with Panthers*. London: W H Allen, 1967.

Douglas, Alfred. *Oscar Wilde: A Summing Up*. London: Icon Books, 1962.

Ellmann, Richard. *Oscar Wilde*. New York: Alfred A. Knopf, 1984.

Frankel, Nicholas, ed. *The Picture of Dorian Gray*. London: Belknap Press of Harvard UP, 2011.

Holland, Merlin. *The Real Trial of Oscar Wilde*. New York: Fourth Estate, 2003.

Lawler, Donald L. *An Inquiry into Oscar Wilde's Revisions of The Picture of Dorian Gray*. New York: Garland Publishing, 1988.

________________, ed. *The Picture of Dorian Gray*. London: W. W. Norton & Company, 1988.

McKenna, Niel. *The Secret Life of Oscar Wilde*. London: Arrow Books, 2004.

Ransome, Arthur. *Oscar Wilde*. London: Methuen & Co., 1913.

Roditi, Edouard. *Oscar Wilde*. Connecticut: New Directions Books, 1947.

Whittington-Egan, Molly. *Frank Miles and Oscar Wilde*. Rivendale Press, 2008.

富士川　義之ほか（訳）『ロード・ジム／ドリアン・グレイの画像ほか』（世界文学全集第六三巻）　講談社、一九七八年。

6　『ドリアン・グレイの肖像』について（2）

はじめに

デカダンスの文学に関して、H・ジャクソンはA・シモンズ（一八六五―一九四五）の言葉「強烈な自意識、探求への絶えざる好奇心、洗練に次ぐ洗練、精神的かつ道徳的倒錯」(55)を引用し、「倒錯」、「人工性」、「エゴイズム」と「好奇心」(64)の四つの特徴を挙げている。A・オヤラは『ドリアン・グレイの肖像』に関して「バジル・ホールウォードとドリアン・グレイの同性愛の倒錯、ドリアン・グレイの罪の強迫観念とその罪悪感とにおける病的な性質、ヘンリー卿の逆説とドリアン・グレイのセンセーションの探求とにおける快楽主義」のゆえに「ワイルドのデカダンスの代表作」(Part I 213)と呼んでいる。

この「デカダンスの代表作」が惹き起こした非難に応えて、ワイルドは『スコッツ・オブザーバー』、『セント・ジェイムズ・ガゼット』、『デイリー・クロニクル』紙上に私見を発表している。そして、芸術を解さぬ書評家との論争に疲弊したのか、作者は一八九一年四月頃にA・C・ドイル（一八五九―一九三〇）にこう書き送っている。

新聞は、淫らな考えの人々によって俗物のために書かれているように私には思える。彼らがどうして『ドリアン・グレイ［の肖像］』を不道徳と受け止めるのか、私には理解できない。私の難事は、内在するモラルを芸術的で劇的な効果に従属させることだったが、それにしてもそのモラルはあまりに明白だと私には思える。(*CL* 478)

作者が「私の人となりを大いに含んでいる」(*CL* 585) と述べ、「バジル・ホールウォードは私だと思う人物、ヘンリー卿は世間の人が私だと考える人物、ドリアンは、恐らく別の時代であろうが、私がそうなりたいと思う人物だ」(*CL* 585) と興味深いコメントを付したのは、先述した通りである。さらに、作者は、これらの登場人物に言及しながらこう簡潔に述べている。

そして、その［小説の］モラルはこうである。すべて度を越した行為には、すべての克己と同様、自ずと報いがくる。画家ホールウォードは、大抵の画家がそうであるように、肉体美を全くあまりにも崇拝し、彼がその魂に途方もなく馬鹿げた虚栄心を作り出した者の手にかかって死ぬ。ドリアン・グレイは、単なる官能と快楽の生活を送り、良心を抹殺しようとして、その瞬間に自分を危める。ヘンリー・ウォットン卿は、単に人生の傍観者であろうと努める。彼は、戦いを拒否する人のほうが、その戦いに加わる人よりも深く傷つくことを知る。(*CL* 430)

これら三人の登場人物の造形とその関係の観点から、主に改訂版の小説のモラルを検討したい。その際に、ドリアンの「等身大の肖像画」(181) の存在に注目したい。この小説の改訂版を献呈されたS・マラルメ（一八四二―一九八）は、一八九一年一一月一〇日の返信で小説の一文「すべてのことをしたのは肖像画だった」(355) を引用し、「不安を抱かせる、ドリアン・グレイの等身大の肖像画が付き纏うだろうが、しかし、書かれて本自体になっている」(*CL* 492 n) と作者に書き送っている。

「永遠の若さの汚れなき輝き」(354) の肖像画は、あたかも生身の人間であるかのように描かれ、特にバジルは肖像画を「あなた」(191, you) あるいは「本当のドリアン」(192, the real Dorian) と呼んでいる。さらに、ドリアンは「キャンバス上の像によって彼［ドリアン］に示唆されたかのように」(299) 抑えがたい憎しみを抱いてバジルを殺害したことが改訂版で加筆されている。また、改訂版でドリアンの美貌を映す「奇妙な彫刻を施した鏡」(354) も新たに導入されている。しかも、その鏡は、内面的変貌を遂げたドリアン本人を「本当のドリアン・グレイ」(190, the real Dorian Gray) と認識したヘンリー卿からの贈り物である。これら肖像画と鏡はこの小説で重要な役割を果たしている。まず、この肖像画と鏡の心象について考えてみたい。

I

J・B・ゴードンは論考「頽廃期の空間――世紀末現象学の覚書」で鏡に触れて次のように述べている。

一九世紀後半の生活や芸術で、とてもよくある「鏡の効果」は、こうして九〇年代の現象学における多くの分岐する系統を統一する視覚的表示である。すなわち、ドッペルゲンガーと分裂した自己。ロマンチックな自意識に内在する観淫症。多くのアール・ヌーヴォーの非常に洗練された外見。地理的な探求とさらに洗練されたニュアンスを追及する言語の両者によって共有される迷宮構造。(Fletcher 36)

ゴードンが指摘するように、鏡は世紀末芸術の「視覚的表示」である。フランスの芸術家で、悪から美を引き出すことを信条としたC・ボードレール（一八二一—六七）にも鏡は登場する。

私は、不吉な鏡
それに悪女は姿を映す！

私は、傷でナイフだ！
私は、平手打ちで頬だ！
私は、肢体で刑車、
そして、犠牲者で死刑執行人だ！

私は、私の心の吸血鬼、
——偉大な見捨てられた人たちの一人
永遠の笑いの刑に処せられながら、
もはや微笑むこともできないのだ！(80-1)

この詩「自らを罰する者」(『悪の華』〈一八五七〉の一編 'L'Héautontimorouménos')の詩趣に似た連が、ワイルドの『詩集』(一八八一)の一編「人間」('Humanitad')に窺える。

だが、我々はそれら穏やかな通い先を後にして
疲れた足取りで新たなカルヴァリに赴き、
　そこで、我々は凝視するのだ、鏡の中に
自らの顔を見る人のように、自ら殺害した人の姿を、
　そして、その悲しげな凝視の無言の咎めの中に
人の赤い手が呼び起こす畏怖すべき幻が何かを知るのだ。

ああ打ちのめされた口!ああイバラの冠で飾られた額!
　ああ、すべて変わらぬ苦難の聖杯!
あなたは、あなたを愛さなかった我々のために、
　果てしなき世紀の苦悩を耐えられた。
それに、我々は愚かで無知で、まして、知らなかったのだ、
我々があなたの心臓を突き刺した時、我々が殺したのが我々自身の本当の心だとは。

我々自身が種蒔く人、その種子。
　被う夜、薄れゆく光。
突き刺す槍、血の流れる脇腹。

裏切る唇、裏切られた命。
大海原には静けさがあり、月にも安らぎはある。だが、我々
自然界の支配者は、今でも我々自身の恐ろしい敵なのだ。(409-26)

この詩で詠われる「魂と肉体が神秘的な調和の中に溶け合っているように思えた」(408) 昔と隔絶する時代に生きるワイルドのヴィジョンは、苦悩する人間の有り様を磔刑のキリストに見出し、「鏡の中に」「自ら殺害した」「自然界の支配者」の姿を見る。この鏡の心象は、先に見たように、童話で取り上げられた、牧歌的世界の喪失を暗示する。童話集『柘榴の家』(一八九一) の一編「王女の誕生日」で、鏡は明確に自然との対比で導入されている。小人が無理矢理に連れて来られた宮廷は、彼が住んでいた自然と対峙する人工の世界で、諸悪の都市の縮図と考えられる。そして、この人工の世界に迷い込んだ小人は、鏡で自らの醜さを知り、同時に真相を悟って息絶える。だが、この世界に生きる美しい王女は、小人の死など気に掛けず「これから私の所に遊びに来る人たちは心をもたない者にしてね」(170) と叫ぶ。このように、小人の有する牧歌的な世界は、鏡が象徴する「心をもたない者」の世界によって打ち消される。

さて、小説の改訂版でドリアンは肖像画のモデルを務めたことを後悔し、『ハムレット』からの台詞「悲しみの絵画のように、／心のない顔」(350) を引用する。すると、ヘンリー卿は「人が人生を芸術的に扱えば、その人の頭脳がその人の心である」(350) と持論を述べる。ドリアンと対峙し、様々な心象を重層化する彼の肖像画の創造については、第一～二章で語られる。まず、バジ

ルはドリアンの肖像画を描いて彼に美意識を授け、「逆説のプリンス」(334) のヘンリー卿は生への情熱をドリアンに鼓吹して「黄色の本」(274) を与えて快楽主義を訓蒙する。このことは、第九章の自筆原稿に「ドリアン・グレイは本と肖像画によって毒された。ヘンリー卿が彼に前者を与え、バジル・ホールウォードが後者を描いた」(125 n) と言う叙述から推測される。C・ナサールが指摘するように、バジルは絵筆を使う芸術家、ヘンリー卿は言葉を操る芸術家である (43)。特に、ヘンリー卿は、彼が創造したと言えるドリアンを傍観することに「この上ない喜び」(253-4) を見出す。

そのため、ドリアンはバジルとヘンリー卿の間で揺れ動くが、終始ヘンリー卿によって操られているかのようである。実際、ドリアンに対するバジルの影響力は、ヘンリー卿がドリアンに出会う時点で消滅する。そのため、バジルは肖像画に描かれたドリアンを「本当のドリアン」(192) と呼び、ヘンリー卿は精神的変貌を遂げたドリアンを「本当のドリアン・グレイ」(190) と認識するのである。

ヘンリー卿との出会いで「時」(186) の流れを意識したドリアンは、刹那的な生の燃焼を脳裡に描き、享楽的な「二重生活」(314) に没入する。そして、彼は覚醒した自己の所在を求めて苦悩し、見る自己と見られる自己と言う、主体と客体を同時に映す鏡あるいは肖像画に囚われ、自己に他者を見出すようになる。このように、自意識に囚われたドリアンには、自己の所在は言わば分裂した自己にしか求められない。

このような認識は、ボードレールにも顕著である。彼は『赤裸の心』（生前未発表）で「すべての人には、どんな時にも同時に二つの嘆願があり、一つは神に、もう一つは悪魔に向かう。神への祈りあるいは精神性は昇進の欲望である。悪魔への祈りあるいは動物性は下降の喜びである」(111) と直截である。「我々の一人ひとりが天国と地獄を自らの中に持つ」(299) と語るドリアンは、つまり、「神への祈り」と「悪魔への祈り」をし、引き裂かれた自己をいつまでも見詰め続けなければならない。そのため、彼の意識は絶えず自己を映す鏡と肖像画に呪縛され、喜びと苦悩が表裏一体の両面価値の感情を露呈する。そのような感情が、自己破壊に傾斜する自己愛を形成し、鏡と肖像画に囚われた意識は矛盾撞着を引き起こす逆説的言語を産み出す。ヘンリー卿あるいはワイルドの逆説的な言説は、この心性に由来すると思われる。それゆえ、この小説で常にドリアンと関わり、彼の精神的基盤の「牧歌的物語」(347, idyll) の終焉を告げるのは、「逆説のプリンス」(334) のヘンリー卿である。「人が人生を芸術的に扱えば、その人の頭脳がその人の心である」(350) と語るヘンリー卿こそが、「教養と頽廃」(346, Culture and corruption) を同義に解し、人生を芸術の一様式と見なしている。

作者は、雑誌版のこの小説の発表の前年に、「虚言の衰退」(一八八九) でかの有名な「芸術が人生を模倣するよりは、人生の方がはるかに芸術を模倣する」(90) と言う命題を打ち立てている。この芸術論で展開される人生と芸術の模倣の比較は、「自然」と「人工」あるいは牧歌的心性と都会的心性の比較を示唆する。そして、自意識の象徴としての鏡と肖像画の出現、あるいは芸術至上主義の浮上によって、ワイルドの作品は頽廃期の文学の様相を呈し始める。

例えば、この小説の頽廃的な雰囲気は、「虚言の衰退」発表以前の小説「アーサー・サヴィル卿の犯罪」(一八八七)と比較すれば鮮明になる。後者の小説に関し、C・ナサールは「一九世紀後半は二重人格者ジキル・ハイドに魅了された。『アーサー・サヴィル卿の犯罪』で、シビルとポジャーズは、主人公のジキル・ハイド分裂が投影されたものである」(19)と指摘している。実際、シビルと婚約したサヴィル卿は、「単に遠い親戚」(9)を殺害する運命にあると予言した手相見のポジャーズ本人をテムズ河に投げ入れて溺死させる。後に「ひどい詐欺師」(32)と判明するポジャーズの殺害は「手相見の自殺」(30)に摩り替えられ、邪悪な自己を抹殺したサヴィル卿は、表面上シビルと幸福な日々を送る。このように、彼の心性は「善良で高貴なすべての象徴」(15)であるシビルに向かうように描かれている。それゆえ、サヴィル卿が恐ろしい運命を予言された日にロンドンを彷徨い、田舎の人々と出会う場面の描写はこうである。

彼がベルグレーヴ・スクエアの家の方にぶらぶら歩いていると、コヴェント・ガーデンへ向かう途中の数台の大きな荷馬車に出会った。[・・・]また、これらの百姓たちは荒っぽく朗らかな声を上げ、何げない様子で何と奇妙なロンドンを目にしたことか！夜の罪も昼の煙もないロンドン、青ざめた亡霊のような都市、墓穴の荒廃した町！彼は、そのことを彼らがどう考えているのかと思った[・・・]。たぶん、彼らにとっては、ここは単に市場なのだ。果物を売ろうと彼らが持って来る場所、精々数時間留まり、未だ静かな街路と、未だ眠る町並みを後にする場所なのだ。彼らが通り過ぎる時、じっと見ていると、彼は喜びを感じた。重々しい鋲釘の靴を履いた、無格好な足どりの彼らは粗野であったが、彼らには幾分アルカディアの気味が漂っていた。彼らは自然と共に生きていると彼は思った。そして、自然が彼らに安らぎを体得させたのだとも思った。彼は彼らが知らないすべてに対して彼らを羨ましいと思った。(13-4)

この描写で、サヴィル卿の住むロンドンと、百姓たちの住む「自然」（Nature）は対置されている。都会人のサヴィル卿が百姓たちを「羨ましいと思った」のは、彼の内なる田園への憧れの表れである。このように、サヴィル卿の心性はシビルの象徴する善の世界、「アルカディア」に憧れるように描かれている。

それでは、当小説のドリアンはどうであろうか。「純真で美しい性質」（180）のドリアンは、サヴィル卿の心性と通じる所もある。事実、彼は「シューマンの『森の情景』」（181）の楽譜を繰る牧歌的人物として登場している（富士川 651）。それゆえ、ドリアンは「魂と肉体の調和」（177）を具現した人物とバジルに映る。だが、ヘンリー卿の影響を受けて、「人生についてすべてを知りたいと言う激しい欲望」（211）を掻き立てられたドリアンは、「ある冒険」（211, some adventure）を求めてロンドンを「東へ」（211）彷徨い、場末の劇場で見た女優のシビル・ヴェインを意中の人とする。本来「神聖な」（214, sacred）シビルは、ドリアンが語るように、ヘンリー卿の「すべての間違った、魅惑的な、有害な、愉快な持論」（235）を忘れさせてくれる存在である。しかし、生と未来への根元的な力となるべき愛も、ドリアンは芸術的な美意識の観点からしか眺められない。それゆえ、彼女が本当の恋を知り、舞台と言う虚構の世界で演技する意欲を失うと、彼の憧れのシビルはその存在価値を失う。婚約までしたシビルが、涙に咽び縋ろうとするのを彼は無残に打ち捨てて劇場を後にする。ここで、我々は「アーサー・サヴィル卿の犯罪」の描写と類似の一節に遭遇する。

夜がちょうど明けようとしていた時、彼はコヴェント・ガーデンの近くにいるのに気付いた。夜は明るみ、そして、かすかな火の輝きに上気して、空は窪んで素晴らしい真珠になっていた。揺れるユリを満載した、数台の巨大な荷馬車が、光沢のある人気のない通りをがらがらとゆっくり通った。大気は花の芳香で重々しく、花の美しさが彼の痛みに鎮痛剤を与えたようだった。彼はその後を付いて市場まで行き、彼らが荷馬車の荷を降ろすのを見守った。白い仕事着の荷馬車屋が、幾らかサクランボを彼に差し出した。ドリアンは礼を言い、その男が代金を受け取るのをどうして拒んだのか不思議に思い、それから、ものうげに食べ始めた。それらは真夜中に摘み取られ、月の冷たさが染み込んでいた。(244)

この描写では「アルカディア」への言及は見られない。ドリアンには田園への、反文明への憧れはなく、「ユリ」の「芳香」と「美しさ」が彼の意識を捉え、「彼の痛みに鎮痛剤」の働きをしている。また、「サクランボ」の「冷たさ」が彼の味覚を捉えている。この一節は感覚的人間に変容したドリアンを浮き彫りにしている。

『サロメ』にも「果物」(463) への言及がある。この小説の第二章でも、ヘンリー卿がバジルに「イチゴ入りの」(185) 冷たい飲み物を求める場面があり、第一九章でも「深紅色の小さなピラミッド型に積まれた成熟したイチゴ」(346) がヘンリー卿の皿の上にあることが加筆されている。ワイルドはF・マイルズ(一八五二―九一)とR・ガウアー(一八四五―一九一六)と一緒にマイルズの故郷のビンガム牧師館に一週間ほど滞在した際に、ローンテニスの合間に籠一杯に入った「イチゴ」(*CL* 21) を食べていることに一八七六年七月一三日頃の手紙で触れている。因みに、文学作品では食べ物は特に性欲を表示する手段によく用いられるのである（Guy and Small 127 n）。

さて、善を象徴するシビルの自殺（ドリアンによる間接的殺害）によって、牧歌的世界から切り離されたドリアンは人工の世界に埋没していく。さらに、ドリアンの罪の世界への耽溺は、ヘンリー卿から贈られた「黄色の本」（274）によって決定的となる。この本は先述した『ヴィーナス氏』を示唆するが、作者が手紙で言及する「ユイスマンスの『さかしま』」（CL 524）をも暗示している。『さかしま』（一八八四）の主人公デ・ゼサントは、古代の夢や頽廃に人工楽園を求める。このデ・ゼサントに自己投影し、罪悪も美の概念を悟る手段と見なすドリアンは「世紀末」（318）の落し子に相応しく、悪徳とアンニュイの陰りを帯びる。

ドリアンの美意識では、現在は明日なき瞬間であるため、全ては喪失の相の下に眺められる。常に自己の夢を描くことによって人工楽園を現出させるドリアンは、彼の二重生活の啓示となった肖像画に対峙し、自己に閉じ籠もる。それは、ボードレールが『パリの憂愁』（一八六九）の一編「旅への誘い」で次のように詠う心性に通底する。

> 夢！常に夢である！そして、魂が野心的で、繊細であればあるほど、夢は魂をできる限り一層遠ざける。人は各々その内部に絶えず分泌され代謝される、生まれながらのアヘンを持つ。そして、誕生から死まで、我々は明確な快楽と、素晴らしく決然とした行為とに満ちた時間をどれほど数え得るのか。我々はいつか生きようではないか。いつか過ごそうではないか。私の精神が描いたこの絵の中に、あなたに似たこの絵の中に。（75-6）

この心性の根底には、「私の精神が描いたこの絵」によって醜い現実が改造される人工楽園への「夢」がある。

しかし、ドリアンはバジルの殺害を転機として罪の意識に囚われ、やがてシビルの面影のある無垢なヘティ・マートンに恋する。だが、彼は彼女を破滅させることを恐れ、彼女と別れる。この彼の行為は、かつての恋人シビルとの悲劇的な恋愛の代償行為である。この「善行」(346)をドリアンから聞いたヘンリー卿は、「その感情の目新しさは、あなたにぞくっとする真の快楽を与えたに違いないと思うね」(346)と告げ、ドリアンの牧歌的世界への回帰の夢を打ち砕く。

今や背徳の生活に焦燥を感じ「改宗者」(352)となったドリアンにとって、美しい彼の姿を映す鏡は「良心」(357)の呵責を煽り立てる。ヘンリー卿からの贈り物の鏡を粉々に打ち砕く彼の行為は、自らの願いで結託した享楽主義との訣別を物語る。鏡を打ち砕いて自らの仮面を否定しても、「そんなにも彼の生の一部であった肖像画」(286)を抹殺する行為は自殺行為以外の何物でもない。ヘンリー卿の言葉に裏打ちされたかのように、醜悪となった肖像の心臓を突き刺したドリアンは「忌わしい顔」(357)となって息絶える。だが、「申し分のない青春と美」(357)に輝くドリアンの肖像画は無傷である。ここで、この肖像画が象徴する芸術の世界が、現実の醜いドリアンに替わって浮上する。この時点で、バジルによって描かれたドリアンの肖像画は文字通り美しい芸術作品となる。「W・H氏の肖像画」のシリルが、自殺ゆえに「すべての文学の殉教者の中で最も若く、最も素晴らしい」(47)と「私」に映るのと同様である。

このように、最終章においても滅びず、ドリアンの「青春と美」を映す肖像画の存在は、この小説のモラルの寓意を暗示している。この美しい肖像画のいわば完成を目指して、作者の分身の登場人物が、キャンバス上で寓意的な物語を展開するのである。

それゆえ、この小説は作者の内的葛藤を劇化していると考えられる。次に、これら登場人物の造形とその関係の観点から、さらに小説のモラルの寓意について考えてみたい。

III

まず、ドリアンとの関係で芸術家バジルを考えてみよう。美青年ドリアンに同性愛を抱きながら、社会道徳にこだわって自己規制しようとするバジルに、作者の消極的な心性と性癖を垣間見ることができる。実際、バジルは「ある奇妙な夢」(169)を抱きながら、キャンバスに自己の「ロマンス」(171)を封じ込める臆病者である。そのため、ブランドン卿夫人の家で催された宴会でドリアンに初めて出会った時、バジルは「恐ろしい危機」(173)を感じて臆病風に吹かれる。だが、出会うべくして出会ったドリアンは、「ロマンチックな精神のすべての情熱、つまりギリシア的な精神のすべての完璧さ」(177)、「魂と肉体の調和」(177)の具現とバジルに映る。

こうして、ドリアンを「芸術のための新しいパーソナリティの出現」(176)、「芸術のモチーフ」(177)と思うバジルは、芸術家としての生命をドリアンに託すことになる。ドリアンを知る以前は「自尊心のあった」(173)画家も、ドリアンの出現によって彼の芸術、延いては人間性までも支配される。このバジルの心性は、『書簡――獄に繋がれて』(『獄中記』、以下『書簡』と略記する)でワイルドが語るダグラスとの主従関係を想起させる。

このドリアンの出現が「彼［バジル］の芸術の大いなる転機」(261)であるとしても、真善美を芸術の精髄と見なすバジルは「パーソナリティ」を十分に発揮できない。そのバジルの描き上げたドリアンの肖像画を見てヘンリー卿は、「王立美術院は大きすぎるし低俗すぎるよ。［・・・］グローヴナー［ギャラリー］が本当に唯一の場所だよ」(170)と出展を勧める。一八九〇年一二月（雑誌版の『ドリアン・グレイの肖像』は同年七月に出版）に閉館したグローヴナー・ギャラリーは「アルマ＝タデマ、ポインター、ムーアの古典主義画家と同様にバーン＝ジョーンズとその追随者である『アウトサイダー』によるヌード画を展示した」(Smith 165)モダンな美術館であった。実際、後にジョルジュ・プティ美術館の要請に応じて、バジルはドリアンの肖像画をパリの「セーズ街の特別展示会」(263)に出展しようとする。この「展示会」への出展は「彼［バジル］の作品が前衛的で流行の先端を行く性質のもの」(389)であることを示唆している。ところが、自己の発現に消極的なバジルは「ハリー［ヘンリー］、人が自己のためだけに生きるとすれば、そうすることに対して恐ろしい代価を支払わなければならないのではないか？」(235)と口にし、凡庸な道徳的な芸術家に留まってしまう。それゆえ、ドリアンが語るように、バジルには「少しばかり俗物的な所」(217, a bit of a Philistine)がある。そのため、バジルがドリアンの肖像画を見せられた時、彼が全精神を注いで描き上げた絵画が「何か汚らわしいパロディ、何か恥ずべき下劣な風刺」(298)となって、バジルの堕落を示唆する。結局、パーソナリティの発現に消極的だったバジルは、生命を賭して自らの堕落を目の当たりにしなければならないと言える。

それに対し、ヘンリー卿は「社会への恐れ、それは道徳の基盤であり、神への恐れ、それは宗教の秘儀である」(183)と語る芸術至上主義者である。そもそも、ドリアンはヘンリー卿によって眺められる存在にすぎない。そのため、ドリアンは「野外劇か芝居のあの優雅な人物の一人、その喜びは遠く離れているように思えるが、その悲哀は人の美感を掻き立て、その傷は赤いバラのよう」(219)にヘンリー卿に映る。結局、この「傍観者」であるヘンリー卿に操られるドリアンは「現代生活に残された唯一の真の色彩要素」(192)である罪の世界に踏み込み、新たな経験への好奇心を抱いて、未知なる自己の探索に乗り出す。

それゆえ、E・サン・ファン二世はこの二人に密接な関係を見出し、次のように正鵠を得た分析をしている。

ドリアンとヘンリー卿は共に不可分の個体を形成している。寓意的な見地からすれば、ドリアンは経験する自己を表し、一方、ヘンリー卿は合理化する自己を表す。ドリアンは行動し、ヘンリー卿は抽象する。ヘンリー卿にワイルドの知性を、ドリアンにワイルドの感性を認めることも可能である。(64)

このことは、ドリアンがヘンリー卿の「とても美しい声」(183)に引き付けられていることから推測できる。本来、「声」は豊かな表現力を有し、夢、情熱、歓喜、悲哀などの情動を表すものである。ドリアンが引き付けられる「あなた[ヘンリー卿]の声とシビル・ヴェインの声は、私[ドリアン]が決して忘れない二つのもの」(213)なのである。つまり、シビル・ヴェインの声がジキル的な声だとすれば、ヘンリー卿の声はハイド的な声と言っても過言ではない。

サン・ファン二世の指摘通り、ヘンリー卿にフランスのデカダンスの影響を受けたワイルド、あるいはヴィクトリア時代の閉塞的な「ピューリタニズム」(278) に批判的なワイルドの「知性」を垣間見ることができる。バジルがドリアンを表層的にしか認識しなかったのに対して、ヘンリー卿はドリアンの「無意識のエゴイズム」(254) に働きかけ、彼を「愛と死の息子」(200) と認識している。

このヘンリー卿がドリアンに「快楽の哲学」(206) を教示し、生への情熱をドリアンに自覚させることは、ヘンリー卿の「魂」(183) をドリアンに吹き込むようなものである。そして、その瞬間から、ドリアンは「時」(186) の流れに実在する自意識的な人間となる。この生まれ変ったドリアンは、ヘンリー卿の「素晴らしい創造物」(185, a wonderful creation) と言える。ドリアンと初めて出会った時に、ヘンリー卿の脳裡には、彼自身が一六歳の時に読んだ一冊の本が想起される。その「黄色の本」(102) をドリアンに与えることによって、ヘンリー卿はドリアンの情操教育を行うことになる。そのため、ドリアンはロンドンを彷徨い、場末の劇場でジュリエットを演じる可憐な女優のシビルを意中の人とする。ここで、ヘンリー卿の想定した「愛と死の息子」が誕生したことになる。

女優のシビルは、ドリアンが語るように「幾分殉教者めいた」(260) 少女である。そして、ドリアンのシビルとの恋愛はこの小説で重要な伏線となる。「愛と死の息子」の役割を担うドリアンは、サロメ同様、快楽主義者の風貌を帯びる。そして、生の根元的な力となるべき愛は、美と死が殉教によって結び付く刹那主義に変貌する。それゆえ、シビルは愛の「殉教者」として聖別され、彼女の死はドリアンに美的感覚を与え、「彼女は彼女の最も素晴らしい悲劇を生きた」(260)と映る。

他方、ドリアンに美の啓示を与えながら、禁欲的な世界へ引き戻そうとするバジルは、最終的にドリアンと相容れなくなる。ドリアンの侮蔑は、同じ性癖を有するバジルに肖像画を見せる時に最高頂に達する。ドリアンの肖像画を「あの呪うべきやつ」(299, that accursed thing)と呼ぶバジルに、ドリアンは押え難い憎悪を抱く。だが、バジルの殺害を転機として、益々醜悪となった肖像画は、シビルが自殺した場合と同様、「目に見える良心の象徴」(246)と映り、ドリアンは良心が「最も聖なるもの」(251)と見なすようになる。今やドリアンは「二重生活の恐るべき快楽」(314)ではなく、生の倦怠と死の恐怖しか感じない。生への積極的な意志が希薄になると共に、過去の罪が彼の意識の中で頭を擡げてくる。例えば、エイドリアン、キャンベルあるいはシビルなどへの罪の意識がそうである。最終的に、シビルの復讐を企てるジェイムズが不慮の死を遂げ、すべてがドリアンに好都合に展開する。

ところが、ドリアンは自らの反逆精神を重荷と感じ、ヘンリー卿の世界から脱落し始める。そして、ドリアンは善良になろうと望み、「自己犠牲」(347)と「克己」(347, renunciation)の生活を送ろうとする。こう決意した彼は、花咲き乱れる五月に自然の中で出会った、シビルの面影のあるヘティ・マートンに恋する。しかし、ドリアンは駆け落ちする前夜になって、彼女を破滅させることを恐れ、彼女を無垢なままにしておこうと決意して別れる。彼の自己欺瞞のこの行為は、かつての恋人シビルとの悲劇的な恋愛の代償行為である。この偽善的なドリアンの仮面を、ヘンリー卿は無残に剝ぎ取る。生気のない生にしがみつき、改悛の道を歩む「改宗者」(352) のドリアンは、自らの行為の真実を肖像画に確かめなければならない。こうして、肖像画に彼が見たものは「目には狡猜な表情が、口には偽善者のゆがんだ皺」(355) がある形相である。

そのため、彼は「善行」(346) が「偽善」(356) であったと悟る。しかし、肖像画を抹殺する彼の行為は、まさしく自殺行為そのものである。それゆえ、ナイフで肖像画を突き刺したと思った瞬間、彼は自らの心臓を突き刺していたのである。ヘンリー卿が語る、「時代が捜し求めている型の、時代が発見したことを恐れる型」(351) のドリアンは、奇しくも「申し分のない青春と美」(357) に輝く芸術作品にその名残を留める。この点を重視すれば、「W・H氏の肖像画」のシリルと同様に、ドリアンは殉教者として聖別されたと言える。

ともかく、この小説は「容貌の忌まわしい」(357, loathsome of visage) ドリアンと彼の美しい肖像画の対比の叙述によって終わる。この結末は果たして何を物語るのであろうか。この小説の序文の「すべての芸術は表層であり、象徴である」と言う作者の言葉は、否応なく読者の注意を肖像画に向ける。ドリアンの辿った人生の旅を一瞬にして一幅の肖像画に象徴させること自体、この小説のモラルの寓意を暗示している。この仕組まれた、いわばドリアンの転身物語は、実人生に付随する価値基準を切り捨て、現実の価値観を超越した芸術の普遍性を際立たせるものである。芸術作品の肖像画が象徴するように、芸術は人生を映すが、芸術は人生の価値観に従属しない。ドリアンの死体の醜さと彼の肖像画の美しさの対比は、現実の醜さと芸術の美の落差に照応するのである。

おわりに

小説の改訂版の「序文」の「いかなる芸術家も倫理に対して共感を示さない」は、芸術至上主義者ワイルドの言である。また、「序文」で「芸術家は美しいものの創造者である」と述べる作者の真意は、この小説の登場人物の辿る運命の軌跡に窺われる。シビル、バジル、ドリアンの死がそれぞれ象徴するように、現実に引き摺られ、芸術の世界を失う人物はすべて死滅する。だが、現実を醒めた目で見る「傍観者」のヘンリー卿は、彼の「創造物」であるドリアンを断罪し、ドリアンの人生を芸術化する。しかし、そのヘンリー卿も「戦いを拒否する人のほうが、その戦いに加わる人よりも深く傷つくことを知る」ことになる。そう言えば、最終章でヘンリー卿がドリアンに「私はいつもあまりに批評家すぎたよ。私は物事が私を傷つけるのを恐れて、傍観、そう傍観ばかりしていたのだ」(158 n) と語る場面が自筆原稿にある。後年、ワイルドは『書簡』でW・ペイター（一八三九—九四）の『エピクロス主義者マリウス』（一八八五）に触れ、「マリウスは傍観者にすぎない。なるほど理想的な傍観者ではあるが」(109) と論評している。

「人が人生を芸術的に扱えば、その人の頭脳がその人の心である」(350) と語るヘンリー卿は、人生を芸術化しようと目論む。彼は、社会的モラルの判定基準である善悪の概念を彼の美意識に従属させている。この「傍観者」であるヘンリー卿がバジルとドリアンを処罰する。と同時に、その処罰は作者自身の性癖の自己抑制に対する断罪でもある。と言うのは、N・ラディックが指摘するように、「『ドリアン・グレイ［の肖像］』でのワイルドの意図は、確かに『あえてその名を言わざる愛』の抑制の恐ろしい結末を述べることにあった」(Marshall 196) からである。

そして、これら登場人物が浮き彫りにするサディスティックな心理の重層化は、登場人物の主従関係と関連がある。つまり、ドリアンに献身的なバジルとシビルは、ドリアンの意識を通して眺められ、ドリアンは二人が苦しむのを冷やかに眺める。さらに、そのドリアンも、彼が崇敬するヘンリー卿の意識を通して眺められ、彼によって断罪される。さらに、その断罪するヘンリー卿も、作者が述べるように「深く傷つくことを知る」。このような構図は、作者の心性の有り様を解明する一助となる。と言うのは、「サディストは、悪の実行においてさえ、犠牲者、つまり責めさいなまれる無垢なものと自分とを同一視するのをやめない。彼は『善』の化身となり、彼の媒体は『悪』を具現するのだ」(ジラール 207) からである。

世紀末の雰囲気を敏感に感じ、フランスのデカダンスの影響を受けたこの想像的自画像は、ワイルドの心性を明白に物語る。その基調には、美の殉教者ドリアンが抱いた官能的な芸術生活へのワイルドの憧憬がある。作者が「恐らく別の時代であろうが、私がそうなりたいと思う人物」のドリアンが辿るセンセーショナルな人生は、美の崇拝者としての芸術家の宿命と言える。自己の実現を脳裡に描いて生きたドリアンを映すのが芸術作品であるのは、その象徴である。ドリアンの人生の旅を一瞬にして一幅の肖像画に収斂させることによって、作者は現実と非現実との一対一の連関、つまり、道徳体系を有する現実と、想像力の雄飛する芸術の連関を解き放ち、現実の価値観の一欠片も入り込めぬ芸術至上主義を顕現させている。

「愛と死の息子」の役割を担うドリアンには、サロメと同様、快楽主義者の風貌が感じられる。そのため、充足的な愛のテーマに替わって、美と死が殉教によって結びつく刹那主義が浮上している。この傾向は、M・プラーツの語る「快楽と苦痛の不可分」、「苦しめられ悪に染まった美のテーマの追求」(28)のロマン主義の延長なのであろうが、M・ド・サド(一七四〇—一八一四)の「美徳の不幸」と「悪徳の栄え」の金言を彷彿とさせるのである。

引用文献

Baudelaire, Charles. *Le Fleurs du Mal*. Paris: Le Livre de Poche, 1972.
———. *Le Spleen de Paris*. Paris: Le Livre de Poche, 1972.
———. *Mon coeur mis à nu, Fusées, Pensèes éparses*. Paris: Le Livre de Poche, 1972.
Fletcher, Ian, ed. *Decadence and the 1890s*. London: Edward Arnold, 1979.
Guy, Josephine M. and Small, Ian. *Oscar Wilde's Profession*. Oxford: Oxford UP, 2000.
Jackson, Holbrook. *The Eighteen Nineties*. Nr. Brighton: Harvester Press, 1976.
Marshall, Gail, ed. *The Cambridge Companion to the Fin de Siècle*. Cambridge: Cambridge UP, 2007.
Nassaar, Christopher S. *Into the Demon Universe*. London: Yale UP, 1974.
Ojala, Aatos. *Aestheticism and Oscar Wilde*, 2 Pts. Helsinki: Richard West, 1980.
Praz, Mario. *The Romantic Agony*, trans. Angus Davidson. Oxford: Oxford UP, 1970.
San Juan, Epifanio Jr. *The Art of Oscar Wilde*. Connecticut: Greenwood Press, 1967.

Smith, Alison. *The Victorian Nude.* Manchester : Manchester UP, 1996.
富士川 義之ほか（訳）『ロード・ジム／ドリアン・グレイの画像ほか』（世界文学全集第六二巻）講談社、一九七八年。
ルネ・ジラール『欲望の現象学』古田幸男訳、法政大学出版局、一九七一年。

第2章

1　『ヴェラ、あるいはニヒリストたち』について

はじめに

ワイルドの最初の劇は『ヴェラ、あるいはニヒリストたち』（一八八〇）である。当時ロシアの無政府主義が盛んに報道されたので、ワイルドはニヒリストの女主人公を登場させている。後に彼の妻となるコンスタンスは一八八三年一一月二三日の手紙で「オスカーは自由のような抽象概念も、愛の情熱（あるいはその種類のもの）と全く同じほどの力を有し、全く同じように素晴らしくできることを示すために、これを書いたと言っているわ」(*CL* 222) と兄に説明している。

作者が劇のジャンルを選んだ理由は「それ［演劇芸術］が民衆の芸術」(*CL* 98)（傍点は原文）だからである。実際、彼は「急進派」(*CL* 266, a Radical) と自認し、「女性の政治的熱望に関して非常に寛容な考えを示した」(Mikhail 153) と言える。この劇の女主人公ヴェラは、ロシアの独裁政治を廃絶しようとニヒリストになるが、最終的に愛に殉じる伝統的な女性の役割を受け入れている。

このように、ヴェラは革命家の役割を十分に果たせず、愛するアレクシスのために自らを犠牲に

する。このヴェラ以外にワイルドが創出した過激な女主人公は、「カンタヴィルの幽霊」（一八八七）に登場する「驚くべき女傑」(39) のヴァージニア、『理想の夫』（一八九五）で「女性リベラル協会」(II. 277) に所属するガートルードなどである。これら女主人公は男性と同等の知性と言動を示すが、男性を救済する心性も有している。

また、ワイルドの作品には田舎と都会の対立の構図がある。この劇の田舎娘ヴェラも、シベリア送りとなった兄の復讐のために、兄に「愛することも愛されることもない」(I. 312) と誓約して、都会のモスクワに出る。そして、彼女はそこで男性以上の力量を示して「ニヒリストの頭目」(II. 418-9) となり、抑圧された「小作農あるいは農奴」(V. 257) を解放しようと尽力する。このヴェラは「全く女などではない」(II. 430) と評されるが、「結局、私は普通の女にすぎないわ、アレクシス！」(V. 269-70) と悟って愛に殉じる。

それゆえ、ヴェラの人物造形を巡って、この劇の成立の経緯と作者の意匠を検討したい。まず、アイルランド人のワイルドの政治的心情に触れておくことにする。

I

ワイルドの母親のジェーンはダブリンの自宅でサロンを開催し、ワイルドは幼少時から社会問題を意識したと言われる。その母親は『スペランザの詩』（一八六四）を二人の息子に献呈し、表題紙で次のように詠っている。

> 私は彼ら［息子たち］に実際に言わせた、
> 国と言う語をはっきりと。そして、彼らに教えた、確かに、
> 国は、人がいざという時には死ぬためのものであると。(Melville 86)（傍点は原文）

アイルランド愛国主義者の母親のワイルドへの影響は無視できない。ワイルドは『書簡――獄に繋がれて』(『獄中記』) で、母親は「知性ではエリザベス・バレット・ブラウニング、歴史的にはローラン夫人」(134) に比肩すると回想している。実際、彼女は「アイルランドのローラン夫人」(O'Sullivan 55) と呼ばれ、E・B・ブラウニング（一八〇六―六一）は「ジェーンの大のお気に入り」(O'Sullivan 173) だったのである。そのためか、ワイルドはオックスフォード大学時代にブラウニングの物語詩『オーロラ・リー』（一八五七）を『ハムレット』と『インメモリアム』（一八五〇）と同列に評価し、その作品を親友に推奨している (*CL* 26)。

ワイルドが『オーロラ・リー』を激賞したことは注目に値する。と言うのは、この詩の語り手である孤児のオーロラは、ヴィクトリア朝の社会問題と女性問題に関心を示し、自らの女性の役割を再認識するからである。語り手である「私」のオーロラは冷淡な伯母の家を出て、裕福な社会活動家の従兄ロムニーのお蔭で自立し、最終的に「愛によって男性を救う、神が造り賜いし女性」(VII. 184-5) の本分を自覚する。そのため、語り手の「私」は慣例的な結婚と言う女性の宿命を受け入れるのである。

ワイルドは一八八二年のアメリカ講演旅行中に、J・B・オライリー（一八四四―九〇）に宛て

「それ［母親の作品］は、彼女の頽廃した芸術家の息子の作品と全く似ていない」(*CL* 182) と述べている。翌年ワイルドがコンスタンスと婚約すると、母親のジェーンは「あなたはロンドンに小さな家を持ち、文芸生活を送り［・・・］やがて下院議員になって欲しい」(*LO* 105) と書き送っている。この時期にワイルドは英国で政界入りを考えたらしいが (Melville 181-2)、彼が実際に政治活動を行った形跡は見当たらない。また、アメリカ講演旅行中の『デイリー・イグザミナー』紙のインタビューで、彼は「私は芸術的生活とその機会のためにロンドンに住んでいる。アイルランドに文化の欠如は全くないが、それはほとんど全て政治に吸収されている。あそこに留まっていたら、私の経歴は政治的なものになっていたでしょう」(Mikhail 63) と語っている。

　さて、ワイルドはこの劇の女主人公を「自由の巫女」(IV. 297) と神格化したように、詩作でも「自由」と「共和主義」(III. 398) を賛美している。まず、ワイルドは『詩集』（一八八一）の冒頭で自由の神ゼウスの添え名に因んだ「エレウテリア」のセクションを設け、自由、共和主義に対する考えを表明している。例えば、詩「何と多くが変わったか」('Quantum Mutata') で、彼は英国の人々が「高貴な思想と行為」(13) を忘れて「奢侈」(11) に流れる時世を嘆き、かつて人々が「自由のために死んだ」(2) 共和国の栄光を偲んでいる。そして、彼は詩「ミルトンに」で「海のこのシーライオン」(10) であった英国が「民主主義と言う言葉」(14) を今は語らず、「無知な扇動政治家」(11) に服従を余儀なくされている実情を嘆き、黄金時代の復活のためにミルトンの精神を呼び起こそうとする。また、母親と同様に、彼は詩「ルイ・ナポレオン」を書き、「汝国王の群れの最後の後裔」(4) に鎮魂歌を献じ、「偉大な民主主義の波」(15) が「岸に打ち寄せる」(16)「自由な共和主義」(8) のフランスを偲んでいる。

このワイルドは、一八八〇年に発表した詩「万歳、女帝」('Ave Imperatrix') に修正を加えている。この詩が『詩集』(一八八一) に収められた際、詩の語り口調が「さらにずっと『英国的』で帝国的」(Frankel 34) になっている。当初「英国に関する詩」と副題が付けられたこの詩で、語り手は英国の「広大な帝国」(36) を回想し、「若き共和国」(123) のために命を捨てた「高貴な死者」(117) の犠牲のお蔭で現在の英国の栄光があることを想起している。そして、ワイルドが「自由と無政府主義の私の区切り」(*CL* 101) を示すと主張する詩「自由への聖なる飢餓」('Libertatis Sacra Fames') では、その語り口調が少し変化している。と言うのは、語り手は「自由を求めるこの現代の焦燥」(5) の最中に「無政府主義のキス」(8) よりも「すべてが従う絶対者の統治」(6) を選ぼうとするからである。そして、詩「自由へのソネット」で、語り手は「私の最も荒々しい情熱」(6) ゆえに「自由」(7) を賛美し、「幾らかの事柄」(14) で「バリケードの上で死ぬこれらキリストに似た人たち」(13) に与する。さらに、詩「瞑想に耽る人」('Theoretikos') では、語り手は「粗野な人々が無知な叫び声を上げて荒れ狂う」(10) 日々から抜け出し、「芸術と最も高尚な教養の夢の中に」(12-3) 超然としようと努める。

このように、作者が一八七七年から一八八一年頃に政治的な詩を数多く書いているのは興味深い。その顕著な例は、作者自身が「私の最初の政治的な詩」(*CL* 101)（傍点は原文）と呼ぶ先の「自由への聖なる飢餓」である。作者は、一八七七年五月中頃に首相のW・E・グラッドストーン（一八〇九―九八）に詩「ブルガリアのキリスト教徒の最近の大虐殺について」を送付している

(*CL* 46-7)。と言うのは、グラッドストーンがアイルランド自治を支持したからである。そして、最初のアイルランド自治法案が否決された一八八六年頃に、ワイルドはグラッドストーンが会長を務める「八〇年クラブ」(*CL* 348) の会員となり、その行事に一八九一年頃まで参加し、アイルランド自治論者の妻のコンスタンスもその自由党の集まりに同行している (Wright, 'Party political animal' 14)。そのためか、作者は一八八八年一一月二日にもグラッドストーンに手紙を送付し、「我々を理解し、我々に共感し[・・・]周知の通り、我々をこの時代の最も壮大で最も義に適った政治的勝利に導いてくださる唯一の英国の政治家」(*CL* 369) と彼を賛美している。

このアイルランド自治問題は、一八七〇年代以降に新聞で取り上げられている。この問題は作者がこの劇を執筆した一八八〇年頃に土地連盟運動が危機的状況に直面し、グラッドストーンはその危機を回避して秩序を回復するために厳しい強圧法を導入している (Kee 377)。後年、作者は『真面目が肝心』(一八九五) でジャックに冗談めかして「私は自由統一党員である」(I. 533-4) と発言させている。自由統一党は、一八八六年にグラッドストーン自由党内閣が提出したアイルランド自治法案に反対した自由党員たちが結成した第三政党である (Donohue 163)。

実際、ワイルドは一八八二年二月二一日に「私は徹底的な共和主義者である。その他のいかなる政治形態も芸術の発展にとって好ましくない」(Ellmann 196) と述べている。また、アイルランド自治を巡って、同年五月六日にダブリンで起きた、無敵結社党員によるアイルランド大臣F・キャヴェンディッシュ卿 (一八三六―八二) の暗殺に関し、ワイルドは「自由の女神が血に染まった手で現れると握手し難い。[・・・] 英国がいかに非難されるべきかを我々は忘れている。英国は七世紀に亘る不当行為で自業自得の目に遭っている」と『フィラデルフィア・プレス』紙に語っている（Lewis and Smith 344）。そして、一八八六年にアメリカのシカゴで起きたヘイマーケット事件の無政府主義者をワイルドは支持し、G・B・ショー（一八五六―一九五〇）の起草した請願書に自署して、一八八八年にフェビアン協会の会合に出席している（Beckson 17）。さらに、作者は一八八八年の一一月〜一二月頃の手紙で「あなたの新聞［『スコッツ・オブザーバー』紙］は反アイルランド自治だそうだし、私はとても反抗的な愛国主義者である」（*CL* 371）と語っている。

さらに、ワイルドは社会改革家のオライリー、W・S・ブラント（一八四〇―一九二二）、J・バーラス（一八六〇―一九一四）などと交友関係を結び、社会主義のユートピアを抱いて一八九一年に論説「社会主義下の人間の魂」を発表している。そして、ワイルドは一八九二年一月一九日の手紙でバーラスに宛て「我々詩人と夢想家はすべて兄弟である」（*CL* 511）と述べ、彼の保証保釈人になっている。やがて、一八九二年六月に『サロメ』の上演が禁止されると、彼は「私は英国を去ってフランスに定住し、そこで帰化の認可状を取得し［・・・］私はイギリス人ではない。私はアイルランド人だ」（Mikhail 188）と憤慨している。また、一八九四年三月頃のインタビューでワイルドは「私はむしろ社会主義者以上であると思う。私は幾分無政府主義な所があると思うが、もちろん、ダイナマイトによる手段は実にとても馬鹿げている」（Mikhail 232）と語っている。

ワイルドがオックスフォード大学を卒業した一八七九年に話を戻すと、彼は大学卒業まではアイルランドの雑誌に詩を発表している。ところが、大学卒業後にワイルドがロンドンに出て英国の雑誌に詩を発表し始めると、アイルランド人と分かるフルネームから「オスカー・ワイルド」の署名に変更している（Frankel 27-8）。実際、彼はJ・キーツ（一七九五—一八二一）の墓を訪れてソネット「キーツの墓」（一八七七）を書いた時にも、「ああ、我が英国の最も甘美な歌人よ！」（36 n）と詠おうとした。その際、アイルランド人でありながら「我が英国の」と詠んだ心情を『アイルランド月刊』誌の編集長に非難され、彼は「我が」を「あの」に修正した（CL 53; Fong and Beckson 237）。しかし、この詩を『詩集』（一八八一）に収めた際には、彼はキーツを大胆に「ああ、我が英国の詩人画家！」（11）と称揚したのである。同様に、母親のジェーンが長男のウィリアムと同居するために一八七九年にロンドンに移住し、彼女が英国の雑誌に寄稿し始めると「スペランザ」の筆名を捨て、あからさまに英国貴族の縁故を利用している（Guy and Small 27 n）。それゆえ、ワイルドもジェーンも政治的信条については日和見主義的と見なさざるを得ない。

また、ワイルドはフェミニストの母親ジェーンの女性観を踏襲した嫌いがある。彼がカッセル社発行の『レディーズ・ワールド』誌の編集を一八八七年に引き受けた時、彼はこの雑誌を「文学、芸術と現代生活のすべての話題について女性の意見を表明する認知された機関誌」（CL 297）にすると総支配人T・W・リード（一八四二—一九〇五）に表明している。まず、彼は『レディーズ・ワールド』を『ウーマンズ・ワールド』に変更し、女性の地位、職業、参政権に関する事柄に関心を寄せて、著名な女性と母親にも寄稿を要請している。その母親ジェーンの愛国主義精神を受け継ぐかのように、ワイルドはこの劇で女性革命家を取り上げている（Horan 50）。R・エルマンも「ワイルドは衆愚支配と非道を嫌悪し、個人の英雄的行為を賛美し、虐げられた人々に親密感を抱く点で彼の母親と似ていた」（120）と指摘している。

ここで、女主人公ヴェラの人物造形を巡って、この劇の成立の経緯と作者の意匠を検討したい。

II

ワイルドは「現代のロシアについての劇」(*CL* 96) を数部一八八〇年九月に自費出版している。この劇はロシアで実際に起こった政治的混乱を反映し、ニヒリストの誓いはS・C・ネチャーエフ（一八四七―八二）とM・バクーニン（一八一四―七六）の「革命家の教理問答」から借用されている (Ellemann 122)。と言うのは、ロシアの不安定な政治情勢が国際的な関心を引き、『タイムズ』紙は一八七八年頃からロシアのニヒリズムや革命に関する記事を掲載しているからである。例えば、『タイムズ』紙は一八七八年四月二四日にヴェラ・ザスーリチの釈放を報じ、彼女を「第二のシャーロット・コルデ」(3) に譬えている。そのため、彼女をニヒリストの暗殺者とする流行が生じ、ヨーロッパ中がロシア的な事柄に魅惑されたのである (Beasley & Bullock 36)。事実、ワイルドは第四幕で女主人公に「今シャーロット・コルデの霊が私の魂に入ったと思われる」(Reed 100) と語らせるつもりだった。実際に、ヴェラのようなニヒリストの女性は女性的な魅力よりも知識と行動力を身に付け、男性を真似て短髪にし、シガレットを吸って、飾り気のない服装をしようとした (Stites 104)。

また、ロシアの政治情勢を反映したオペラ、例えばM・グリンカ（一八〇三―五七）の『イワン・スサーニン』（一八三六）やM・P・ムソルグスキー（一八三九―八一）の『ボリス・ゴドゥノフ』（一八七四）は英国民に知られていた(Worth 27)。そのため、遠方のロシアの専制政治を扱う劇なら英国で受け入れられるとワイルドは想定したのだろう。ところが、英国の劇場関係者はこの劇を上演しようとしなかった。そこで、兄のウィリアムが一八八一年一一月三〇日に『ワールド』誌で「英国の現在の政治的感情の状況を鑑みて、オスカー・ワイルド氏は彼の劇『ヴェラ［、あるいはニヒリストたち］』の上演をしばし延期すると決断した」(Rowell 95) と報じたようである。当のワイルドは、この辺の事情について一八八〇年九月頃に次のように説明している。

> この劇の熱情が表明される調子は民主主義的で、その理由のためにロンドンでの上演は考えられないが、この劇の悲劇、本質は人間的である。性格演技に素晴らしい二人の男性の役柄――警句と無節操に満ちた老獪なメッテルニヒ公の類の政治家と皇帝の役柄がある。男主人公は若い熱狂者で、この劇に名前を付与する女主人公はサラ・ベルナールの見本が示唆する全く多くの情熱の気分で発意されている。(*CL* 97)

そのため、ワイルドは「民主主義的な」アメリカでならこの劇を上演できると思い、R・D・カート（一八四四―一九〇一）の提案したアメリカ講演旅行を利用したと考えられる。実際、作者はアメリカ滞在中に新たに序幕を書き加え、カートに「第一幕は、現在『モスクワの国王の墓』となっていますが、あまりにオペラ的な題名です。この幕は『モスクワのチェルナバーザ街九九番地』と称され、陰謀者は現代的となり、部屋は家具調度のない屋根裏で、深紅色に塗られます。オペラ的でなく現実的な陰謀になるのです」(CL 151)（傍点は原文）と説明し、劇の上演を彼に委ねている。作者が、「オペラ的」と言う言葉をここで用いているのは注目に値する。と言うのも、作者は後に『サロメ』（一八九三）や『真面目が肝心』（一八九五）でオペラ的な特徴を示すからである。

やがて、作者は一八八三年七月頃に女主人公を演じるM・プレスコット（一八五三—一九二三）に次のように書き送っている。

劇自体に関しては、私はその中で民族の自由へのタイタンの叫びを芸術の制限内で表現しようと試みている。その叫びは、我々の時代のヨーロッパで王座を脅かし、スペインからロシア、北から南の海まで政府を不安定にしている。しかし、これは政治ではなく情熱の劇である。これは政体の理論を何ら扱わず、単に男女を扱っている。そして、あらゆる専制の恐怖と殉教の驚異の、現代のニヒリスト的なロシアは、単に火のように燃え盛る背景で、それを背にして私の夢の人たちが生き、愛し合うのだ。その感情を込めてこの劇は書かれているので、その目標を目指して演じられなければならない。(CL 214)

最終的に、作者は一八〇〇年頃の時代設定を「現在」にし、幼い少年のニコラスを導入した序幕を第一幕にして五幕構成とした。そして、この劇はニューヨークのユニオン劇場で一八八三年八月二〇日に上演された。この劇には、作者の故国アイルランドを示唆する部分がある。と言うのは、七番目のニヒリストが「我々の使命は、今や一人に隷属している三百万人に自由を与えることである」(Reed xiv) と語る草稿があるからである。「三百万人」は「三千万人」(III. 155-6) に変更されたが、当初の「三百万人」はアイルランドの人口にほぼ相当する (Beasley & Bullock 44)。また、ヴィクトリア女王の料理長のC・E・フランカテリ（一八〇五―七六）も第三幕で言及されている。それゆえ、作者はアメリカ合衆国に移住したアイルランドの聴衆を意識したと考えられる (Beasley & Bullock 39)。

次に、一八八三年上演の際のこの劇の粗筋を追いながら、作者の「夢の人たち」の女主人公と皇太子（後に新皇帝となる）が「生き、愛し合う」劇を検討しよう。

III

第一幕の舞台は、田園情緒の漂う田舎である。宿屋の主人のピョートルは、息子ドミトリの愚痴を小作農のミハイルにこぼしている。ドミトリは法律の勉学のためにモスクワに行ったが、五ケ月経っても彼から何の便りもない。ドミトリの妹ヴェラが郵便局に行って確かめたが、彼からの手紙はやはり届いていない。そのため、ヴェラは兄の身に何かあったのではないかと心配する。ピョートルは不景気で起こる惨事を嘆き、「神と我が慈父の皇帝」(I. 51-2) に縋るしかないと言う。そんな中、ミハイルがヴェラにプロポーズするが、彼女にはその気がない。そこへ、幼いニコラスが現れ、この世は誰の所有物なのかとヴェラに質問する。彼が見付けた「コマドリの巣」(I.

150-1) のことを言っていると分かると、彼女は美しい物は誰の所有物でもないと答える。
　その時、シベリアに向かう大佐の一行が立ち寄る。大佐は、識字能力のあるヴェラを「危険な女」(I. 240) と言い捨て、食事のために退出する。すると、ヴェラは母親の形見のネックレスを軍曹に袖の下に渡し、鎖に繋がれた囚人たちを休息させる。その最中、彼女は兄がいるのに気付く。ドミトリは「自由」(I. 292, Liberty) の言葉を耳にして、虐げられた人々を救おうとニヒリストに加わったのである。さらに、兄は秘密のアジトを彼女に教え、復讐を誓わせる。この劇で三度も繰り返される「あまりに恐ろしい」(I. 317-8) 誓いは、次の通りである。

> 私のいかなる性情も抑え、憐れむことも憐れみを受けることも、慈悲を示すことも慈悲を受けることも、結婚することも結婚させられることも、愛することも愛されることもない・・・。(I. 309-12)

やがて、大佐の一行が出発する段になって、初めてピョートルは息子がいるのに気付くが、引き離されてしまう。

　第二幕は、五年後のニヒリストの集会場で、そこからは灯りの燈る宮殿が見える。ピョートルは傷心で亡くなり、ミハイルはヴェラの要請でニヒリストに加わっている。ニヒリストたちは合言葉で同志を確かめ、誓いを述べて仮面を脱ぐ。会長、マルファ教授、ミハイル、そして医学生のアレクシスがいる。ミハイルは、警察の動向や宮殿の内部に詳しいアレクシスを怪しんでいる。今や、ヴェラは「ニヒリストの頭目」(II. 418-9) で「悪魔のようなもの」(II. 430) と恐れられ、彼女の身柄に「二万ルーブル」(II. 437-8) の報奨金が懸けられている。偵察のために、ヴェラは宮殿で今宵開催される「仮面舞踏会」(II. 45) に出掛けたが、定刻を過ぎても戻らない。

そのため、彼女の安否が囁かれる中、宮殿に潜入している密偵から、重要な秘密会議が「黄色のつづれ織りの部屋」(II. 62-3) で明日開催されるとの情報が届く。マルファ教授の論説「政治改革の手段としての暗殺」(II. 84-5) をアレクシスが読み上げていると、橇の鈴の音がしてヴェラが現れる。彼女の帰還で、明日の秘密会議は「戒厳令」(II. 120) の公布のためと判明する。彼女は皇帝暗殺しか政治改革の手段がないと思い、「まだ死ぬには若すぎる」(II. 208) アレクシスに加担しないよう助言する。すると、アレクシスは首相のパーベル公がこの事態を招いた張本人なので、皇帝に請願するしかないと妙なことを口走る。すると、前回の会合の後にアレクシスを尾行したミハイルは、アレクシスが宮殿の勝手口から入った事実を指摘し、「密偵」(II. 330) だと糾弾する。

この時、ヴェラはアレクシスを庇って「ミハイル、彼に手をかける前に、まず私を殺さなければならないわよ」(II. 361-2) と言い放つ。この事態に追い打ちをかけるかのように、コテムキン将軍(第一幕の大佐) が強制捜査のために闖入してくる。皆がこれはアレクシスの仕業と思う中、ヴェラは機転を利かして「旅芸人の一行」(II. 382) を装い、アレクシスが正体を明かしてニヒリストたちの急場を救う。驚くべきことに、アレクシスは皇帝と考えを異にする皇太子その人である。

第三幕の舞台は、宮殿の会議室である。閣僚は「若く軽率な」(III. 1) 皇太子を皇帝が容赦したことを訝る。その皇太子は、ニヒリストの処刑を見て「転地療養」(III. 19-20) したいと愚痴る。ところが、首相のパーベル公は「料理法」(III. 55) と「魅力的な女性」(III. 100) のポワヴォナール侯爵夫人にしか興味を示さない。このパーベル公が父親を暴君にした「悪霊」(III. 69, evil genius)と皇太子は非難するが、他の閣僚はパーベル公におもねるだけである。

やがて、現れた皇帝は皇太子の進言に耳をかさず、圧政にしか余念がない。そこへ、アルハンゲリスクの総督が暗殺された報が届く。即座に、パーベル公は邪魔なポワヴォナール侯爵をアルハンゲリスクの新総督に推挙すると、皇帝はその進言を快諾する。さらに、皇帝は「女の悪魔」(III. 304, she devil)が率いるニヒリストの撲滅のために「戒厳令」(III. 367)を提案する。すると、パーベル公は皇帝の署名だけが必要と用意周到である。この成り行きに激怒した「共産主義者」(III. 444)の皇太子は、「この恐怖の禁止令」(III. 441)を布告させないために「人々の共有の権利」(III. 453)を主張し、自ら「ニヒリスト」(III. 499)と名乗ってしまう。それを聞いた皇帝は即座に皇太子を広場で銃殺と命じ、自らバルコニーに出て狙撃されて絶命する。皮肉なことに、パーベル公の迅速な差配で皇太子が新皇帝になる。

第四幕は、三日後のニヒリストの屋根裏部屋である。新皇帝のアレクシスに追放されたパーベル公が、重要な情報と資金を提供すると言ってニヒリストに加わる。そこへ、先の皇帝を狙撃したミハイルが無事に帰還して歓迎される。ミハイルは、宮殿に潜入していた密偵の手助けで、神父ニコラスの家に匿われていたのである。やがて、定刻になっても姿を見せない新皇帝のアレクシスは「裏切り者」(IV. 135)として死を宣告される。彼の無実をヴェラが主張すると、今まで彼女と行動を共にしてきたミハイルは「恋人のために自由を、愛人のために人民を裏切るのか!」(IV. 305-7)と彼女を誹謗する。それで、迷いから覚めた彼女は新皇帝暗殺の籤を引き当て、「冬宮」(IV. 182, the Winter palace)に忍び込んで彼を殺すと誓う。こうして、彼女は父親の死と兄の処罰を想起し、「私は今や女などではない」(IV. 353)と発言する。

最終幕の第五幕は、皇帝の私室の控えの間である。アレクシスは「シベリアのすべての囚人」(V. 12)を召還し、「政治犯」(V. 13)に恩赦を与え、「公益事業の抜本的改革」(V. 37)を断行しようとする。ところが、閣僚はそんな改革に無頓着で、「旧体制」(V. 70)の「復活」(V. 72)を望み、私利私欲にしか余念がない。それを知った皇帝は、すべての閣僚を追放する。その後、アレクシスは新皇帝となった真相をヴェラに打ち明けるために出掛けようと思い、小姓の警護を断り、準備が整うまでひと眠りする。そこへ忍び込んだヴェラは、仮眠のアレクシスに死の一撃を与えようとすると、彼が目覚めて彼女にこう告げる。

ヴェラ、あなたのためだったのだ、私が誓いを破って父の王冠を戴いたのは。[・・・]愛で彼らを統治しよう[・・・]。私は我々を食い物にする狼を追放したよ。あなたの兄もシベリアから呼び戻したよ。[・・・]明日あなたをすべての民の前に先導し、私の祖先が建てたあの偉大な大聖堂で私自身の手であなたを女帝にするよ。(V. 223-46)

これを聞いたヴェラは「結局、私は普通の女にすぎない」(V. 269-70)と悟り、彼にキスする。やがて、真夜中の一二時となり、暗殺が不首尾に終わったと懸念してニヒリストたちが外の通りで騒ぎ出す。これまでと観念したヴェラは自刃し、暗殺の印となる短剣を外に投げ出そうとする。すると、アレクシスもその短剣で死のうと奪い取る。彼女は必死の思いで「あなたは自由のため、ロシアのため、私のために生きなければならない！」(V. 320-1) と叫ぶが、無駄である。そこで、彼女は刺客が背後にいると嘘を言い、その隙に短剣を奪って外に放り投げて「私はロシアを救ったわ！」(V. 333) と叫んで果てる。

この粗筋で分かる通り、この劇はセンチメンタルな側面を有している。一週間の公演で中止となったこの劇の初演の際の評は次の通りである。

> 観客は批判的だったが、最終幕まで好意的だった。最終幕でセンチメンタルとなった情熱にいささか野次が飛んだ。この劇の欠点は、同時代の歴史的かつ政治的なテーマを理想的な立場から扱おうとする試みにあるように思われた。(Mason 272-3)

別の劇評に女性の登場人物が一人であることへの不満が述べられている。その端的な指摘は『ニューヨーク・ヘラルド』紙の「全出演者の中で女性は一人だけで、同時代の人間的な興味では少なくとも二人は必要である——ブロンドとブルネットの女性が」(Reed xxxiii) である。

主演女優プレスコットのワイルドへの返信に拠れば、彼女が初演前にこの劇をある男性に読み聞かせた際、その男性は最初一人の女性しか登場しないことに異議を唱えた。しかし、その男性もこの劇の粗筋を最後まで聞くと、ヴェラ自身が一つの世界なので他の女性が入り込む余地はないと納得したそうである (Mason 262)。それゆえ、作者自身も女性の登場人物が一人であることの危惧は承知していたと思われる。と言うのは、作者は一八八二年三月頃に先のカートに宛て「私は得られる限りのすべての俳優の示唆に従いました」(*CL* 151) と述べているからである。

要するに、作者はヴェラ以外の女性を登場させず、男性ばかりの世界で彼女が女性のアイデンティティを見出す点に着目していたと思われる。と言うのも、ヴェラは兄の復讐のため「愛することも愛されることもない」(I. 312) 男性的な世界に身を投じ、それを体現するニヒリストに変貌しなければならなかったからである。

おわりに

この劇の執筆以降になるが、作者はロシアのニヒリストを扱ったW・O・トリストラム（一八五九—一九一〇）の劇『赤いランプ』（一八八七）を『コート・アンド・ソサエティ・レビュー』誌で取り上げている。その論評で、ワイルドは「ニヒリズムは懐疑家が命を捨てる唯一の信条、不信に基づく唯一の宗教である。それが現代の歴史ばかりでなく現代の小説で果たす重要な役割と、そしてドストエフスキーやツルゲーネフのような芸術家がそれを精妙に利用したことを考慮すれば、トリストラム氏のような若い作家が馬鹿げた戯画、自意識のない風刺画を我々に厳粛に提示していると知るのは少々悲しいことである」(Stokes and Turner 160) と述べている。また、作者は「アーサー・サヴィル卿の犯罪」（一八八七）で「ニヒリストの諜報員」(23, a Nihilist agent) が製造した自由の女神像のダイナマイト時計を小道具に使い、「像の台座からぷっと煙が立ち上り、自由の女神が倒れて炉格子で鼻をへし折った！」(27) と記述している。と言うのは、一八八〇年代にロシアのニヒリスト像が英国に伝播すると、フェニアン党員やアイルランドの革命家による破壊活動がヨーロッパ大陸の無政府主義者による暗殺行為と連想され、一八九〇年代初期には無政府主義者はダイナマイトを用いると言う恐怖心を英国民に植え付けたからである(Beckson 18-20)。また、『真面目が肝心』（一八九五）でも、作者はブラックネル卿夫人にジャックの生みの母親の無分別を「フランス革命の最悪の不行跡」(I. 572-3)と評させている。さらに、彼は「模範的な百万長者」（一八八七）で画家E・ドラクロワ（一七九八―一八六三）に纏わる逸話を題材にしたのは先述した通りである。この画家の有名な《民衆を導く自由の女神》（一八三〇）に霊感を受けて、作者がニヒリストの女性像を創造したのかも知れない。

この劇でも「ああ、自由よ、ああ、永遠の時の力強き母よ」(IV. 408-9)と賛美される自由の女神は、圧政に対する聖戦の象徴として芸術家を魅了している。胸を露にした自由の女神像は、「社会の中での抑制された欲望、正式な結婚、そして資産の秩序ある譲渡と言う中流階級の世界を壊滅させる恐れのある」(qtd. Dowling 21)混沌とした再生の言説を流布させている。この女神像は、ニヒリストのヴェラの人物造形に潜在している。実際、ニヒリストは女性の解放を実現可能な緊急の任務と見做している(Stites 101)。このことは、この劇のニヒリストの綱領の第五条「真に社会主義的で共同社会的な統一性を破壊する家族は廃すべきである」(IV. 102-3)にパーベル公が同意する場面で顕在化している。

要するに、ヴェラはサロメと同様、社会秩序を転覆させる側面を有している。その反面、彼女は「驚くべき女傑」のヴァージニアと同様、男性を救済する側面も持ち合わせている。このヴェラと対照的に、作者の描く男性はアレクシスのように純粋無垢か、パーベル公のように「警句と無節操に満ちた老獪な」男性に大別される。パーベル公は、理想主義者のアレクシスと対極にあり、ワイルドの作品に頻出するダンディの原型である。彼は「素晴らしい夜食」(III. 42) や「魅力的な女性」に言及し、いかなる局面でも快楽原則に従い、自己満足のために自由自在に変節するダンディである (Behrendt 73)。先のプレスコットは、ワイルド自身がパーベル公を演じて地方巡業して劇の不評を挽回する提案を作者にしている (Reed xxxiv)。それゆえ、彼女は作者の性格の投影をパーベル公に見出していたのかも知れない。

また、ヴェラが愛するアレクシスは「奇麗な顔、カールした髪、柔らかい白い手のこの若いプリンス」(IV. 291-2) である。そして、この劇の小姓は『サロメ』の小姓のように同性愛的な傾向を示し、アレクシスの手にキスしようとする。すると、アレクシスは「そのことでは我々は子供のようにあまりにもよく一緒に遊んだからなあ」(V. 178-9) と言って、そのキスを制止する。このアレクシスにも同性愛的な片鱗が窺える。

さて、ヴェラが「自由の巫女」になれなかった理由は、作者がヴィクトリア朝の女性の宿命を踏襲したからであろう。それは、作者が『オーロラ・リー』に関心を示したことにも窺われるが、母親ジェーンの女性観を踏襲したからである。ジェーンが夫の無節操な女性関係を寛容な態度で許したこと、あるいは彼女が女性の自己犠牲を肯定したことを踏まえて、ワイルドが愛に殉じる女主人公の登場するこの劇と『パデュア公爵夫人』(一八八三) を創作した、とP・M・ホーランは指摘している (69)。また、ワイルドのヴェラの創造はアイルランドの民族的な象徴のエリンあるいはヒベルニアが浮上した時期に呼応している。純潔、美徳、剛勇を具現した若くて魅力的なこの女性像は、一九世紀の最後の三分の一の年代に、C・S・パーネル（一八四六―九一）が先導したアイルランド愛国主義運動の象徴として最盛期を迎えている (Curtis 11)。

最後に、この劇のヴェラやアレクシスやパーベル公のように、ワイルドの創造する男女はいかにも衝動的である。この気質は、『パデュア公爵夫人』のグイードとパデュア公爵夫人、あるいは未完の『フローレンスの悲劇』のシモーネとビアンカにも当てはまる。この衝動的気質が示唆するのは、作者が感情過多であるために、作者の創造する登場人物は自らの感情に押し流されて理性的に振る舞えないと言うことである。これは、『理想の夫』（一八九五）でゴーリング子爵が「女性の人生は、感情曲線を描いて動く。男性の人生が進展するのは、知性の線上である」(IV. 416-7) と述べる男女の性差を越えるものである。

この劇でも、男女の性差と役割に焦点が当てられ、男女の情熱的な愛は計り知れない重要性を帯びている。作者が一八八七～九年頃に手を染めた未完の劇『妻の悲劇』でも、女主人公のネリーは夫のジェラルド・ラヴェルの元に留まるのが「義務」と考えるが、そんな彼女も夫のつれない態度に失望して、ヴェラのように「私も結局は普通の女にすぎない」(Shewan, 125) と悟って、夫の友人のアーサー・マートン卿と駆け落ちする。また、未完の「『愛は法』」(*CL* 1189, *Love is Law*、「『ダヴェントリー夫妻』」）の筋書きでも、作者は「私は愛の純然たる情熱がすべてを支配してもらいたいのだ」(*CL* 600)（傍点は原文）と語っている。このように、ワイルドの作品ではすべてが愛で始まり愛で終わるほどに、愛は途方もない価値を持つのである。

引用文献

Beasley, Rebecca & Bullock, Philip Ross. *Russia in Britain.* Oxford: Oxford UP, 2013.

Beckson, Karl. *London in the 1890s*. London: W. W. Norton & Company, 1992.

Behrendt, Patricia Flanagan. *Oscar Wilde: Eros and Aesthetics.* London: Macmillan Academic and Professional, 1991.

Curtis, L. Perry Jr. *Images of Erin in the Age of Parnell*. Dublin: National Library of Ireland, 2000.

Donohue, J. with Berggren, R, ed. *Oscar Wilde's The Importance of Being Earnest*. Gerrards Cross, Bucks: Colin Smythe, 1995.

Dowling, Linda. *Hellenism and Homosexuality in Victorian Oxford*. London: Cornell UP, 1994.

Ellmann, Richard. *Oscar Wilde*. New York: Alfred A. Knopf, 1984.

Fong, Bobby and Beckson, Karl, eds. *The Complete Works of Oscar Wilde,* Vol. I. Oxford: Oxford UP, 2000.

Frankel, Nicholas. *Oscar Wilde's Decorated Books*. Ann Arbor: University of Michigan Press, 2000.

Guy, Josephine M. and Small, Ian. *Oscar Wilde's Profession.* Oxford: Oxford UP, 2000.

Horan, Patrick M. *The Importance of Being Paradoxical*. London: Associated University Presses, 1997.

Kee, Robert. *The Green Flag.* Middlesex: Penguin Books, 2000.

Lewis, Lloyd and Smith, Henry Justin. *Oscar Wilde Discovers America*. New York: Benjamin Blom, 1967.

Mason, Stuart. *Bibliography of Oscar Wilde*, 2 Vols. New York: Haskell House Publishers, 1972.

McSweeney, Kerry, ed. *Aurora Leigh*. Oxford: Oxford UP, 1993.

Melville, Joy. *Mother of Oscar: The Life of Jane Francesca Wilde*. London: John Murray, 1994.

Mikhail, E. H., ed. *Oscar Wilde: Interviews & Recollections*, 2 Vols. London: Macmillan Press, 1979.

O'Sullivan, Emer. *The Fall of the House of Wilde*. London: Bloomsbury Publishing, 2016.

Reed, Frances Miriam, ed. *Oscar Wilde's Vera; or, The Nihilist*. New York: Edwin Mellen Press, 1989.

Rowell, George. '*The Truth About* Vera', *Nineteenth Century Theatre*. Winter, 1993, 94-100.

Shewan, Rodney, ed. '*A Wife's Tragedy*: An Unpublished Sketch for a Play by Oscar Wilde', *Theatre Research International* , Vol. 7, No. 2, 1982, 75-131.

Stites, Richard. *The Women's Liberation Movement in Russia*. New Jersey: Princeton UP, 1978.

Stokes, John and Turner, Mark W., eds. *The Complete Works of Oscar Wilde,* Vol. VI. Oxford: Oxford UP, 2013.

The Times. April 24, 1878.

Worth, Katharine. *Oscar Wilde.* London: Macmillan Press, 1983.

Wright, Thomas. 'Party political animal', *Times Literary Supplement*. June 6, 2014, 13-5.

2　『パデュア公爵夫人』について

はじめに

ワイルドが「作品第二番」(Donohue 44, Opus II) と呼ぶ『パデュア公爵夫人』の着想は、一八八〇年頃になる。その年の八月出版の『バイオグラフとレビュー』誌に「来るべきクリスマスにワイルド氏は四幕物の無韻詩の悲劇、ギリシア芸術に関する数編の評論と詩集を出版しようと意図している」(Mason 5) と紹介されている。当初、作者はその劇を『フローレンス公爵夫人』と名付け、アメリカ女優のM・アンダーソン（一八五九—一九四〇）のために一八八二年九月から翌年三月まで執筆している。その草稿に作者は「一六世紀の悲劇［・・・］一九世紀にパリで執筆」(Donohue 44) と書き添え、五幕物に仕上げた台本を私的に二〇部ほど印刷している。

このように、作者はアンダーソンを女主人公と想定し、幕ごとの解説と要点を彼女に書き送って交渉し、「私の青年期の傑作」(*CL* 196) と称している。結局、アンダーソンは恋愛と復讐が絡むこの劇を引き受けなかったが、一八九一年一月にアメリカの男優L・バレット（一八三八—九一）が『グイード・ファランティ』と改題してニューヨークで上演した。その上演に関して、作者は

「バレットはそれが大成功し、それで彼の公演期間中それを続演するつもりだ、と私に電報を打ってきたよ。彼は、それで大喜びしているようだ」(*CL* 464) と支配人兼俳優のG・アレクサンダー（一八五八―一九一八）に書き送っている。しかし、残念ながら『グイード・ファランティ』は二一回の公演で中止となった。

『ニューヨーク・デイリー・トリビューン』紙の無署名の劇評で「それ［この劇］は悲劇と言うよりはメロドラマ――状況の劇と言う意味――である。この要因のためにすべてが形作られて犠牲となっている。必然の結果である。この作品の根本的な欠陥は不誠実にある。この作品の誰もが自然でない・・・」(Becksson 89) と書かれた。後年、作者はロバート・ロス（一八六九―一九一八）に宛て「『［パデュア］公爵夫人』は出版に不適格――私の作品でその部類に入る唯一のものだ」(*CL* 1091) と述べ、「青年期の傑作」に「不適格」(unfit) の烙印を押している。

『ドリアン・グレイの肖像』（一八九〇）で作者はドリアンに「我々の一人ひとりが天国と地獄を自らの中に持つ」(135) と叫ばせている。この劇でもパデュア公爵夫人は「私たちはそれぞれ私たち自身の悪魔なの、そのため私たちが／この世を私たちの地獄にしているの」(V. 254-5) と発言する。「愛と死の息子」(200) のドリアン同様、悲劇的な役割がこの公爵夫人に付与されている。

それゆえ、この劇は恋愛に関する男女の性差ばかりでなく、人間性の認識の深さを浮き彫りにする。さらに、作者は「この劇の二つの大いなる思索と問題、つまり罪と愛の関係」(*CL* 196) をはっきりと聴衆に痛感させたいとも述べている。

従来この劇は、作者の模倣癖と独創性の欠如のためにあまり顧みられなかった。しかし、J・

ドノヒューがこの劇を編集し、創作過程で削除された台詞が明確になった。また、この劇のモチーフは「アーサー・サヴィル卿の犯罪」（一八八七）あるいは『サロメ』（一八九三）とも関連があるように思われる。それゆえ、この劇で提示される人間性の認識、男女の性差と「罪と愛の関係」を検討し、作者の心性に迫りたい。

まず、作者がこの劇で取り上げたモチーフについて考えてみよう。

I

作者は女優アンダーソンに宛て、次のようにこの劇の勘所を説明している。

［・・・］我々が望むのは、この劇の二つの大いなる思索と問題、つまり罪と愛の関係をはっきりと聴衆に痛感させることだ。グイードと公爵夫人の双方ともに正当な理由があることを彼らは理解しなければならない。グイードは残酷で、公爵夫人は間違ったことをしたのだ。だが、彼らは人生と愛の偉大な原理を表している。

［・・・］

［・・・］ニューヨークではどんな具合か知らないが、ロンドンでは貧しい人々の窮乏は恐ろしく、彼らに対する同情は日々増大している［・・・］。イタリアの悲劇に現代生活を見出そうと彼ら［聴衆］は思わないだろうが、芸術の本質は古風な形で現代的な考えを演出することである。

［・・・］

［・・・］そして、何よりも彼女［公爵夫人］を一人の女性にしたばかりでなく、すべての女性の人

生の具現となるよう何とか試みた。彼女は普遍的で、彼女のきっかけの台詞は、いつも『私たち女性は』である［・・・］。（*CL* 196-8）（傍点は原文）

このように、作者はアンダーソンに劇の本質を解説し、グイードと公爵夫人の「正当な理由」と「罪と愛の関係」を聴衆に「理解」させるために、「知的な思索を背景とした激烈な感情」（*CL* 197）（傍点は原文）の劇を創作している。そして、この劇のグイードと公爵夫人が「人生と愛の偉大な原理を表し」、「普遍的」な公爵夫人が「女性の人生の具現」であることが分かる。作者は、最初の劇『ヴェラ、あるいはニヒリストたち』（一八八〇）で未婚女性の「人生と愛」を取り上げ、この劇では既婚女性の「人生と愛」に焦点を移している。しかも、前作で一人の女性しか登場させない不手際を『ニューヨーク・ヘラルド』紙上で指摘されたにも拘わらず、作者はこの劇でもほぼ前作の手法を踏襲している。確かに、第四幕で侍女のルーシーがしばし登場するが、作者は紅一点の公爵夫人が男性ばかりの宮廷社会で「普遍的」な女性の役割を果たすことに固執している。

公爵夫人主役の劇を、バレットは『グイード・ファランティ』と改題して男性主役の劇にしている。それには、バレットなりの考えがあったであろうし、この劇の主役がグイードになる可能性も十分あると推測される。実際、グイードが主役であっても何ら不思議ではないほどに、彼の果たす役割は大きい。

さて、ワイルドの作品には田舎と都会の対立の構図がある。この劇でも、グイードは牧歌的なペルージアを後にして、親友のアスカーニオと共に都会のパデュアを訪れ、自らの出生の秘密を知る。グイードはモランツォーネ伯爵と出会って、実父のロレンツォ公爵が親友のゲッソーに裏切られて断頭台の露と消えたことを知る。しかも、新婚七ケ月だった母親はその惨事に卒倒して陣痛を招き、グイードを産んで死去し、裏切り者のゲッソーが今やパデュア公爵となっているのである。

父親の復讐のために、グイードはゲッソーの家来となり、機が熟すのを待つとモランツォーネ伯爵に誓約する。すると、伯爵は復讐の手始めに「彼［アスカーニオ］を追放するように取り計らえ。君の心からもパデュアからも」(I. 343-4) とグイードに命じる。こうして、グイードはアスカーニオに「私の遺産を相続したのだ」(I. 374) と偽り、「私の最も親しい、私の最も深く愛する仲間」(I. 394) と決別し、「女性への一切の愛と／人が美と呼ぶ無益なものを／本当に断念する」(I. 423-5) と約束する。これは、ヴェラが兄の復讐のために「愛することも愛されることもない」(I. 312) と誓約するのと類似の設定である。

しかし、この場面でワイルドの性癖が示唆されている。実際、作者はグイードがアスカーニオの首に腕を回す仕草を削除し、グイードが彼を伯爵に紹介する際に、アスカーニオがパデュアまで同行した理由を「純粋な愛から」を「愛から」(I. 51) に修正している。また、アスカーニオがグイードに語る台詞「私は思ったのだ、古代世界の友情が／未だに死滅せず、ローマ時代の型が／この浅ましく平凡な時代でさえ／愛に相当するものを見出したのかも知れないと［・・・］」(I. 365-8) は無修正である。それゆえ、グイードが「二人の兄弟のように」(I. 52) と語るアスカーニオとの関係は、『サロメ』の小姓と衛兵隊長ナラボスの間柄を想起させる。しかも、グイードに別離を告げられたアスカーニオの台詞の別バージョンに、「もはや決して／いつもしていたように、手をつないで座り／一緒に巻き毛を解かしながら／古代の騎士道の本を読めないのか？」(259) がある。

　この「騎士道」(chivalry) と言う言葉は『書簡――獄に繋がれて』(『獄中記』) にも窺われる。事実、ワイルドは自分との友情を重んじてダグラスが父親からの小遣いを断る手紙を送った行為に関して、ダグラスが「最も高貴な無私の調べに触れる、まさに友情の騎士道を悟りつつあった」(63) と評価している。また、ゲッソーがグイードと初対面で「君の顔が気に入ったよ」(255) と発言するバージョンがある。この構図は、『サロメ』のエロドとナラボスの関係と酷似している。実際、P・F・ベーレントが指摘するように、公爵は「私の周りに男たちがいて欲しい」(I. 307)(傍点は原文) と発言している (82)。

　さて、作者は、公爵夫人とグイードの愛に対する考え方の相違に焦点を当て、男女の性差を浮き彫りにする。後年、作者は『理想の夫』(一八九五) でガートルードに「私たちの人生は、感情曲線を描いて動く。男性の人生が進展するのは、知性の線上である」(IV. 443-5) と語らせている。また、作者は風習喜劇で結婚の現実を風刺するが、その萌芽は『パデュア公爵夫人』にある。それは、当時の女性に纏わる社会通念と関連がある。家父長制度を確立した英国では、男女の役割が漸進的に分離し、男女別々の領域――男性は公的な領域、女性は私的な領域――が支配的となった。このような男女の役割と主従関係を桂冠詩人のA・テニソン (一八〇九―九二) が物語詩「王女」(一八四七) で次のように詠ったのは有名である。

男は田畑に、そして女は炉辺に、
男は剣を、そして針は女に、
男は頭で、そして女は心で、
男は命じ、そして女は従う。
それ以外はすべて崩壊だ。(qtd. Altick 53)

そして、F・コッブ（一八二二―一九〇四）は既婚女性の権利を擁護するために活動し、その努力は一八七八年の婚姻訴訟事件法の成立となって結実した (Shanley 14)。また、一八七〇年と一八八二年に成立した既婚女性財産法案により、既婚女性は自らの名義で財産を所有し、夫の同意なしで遺言を残せるようになった。ワイルドはコッブについて一八八七年の『ウーマンズ・ワールド』誌の記事「文芸的とその他の覚書」で言及し、また『何でもない女』（一八九三）でアロンビー夫人に「既婚女性の財産」(II. 32) に言及させている。そして、この劇でも裁判官たちが一時退席し、パデュア市民でないグイードに自己弁護の発言権があるかどうか制定法を確認する場面がある。

このように、社会の動向に敏感な作者は、既婚女性に関する「現代的な考え」をこの劇に持ち込み、公爵夫人を「普遍的」な女性に仕上げている。次に劇の粗筋を追いながら、公爵夫人とグイードの言動を吟味し、男女の性差と「罪と愛の関係」を検討しよう。

「菫色の目」(II. 457)で「金髪」(V. 231)のビアトリーチェは、フランス国王フランシスの娘で、パデュア公爵のゲッソーと政略結婚をした。その老齢のゲッソーは「あまりに罪深い」(II. 598)暴君である。彼の性格の一端は市民への対応で推測できるが、二度目の妻を密殺したことまで示唆される。また、彼の狩猟好きが語られ、公爵夫人の削除された台詞に「彼［ゲッソー］は人を狩るが、動物は狩らないわ。彼が戯れに可哀そうな小作農を苦しめるために猟犬をけしかけたのを私は見ましたわ。［・・・］この前の冬、猟犬係の一人が猟犬をたまたま傷つけたの。すると、彼はその男の舌を喉元から切り取り、その男が餌を与えていた猟犬のように、その男に吠えろと命じたのよ」(266)がある。また、削除されたゲッソーの台詞に、「お前［公爵夫人］は私の買った所持品だ」(265)がある。

実際、第二幕で公爵夫人が既婚女性の窮状を語る件に「私たちは彼ら［男性］の所持品、そして彼らの月並みの奴隷／［・・・］むしろ、買われ、売られ、交換され、／私たちのまさしく体が商品だから。／それが女性一般の運命だと私には分かるの」(II. 224-9)がある。その彼女が夜の女のことを語り、「死んだ方がましだわ」(II. 239)と嘆いて聖母マリア像に平伏する。それを目の当たりにしたグイードは耐え切れずに彼女に声を掛け、二人は思いの丈を打ち明ける。この二人の初めての出会いは、第一幕の終わりにある。大聖堂のオルガンが鳴り響く中、二人の視線が合い、公爵夫人がグイードを振り返ると、彼の手から思わず短剣が滑り落ちる。

この場面で、女性への愛を断念したはずのグイードが公爵夫人に一目惚れしたことが示唆される。しかも、グイードが「おお、親愛なる聖者」(II. 259) と呼ぶ公爵夫人の振る舞いは、第二幕で明白となる。貧困に喘ぎ、暴徒と化した二千人の市民に公爵が発砲を命じると、公爵夫人は広場に進み出て、守備隊と市民の間に立ちはだかり、公爵に直訴する。その直訴が不首尾に終わると、彼女は一〇〇ダカットの有り金を市民に分け与え、毎週月曜日の朝にパンを施すと約束する。この才色兼備の公爵夫人にグイードが恋したことを知ったモランツォーネ伯爵は、復讐の誓約を想起させるために「緋色の絹に包んだ包み」を彼に送り、機が熟したことを知らせる。その「包み」には、グイードの父親の形見の「二匹の豹の飾りの鋼鉄製の短剣」(II. 440) が入っている。それを受け取ったグイードの破棄された台詞に、公爵がピストイアに狩猟に出掛けた隙にローマに駆け落ちすれば、「ローマ法王はあなた［公爵夫人］をここで束縛している、この下劣で邪悪な結婚を無効にせざるを得ない」(270) の一節がある。

この二人の愛の成就には、公爵夫人の「邪悪な結婚を無効」にする方策が必要である。そのためにも、グイードは公爵を殺害しようと思うが、殺人を犯した罪の心では無垢な公爵夫人を愛せないと苦悶し、「駄目だ！殺人は／我々の間を隔てるあまりに高い障害となり／それを超えて私たちはキスなどできない」(II. 459-61) と思う。そして、グイードの「我々二人の間には越えられない／障害が横たわる」(II. 464-5) を耳にした公爵夫人は、「障害」(barrier) は夫の存在だと誤解する。この「障害」と言う語は第二幕と三幕でおよそ一八回も用いられ、「障害」を巡る二人の行動と倫理観が劇の根本原理となる (Donohue 21)。実際、公爵夫人は夫を殺害して「障害」を取り除いたと思うのである。

ここで問題になるのが作者の語る「罪と愛の関係」である。モランツォーネ伯爵は「我々は皆せいぜい動物で、愛は／単に神聖な名前の情熱である」(III. 104-5) と述べる。一方、公爵夫人は「とても惨めなために一番愛を必要とするのは／確かに罪を犯した人だわ」(III. 398-9) と考える。他方、グイードは「何か罪がある所に愛などはない」(III. 400) と見なす。つまり、グイードは、罪を犯す人間の心に愛は入る余地がないと考える。これは、短編「アーサー・サヴィル卿の犯罪」(一八八七) でコミカルに描かれる殺人のテーマに一脈相通じる所がある。その短編では、「善良で高貴なすべての象徴」(15) であるシビルと結婚するため、アーサーは「義務」に囚われて殺人を決意する。しかし、その際に彼はその殺人が「罪ではなく犠牲」(15) と見なす。

しかし、この劇では男女の役割が逆転し、公爵を殺害するのはグイードではなく、美徳を体現する公爵夫人である。騎士道精神を体現するグイードは、決闘などではなく、公爵の寝込みを襲う卑怯な殺人を是としない。それどころか、彼は「愛は人生の秘蹟である」(III. 107) と考え、「慈悲は復讐よりも高貴である」(III. 208) と思う。それゆえ、彼は「短剣」と「手紙」を就寝中の公爵の胸の上に置くのが「最も高貴な復讐」(III. 63) と思うに至る。それを実行するためにグイードは公爵の寝室に向かい、思わず出会うのが「白装束の」公爵夫人である。そして、グイードは「我が人生の白く穢れのない天使」(III. 206) と呼び掛けるが、この時既に彼女は夫を殺害している。当初、彼女は自刃しようとして、愛しいグイードに思いを馳せ、傍で眠る夫の「あの邪悪な顔」(III. 260) を見る。すると、咄嗟に彼女はグイードの「障害」の言葉を思い出し、それを誤解して公爵を殺害する。この後、作者が先に解説したように、「残酷な」グイードは彼女の行為を理解せず、「おお、呪われた聖者!おお、地獄から出てきたばかりの天使!」(III. 284)と誹謗し、心を閉ざしてしまう。

この殺人を巡って、愛に対する二人の考えの相違が提示され、男女の性差が浮き彫りとなる。「愛によって男性の魂を救うのが/女性の使命である/と私は思う」(III. 125-7)と語るグイードは、ヴィクトリア朝の社会通念の女性観を体現している(Donohue 227)。それゆえ、彼は「私の白いビアトリーチェ」(III. 128)が殺人を犯すなどと想像できないのである。ところが、公爵夫人は「私たちは何でもするか容赦する」(III. 275)と語り、女性は愛する男性のためにすべてを捧げる習性があると述べる。そのため、彼女は「あなたに男を殺すように唆す[・・・]多くの女性」(III. 375-9)のようには自分は振る舞わなかったと弁解する。しかし、グイードは、彼女の殺人が二人の愛を抹殺したと見なし、「何か罪がある所に愛などはない」(III. 400)と彼女に告げる。そのため、公爵夫人は「なるほど、男性が女性を愛すれば/男性の人生の少ししか女性に与えないのね。/でも、女性が愛すると女性はすべてを与えるのよ」(III. 429-31)と慨嘆する。

こうして、愛を拒絶された公爵夫人は、グイードを夫の殺害者と指差し、サロメのように残忍な女性に変貌する。これに続く第四幕で、公爵夫人の侍女のルーシーが登場し、公爵夫人が「ほとんど取り乱している」(IV. 48)と言う。そのため、モランツォーネ伯爵は、公爵夫人が下手人のグイードを見付け、さらにグイードが公爵夫人の短剣を所持していたのは辻褄が合わないと思う。やがて、法廷の場面になり、グイードは「私は何も語らない」(IV. 127)と黙秘権を行使する。そこで、怪訝に思った伯爵は、公爵夫人に公爵殺害の経緯を尋ねるが、彼女は白を切る。そのため、彼は直接グイードに尋ねるが、グイードは公爵を殺害したのは自分だとしか言わない。真相を推察した伯爵は、「私があの［公爵夫人の］大理石の仮面を剝ぎ取ろう」(IV. 178) として、グイードに真実を語らせようと試みるが、徒労に終わる。しかも、公爵夫人は即刻彼を処刑しようと画策する。

漸く、グイードは「この不可解な事柄の恐ろしい秘密」(IV. 206) を公にし、「まさしく罪を犯した人」(IV. 207) を指摘する緊迫した場面になる。この場面で、グイードから聞き出したことを伯爵が代弁するバージョンもあるが、直接グイードが発言するように修正されている。この時、グイードが自己弁護の発言権があるかどうかが争点となり、制定法の解釈のため裁判官たちが一時退廷する。すると、グイードは「あなたはあのビアトリーチェ、パデュア公爵夫人なのか?」(IV. 307) と彼女の豹変に驚きを隠さない。すると、彼女は「あなたが今の私にしたのよ、よく私を見て、／私はあなたの創造物なのよ」(IV. 308-9) と即答する。その際に、彼女は「あなたが今の私にしたのよ」に続けて語る「私に他に名前があるのかどうか分からないの、ただあるのは復讐と言う名前だけなの」(296) の台詞は削除されている。しかし、この対話で、グイードは公爵夫人の豹変は自分のせいだと如実に悟る。

やがて、裁判官たちが法廷に戻り、パデュア市民でないグイードは自己弁護の発言を認められる。意外な法解釈のため、公爵夫人は裁定を順延しようとするが、流血事件であるので不可能である。そこで、彼女は退席しようとするが、それも叶わない。こうして、発言を許されたグイードは、出自を明らかにし「正当な復讐」(IV. 506) のために公爵の寝室に忍び込み、そこで見付けた公爵夫人の短剣で公爵を殺害したと罪状を認める。

最終幕になると、公爵夫人は一転してグイードを赦免しようと尽力する。それが徒労に終わると、彼女は夫を殺害したのは自分であると告白するが、誰も信じてくれない。そのため、彼女は仮面と外套を身に付け、グイードの身代わりになろうと地下牢を訪ね、見付けた毒薬を飲んでしまう。その気配でグイードは目覚めるが、彼女が毒薬を飲んだことに気付かない。彼女は逃亡を促すが、彼の決意は固い。そのうち、彼は殺人を犯したのは「純潔な愛らしさの化身の像」(V. 233) の公爵夫人ではなく、「あなたを誘惑した悪魔だったのだ」(V. 253) と語り掛ける。すると、彼女は「私たちはそれぞれ私たち自身の悪魔なの、そのため私たちが／この世を私たちの地獄にしているの」(V. 254-5) と答えて、罪を詫びる。すると、グイードは公爵夫人を「神の清浄の白い天使」(V. 271) と呼ぶ。

ほどなく、処刑の時刻が近付き、彼は別れのキスをし、毒薬を仰ごうとするが空である。修道士たちの詠唱の響く中、彼女は椅子の上で息絶え、彼も短剣で自刃して彼女の膝の上に倒れ臥す。大法官たちが到来し、公爵夫人の外套を取り去ると、彼女の顔は「今や神の許しの印である平和の大理石像」に変貌したことがト書きで示される。

この場面で作者は一種の世俗のピエタ像を意図している (Donohue 51)。これに関し、P・F・ベーレントは、キリスト教が拒否する自殺行為をピエタ像と結び付けることによって、作者は「神聖なものと神聖ならざるものの独特な混交をさらに劇化している」(84) と述べている。また、

K・ワースは「性的な愛が絶大な支持を得て、ワイルドにとって無償の愛の形である母と子の関係に一層引き寄せられている」(46)と的確である。このワースの指摘は極めて興味深い。と言うのは、公爵夫人が女性の愛は男性のと異なることを力説する際に削除された台詞に「ここパデュアに可哀そうな女たちがいるわ、息子たちが通りで盗みを働いても、母親たちは立派な息子などよりも彼らを愛するのよ」(285)があるからである。この台詞を削除し、作者は男女の愛に限定した台詞を公爵夫人に語らせるが、「無償の愛の形である母と子の関係」のピエタ像は、男女の「性的な愛」に対する作者の消極的な想念を暗示する。

おわりに

ワイルドは、オックスフォード大学時代のノートに「罪の意識は現代の中世主義に位置を占めたので、[・・・]聖者のそれら［資質］を生じさせた」(Smith II and Helfand 156)と書き留め、「ペン、鉛筆と毒薬」（一八八九）でも「人は強烈なパーソナリティが罪から創出されると想像できる」(120)と記述している。その作者は「呪われた聖者」(III. 284)の公爵夫人を「強烈なパーソナリティ」に造形し、この劇で「罪と愛の関係」を提示しようとしている。

また、作者は第二幕で「ヴィーナスの仮面を表した綴れ織り」を象徴的に使用し、疑似宗教的な余韻を残して二人の愛の劇に幕を下ろしている。J・ドノヒューが指摘するように、公爵夫人の最後の台詞「私は罪を犯したわ、それでも／恐らく私の罪は許されるわ。／とても愛したもの」

(V. 428-30) は、ルカ伝第七章第四七節でキリストがマグダラのマリアについて語る言葉をなぞっている (249)。女優のアンダーソンへの手紙でも、作者はこの台詞を引用し、「これは私が『パデュア公爵夫人』で言おうとしたことだ」(*CL* 201) と端的である。

マグダラのマリアは魅惑的な罪人の典型で、この劇で見られるように、作者は愛の罪深い性質に魅了されている (Willoughby 57)。『何でもない女』(一八九三) でも作者は「聖娼婦」の系列のレイチェルを登場させ、「とても宗教的」(III. 47) に見える彼女を「神の家」(IV. 247) で跪いても罪を悔いない女性と描出している。その点で、公爵夫人もレイチェルと同系列の女性と見なすことができる。また、未完の劇『アヴィニョンの枢機卿』でも「罪と愛」の物語が提示され、『サロメ』(一八九三) や未完の劇『聖娼婦』でも聖人と罪人の物語が展開される。

この劇でも、グイードが「おお、親愛なる聖者」(II. 259) と呼ぶ公爵夫人が彼の背信のために残虐な復讐者に変貌するのは、まさしくサロメの豹変に相通じる。そして、最終幕のピエタ像で、愛に殉教した二人に神の恩寵が示唆される。これは男女の性愛に対する作者の消極的な想念を暗示している。この劇で頻繁に使用される「障害」は、グイードと公爵夫人が愛を成就しようとしても徒労に終わる性愛についての作者の見解を示唆すると言っても過言ではない (Behrendt 91)。

また、作者はアンダーソンにこの劇の「情景と服装に関して、私は既に両方の絵を描いている」(*CL* 202) と述べ、効果的な情景と衣装を概説している。特に、色彩に鋭敏な作者は後に風習喜劇でその本領を発揮するが、この劇でも「赤、白、黒が変化する模様を形成している」(Worth 48)。特に、グイードが公爵夫人を「我が人生の白く穢れのない天使」と呼ぶように、「白」の形象が彼女に適用されている。この「白く穢れのない天使」が「あの愛の白い花」(II. 487) のために恐ろしい殺人を犯す。この点に関し、作者は「彼女が『今まさに彼を殺したの』と言う時、それ「殺人」は恐怖の戦慄を生じさせなければならない」(CL 198) と説示している。

他の作品でも、作者は「白」を好んで女主人公に適用している。その理由の一端は、「白」は清純な女性を表象する色彩であるばかりでなく、日焼けしない有閑階級の女性の指標だったからであろう (Jenkyns 146)。また、ウィスラーの絵画《白の交響曲第一番――白い少女》(一八六二) の影響も見逃すことはできないであろう。ワイルドは童話「若い王」(一八八八) で王の母親を「白い少女」、『ドリアン・グレイの肖像』(一八九〇) でも女優シビルを「白い少女」と描いている。さらに、ワイルドは『何でもない女』(一八九三) でも「白いモスリン」を着たヘスターを登場させ、『理想の夫』(一八九五) でもロバートが「すべて善良な物の白い像」と呼ぶガートルードを登場させている。

愛の女神ヴィーナス像の影響でギリシア彫刻特有の愛らしい白い顔が女性美の典型とされたので、パデュア公爵夫人にも「白い輝き」が適用された可能性もある (Marshall 8-9; 12)。実際、公爵夫人は「白く穢れのない天使」と表象されている。そして、「神の清浄の白い天使」(V. 271) の公爵夫人が残虐な復讐者に変貌すると、モランツォーネ伯爵のように黒い衣服を纏う。その黒い衣服は、表面上夫の死を悼む喪服であるが、彼女の豹変を示唆する。そして、ワイルドの作品に相応しく、この劇でも「罪と愛」の「赤」の色彩が支配的である (Worth 47)。

引用文献

Altick, Richard D. *Victorian People and Ideas.* London: W. W. Norton & Company, 1973.

Beckson, Karl, ed. *Oscar Wilde: The Critical Heritage.* London: Routledge & Kegan Paul, 1970.

Behrendt, Patricia Flanagan. *Oscar Wilde: Eros and Aesthetics.* London: Macmillan Academic and Professional, 1991.

Donohue, Joseph, ed. *The Complete Works of Oscar Wilde*, Vol. V. Oxford: Oxford UP, 2013.

Jenkyns, Richard. *The Victorians and Ancient Greece.* Cambridge: Cambridge UP, 1980.

Marshall, Gail. *Actresses on the Victorian Stage.* Cambridge: Cambridge UP, 1998.

Mason, Stuart. *Bibliography of Oscar Wilde*, 2 Vols. New York: Haskell House Publishers, 1972.

Shanley, Mary Lyndon. *Feminism, Marriage, and the Law in Victorian England.* New Jersey: Princeton UP, 1989.

Smith II, Philip E. and Helfand, Michael S. *Oscar Wilde's Oxford Notebooks*. Oxford: Oxford UP, 1989.

Willoughby, Guy. *Art and Christhood.* London: Associated University Presses, 1993.

Worth, Katharine. *Oscar Wilde.* London: Macmillan Press, 1983.

3 『ウィンダミア卿夫人の扇』について

はじめに

一大センセーションを惹起する『ドリアン・グレイの肖像』(一八九〇)を書き終えた時、ワイルドは「それ［『ドリアン・グレイの肖像』］は幾分私自身の生活——会話ばかりで、全くアクションのない——のようだと思う。私はアクションが描けない。私の登場人物は椅子に腰掛けお喋りする」(*CL* 425)と自嘲している。しかし、この「お喋り」の真価が遺憾なく発揮されるのが彼の風習喜劇である。

その第一作目の『ウィンダミア卿夫人の扇』(一八九二)で、作者は「過去のある女」を取り上げている。女優L・ラングトリー(一八五二—一九二九)の回想に拠ると、ワイルドは一八九一年頃に彼女のために『ウィンダミア卿夫人の扇』を執筆し、彼女の演じる役柄は「成人した非嫡出の娘を持つ女」(97)と説明したらしい。そのため、彼女は自分の境遇を示唆する筋書きに憤慨し、彼と袂を別った。

他方、この風習喜劇と同時期に執筆した『サロメ』(一八九三)の上演禁止で憤慨したワイルドは、英国の道徳的偏狭さに辟易して芸術の国フランスに帰化すると豪語した。この世紀末の闘士がいくら金儲けとはいえ、一般大衆に迎合する通俗的な風習喜劇を書いたとは到底想像できない。この辺の事情について、彼は一八九四年二月下旬頃の手紙でこう釈明している。

> 私の側の故意で、私は単にディレッタント、ダンディとしか世間に映っていないようだ――世間に人の心を見せるのは賢明でないから――そして、真面目な物腰が道化師の装いであるように、軽薄と無関心と不注意と言う絶妙な様式の愚行が、賢者の衣装なのだ。このような俗悪な時代では、私たちには皆仮面が必要だ。(*CL* 586)

このように、「仮面が必要」とワイルドが語るヴィクトリア朝に関して、まず風俗の観点からその「俗悪な時代」を検討しよう。

I

欧州大陸では売春が公認されていたのに対し、英国では売春行為は禁じられていた。しかし、英国でも娼婦は存在した。ロンドンの人口が二百三六万二千人だった一八八〇年代には約八万人の売春婦がいたと言われる(Von Eckardt 243)。

性の話題については、男性はクラブやパブで自由に話せたが、公的な席上では差し控えるのが通例だった。それゆえ、ワイルドの『何でもない女』(一八九三)は進歩的だったと思える。と言うのも、その劇に登場する下院議員のケルヴィル氏は、「純潔」(I. 166, Purity)について選挙区民に演説しようとするからである。事実、ケルヴィル氏の台詞通りに、「純潔」が「今日では実に国家的重要性のある唯一の話題」(I. 169)であったからである。

しかしながら、「紳士気取り」と「淑女気取り」の言葉が想起されるように、ヴィクトリア時代は飽くまでも世間体を重んじた。それゆえ、紳士は社会的体面を保つために擬似道徳を吹聴し、まるで「性」が存在しないかのように振る舞った。特に、ロンドンは急激な産業化のために貧民を吸収してスラム化し、娼婦が夜の世界を彩った。この二重構造が、ヴィクトリア時代の「表」と「裏」、ウエスト・エンド地区とイースト・エンド地区を形成した。

一八九一年頃に風習喜劇に着手したワイルドは、支配人兼俳優のG・アレクサンダー（一八五八―一九一八）に「私は私自身にあるいは私の作品に満足していない。私は未だこの劇を掌握できないでいる。私の登場人物を本物にできていないのだ」(*CL* 463)とこぼし、夏頃にも「私はその劇を書けていない」(*CL* 486)と伝えている。この劇は未完の『妻の悲劇』であったかも知れないが(Bennett 65)、『ウィンダミア卿夫人の扇』はセント・ジェイムズ劇場で翌年の二月二〇日に上演されている。そして、この劇の「過去のある女」のアーリン夫人の正体の提示の頃合いを巡って、作者はアレクサンダーと見解を異にしたのである。

アーリン夫人は、ウィンダミア卿夫人の実母だが、それをいつの時点で観客に提示するかで二人は揉めたのである。ワイルドは、最終幕までアーリン夫人の正体を暴露しないと主張したが、アレクサンダーは第二幕で彼女の正体を観客に明かすのが肝要と主張した。最終的に、作者はアレクサンダーに同意したが、それは初演を終えた後であった。その辺の事情について、作者は一八九二年二月二六日の『セント・ジェイムズ・ガゼット』紙の編集長宛ての手紙で釈明している（CL 521-2）。

この劇を作者がE・リットン伯爵（一八三一―九一）に献呈しているのは注目すべきである。伯爵は、H・イプセンの劇『ヘッダ・ガーブラー』（一八九〇）に関して作者と同意見であったからである（CL 480）。イプセンと言えば、女性解放の思想を喧伝した『人形の家』（一八七九）が、一八八九年にロンドンで上演されて大反響を呼んだ。『イプセン主義の神髄』（一八九一）を出版したG・B・ショー（一八五六―一九五〇）は、この時の上演は「ヴィクトリア朝の家庭道徳に致命的打撃を与えた」（Worth 19）と宣言している。この『イプセン主義の神髄』は「刺激的」（CL 554）な本だったので、ワイルドは絶えずそれを手に取り読んでいる。さらに、ワイルドは「英国は知性に霧が立ち込める国」（CL 554）と述べ、その「霧」を一掃するためにショーと競作し、『ウィンダミア卿夫人の扇』に「アイルランド派の作品第一番」（CL 563 n, Op. I of the Hibernian School）と記して彼に献本している。

作者が風習喜劇に着手した一八九一年頃と言えば、T・ハーディ（一八四〇―一九二八）の『ダーバーヴィル家のテス』が完全な形で出版された年である。そして、翌年の一月二三日付けの『スペクテイター』誌の書評は、テスを「純潔な女性」と記したハーディを揶揄し、「本能では純潔であったけれども、彼女［テス］は彼女の純潔な本能に忠実でなかった」（Cox 193）と難じている。その同年に『ウィンダミア卿夫人の扇』が上演されている。しかも、この劇の原題はワイルド的でない『善良な女』であった。題名を変更した理由の一端は、彼の母親にあったらしい。ジェーンは、息子がこの劇を『善良な女』と称しているのを『サンデー・タイムズ』紙で知り、一八九二年二月八日に息子に「それ［『善良な女』］は感傷的ね。誰も善良な女などに関心を持たないわ。『高貴な女』の方がいいわ」（*LO* 134）と書き送っている。そして、この劇がアメリカのニューヨークで上演されると、作者は一八九三年二月二三日の手紙で次のように述べている。

私がこの劇を思い付いた心理的な考えはこうだ。子供を授かったが、母性と言う情念を決して知らなかった女性（そういう女性は存在する）が、見捨てた子供が絶壁から転げ落ちるのを突然目にする。すると、彼女に母の感情――すべての情動の中で最も激しい――弱々しい動物や小鳥も持っている感情が目覚める。彼女は助けようと駆け出し、自らを犠牲にし、愚行を演じる――そして、翌日彼女はこう思う。「この情念は激しすぎる。私の人生を台無しにする。二度とそれを味わいたくない。それは私には苦しすぎる。逃れさせて。もはや母でいたくない」と。だから、第四幕は私には心理的な幕、最も新しく、最も真実味のある幕である。（*CL* 553-4）

このように、ワイルドは「母性と言う情念」(the passion of maternity) に多大な関心を寄せている。この「心理的な」関心は、彼が一八八九年五月に書評した本『ダーウィン主義と政治』の内容に遡る (Small xxiii-xxiv)。その書評で、ワイルドはその本の著者D・リッチー（一八五三―一九〇三）が生物学上の相違に基づいて異なる性道徳を男女に適用するのは正当でないと述べた意見に賛同している。

この劇でワイルドは「悪女」と見なされるアーリン夫人を「善良な女」と提示したかったと思える。この考え方はハーディにも窺え、テスの「純潔」を否定する社説に関して、ハーディは「女主人公は本質的に純潔――多くのいわゆる汚れのない処女よりも純潔――であった。それゆえ、私は彼女をそう呼んだ」(Purdy and Millgate 267) と述べ、偏狭な社会通念に対抗するのに「逆説的モラル」に頼らざるを得ない旨を洩らしている。この小説に関しては、検閲の権威者C・E・ミューディー(一八一六―九〇)の創設した貸本屋が『ダーバーヴィル家のテス』を注文する奇妙な現象が生じている。と言うのも、「彼女たち［母親］は娘の将来を未然に防ぐために『[ダーバーヴィル家の]テス』を娘に手渡している」(Purdy and Millgate 255) からである。

ところで、この小説でテスが貞操を奪われる場面、あるいは彼女が私生児に洗礼を施す場面が社会道徳に抵触したため、家庭雑誌の連載に不適切と見なされ、骨抜きにされた小説がかろうじて『グラフィック』誌に受け入れられた。しかし、その雑誌の編集長でさえエンジェルがテスなどの女性を抱き抱えて水たまりの道を渡す場面は、手押し車に女性を乗せて渡すように書き改めた方が適切と作者に提案したほどである (Hardy 240)。さらに、エンジェルやテスと同じ体験をした読者からの「奇妙な手紙」(Hardy 244) がハーディの元に舞い込んでいる。しかし、この小説のお蔭で社交界に出る機会を得たハーディは、女主人公テスに対する社交界の受け止め方について次のように述べている。

『[ダーバーヴィル家の]テス』に関する社交界の批評は、好奇心に満ちてユーモラスであった。

［・・・］「アバーコーン公爵夫人は、この小説のお蔭で友人のこれからの分類の仕方に全く手間が掛からなくなったと私に仰るのです。人々がテスと言う人物に関し、晩餐の席でほとんど論争していたからです。今や彼女が友人に尋ねるのは『あなたは彼女［テス］を支持するの、しないの』です。『まあ、そんなことありませんわ。彼女が絞首刑になったのは当然ですわ。卑しい売春婦ですもの！』と答えられれば、その友人を彼女はあるグループに入れる。もし、『かわいそうに酷い目に遭った無垢な人だわ！』と彼女をかわいそうに思う友人なら、彼女自身の属するもう一方のグループに彼女は入れるのです」。(Hardy 245)

当時は性について公然と語るのはタブーだったので、ベリック公爵夫人は「大人の会話」を娘のアガサに聞かせないように、言い付けに「はい、ママ」(I. 207) 式に従わせる教育方針を採用している。例えば、ピアノやベッドの脚をフリルで飾るのも性の妄想に取り付かれた証で、「腹部」(belly) が「お腹」(stomach) に、「下着」(undergarments) が「肌着」(unmentionables) などになったのもその実例である (Goldfarb 43)。この性の抑圧のために、『我が秘密の生涯』で馴染みのポルノ本、絵と写真が蔓延した。それゆえ、ポルノの写真ではなく、スイスの写真のアルバムを言い付け通りに鑑賞する娘の趣味を、ベリック公爵夫人は「とても清らかな趣味」(I. 212) と誉めちぎる。と言うのも、性道徳を遵守するピューリタニズムが支配的であったので、中流階級は家庭の概念を強力に推進していたからである。『何でもない女』(一八九三) に登場する下院議員のケルヴィル氏が語るように、「我が英国の家庭生活の美」(I. 327) が「英国では我々の道徳体系の支柱」(I. 331) だったのである。

それゆえ、七〇年代以降に流行した歌曲「埴生の宿」が家庭の理想を体現し、母親の役割が異様に理想化されたのである（角山、川北 152)。ワイルドは『真面目が肝心』の第三幕でもこの歌曲を念頭に置いている (Donohue 304)。このスイートホームを理想とする社会の規範は、婦女子の性道徳に厳格で、結婚前の純潔と結婚後の貞節を説き、この道を踏み外せば、テスのように「売春婦」(harlot) と烙印を押して「過去のある女」として抹殺した。さらに、「新しい女」の出現によって男性にも同様の価値基準が適応され、「理想の夫」の概念を形成した。作者は『理想の夫』（一八九五）で「今日では、現代の私たちの道徳熱のために誰もが、純潔、清廉潔白、その他すべての七つの致命的な美徳の鑑のように気取らなければならないの。――それで、その結果はどうかしら?」(I. 496-8) とその風潮をチーヴリー夫人に揶揄させている。

これらの事柄を念頭において、「ロンドンの社交シーズンの人工的なお祭り騒ぎ」(Hardy 245, the artificial gaieties of a London season) に足を踏み入れることにしよう。

II

貴族階級に接触するために新興成金によって考案された社交界は、一八世紀の産業革命以降に徐々に進展した。そして、一八九〇年代の社交界は実質的に約四千の家族で構成され、結婚市場であった。特に若い女性は一七歳でデビューし、成婚の目的を果たすのに数度のシーズンしかないことを知っていた。それゆえ、社交シーズンの終わりは結婚式の時期に当たった (Jalland 35)。

社交シーズンも終わりに近づいたある日の午後、カールトンハウステラスに在るウィンダミア卿夫人の家では、彼女の成人の誕生日を祝う舞踏会が準備されていた。彼女の家は、まさしくスイートホームである。父親の姉に厳格に育てられた彼女は「ピューリタン的な所がある」(I. 73-4)。実は、彼女の母親は他の男と駆け落ちしたので、父親は母親が死亡したと偽り、その真実を打ち明けずに亡くなっている。そのため、ウィンダミア卿夫人は夜の祈りの際に「細密画」(IV. 212) に描かれた「美しい黒髪の若く無垢に見える少女」(IV. 214) を理想の母親と崇敬している。

その彼女も今は「模範的な夫」(I. 248) のウィンダミア卿と幸福な家庭生活を送り、生後六ケ月の「男児」(IV. 291) のジェラルドがいる。しかし、前夜ヤンセン卿夫人の家で催された晩餐会で、ウィンダミア卿が醜聞のあるアーリン夫人を「カーゾン・ストリートの家」(I. 255) に住まわせていると言う噂が広まった。当時、「カーゾン・ストリート」にはココット（娼婦）や裏社交界の女が間借りしていたのである (Barret-Ducrocq 52)。そんな噂など知らない彼女は、セルビーのカントリーハウスから届いたバラを、「無垢」を象徴する「青色」(de Vries 54) の鉢に活けている。ウィンダミア卿夫妻は、「善良な女」(I. 429-30) を嫌悪する男や「金銭ずくの人々」(I. 122) と対照的に描かれている。また、ワイルドの作品では何らかの形で「自然」と「人工」の対立を孕んでいるが、セルビーのカントリーハウスは牧歌的な「自然」の世界を象徴し、「モラルよりもマナー」(IV. 135) を尊重する社交界の「人工」の世界と対峙している。

さて、「魅力的なピューリタン」(I. 136) のウィンダミア卿夫人に好意を寄せるダーリントン卿が、例の噂のために訪問する。彼は昨夜から「凝ったお世辞」(I. 33) を言って彼女をいらいらさせている。やがて、彼は「架空の例」(I. 96-7) と前置きし、結婚二年ほどの夫がいかがわしい女性と親密になれば、妻は浮気をしても許されるのではないか、と意味ありげな質問をする。すると、ウィンダミア卿夫人は、罪を犯す女性も男性も許されるべきでないと言う「厳格な規律」(I. 130-1) を述べて、彼の軽薄な考えを窘める。

そんな折、ベリック公爵夫人が娘のアガサを伴って、ウィンダミア卿夫人を慰めに駆け付けてくる。邪魔なダーリントン卿が暇乞いすると、公爵夫人はすぐに例の噂を切り出し、男性は善良にならない「怪物」(I. 315) との持論を披露する。

ウィンダミア卿夫人　ウィンダミアと私は恋愛結婚でしたのよ。
ベリック公爵夫人　ええ、始めは皆そうなのよ。私も夫のプロポーズをともかく承諾したのは、ベリックが獣のように絶えず自殺するって脅したからなの。ところが、年が明けないうちに、彼はあらゆる色の、あらゆる型の、あらゆる生地の、すべての種類のペティコートの女を追い回していたの。(I. 293-7)

一八五四年頃では相思相愛の結婚は稀で、大抵の結婚は財産あるいは社会的地位などによるものが主であった (Houghton 381)。その後、結婚事情も変化を遂げ、ワイルドの妻のコンスタンスが抱いた結婚観、つまり、恋愛結婚でなければ幸せになれないと言う考え方が支配的となった (Jalland 73)。また、男性の結婚適齢期が二三歳から二八歳のご時勢だけに「夜の世界」が繁盛した。公爵夫人のオックスフォード大学を卒業したばかりの息子も、その例に洩れず放蕩ぶりを発揮している。しかし、令嬢のアガサとなると別問題である。彼女は、何事にも「はい、ママ」式に従うように仕込まれている。そのため、公爵夫人は従順な娘の「感情の上品さ」(I. 231-2) を誉め、「自然に勝るものはありませんわ」(I. 232-3) と言ってのける。公爵夫人にとって、ウィンダミア卿が浮気をするのはごく自然で、彼女は夫の操縦法をウィンダミア卿夫人に伝授し、浮気封じのために夫を保養地の「ホンブルクかエクス」(I. 271-2) に連れ出すよう忠告する。帰り際に、公爵夫人はオーストラリアから来訪中の金持ちのホッパー氏を舞踏会に招待してくれた礼を彼女に述べて引き上げる。

ダーリントン卿の譬え話とベリック公爵夫人の助言のため、不審を抱いたウィンダミア卿夫人は夫の銀行通帳を調べる。すると、アーリン夫人に総額千七百ポンドの支出が記されている。そこへ、夫が帰宅して初めての夫婦喧嘩となる。ウィンダミア卿は妻の気持ちを察して真相を語れず、アーリン夫人に金銭を与えたことを認めて誤解を助長してしまう。そんな彼がアーリン夫人を舞踏会に招待するよう妻を説得しようとしても、妻は夫が「何らかの恥ずべき情熱」(I. 457, *some* **shameful passion**)（傍点は原文）に身を焦がしているとしか思わない。そのため、彼女はアーリン夫人が舞踏会に来ようものなら、夫からの誕生日祝いの扇で叩く、と憤懣やるかたない。しかし、彼はアーリン夫人を希望通りに社交界に復帰させようと招待状を彼女に送り届ける。

舞踏会当日、妻の気色に一騒動起こると懸念したウィンダミア卿が真相を打ち明けようと決意した瞬間に、アーリン夫人が威風堂々と登場する。そのため、ウィンダミア卿夫人は扇を一旦は手にするが、気落ちして彼女を冷やかに迎える。他方、アーリン夫人は二〇年前の社交界を想起し、水を得た魚のように社交術のお手並みを披露する。「賢明な」(II. 83) アーリン夫人は、ウィンダミア卿が自分と踊りたいと装い、自分に熱を上げるオーガスタス卿を嫉妬させる。さらに、彼女はジェドバラー卿夫人が嫉妬深いと睨み、舞踏室へ行く途中にダンビー氏に「この前お訪ね下さった時に三度とも外出していて本当にごめんなさいね」(II. 209-10) と声を掛ける。案の定、ジェドバラー卿夫人はダンビー氏に詰め寄り、あれが噂の女と知ると、付き纏う夫を厄介払いするには彼女が格好の相手と彼に助言する。

人々がアーリン夫人に瞳目している中、ベリック公爵夫人と娘のアガサとホッパー氏だけは例外である。公爵夫人は、ウィンダミア卿夫人に保養地に夫を連れ出すよう再度忠告するが、彼女の狙いはホッパー氏にある。当のホッパー氏は、ひどいマナーのため「無教養な無作法者の一人」(II. 384, one of Nature's gentlemen) と顰蹙を買う。しかし、公爵夫人は金持ちのホッパー氏の値打ちを認め、相続権のない子息と踊る娘を「放埒な」(II. 8, fast) と注意するのを怠らない。やがて、娘がホッパー氏と婚約したと知ると、公爵夫人は主人を交えて成婚を整えようとする。「結婚のゲーム」(I. 180-1) に勝利を収めた公爵夫人は、「恋愛はね——まあ、一目惚れではなくて社交シーズンの終わりの恋愛の方がはるかに満足のいくものなのよ」(II. 375-6) と述べて、引き上げる。

一方、ウィンダミア卿夫人は、夫の浮気相手を招待する「物分かりのいい女」(II. 386) と冷笑され、誰にでも縋りたい気持ちになる。そんな折、ダーリントン卿が彼女の「美徳」に次のように挑戦してくる。

ダーリントン卿　［・・・］お会いした瞬間からあなたを愛しました。愛したのです。盲目に、崇拝して、気も狂わんばかりに！あなたは、その時はご存じなかった――でも、今はご存じです！この家を今夜出て下さい。世間や世間の声、あるいは社交界の声など全く重要でないなどとは申しません。それらは極めて重要です。あまりに重要です。しかし、人には自らの人生を十分に、全く、完全に生きるか――あるいは世間が偽善で求める、偽りの浅はかな屈辱的な生活を長引かせるのかを選ばなければならない瞬間があるのです。あなたには今がその瞬間なのです。（ll. 281-90）

しかし、「私自身になるのが恐ろしい」（ll. 307）と語る夫人は彼の求愛に戸惑い、促されると拒絶してしまう。とは言っても、夫がアーリン夫人と親しくする姿を目の当たりにすると、彼女は「偽りの浅はかな屈辱的な生活」を続けられないと思う。そのため、彼女はダーリントン卿に縋ろう、と夫に置手紙をして彼のアパートへ向かう。

他方、娘が苦悶していることなど露知らないアーリン夫人は、オーガスタス卿と結婚するための持参金の件でウィンダミア卿と交渉する。やがて、彼女は娘が夫に置手紙をしたことを知り、その手紙を盗み見る。アーリン夫人は「二〇年前」（ll. 467）の再現とばかりに驚く。そこで、彼女はウィンダミア卿に娘は頭痛のために寝室に下がったと取り繕う。また、求愛の返事が欲しいと追って来たオーガスタス卿に、彼女は「あなたのクラブ」（ll. 499）にウィンダミア卿を連れて行き、今夜は彼を絶対に帰宅させないように厳命する。そう命じられたオーガスタス卿は、彼女の夫になったようだと思い、その言い付けに従う。

当のウィンダミア卿夫人がダーリントン卿のアパートを訪ねると、彼は不在である。今頃は夫が手紙を読んだであろう、と彼女は気が気でない。不安に駆られている所に、アーリン夫人が駆け付けてくる。ところが、ウィンダミア卿夫人は、醜聞を恐れた夫が情婦を差し向けたと思い、夫の情事を誤魔化す「隠れ蓑」(III. 49, a blind) になりたくないと逆上する。アーリン夫人がいくら釈明しても、彼女には逆効果である。それどころか、ウィンダミア卿夫人は「買われて売られる」(III. 141) 女などに「心」(III. 141) はないとアーリン夫人を誹謗する。しかし、アーリン夫人は社会的地位を失う意味を知らない娘に対し「あなたの居場所はあなたの子供の所よ」(III. 175-6) と説く。この「母親の愛」(IV. 276) に訴える諫めが効を奏し、ウィンダミア卿夫人は帰ろうとする。そこへ、ダーリントン卿たちが帰宅する。出るに出られなくなったウィンダミア卿夫人はカーテンの後に、アーリン夫人は別室に隠れる。

二人が潜んでいることなど知らない紳士たちは、アーリン夫人の話題を皮切りに、女性とスキャンダルについて滔々と語る。そんな中、明日英国を去るダーリントン卿だけは神妙である。そんな彼の異変に気付いた政治家のグレアム氏は、彼の恋愛相手が人妻だと知る。

セシル・グレアム　君が生まれてこれまでに出会った唯一の善良な女だって？
ダーリントン卿　そうだよ！
セシル・グレアム　〔シガレットに火を付けながら〕へえー、君は幸運な人だなあ！なあに、私なんか何百人もの善良な女と出会ったよ。善良でない女などにはお目にかかれないように思えるがね。世間には、善良な女が全くぎっしりいるよ。彼女らを知ることが中流階級の教育なのさ。

ダーリントン卿　その女性には純潔と無垢があるよ。彼女には我々男性が失ってしまった大切なものがあるよ。

セシル・グレアム　おい君、一体我々男性が純潔と無垢を売り歩いてどうなるって言うのだ？念入りに考えたボタンホールの花の方が、よっぽど効果的ってものさ。(III. 311-21)

「善良な女」と言う言葉は強迫観念のように一五回ほど使用され、「悪女」と言う言葉と合わせるとおよそ二二回に及ぶ。先に触れた通り、テスでさえ「売春婦」と見なされたご時勢である。しかし、エンジェルのような男性は性的過失が看過されたので、「善良な男」などと言う陳腐な表現はこの劇では一度も使用されていない。

さて、ダーリントン卿は「愛は人を変える——私は変わったよ」(III. 361)（傍点は原文）と言い、「愛の清らかさ」(III. 370-1)について語る。しかし、その彼の部屋にウィンダミア卿夫人の「扇」(III. 374)が見付かる。当然、ウィンダミア卿は激しい剣幕で彼に食って掛かり、隈無く捜すと息巻く。激昂した夫の言葉に動転した夫人が動き、それに気付いたウィンダミア卿がカーテンに走り寄り、まさにウィンダミア卿夫人の存在が発覚しそうになる。その刹那、アーリン夫人が姿を現し、ウィンダミア卿夫人の扇を間違って持って来たと謝罪する。居合わせた人々がアーリン夫人に気を取られている隙に、ウィンダミア卿夫人は抜け出す。他方、アーリン夫人は衆目の冷笑を浴び、オーガスタス卿は茫然とする。

翌朝、ウィンダミア卿夫人は昨夜のことが気掛かりで仕方がない。メイドに聞けば、夫は朝五時頃に帰宅して扇のことで何やら言っていたらしい。アーリン夫人が身代わりになったのは合点が行かず、仮にアーリン夫人が真相を話さなかったにしても、夫に真実を話す義務があると彼女は信じて疑わない。他方、ウィンダミア卿は義母の「公の汚名」(IV. 30) が歴然となった今や、妻を気遣って気分転換にセルビーへ出掛けようと提案する。ところが、ウィンダミア卿夫人はアーリン夫人に礼を一言述べたいと言う。すると、夫は昨夜のアーリン夫人の行状を仄めかす。堪り兼ねた妻が真相を告白しようとした矢先、アーリン夫人が例の扇を返却するために来訪する。アーリン夫人は「とても危険な女」(IV. 97-8) だからウィンダミア卿が応対しようとするが、当のアーリン夫人が姿を見せ、次のように別れの挨拶に立ち寄ったことを告げる。

アーリン夫人　ええ、私また外国で暮らすの。英国の気候は私に合わないわ。私の――心臓《ハート》がここでは冒され、好きじゃないの。南の方で暮らす方がいいわ。ロンドンはあまりに霧が多いし――それに真面目な人もね、ウィンダミア卿。霧が真面目な人を作り出すのか、それとも真面目な人が霧を発生させるのか分からないけれども、でもすべてがずいぶん私の神経に障るのよ。だから今日の午後、遊覧列車で発つの。(IV. 115-22)

アーリン夫人は昨夜恐ろしい体験をし、自分にも「心」(IV. 240, a heart) があると分かったが、「心」なんて現代のドレスに似合わないと極言する。ダンディの女性版とも言うべきアーリン夫人の英国脱出宣言は圧巻である。彼女は、ウィンダミア卿夫人に坊やの写真を頂けないかしら、あるいは昨夜の善行の記念に扇を頂だきたいなどと発言して、別れ際に感傷的な面を露呈する。しかし、彼女は馬鹿げた現代小説の登場人物のように「修道院に隠遁するか病院の看護婦」(IV. 245-6) になって「悔い改め」(IV. 250) の余生を過ごそうとは決して思わない。それどころか、彼女はこれからの人生を「快楽」(IV. 250, pleasure) に生きると明言する。

このアーリン夫人は、娘が外務省に勤める金持ちと結婚したと知って「恐喝」(IV. 196-7) したと難じるウィンダミア卿や、理想の母親像を失えばすべてを失うと語るウィンダミア卿夫人と一線を画する個性的人物である。確かにウィンダミア卿夫妻は真面目だが、アーリン夫人と比較すると、度量の狭いステレオタイプの人間に映る。このアーリン夫人の人物造形の妙こそが、いかにもワイルドらしいと言える。

愛、理想などと言う観念でこの世を美しく見せ、自らもそう思い込むことは、真実を覆い隠すことになるとは、ウィンダミア卿夫妻には想像もつかないであろう。「理想は危険なものよ。現実の方がいいわ」(IV. 304) と語るアーリン夫人は、夫妻に真相を明かさずに暇乞いしようとする。その折に、姿を見せたオーガスタス卿をアーリン夫人は捉え、扇を持たせて馬車まで見送らせる。彼女が立ち去るのは、過去の罪を昨夜の「犠牲」(IV. 328) で償い、娘の情操教育を行って母親の責務を果したからかも知れない。ともかく、ウィンダミア卿夫人は「教訓」(IV. 33, a lesson) を学び、自らの狭量なピューリタン的良心に気付き、「私たち皆に同じ世界があり、善と悪、罪と無垢が相伴ってこの世を通り過ぎるのね」(IV. 389-91) と発言する女性に変貌している。

ウィンダミア卿夫妻がバラの花咲くセルビーに出掛けようと話している所に、オーガスタス卿が戻り「彼女がすべてを説明してくれたよ」(IV. 402)と告げる。そのため、夫妻は、すべてが露見したと驚愕する。しかし、オーガスタス卿は、昨夜ダーリントン卿のアパートに彼女が居たのは結婚の承諾をいち早く自分に知らせるためだったと言う彼女の言い訳を得意げに披露する。続けて、彼はアーリン夫人が打って付けの女性と賞讃し、結婚の条件は英国以外の国で暮らすことである、と恭しく告げる。そんなオーガスタス卿に、ウィンダミア卿は「とても賢明な女性」(IV. 419)と結婚すると前祝いし、夫人は「とても善良な女性」(IV. 420)と結婚なさるのね、と祝福して幕となる。

おわりに

作者はこの劇の原稿をアレクサンダーに手渡す際に「ピンクのランプシェードのあるモダンな客間の劇の一つ」(Bird 93)と評している。この「ピンクのランプシェード」と言う表現は、アーリン夫人の台詞の「マーガレットは二一歳で、私も二九歳以上と決して認めたことがないのよ。せいぜい三〇歳位までだわ。ピンクのシェードがある時は二九歳、ない時には三〇歳なの」(IV. 232-4)に照応する。この台詞は、我が娘の一大事に直面して初めて「母親の感情」(IV. 225-6)に目覚め、一つの「幻想」(IV. 239)を失ったと語るアーリン夫人が、今まで通り子供なしで、「快楽」に生きると表明する場面のものである。

このアーリン夫人について、ワイルドはアレクサンダーに宛て「彼女は女策士で、ココットではない」(CL 515) と述べている。ワイルドの劇にはココット（娼婦）まがいの「女策士」(adventuress) が登場し、女性の魅力を武器に金と権力を得ようと目論む。その最初の女性がこのアーリン夫人である。そして、彼女はダーリントン卿よりもダンディぶりを発揮する。「善良な女」のウィンダミア卿夫人を象徴するのが「無垢」を表す「青色」とすれば、「仮面」(III. 149) に隠れたアーリン夫人を象徴するのは、「官能性、情動、歓喜、青春」を表す「ピンク」(de Vries 367) になる。「特に英国市場を当てにした、不道徳なフランス小説の豪華版」(II. 188-90) に見えるアーリン夫人は、娘の情操教育のためにピューリタニズムの英国へ舞い戻ったとも考えられる。そして、「善良な女」の典型のウィンダミア卿夫人をして「とても善良な女性」と評させるアーリン夫人は、英国脱出宣言をし、オーガスタス卿と外国で結婚生活を送ると言う。彼女は「南方で暮らす方がいいわ」(IV. 117) と発言しているので、カトリシズムへの憧憬から「ローマ」(II. 165) で暮らすのではないだろうか？

そのアーリン夫人の引き起こした「ヴィースバーデン事件」(III. 234)、あるいはベリック公爵夫人が浮気防止のために出掛けるよう助言する「ホンブルク」(I. 271-2) は、『サロメ』（一八九二）上演禁止の後にワイルドが静養した都市を想起させる。そう言えば、ダーリントン卿も英国を去ることになっている。『サロメ』上演の禁止でフランスに帰化すると豪語した作者の、偏狭な英国への当て擦りが窺われる。

それはさておき、作者はヴィクトリア時代の社会通念を下敷きにし、奇抜にその理想と現実を突き、「善良な」とは一体何であるのかを聴衆に突き付ける。ここで注目すべきは、ウィンダミア卿夫人とアーリン夫人である。前者が「天上的な存在」の「善良な女性」とすれば、後者は「地上的な存在」の「善良な女性」である。

また、誘惑者の役柄に甘んじるダーリントン卿は、妻に永遠の無垢を垣間見るウィンダミア卿に近い人物である。ダーリントン卿は、小説「アーサー・サヴィル卿の犯罪」（一八八七）のアーサーと同系列の男性である。他方、ウィンダミア卿夫人も、その小説に登場するシビルのように、聖母マリア的な女性である。このような女性に、今や「官能性」を象徴する「ピンク」の女性のアーリン夫人が加わったのである。この劇とほぼ同時期に作者が執筆した『サロメ』の女主人公が「聖娼婦」への道を開き、ここに「地上的な存在」の女性がワイルドの作品に登場したと言える。

極論すれば、「官能性」を象徴する「ピンク」の、「黒髪」で「無垢な表情」のアーリン夫人は、「地上的な存在」の「聖娼婦」である。このアーリン夫人の魅力には「天上的な存在」のウィンダミア卿夫人も脱帽らしく、男を虜にするには「男性の中の最も悪しきもの」(III. 9)、つまり「情欲」に訴えればよい、と肉感的なアーリン夫人に言及している。そのアーリン夫人が夫に選ぶのが、ベリック公爵夫人の兄弟で離婚歴が二度ある「染めた髪」(III. 259) のオーガスタス卿である。オーガスタス卿は友人から「タッピー」(III. 203, Tuppy) と呼ばれ、「性的な人物」(Behrendt 143) とからかわれている。彼はフォールスタッフのように太り、「忌まわしい」(II. 66, demmed) と言う語を一六回ほど連発する男性である。後年、ワイルドは白髪交じりになると、獄中から友人のM・エイディ（一八五八―一九四二）にへアートニックのココ・マリコパスの大瓶を依頼している (*CL* 809)。この商品はベストセラーであったが、多くの人々にとって染髪は化粧と同様に必ずしも好ましいとは見なされていなかったのである (Marsh 33)。

最後に、女性問題が「家庭」を巡って論議された時代に、作者は「官能性」を象徴するアーリン夫人をテスと同様に「善良な女性」と提示しようとしている。ヴィクトリア朝社会の本質は個人の欲望の抑圧にあったので、作者は疎外された「肉体」の復権を求め、快楽原則への復帰を願ったのであろう。その快楽原則に従うアーリン夫人こそ、作者の願望の意識化された人物、「心」を見せない「仮面」を被った、ダンディの女性版と言える。

引用文献

Barret-Ducrocq, Françoise. *Love in the Time of Victoria*, trans. John Howe. Middlesex: Penguin Books, 1992.

Behrendt, Patricia Flanagan. *Oscar Wilde: Eros and Aesthetics.* London: Macmillan Academic and Professional, 1991

Bennett, Michael Y., ed. *Oscar Wilde's Society Plays*. New York: Palgrave Macmillan, 2015.

Bird, Alan. *The Plays of Oscar Wilde*. London: Vision Press, 1977.

Cox, R. G., ed. *Thomas Hardy: The Critical Heritage*. New York: Barnes & Noble, 1970.

de Vries, Ad. *Dictionary of Symbols and Imagery*. London: North-Holland Publishing Company, 1976.

Donohue, J. with Berggren, R, ed. *Oscar Wilde's The Importance of Being Earnest*. Gerrards Cross, Bucks: Colin Smythe, 1995.

Goldfarb, R. M. *Sexual Repression and Victorian Literature*. New Jersey: Bucknell UP, 1970.

Hardy, F. E. *The Life of Thomas Hardy*. London: Macmillan Press, 1962.
Houghton, W. E. *The Victorian Frame of Mind*. London: Yale UP, 1957.
Jalland, Pat. *Women, Marriage and Politics: 1860-1914*. Oxford: Oxford UP, 1988.
Langtry, Lillie. *The Days I Knew*. Tokyo: Athena Press, 2010.
Marsh, Madeleine. *Compacts and Cosmetics*. South Yorkshire: Pen & Sword Books, 2014.
Purdy, R. L. and Millgate, M., eds. *The Collected Letters of Thomas Hardy*, Vol. I. Oxford: Oxford UP, 1978.
Small, Ian, ed. *Lady Windermere's Fan*. 2nd ed. London: A & C Black, 1999.
Von Eckardt, Wolf *et al*. *Oscar Wilde's London*. London: Michael O'Mara Books, 1988.
Worth, Katharine. *Oscar Wilde*. London: Macmillan Press, 1983.
角山　榮、川北　稔（編）『路地裏の大英帝国』平凡社、一九八二年。

4 『何でもない女』について

はじめに

ワイルドの最初の風習喜劇『ウィンダミア卿夫人の扇』は、セント・ジェイムズ劇場で幕開きとなった。この劇は、作者が「二人の美人」(*CL* 90)と呼ぶその一人、女優L・ラングトリー(一八五二―一九二九)のために書かれた(Mikhail 263)。そして、もう一人の「美人」のロンズデール卿夫人(一八五九―一九一七)に献呈されたのが『何でもない女』(一八九三)で、ヘイマーケット劇場で初演された。

これらセント・ジェイムズ劇場とヘイマーケット劇場は一八九〇年代に最も著名な劇場で、前者の劇場では「優雅で裕福な人々がストール、ドレス・サークル、二つのボックス席を占め」、「そこ[ヘイマーケット劇場]に通ったのは、いわゆる『最上流階級』のみではなかった。と言うのは、この劇場はロンドンの社交界の中心になっていたから」(qtd. Gagnier 107)である。これらの劇場の客層は、ミュージックホールのエンパイア劇場(『真面目が肝心』〈一八九五〉で言及され、売春婦の悪名高いたまり場があった)が引き付けた下層階級の客層と桁外れである。と言うのも、S・

マージットソンが指摘するように、「育ちのよい婦人の姿は、ミュージックホールの観衆の中に見られることは決してなかった。――娯楽が俗悪すぎた」(202) からである。

このような社交界の客層に対して作者は華やかな社交界の舞台に「過去のある女」を登場させている。これは、「時には『堕落した女たち』でさえ社交界へ進入できた。現に社交界では、彼女らが余興の種となると分かった」(*Life* 819) と言うL・エデルの説明で納得できる。

また、当時はフェミニズムの嵐が吹き荒れ、自由恋愛を標榜する「新しい女」が出現している。実際、ワイルドは「私の新しい劇［『何でもない女』］では、ほとんど全く男性の役柄がない――それは女性の劇である」(*CL* 558) と述べている。そして、この劇で作者はアメリカ女性のヘスター・ワースリーを登場させている。それゆえ、作者が描いた「女性の劇」を、「国際的状況」と女性の服装の観点から検討したい。まず、この劇の「国際的状況」の設定を作者の意匠から探ることにしよう。

I

ワイルドは、ヘイマーケット劇場の支配人兼俳優のH・B・トリー（一八五三―一九一七）に宛て、一八九二年九月一日頃に次のようにしたためている。

［・・・］第三幕もほとんど仕上がり、せいぜい一〇日か二週間でこれを万端整ったものにできると思

う。今までの所、これにとても満足している。

私は既にアメリカでの上演の優先権を売り渡している。彼らはシカゴ万国博で二つの新しい劇、サルドゥーの劇と私の劇を上演したいのだと思う。(CL 535-6)

ところが、ワイルドの劇はシカゴ万国博の開期中（一八九三年五月一日～一〇月三〇日）に上演されず、ニューヨークの劇場で上演されたのは同年一二月一一日である。しかし、作者がシカゴ万国博（会場はジャクソン公園）を念頭に置いたことを示唆する台詞がある。それは、記憶喪失気味のハンスタントン卿夫人が語る「それは何かしら、あなた?ああ、なるほど、それは妙な名前のあの場所での鉄の万国博のことでしょう?」(II. 255-6) である。また、K・ワースは、登場人物のへスターから連想されるように、作者がN・ホーソーン（一八〇四―六四）の『緋文字』（一八五〇）を意識していたことを、次のように指摘している (110)。

この小説の戯曲は数年前にロンドンで上演されている。ワイルドはニューイングランドのあの狂気じみたピューリタニズムに対する彼の遠回しの言及を聴衆が見付けてくれることを明らかに期待した。[・・・] アーバスノット夫人の名前がアと言う文字で始まるのも、恐らく全くの偶然ではない。

このように、ワイルドが『緋文字』を念頭に置いた可能性は十分にある。それに、作者は一八八二年から一年間ほどアメリカに講演旅行に出掛けている。その旅行は、アメリカの文化的風土に精通する機会を作者に与えたことは間違いない。また、その講演旅行中に作者が「ボストンの若き令嬢と婚約して結婚する」(Mikhail 99) と誤報されたことがあった。

それはさておき、ボストン出身のヘスター以外に、アメリカ娘が登場する彼の作品が一つある。それは、中編小説「カンタヴィルの幽霊」(一八八七) である。この小説に登場する一五歳のヴァージニアの心性はこの劇のヘスターに相通じる所がある。しかし、先述した通り、「ロンドンの郊外で生まれた」(62) ヴァージニアは、生粋のアメリカ娘のヘスターと違って、英国の文化的土壌を理解できる人物に設定されている。

その「カンタヴィルの幽霊」と同様、この劇でも英国とアメリカの文化的差異がコミカルに浮き彫りにされる。さらに、その小説の語り手の「私」が語るように、英語は英国とアメリカで異なるので、英語の相違を際立たせるために作者がアメリカ娘を登場させた可能性もある。と言うのは、ロンドンで上演されたH・ジェイムズ (一八四三―一九一六) の劇『アメリカ人』(一八九一) で、ジェイムズはカリフォルニア出身の主人公ニューマンの発音を、例えば 'want' は 'wauhnt' と発音するように指示しているからである (Edel, *Plays* 228 n)。また、この『アメリカ人』はストランド街のオペラコミック劇場で一八九一年九月二六日から七〇回上演され、英国皇太子 (後のエドワード七世) も観劇して、その評判を高めている。

この当時「『初めて社交界に出る』ため、そして、貧乏な高貴な夫を恐らく見付けるために、ロンドンに来る若くて裕福なアメリカ女性はロンドンのおしゃれな区域の至る所にいた」(Von Eckardt 119) のである。しかし、「孤児」(I. 215) で「ほんの一八歳」(I. 426) のヘスターを登場させた作者の意図は、ただ英国とアメリカの文化的差異、あるいは英語の発音の相違を喜劇仕立てにするためだけだったのだろうか。作者がボストン出身のヘスターを登場させたのには、他に理由がありそうだ。

英国皇太子のエドワードは「彼女たち［アメリカ女性］は独創的で、社交界に少し新風を吹き込むから」(Margetson 119) アメリカ女性を好んでいる。実際、この劇でも「独創的」(original) なヘスターは英国の社交界に馴染めず、開幕早々にその直截な言動をカロライン卿夫人に窘められる。そして、ロンドンの晩餐会の雰囲気を嫌うヘスターは、第二幕でその本領を発揮して、「邪悪な」(II. 312) 英国の社交界婦人の瑣談に堪り兼ねて、次のように一席ぶつ。

あなた方は、社交界から優しい人や善良な人を締め出しています。純真な人や純潔な人を嘲笑っています。あなた方すべてがなさっているように、あなた方は他人のやっかいになり、他人によって生かされていながら、あなた方は自己犠牲を冷笑しているのですよ。［・・・］ああ、あなた方の英国の社交界は、私には浅薄で利己的で馬鹿げたものに思えます。(II. 261-71)

この発言に対し、ハンスタントン卿夫人はヘスターを賞賛したウェストン卿を引き合いに出し、それとなく彼女を宥めようとする。しかし、「痛ましいほどに自然な」(II. 244) ヘスターには逆効果である。「恐ろしい過去」(II. 283) を持ちながら制裁を受けないウェストン卿をヘスターは誹謗し、「彼のために身を滅ぼした人たちはどうなるのですか?」(II. 284-5) と男女の性差別の二重標準を糾弾する。このヘスターに、作者は遺憾なく本領を発揮させている。しかし、「古風なニューイングランドの考えを抱く、あのピューリタンの少女」(112 n) のヘスターが振り翳す勧善懲悪の鉾先は「身を滅ぼした人たち」にも向けられ、彼女は「罪を犯した女性はすべて罰せられよ」(II. 287-8) と息巻く。そこへ登場するのがアーバスノット夫人である。

この筋立てにするため、作者はボストン出身の「ピューリタンの少女」を登場させたのである。ヘスターを登場させた作者の真意は、ピューリタニズムを風刺するためなのである。このことは、作者自身が講演「アメリカの印象」(一八八三) で次のように語っていることから推測できる。

もし英国のピューリタニズムがどういうものなのか——最悪の状態 (そうであればとてもひどい) ではなく、最善の状態だが、それにしても大してよくないが——を実感したければ、ピューリタニズムの多くを英国では見付けられないと思うが、ボストンやマサチューセッツの辺りではその多くが見受けられる。我々はそれを取り除いている。アメリカは今なおそれを保持しているが、それは短命な骨董品だと思いたい。(Ellmann 8-9)

作者が「英国のピューリタニズム」を取り除くために、どのような場面を設定し、どのような人物を配しているのかを次に見ることにしよう。

II

この劇の舞台は「英国中部諸州」で、大都市のロンドンではない。『ドリアン・グレイの肖像』(一八九〇) でヘンリー卿がいみじくも「誰だって田舎では善良になれる。そこには何の誘惑もないからね」(154) と語る「田舎」(the country) が舞台である。実際、第三幕までの舞台はカントリーハウスで、最終幕は田舎町ロックリー（架空の町）が舞台となる。そのため、カントリーハウスに滞在する社交界の人士が登場し、この劇でも「自然」と「人工」の対比が鮮明になる。

例えば、ヘスターとジェラルドが美しい「自然」の中を散歩するのに対し、「人工」の世界を体現するイリングワース卿とアロンビー夫人は曰くありげに「温室」(I. 302, the conservatory) へ行く。そして、「そこには七つの大罪のように美しい蘭」(I. 303-4) が咲いている。「この上なくエロチックな花は蘭であった。その異国情緒と示唆的な肉付きのよい形状がそれを花の中で最もデカダントなものにした」(Wood 70) のである。しかも、アロンビー夫人に唆されたイリングワース卿は「ピューリタン」のヘスターにキスする黙約をする。この二人は、「自然な」(II. 244) ヘスターと「とても純真な」(I. 46) ジェラルドと好対照である。そして、ヘスターやジェラルドが有する牧歌的な雰囲気は、ロンドンの社交界の退廃した世界と対峙する。

第一幕はハンスタントン・チェイスと言う「カントリーハウス」(I. 1) である。カントリーハウスと言えば、「土曜日から月曜日にかけてのカントリーハウスのパーティー（週末のパーティーについて語るのは俗悪だった）は、泊り客に不義の情事に耽ける素晴らしい機会を提供した」(Margetson 50)。この「不義の情事に耽ける素晴らしい機会」を作者は『理想の夫』（一八九五）のチーヴリー夫人に「あの全く退屈な楽しみの一つ」(III. 426) と評させている。しかし、この劇の『何でもない女』は「九月」(17 n) の「火曜日」(III. 283) の午後頃から翌日までを扱っている。とは言っても、ジェラルドとヘスターが散歩に出かけた後の人々の会話は、まさしくスキャンダラスである。例えば、「四人目（の夫）」(I. 386) のジョン卿が未亡人のスタットフィールド卿夫人の外套を気遣う様子を見せると、妻のカロライン卿夫人の「婚姻上の不安」(I. 386) が笑劇風に諷刺される。改訂版の『ドリアン・グレイの肖像』（一八九一）でも、女性の結婚への熱情を戯画するためにマダム・ド・フェロールの「四人目（の夫）」(317) が紹介されている。この小説の改訂版は一八九一年四月に出版され、その前年の七月にフランク・レズリー夫人（一八三六—一九一四）に出会ったウィリアム（ワイルドの兄）は一八九一年一〇月に三九歳で一六歳も年上の夫人の四人目の夫となっている。また、母親ジェーンのワイルド宛ての一八八三年の手紙に「フランク・レズリー夫人を訪ねたらどうなの」(*LO* 102) の言葉と共に、彼女の滞在しているウェストミンスターのウィンザーホテルの名前が見受けられる。と言うのも、ワイルドは前年のアメリカ講演旅行中にニューヨークで出版社を経営するレズリー夫人に出会っているからである。それゆえ、先の風刺はワイルドが兄の結婚事情を念頭に置いた可能性がある。そして、レズリー夫人はウィリアムの酒浸りと姦通の理由で一八九三年に離婚している。

それはさておき、下院議員のケルヴィル氏が登場すると、「今日では実に国家的重要性のある唯一の話題」(I. 169) である「純潔」(I. 166) が持ち出される。そこへ、「私の知っている唯一真面目な知的形態は英国の知性だ」(I. 293-4) と皮肉る「ダンディ」(III. 56) のイリングワース卿が登場する。彼は『ドリアン・グレイの肖像』（一八九〇）で「ただ二種類の女性、地味な女と彩色の女しかいない」(38) と語るヘンリー卿と酷似の「ダンディ」である。こうなると、「我が英国の家庭生活の美」(I. 327) が「我々の道徳体系の支柱」(I. 331) と説くケルヴィル氏と、「人は人生の喜び、美、色彩に共鳴すべきである」(I. 257-8) と語るイリングワース卿は到底相容れない。「女性は公私共にいつも道徳の味方である」(I. 179-80) あるいは「女性は私生活同様、公的にも男性の知的伴侶である」(I. 335-6) と主張する、妻子持ち（子供は八人）のケルヴィル氏にとって、「とても邪悪な」(I. 186) イリングワース卿は「結婚の絆の尊厳」(30 n) を軽視し、「女性を単に玩具と見なしている」(I. 334-5) としか思えない。

やがて、第二幕でレイチェル・アーバスノット夫人が登場する。この女性の手紙の筆跡を見たイリングワース卿は、かつて同棲した女性を想起し、彼女を「何でもない女」(I. 510-1) と酷評する。これがこの劇の題名となっている。このレイチェルは「とても宗教的な」(III. 47) 素振りをせざるを得ない「過去のある女」である。そのため、彼女はドーブニー師の「片腕」(I. 373) と世間で映る素振りをしている。作者はこの劇の最終幕を友人に読み聞かせた際に、「私はこの状況を『ファミリーヘラルド』誌から取った」(Pearson 249) と語っている。この雑誌は労働者階級向けの婦人雑誌である。そのため、作者には珍しく「年収一〇〇ポンドのしがない銀行員」(III. 388) のジェラルドが彼女の息子なのである。

さて、イリングワース卿と「生まれは令嬢」(284, a lady by origin) のレイチェルの馴れ初めは、二〇年前に遡る。当時二一歳の彼が一八歳の彼女に出会ったのは、彼女の父親の家の「庭」(II. 550) である。それからパリで「一年間」(94 n) 同棲したイリングワース卿は、子供が生まれる前に結婚して欲しいと言う彼女の懇願も、また、結婚するのが義務と主張する実父の諫めも聞き入れず、実母のセシリアの忠告通りにレイチェルと結婚しなかった。

こうして、二〇年の歳月を経て「恐るべき偶然」(II. 617)のため、しかもそれを知らぬ実子の紹介で二人は再会する。イリングワース卿は「全く気に入った」(I. 39)ジェラルドを息子と知らずに「私設秘書」(II. 459)にとジェラルドに申し出ていたのである。四年ほど前に伯爵の称号を継いだイリングワース卿は、これまでの人生は「全く完璧な」(II. 532)ものと思っていたが、突然の息子の出現により「何か欠けていた」(II. 533)ことに気付く。つまり、彼は父性愛に目覚め、ジェラルドに執着するのである。

しかし、レイチェルは、息子を手放すつもりなど毛頭ない。とは言っても、彼女は息子を「善良な男」(II. 605, a good man)に育てたため、自らの過失を告白できない。ジェラルドが意中のヘスターを想ってイリングワース卿の私設秘書になる意向を示すと、彼女には反対する正当な理由がない。

第三幕は、イリングワース卿とジェラルドが親しげに語る場面から始まる。ジェラルドが学歴も資格もない身の上を憂慮すると、イリングワース卿は「いかに生きるべきか」(III. 131-2)を彼に伝授する。その際、「人生についての古風な理論」(III. 53)で育てられた息子を矯正するため、彼は処世術を説いて「表層の哲学」(III. 62, the philosophy of the superficial)を鼓吹する。ジェラルドは「こんなに幸せなことは今までなかった」(III. 359-60)と時の経つのも忘れるほどである。

他方、ヘスターは楽しく語らう二人を目にして落ち着かない。と言うのは、彼女は「アロンビー夫人が嫌い」(I. 28)と同様、「不道徳な」(III. 259, immoral)イリングワース卿も嫌いだからである。それゆえ、将来の展望が開けて喜ぶジェラルドに彼女だけは祝いの言葉を述べない。そして、息子を手放したくないレイチェルの気持ちを察したヘスターは、彼女に息子を諦めないようにと如才ない。そのため、レイチェルは息子にイリングワース卿とインドに行かないように懇願する。ジェラルドが、イリングワース卿の私設秘書になればヘスターに結婚の申し込みができる抱負を語ると、レイチェルはヘスターの「人生に対する見解」(III. 391) を知っているので、ヘスターへの想いは絶った方がよいと諭す。すると、ジェラルドは「私の野心」(III. 392) だけは捨てないと固執する。果ては、「まさにイリングワース卿のようになれたら何でも惜しまない」(III. 402-3) と息子が言い出す始末である。そのため、レイチェルはイリングワース卿が「悪い男」(III. 407, a bad man) であることを悟らせようと、ある女性の事例と偽って次のように息子に語り掛ける。

彼はその娘に自分を愛するように仕向けたの。とても愛するように仕向けたので、彼女はある朝彼と一緒に彼女の父親の家を出たの。［・・・］それに、彼も彼女と結婚すると約束していたのよ！［・・・］彼女は生まれる子供に名前が授かるように、彼女の罪が無垢な子に報われないように、子供のために彼女と結婚するように懇願したの。彼は拒絶したのよ。［・・・］彼女はひどく苦しんだわ。今も彼女は苦しんでいるの。彼女はいつまでも苦しむわ。(III. 436-50)

レイチェルの予期に反して、ジェラルドは「その娘もイリングワース卿とちょうど同じほどに悪い」(III. 460) し、「いやしくも上品な感情のある娘」(III. 461-2) なら「結婚してもいない男性と一緒に彼女の家を出て行く」(III. 462-3) ことはないと直裁である。そのため、彼女は即座に異議を撤回する。折も折、「言い寄られて少しも喜ばない女性など、この世にいないと思う」(I. 443-4) と豪語していたイリングワース卿が、ヘスターを「改宗させる」(II. 442, convert) ためにキスの約束を実行に移す。

美しい月夜の一〇時半過ぎのことである。「私を放して!」(III. 471) と叫ぶヘスターが「彼から私を救って!」(III. 472) とジェラルドの胸に飛び込んでくる。そこへ現れたイリングワース卿を彼女が指さすと、「神の地で最も純潔な人」(III. 476-7) を侮辱されたジェラルドは彼を殺すと憤る。そんなジェラルドを捕え、レイチェルは「彼はあなた自身のお父さんよ!」(III. 484) と口走ってしまう。

この出来事を知らないハンスタントン卿夫人とアロンビー夫人は、前夜気分が優れずに帰ったレイチェルを見舞う。この第四幕でレイチェルの「幸福な英国の家庭」(IV. 16) が紹介される。そこにイリングワース卿がいるのを想像してみたい、とアロンビー夫人が皮肉るレイチェルの「素敵で古風な」(IV. 15) 居間は、「蘭、外国人とフランスの小説」(IV. 28) が備わったロンドンの女性の部屋と異なり、「新鮮な自然の花、人に衝撃を与えない本、人が赤面しないで見ることのできる絵」(IV. 29-31) がある。ハンスタントン卿夫人のこの台詞で言及される「人が赤面しないで見ることのできる絵」は、ヌード画以外の絵画を示唆する。と言うのは、一八七〇年代に起こった社会の浄化運動はヌード画を退廃したフランスの悪影響と見なしたからである (Smith 158)。

さて、ジェラルドがいつインドに発つのかが話題となるが、ジェラルドはイリングワース卿の私設秘書になるのを断念したと即答する。驚いたハンスタントン卿夫人が詰問すると、彼は母親の許を去りたくないからと答える。そこへ、頭痛のために面会できないレイチェルの謝辞をメイドが伝えると、ハンスタントン卿夫人は母子家庭の境遇を憐れみ、「綺麗な庭」(IV. 99)を通ってアロンビー夫人と立ち去る。その後、レイチェルが姿を見せると、ジェラルドは父親宛てに手紙をしたためたと言う。彼の理屈では、母親は「イリングワース卿の正式の妻」(IV. 129, Lord Illingworth's lawful wife)にならなければならない。彼女が彼と結婚などしないと主張しても、ジェラルドはイリングワース卿が「さらに[女性を]騙さないように、世間のすべての他の女性」(IV. 171-2)のために結婚すべきだと主張する。そう言われた彼女は、前夜の「善良な」(IV. 176, good)ヘスターの振る舞いを引き合いに出し、同性からも同情を得られずに孤独だった身の上を語る。しかし、「あなた[レイチェル]が私に教えた宗教」(IV. 189-90)を信じるジェラルドは、結婚するのがレイチェルの「義務」(IV. 265)と固執する。

この時、二人の会話を秘かに聞いていたヘスターが飛び出してくる。と言うのも、ヘスターは、レイチェルの言い分に共感したからである。そして、彼女はレイチェルを抱き締め、一緒に「海を越えた他の国、より素晴らしく、より賢明で、ここほど不公平でない国」(IV. 269-70)へ参りましょうと提案する。このヘスターの言動で非を悟ったジェラルドは、母親の許しを乞う。しかし、レイチェルはそれに注意を払わず、息子を愛していると言うヘスターにこう語り掛ける。

アーバスノット夫人　でも、私たちは汚名を受けているのよ。私たちは追放人と見なされているわ。ジェラルドには名前がないのよ。親の罪は、子に報われる。それが神の法なの。

ヘスター　私が間違っていました。神の法は愛です。

アーバスノット夫人〔立ち上がってヘスターの手を取り、頭を両手に埋めてソファーに横たわるジェラルドの所にゆっくり行く。彼女が触れると、彼は見上げる〕ジェラルド、あなたに父は授けられないけれども、奥様をお連れしたわよ。(IV. 311-6)

こうして、ジェラルドとヘスターが喜び勇んで「庭」へ出ると、入れ替わりにイリングワース卿が仲直りのためにやってくる。そして、息子の「手紙」(IV. 414) を盗み見た彼は、ジェラルドを取り戻すためなら結婚すると誓約する。しかし、彼女はその申し出をきっぱりと拒絶する。仕方のない彼は、別れ際に「あなたが愛したように私を愛した女性は決していなかったよ。〔・・・〕あなたは、玩具の中で一番綺麗で、ちょっとしたロマンスの中で最も魅惑的だったよ」(IV. 477-80) と語り掛ける。さらに、彼は予期せぬ再会に触れて「面白い経験だったね、自分と同じ階級の人々の間で出会うなんて。その上、全く真剣に処遇したなんて。自分の情婦と自分の――」(IV. 483-5) の発言を終えないうちに、強かに「手袋」で顔面をレイチェルに殴られる。彼はジェラルドを「私生児」(bastard) と言おうとしたからである。こうして、イリングワース卿はすごすごと立ち去って行く。

ほどなく、ジェラルドたちが啜り泣くレイチェルの所に戻ってくる。跪づくジェラルドに「私の息子!」(IV. 489) と呼び掛ける彼女の所へ、ヘスターも来て「私をあなたの娘にしていただけます?」(IV. 490-1) と尋ねる。「私を母に選んでくださるの?」(IV. 492) と見上げる彼女に、ヘスターは「私の知っているすべての女性の中から、あなたを［母に選びますわ］」(IV. 493) と答える。

三人が庭へ出ようとして、ジェラルドは落ちている手袋に気付く。彼は「お客様がおありだったのですね。誰だったのです？」(IV. 494-5) と尋ねる。レイチェルが「何でもない男よ」(IV. 496) と答え、幕が閉じる。

「心は傷つくことによって生きるの」(IV. 296) と語るヘスターたちは、「壁で囲まれた庭」(II. 620) に別れを告げる。このように、「庭」は楽園との連想で描出され、ヘスターやジェラルドが有する牧歌的な世界は、ダンディのイリングワース卿が喚起する世界と対峙する。ダンディズムは「ピューリタニズムに対する異教徒の応戦だった。ダンディズムはいつもそういった応戦の性質を帯びている」(Jackson, *Nineties* 111) のである。その「応戦」(reply) で、ヘスターもジェラルドも精神的変貌を遂げる。特に、「非常に端麗な」(II. 492, excessively handsome) レイチェルは、あたかも決闘するかのように、イリングワース卿の顔面を手袋で殴って女性の尊厳を示している。しかしながら、彼女も「心は傷つくことによって生きる」ことを認識せざるを得ないのである。

三人の精神的変貌の起爆材となるのは、「未来はダンディのものだ」(III. 56) と豪語するイリングワース卿である。第三幕で削除された、ジェラルドに対するイリングワース卿の台詞は次の通りである。

ジェラルド、現代生活の真の敵、人生を我々にとって麗しく、喜ばしく、多彩にするはずのすべての真の敵は、ピューリタニズム、ピューリタン精神なのだ。[・・・] ピューリタニズムは、野蛮人、つまり、自らを自らの恐ろしい犠牲の犠牲者とする、狂った人間の自傷行為の恐ろしい残存物だ。

［・・・］しかし、ピューリタニズムを君はいつも拒絶するのだぞ。それは、紳士の信条ではないぞ。そして、手始めとして、君はいつもダンディであることを君の理想とするのだ。(277)（傍点は原文）

作者がイリングワース卿にそう語らしめようとした理由は、ピューリタニズムが英国に存在していたからである。いかに熱狂的なピューリタンが多かったかは、J・H・バックリーの次の一節からでも明白である。

広範になった読者層の核を構成した新しい「ピューリタンたち」にとっては、性的放縦や結婚の形態をとらない情熱は家庭の安定に対する不変の脅威を意味し、そして、家庭こそが秩序立った共同社会の本質的で確固たる構成単位だと思えたのである。(117)

ダンディズムを体現するイリングワース卿の攻撃の鉾先が「我が英国の家庭生活の美」に向けられたのは当然である。と言うのは、「個人主義の結晶である彼［ワイルド］のダンディズムは、俗物を軽蔑すると同時に、俗物によって作りあげられた道徳をも攻撃した」（山田 268）からである。しかし、結局イリングワース卿も「何でもない男」の役柄を演じなければならない。要するに、この劇は、作者が述べていたように、「女性の劇」だからである。

このように、イリングワース卿は本来のダンディズムを発揮できないが、ダンディの女性版とも言うべきアロンビー夫人は健在である。イリングワース卿がヘスターにキスするように仕向けた彼女の作意と、レイチェルの「幸福な英国の家庭」への彼女の痛烈な風刺を思い出していただきたい。「私たち［女性］は、いつも常識と言う単なる存在に対してピクチャレスクな抗議をしてきたのよ」(II. 138-9)と断言するアロンビー夫人は、ピューリタンの「常識」、つまり、禁欲的な生活様式、特に「古風」で質素な服装に「ピクチャレスクな抗議をして」いるからである。

次に、女性の登場人物の衣装に焦点を移し、この劇を再検討してみよう。作者は「シェイクスピアと舞台衣装」(一八八五)で、「衣装は描写せずして登場人物を表示し、また劇的状況や劇的効果を生み出す手段である」(228)と述べている。その作者はこの劇で「劇的状況や劇的効果を生み出す手段」の「衣装」を見事に演出しているのである。

III

「進歩的な女性は、手織の生地のゆるくてゆったりしたガウン、カシミールの柔らかい毛織物、インドのごく薄い紗、中国や日本の微かに光る絹を好んで、宮廷ドレスメーカーの作る窮屈な流行の服を熱心に処分した」(Margetson 198)のである。作者の妻コンスタンスも「パリが唯一の趣味の根源であった人々を仰天させた、柔らかい色調のリバティー店のゆったりした絹のガウンを着て」(Mikhail 175)茶会に出席している。彼女は、一八八一年創設の合理服協会の活動に関与し、一八八八年にその季刊誌『合理服協会新聞』の創刊号の編集に携わっている(Moyle 142-3)。作者も、『真面目が肝心』（一八九五）で重さ七ポンド以下の「合理服」のことをセシリーに喋らせるつもりであった(Jackson, *Importance* 122)。また、作者は婦人雑誌『ウーマンズ・ワールド』の編集を一八八七年五月～一八八九年七月に担当し、女性の衣装に関して相当な見識があった。

A・バードは「ビアボーム・トリーの管理手腕は、舞台装置や衣装に物惜しみしないことで有名であった。そして、ワイルドは当然それを十分に利用した」(116)と述べている。この劇の登場人物の衣装に関しては、一八九三年四月二六日付けの『スケッチ』誌に掲載の記事「ヘイマーケット劇場のドレス」に詳しい。まず、「宗教的な」レイチェルは「二着のどちらも黒の、厳粛に見えるガウン」を着て登場するが、「それらの衣装は、もちろん、舞台の伝統で言えば、見捨てられた女に相応しく、この劇の浮ついたお洒落な女性たちの艶やかなドレスと対比して、厳しく陰鬱な尊厳さで強烈に際立つ利点があった」(295)。

このレイチェルは「マグダラのマリアのような赤い髪」(Worth 116)であった。そのレイチェルをアロンビー夫人は「黒いベルベットの貴婦人」(II. 490-1)と言及している。短編小説「アルロイ卿夫人」（一八八七）の「赤い髪の」女主人公も「喪服のジョコンダ」(34)と表記されている。「ジョコンダ」は、W・ペイター（一八三九—九四）が『ルネサンス史研究』（一八七三）で論じたダ・ヴィンチ（一四五二—一五一九）の神秘的な絵画を示唆する。この「ジョコンダ」は「蛇女」や「人魚」の系譜の女性で、「一般女性の神秘的な、概して喚起するものとしては悪魔的な諸力」(Auerbach 94)の典型である。そう言えば、童話「漁夫とその魂」（一八九一）でも人魚が登場し、漁夫は人魚のために「魂」を、人魚への愛のために「天国」を譲り渡している。こう考えると、イリングワース卿との別れ際に、二〇年前と同じ表情を口元に浮かべるレイチェルは、「悪魔的な諸力」の「ジョコンダ」になる。

それでは、ヘスターはどうであろうか。ヘスターは、三度衣装を替えて登場するが、彼女の二度目のドレスは「白いサテンで、銀のスパングルで飾られたチュールですっかり被われていた。そのドレス自体は、動く度に煌めき微かに光って可憐だったが、どうも荘重なピューリタンのヘスター・ワースリーにはほとんど相応しくないように思えた」(295) のである。彼女の衣装に関して、イリングワース卿は「白いモスリンを着た」(IV. 374) と語っている。この衣装の色彩について、A・ルーリーは次のように興味深い指摘をしている。

世俗的な生活では、白はいつも純潔と無垢の象徴であった。当然ながら、純白の衣装は赤ん坊やとても幼い子供によって最も頻繁に着用される。それらは、しばしば未婚の若い女性に流行し、時に（一九世紀初期のように）あらゆる年齢の女性に流行している。小説の無垢な女主人公が最初に登場する時には、慣例上白い服を着ている。(185)

その「白い服」を身に纏う「一八歳」(I. 426) のヘスターは、紛れもなく「純潔と無垢の象徴」である。『理想の夫』（一八九五）でもワイルドは、ロバートに妻ガートルードのことを「罪が決して触れることができない」(IV. 511)「すべて善良な物の白い像」(IV. 510-1) に譬えさせている。「一八七〇年までに、サマードレスは絹かモスリンだったであろう」(Lansdell 32 n)。その「白いモスリン」を着て登場する女主人公は、この劇のヘスターに限ったわけではない。W・コリンズ

（一八二四―一八八九）の『白衣の女』（一八六〇）の女主人公ローラ・フェアリーも「白いモスリン」を着ている。その小説で、コリンズは画家ウォルター・ハートライトに「それ［ローラのドレス］は染み一つなく清純で、美しく着こなされていたが、それでもそれは貧しい男の妻か娘が着ても良さそうな種類のドレスであった。そのため、外観に関する限り、彼女は彼女自身の女性家庭教師よりも裕福な境遇ではないように見えた」(46) と語らせている。

それでは、「莫大な財産」(I. 222-3) を有するヘスターはどうであろうか。彼女に関して、記憶喪失気味のハンスタントン卿夫人は「彼女は極めてよい身なりですわ。すべてのアメリカ人は本当によい身なりをなさるのよ。服はパリでお求めですもの」(I. 223-5) と語っている。しかし、実際にそうなのであろうか。ここで、アロンビー夫人の削除された台詞「彼女［ヘスター］に気付かざるを得ないの。彼女はとても質素な身なりなの」(50 n) を想起すべきである。そう言えば、「とても」(very) や「全く」(quite) を多用する癖のある、付和雷同型のスタットフィールド卿夫人の場合も、作者は「かわいそうなスタットフィールド卿にとても献身的であった」(15 n) あるいは「綺麗な」(81 n) など、その人柄や容姿を表す台詞を削除している。そうしながら、作者は生真面目なジェラルド以外の男性たちをわざわざスタットフィールド卿夫人の側に座らせ、アロンビー夫人に「貴族未亡人たち［ハンスタントン卿夫人とスタットフィールド卿夫人］」(II. 342) と発言させている。こうして、作者は社交界の人士の下心を描出する。この表裏のある社交界の様子は、開幕直後、陰で腐していたハンスタントン卿夫人が現われると、カロライン卿夫人が手の平を返したように彼女を褒める姿で浮き彫りにされる。

それはさておき、ヘスターの身なりに話を戻すと、彼女に関する先ほどのハンスタントン卿夫人の台詞は、ヘスターが不在の場面で発せられた皮肉と解釈できる。事実、その直後にアロンビー夫人とイリングワース卿が、人格の評価に用いる「よい」、「悪い」と言う言葉を服装のセンスに用いて、「よいアメリカ人が亡くなるとパリに召される」(I. 226-7)、あるいは「悪い」アメリカ人が亡くなると「アメリカに召される」(I. 230) とからかっている。

このように、質素な身なりの「ピューリタン」のヘスターが嘲笑されるのである。それを証明するかのように、アロンビー夫人が先の言葉の「貴族未亡人たち」(the dowagers) の直後に、「野暮ったい女たち」(II. 342, the dowdies) と言う言葉を使っている。この言葉は、ヘスターとレイチェルに言及したものであろう。と言うのも、「野暮ったさ」(III. 276, dowdiness) と言う言葉を口にするイリングワース卿が第四幕でレイチェルに「もしもあなたがよい身なりをすれば立派なものだよ」(284) と語る設定となっていたからである。

ここで、「黒」と「白」以外の色彩が使用されていることに注目したい。それは「黄色の」(I. 374) 客間である。世紀末の色彩に相応しい「黄色の」客間で第二幕が展開され、「多分ピンクのシェードのランプが灯されていた」(Bird 117) ようである。先述したように、前作の『ウィンダミア卿夫人の扇』(一八九二) は「ピンクのランプシェードのあるモダンな客間の劇の一つ」(Bird 93) である。そして、「世紀末的な人」(IV. 469) に変貌するヘスターの「最後の衣装は [・・・] ピンクっぽい黄色の、なめらかで艶のある絹であった」(296)。「ピンク」は、先述したように、「官能性、情動、歓喜、青春」(de Vries 367) を象徴する色彩である。

こうなると、レイチェルとヘスターを「野暮ったい女たち」と皮肉るアロンビー夫人は、どのような衣装で登場しているのであろうか。彼女の服装に関する言及は、登場人物の台詞には見当たらない。しかし、「黄色の」客間での彼女の服装は次の通りである。

第二幕の彼女のディナードレスは、色もデザインも魅力的であった。ピンクのサテンの長い裳裾は、ワットー風に吊り下げられ、ピンクのバラ花飾りの蔓草模様で縁取られ、裏は黒いサテンであった。恐らく、その組合せは見慣れなかったが、全く成功していた。そのサテンのデコルテのボディスは、漆黒のごく細い線で縁取られ、四角い折返しで仕上げられていた。その折返しは、白いクレープの膨らんだ袖を半ば被い、その袖の上に、さらに多くのバラ花飾りが花輪模様となって垂れ下がっていた。(295)

このように、アロンビー夫人は「白」と「黒」を綯い交ぜにした「ピンク」の「デコルテ」の女性として登場している。『ウィンダミア卿夫人の扇』(一八九二)のアーリン夫人と同様、「ピンク」のアロンビー夫人はレイチェルに首座を譲ってはいるが、実質的に「女性の劇」を牽引しているのではないだろうか。「私たち［女性］は、いつも常識と言う単なる存在に対してピクチャレスクな抗議をしてきたのよ」と断言する彼女は、ピューリタンが旨とする禁欲的で質素な「服装」を揶揄するのである。「今まで一人の夫しか持ったことがないのよ」(II. 54)と語る彼女は、夫アーネストの生真面目を槍玉に挙げ、陳腐な「理想の夫」論などではなく「理想の男性」(II. 148)論を展開する。彼女の口吻から、この後の『理想の夫』(一八九五)と『真面目が肝心』(一八九五)で活写される、ピューリタン的風潮を弾劾する作者の地声が聞こえそうである。

このアロンビー夫人は「私たちが他人の所有物と言われるのは全く筋違いと思うわ。すべての男性が既婚女性の財産なの。それが、実際の既婚女性の財産の唯一本当の定義なのよ。でも、私たちは誰のものでもないわ」(II. 31-4)と、男性優位の社会通念を痛罵し、誰にも束縛されない自由な女性の立場を力説している。この「既婚女性の財産」の法改正に関し、L・C・B・シーマンは「既婚女性財産法案は一八七〇年に通過した［・・・］。一八八二年の別の法令はあらゆる種類の財産のそれぞれの所有の権利を既婚女性に与えた。［・・・］そして、一八九三年の後続の法令は、ついに既婚女性の立場を未婚女性のと同質にした」(181)と説明している。

女性とヴィクトリア朝社会の相関関係をN・アウエルバッハは次のように的確に要約している。

> 天使、悪魔、オールドミスや堕落した女として因習道徳を嘲る力を超自然に授かった生き物は、ヴィクトリア朝の人々が崇めるように育てられた、認知された女性の模範と相容れないと思われる。正式には、尊敬に値する唯一の女性は無私無欲の見本で、愛情を示して影響を与える存在の、娘、妻、母以外には何ら存在しなかった。(185)

ここで注目すべきは、「天使」の系列の女性ヘスターと、「堕落した女」の系列のレイチェルである。この二人は、本来「因習道徳を嘲る力を超自然に授かった生き物」である。特に、レイチェルは「黒」に身を包んだ「ジョコンダ」、つまり、紛れもなく「肉体」を有する「聖娼婦」の系列の女性である。彼女は、ヴィクトリア朝の社会が躍起になって封じ込めようとした「生き物」である。表面上「とても宗教的」に装い、その実「神の家」(IV. 247, God's house)で跪いても罪を悔いないレイチェルは、ジェラルドに「あなたは私にとって無垢以上のものなのよ。私はあなたの母であることの方がむしろいいわ―ああ！むしろずっと！――いつまでも純潔でいるよりは」(IV. 253-5) と断言しているではないか。そう語りながら、彼女は「宗教的あるいは世俗的な禁欲主義と、官能的生活の象徴的拒否」(Lurie 188) の「黒」の衣装に自らの「肉体」を封じ込めているのである。

おわりに

歴史家G・M・トレヴェリアンは「二つの小さな車輪があの危険な『高い自転車』に取って代わるとすぐに、自転車が九〇年代に流行した。このことは、女性を独りであるいは異性と一緒に田舎を駆け巡るのに外に送り出したので、さらに女性を解放した」(185) と述べている。「九〇年代に流行した」自転車は、婦人用自転車に乗る女性の服装を改良したと言う点でもフェミニズム運動と密接な関連がある。フェミニズムの嵐が吹き荒れた当時、ワイルドの描いた「女性の劇」には、自転車に乗る女性（G・B・ショー〈一八五六―一九五〇〉の『ウォレン夫人の職業』〈一八九三〉に登場する）も、喫煙する女性（H・ジェイムズの『アメリカ人』〈一八九一〉、ショーの『恋を漁る人』〈一八九三〉に登場する）も登場していない。

しかし、作者はこの「女性の劇」で女性の服装の観点から「新しい女」を描いている。そして、「ワイルドの見解は衣服改革家の実用的な意図と明らかに一致していたが、また美学的側面があった」(Von Eckardt 211) のである。また、作者はこの劇で「国際的状況」を設定し、英国のピューリタニズムを断罪しようとしている。事実、作者は英国の男女差別の二重標準を勇猛果敢に告発し、「ヴァイオリン」(II. 498) を演奏するヘスターに重要な役割を担わせている。女性がヴァイオリンを演奏するのは「ほんの最近［一八九〇年代］になって社会的に受け入れられるようになった」(Ehrlich 157) ようである。そして、このヘスターの勧めで、レイチェルもジェラルドも「海を越えた国、より素晴らしく、より賢明で、ここほど不公平でない国」へ旅立つことになる。

前作と同様に、作者はこれら三人に偏狭な英国を立ち去らせようとしている。これほど痛烈な風刺があるだろうか。こういった作者の心性には、ギルバートが「芸術家としての批評家」(一八九一) で「我々をコスモポリタンにするのは批評である」(202)、「批評精神と世界精神は同じである」(205) と語るように、歴然とした「批評精神」が脈打っている。

さらに、ピューリタニズムを攻撃するために、作者は、本来ダンディズムを発揮するイリングワース卿を弱体化し、女性のアロンビー夫人にその肩代りをさせている。それゆえ、アロンビー夫人は、攻撃の鉾先を禁欲的で質素な服装に向ける。実際、「ピンク」の「デコルテ」のアロンビー夫人は、「質素な」服装のレイチェルとヘスターを「野暮ったい女たち」と揶揄している。

いみじくも、H・ジャクソンは「その言葉遣い［世紀末］の流行的使用と一緒に、その人気にほとんど全く劣らない『新しい』と言う形容詞が出て来た。そして、それが非常にモダンなことを示すために大いに同様に用いられた」(21) と述べている。「ワイルドは、『モダン』という言葉をさかんに使用し、事実、それは当時の一大流行語であったわけであるが、この語の中にずいぶん色々な意味を含有させていた」（山田 82）のである。実際、ワイルドは一八九四年頃の手紙で「個人的に喜劇は強烈にモダンであって欲しい、そして、私の悲劇は紫衣で歩き、遠き昔のことであって欲しい」（*CL* 626）と述べている。それゆえ、「喜劇は強烈にモダン」であることを願った作者であればこそ、文字通りモダンな「女性の劇」を創出し、「白」のピューリタンのヘスターを「ピンクっぽい黄色の」「世紀末的な人」に変貌させるのである。

引用文献

Auerbach, Nina. *Woman and the Demon*. London: Harvard UP, 1976.
Bird, Alan. *The Plays of Oscar Wilde*. London: Vision Press, 1977.
Buckley, J. H. *The Victorian Temper*. London: Frank Cass and Co., 1966.
de Vries, Ad. *Dictionary of Symbols and Imagery*. London: North-Holland Publishing Company, 1976.
Edel, Leon. *The Life of Henry James*, Vol. 1. Middlesex: Penguin Books, 1977.
———, ed. *The Complete Plays of Henry James*. Oxford: Oxford UP, 1990.
Ehrlich, Cyril. *The Music Profession in Britain since the Eighteenth Century*. Oxford: Clarendon Press, 1985.
Ellmann, Richard, ed. *Oscar Wilde: A Collection of Critical Essays*. London: Prentice-Hall, 1969.
Gagnier, Regenia. *Idylls of the Marketplace*. California: Stanford UP, 1986.
Jackson, Holbrook. *The Eighteen Nineties*. Nr. Brighton: Harvester Press, 1976.
Jackson, Russell, ed. *The Importance of Being Earnest*. London: A & C Black, 1988.

Lansdell, Avril. *Fashion à la Carte*. Bucks: Shire Publications, 1985.
Lurie, Alison. *The Language of Clothes*. New York: Random House, 1981.
Margetson, Stella. *Victorian High Society*. London: B. T. Batsford, 1980.
Mikahil, E. H. ed. *Oscar Wilde: Interviews and Recollections*, 2 Vols. London: Macmillan Press, 1979.
Moyle, Franny. *Constance: The Tragic and Scandalous Life of Mrs Oscar Wilde*. London: John Murray, 2011.
Pearson, Hesketh. *The Life of Oscar Wilde.* London: Macdonald and Jane's, 1975.
Seaman, L. C. B. *Victorian England*. London: Methuen and Co., 1973.
Smith, Alison. *The Victorian Nude.* Manchester : Manchester UP, 1996.
Sucksmith, Harvey Peter, ed. *The Woman in White*. Oxford: Oxford UP, 1973.
Trevelyan, G. M. *Illustrated English Social History*, Vol. 4. Middlesex: Penguin Books, 1964.
Von Eckardt, Wolf *et al*. *Oscar Wilde's London*. London: Michael O'Mara Books, 1988.
Wood, Ghislaine. *Art Nouveau and the Erotic*. London: V & A Publications, 2000.
Worth, Katharine. *Oscar Wilde*. London: Macmillan Press, 1983.
山田　勝　『世紀末とダンディズム』　創元社、一九八一年。

5 『理想の夫』について

はじめに

G・B・ショー（一八五六―一九五〇）と「アイルランド派」(CL 563 n) の劇の競作をしたワイルドは、その作品第五番と呼ぶべき『理想の夫』（一八九五）を仕上げた。作者の回想では、この劇は「私の劇の中で最高の出来映えである」(CL 1135)。この劇までに、作者は『ウィンダミア卿夫人の扇』（一八九二）と『何でもない女』（一八九三）で「過去のある女」を取り上げて成功した。そして、この『理想の夫』がヘイマーケット劇場で初演された一八九五年一月三日に、英国皇太子（後のエドワード七世）が「それ［この劇］」を大いに楽しく観劇し、ワイルドに『それの一言も』削除しないように助言した」(Morley 100)。

この劇で、作者は「過去のある女」の替わりに「過去のある男」を取り上げている。主題の変更に拘わらず、途方もない理想を信奉する「英国のピューリタニズム」(I. 492) を巧みに突く「アイルランド派」のワイルドの態度は終始一貫している。

劇の題名が示すように、ヴィクトリア朝社会はスイートホームの美徳を人々に吹聴していた。

K・パウエルが指摘するように、「一八九〇年代の『理想の夫』を扱った劇は［・・・］演劇の流行以上の産物である。それらの劇は後期ヴィクトリア朝文学やジャーナリズムで継続された白熱した論争に付随し、そのことは男女の結婚と関係と言う伝統ある理想に対して決して以前になかったほどに異議が申し立てられていることを明白にする」(91) からである。

この現象が生じたのは、「純潔で汚れのない女性」(IV. 487) の美徳を、男性にも求める「新しい女」が登場したからである。この劇のガートルード・チルタン卿夫人は、まさしくそういったフェミニストである。彼女は、作者の妻コンスタンスと同様、一八八六年創設の「女性リベラル協会」(II. 277) に所属し、主人に「すべて善良な物の白い像」(IV. 510-1) と呼ばれる。例えば、コンスタンスはワイルドからプロポーズされた二日後に「ああ、オスカー、あなたをどのように愛しましょう・・・あなたの私への優しい愛に対して、それでいながら、私はあなたを私の英雄、私の神と崇拝しています！」(Moyle 74) と書き送っている。それから一一年ほど過ぎた一八九四年六月に、コンスタンスは『オスカリアーナ』（一八九五）の出版を手掛ける既婚男性のアーサー・ハンフリーズ（一八六五―一九四六）に宛て「あなたは理想の夫で［・・・］私は徹頭徹尾の英雄崇拝者で［・・・］私はあなたが好きだったし、あなたに興味を抱いたの」(Moyle 242) と心の内を打ち明けている。そして、作者は妻のこの想いに気付いていたのである (Moyle 245; Edmonds 90)。

さて、コンスタンスを彷彿とさせるガートルードがゴーリング子爵に宛てた「あなたが必要なの。あなたを信頼しているわ。あなたの許に参りますわ」(III. 45) と言う手紙は、「ピンクの便箋」(III. 42) にしたためられている。さらに、「紙巻きタバコ」(289) を喫煙することになっていたチーヴリー夫人は、アロンビー夫人と同様に恐らく「デコルテの」(II. 264) 服で登場し、その服の色は「薄紫」(I. 234) である。L・ダウリングが指摘するように、色彩はいつもワイルドを魅了している (xi)。

しかも、作者の他の風習喜劇に比べてこの劇では多様な色彩が使用され、作者自身を理想化したような「思想の歴史上最初の立派な服装の哲学者」のゴーリング子爵も登場している (Eltis 162)。そして、この劇に登場する男女がそれぞれ「愛」の劇を展開する。そのため、F・ブーシェ (一七〇三―七〇) のデザインと記述される、「愛の勝利」を象徴する「一八世紀のフランスの大きな綴れ織り」が利用されている。

まず、この劇で展開される「愛」と理想の観点から作者の意匠を考えてみよう。

I

社交シーズンもほとんど終わりの「水曜日」(I. 36) のことである。四〇歳の若さで外務省次官のロバート・チルタン卿はグローヴナー・スクエアの自宅で晩餐会を開催する。そこに、バジルドン伯爵夫人、カヴァシャム伯爵と令息のゴーリング子爵、フランス大使館随行員のド・ナンジャック子爵などのお歴々が列席する。この晩餐会は「政治的なパーティー」(I. 272-3) である。と言うのも、「『ロンドンのすべての上流社会は、ある程度政治的であった』[・・・]『社交シーズン』が議会の会期と一致し、社交上の集まりは政党を強化するのに不可欠であった」(Ford and Harrison 225) からである。

そして、ロバートの「過去」(I. 538) を知る「過去のある女」が登場する。ウイーンの社交界でその名を知られ、「才気溢れる」(I. 110) チーヴリー夫人である。一八年ほど前にロバートはラドリー卿の秘書を務め、英国は「スエズ運河の株」(I. 387) を購入した。その際、ロバートは「政府の機密」(I. 460-1) をアーンハイム男爵に「一一万ポンド」(II. 143) で売り渡した。と言うのも、男爵は当時二二歳のロバートをパーク・レーンの屋敷に招待し、「権力の哲学」(II. 95) と「金の福音」(II. 96-7, the gospel of gold) を鼓吹して巧みに彼を誘惑したからである。一九世紀が崇拝する「武器」(II. 156) を得たと自負するロバートは、その賄賂を元手に現在の地位を築いた。ところが、チーヴリー夫人は、ロバートがその機密を男爵に知らせた手紙を入手している。さらに、今は亡き男爵の勧めで「アルゼンチン［運河］計画」(I. 391) に多大な投資をしたチーヴリー夫人は、その計画に賛同の調査報告を議会で行うように彼を恐喝する。と言うのは、アルゼンチン運河計画の成功は英国の賛否如何に関わり、明晩彼が議会で「特別委員会」(I. 397) の報告を行うからである。そんなロバートに、チーヴリー夫人は「今日では、現代の私たちの道徳熱のために誰もが、純潔、清廉潔白、その他すべての七つの致命的な美徳の鑑のように気取らなければならないの」(I. 496-8) と「英国のピューリタニズム」(I. 492) の空恐ろしさに触れる。それで怖気付いた彼は、彼女の脅しに屈してしまう。因みに、ワイルド自身も一八九三年三月頃にダグラスに宛てた手紙の「あなたの赤いバラの花弁の唇は、狂おしいキスのために［・・・］」(Hyde 245) でアルフレッド・ウッドに恐喝され、彼に一六ポンド手渡している (Holland, *Trial* 160; 265)。

本題に戻ると、アルゼンチン運河計画に賛同の演説を夫がする、とチーヴリー夫人から聞いたガートルードは、真相を夫に確かめる。後ろめたい過去を打ち明けられないロバートは、政治には「理性的妥協」(I. 741)が必要と言い繕ろうとする。すると、「まさしく最も高潔な主義」(I. 571-2)の妻は「あなたはいつも理想だったわ。ああ！今でもその理想でいて下さい。[・・・]あなたに対する私の愛を殺さないで[・・・]」(I. 746-51)と懇願し、議会で賛同の演説を行うのを撤回する旨の手紙を夫に書かせ、チーヴリー夫人に送り届けさせる。

最終的に、ガートルードはチーヴリー夫人の口から夫の「不名誉」(II. 747)を聞き知る。ロバートは釈明しようとするが、彼女は「仮面」(II. 768)の剝がれた夫にこう告げる。

そして、いかに私はあなたを崇拝したことかしら！あなたは、私には普通の人生とかけ離れたものだったのよ。純潔で、高貴で、誠実で、汚れのないものだったの。[・・・]それなのに、今は――ああ、あなたのような人を私の理想としたと思えば！私の人生の理想と！(II. 777-82)

話変わって、ガートルードと同じ学校に在籍したチーヴリー夫人は、盗み癖のために放校になった過去がある。また、彼女は老モートトレイク卿との浮気が発覚したため、ゴーリング子爵から婚約を破棄された「女策士」である。そんな彼女は、夜の一〇時頃にゴーリング子爵を訪ね、「条件付き」(III. 395)でロバートの手紙を返すと言う。その「条件」とは、ゴーリング子爵が彼女との結婚の約束をすると言うものである。つまり、彼女は親友のロバートのためにゴーリング子爵に「自己犠牲」(III. 473)を求める。当然、ゴーリング子爵は拒否する。

こうして、「このロマンチックな会見」(III. 500)は終わろうとする。別れ際に、ゴーリング子爵は「愛」(III. 516) を口にする彼女がロバート宅で言語道断な振る舞いをしたことを糾弾する。すると、彼女はロバート宅を再訪問したのは「ダイヤモンドのブローチ」(III. 533) を捜すためだったと弁解する。その「ブローチ」は、ゴーリング子爵が一〇年前に従姉妹の結婚祝いに贈り、盗まれた代物である。チーヴリー夫人が盗んでいたと分かったゴーリング子爵は、彼女の腕にそれを填め、警察に窃盗犯を引き渡すと言明する。すると、彼女の形相は豹変し、何でも言う通りにすると誓う。こうして、彼はロバートの手紙を取り戻して焼却する。

その結果、ロバートはチーヴリー夫人の恐喝から免れる。だが、ロバートには克服すべき難題が残っている。それは、他ならぬ完璧主義者の妻である。そんな妻も「弱さ」(II. 787) を露呈し、「ピンクの便箋」の手紙をゴーリング子爵に送る。しかも、その文面は、チーヴリー夫人が「恋文」(III. 609) と「解釈」(IV. 220, construction) するほどのものである。結局、ガートルードは夜の一〇時にゴーリング子爵を訪ねなかったが、彼女の手紙がチーヴリー夫人に盗まれたことを知ると狼狽する。

この一件でもガートルードは人間の「弱さ」の教訓を学ばない。そのため、ロバートは首相からの「内閣の空席」(IV. 335-6) の申し出を断わり、「公的生活」(IV. 310-1) から引退すると表明する。その時、カヴァシャム伯爵は「分別のある」(IV. 354) ガートルードに手助けを求めるが、彼女は辞退の手紙を早速書くよう夫に勧める始末である。この堅苦しいピューリタンを人間味ある妻に変貌させるのが、三四歳のゴーリング子爵である。

「模範的な」(II. 594) ロバートと対照的なゴーリング子爵は、ボー・ブランメル（一七七八—

一八四〇）が所属した「ブードルズ・クラブ」(I. 209) に所属し、「一日に少なくとも五回は服を替える」(I. 30) ダンディである。彼は、ロバートから窮状を救って欲しいと頼まれると、意外な側面を見せる。このダンディが「人生についての真面目な話」(II. 20) をするのを聞いた例のないガートルードは、当然驚く。人生に対する見解が「少し手厳しい」(II. 362) ガートルードにゴーリング子爵は「心理的実験」(II. 24-5) を試みる。彼は「人生は大いなる慈愛なしでは理解できず、大いなる慈愛なしでは生きていけない」(II. 379-80) と「慈愛」(charity) の重要性を彼女に説く。

ところが、彼の「慈愛」の処世訓は彼女に通じない。そのため、彼は「愛」を失いたくない一心で政界から引退しようとするロバートの「恐ろしい犠牲」(IV. 425) に触れて、さらに彼女に「説諭」(III. 282) する。この「説諭」(a lecture) ゆえに、彼女は夫の閣僚辞退の手紙を破り捨て、ゴーリング子爵の台詞 (IV. 416-7) を反復して「男性の人生は、女性のよりも大いなる価値がある。それには、より大いなる問題、より広い視野、より大いなる野心がある。私たちの人生は、感情曲線を描いて動く。男性の人生が進展するのは、知性の線上である」(IV. 442-5) と述べる。最終場面で、彼女は夫への気持ちは「愛、愛だけよ。私たち二人に新しい人生が始まりかけているわ」(IV. 554-5) と語れるようになる。

このように、ガートルードは劇的な変貌を遂げる。この変貌の起爆材となるのは、ゴーリング子爵である。そして、彼を慕うメイベルも人間味溢れる素顔を見せる。彼女は、「タナグラ小像のような」「リンゴの花のタイプ」である。この彼女はゴーリング子爵が「会長」(II. 514) を務める「救済を受けるに値しない人たち」(II. 510) の慈善の「活人画で逆立ちする」(II. 507) 側面も持ち合わせている。

第四幕でカヴァシャム伯爵は息子のゴーリング子爵がメイベルにキスするのを見て驚く。さらに、彼はロバートが入閣の申し出を受け入れることにしたと知って大喜びする。この劇の上演を引き受けなかった支配人兼俳優のJ・ヘア（一八四四―一九二一）は、ロバートの進退問題についてのワイルドの処遇を不服としたのであろう。と言うのも、K・パウエルは「批評家たちを、ウィリアム・アーチャーさえも、当惑させたのはこの新機軸であった。彼らは『全く都合のよい限りにおいて』のみチルタン［ロバート］が誠実であり得ると言う理由だけでは、彼は幸福な結末に値しない、と文句を言った」(104) と指摘しているからである。要するに、ロバートは政界から引退するのが至極当然と思われたのである。しかし、「愛の勝利」の「綴れ織り」の象徴的使用や、「慈愛」に関する「説諭」から明らかなように、作者はロバートを政界から引退させる意図など毛頭なかったと言える。

作者は、最終場面の直前に次の場面を設定している。その場面で、カヴァシャム伯爵が、入閣するロバートは首相になる器の人物と激賞し、他方、うだつの上がらない息子の婚約者のメイベルを相手に、次の会話を交わす。

カヴァシャム卿　それでは、もしお前［ゴーリング子爵］がこの若い淑女の理想の夫とならなければ、お前を廃嫡するぞ。

メイベル・チルタン　理想の夫ですって！ああ、それは好きになれないと思いますわ。それは、来世でのことのように聞こえますもの。

カヴァシャム卿　それでは、あなた、あなたは彼にどうなってもらいたいのですか。

メイベル・チルタン　彼には好きなタイプの夫になって頂きたいの。ただ私の望みは——まあ！彼にとって現実的な妻になることですもの。(IV. 543-9)

このように、メイベルに「理想の夫」と言う陳腐な概念を拒絶させることによって、作者は人々の「理想」崇拝を風刺している。その作者の意匠を体現する登場人物は、ゴーリング子爵と婚約者のメイベルであると言える。

次に、色彩がこの劇でいかに重要な役割を果たしているのかを見てみよう。

II

この劇はワイルドの他の風習喜劇に比べて色彩の使用が多様である。まず、色彩で想起されるのは、T・タナーの「『ダーバーヴィル家のテス』の色彩と動き」と言う論文である。トマス・ハーディ（一八四〇―一九二八）の小説の第一局面、第五章の「彼女の若き人生のスペクトルの中でちょうど血のように赤い光線となる見込みがあるもの」(47-8)と言う一文に着目したタナーは、「ハーディのように視覚的に感受性の鋭い芸術家にとって、色彩は最も重要性と意義を持ち、この本の到る所に文字通り視覚を捉え、それを捉えるように意図された一つの色彩がある。その色は赤、つまり血の色で、それが初めから終わりまでテスと結び付けられている」(Draper 184)と述べている。

ハーディと同様、ワイルドも「視覚的に感受性の鋭い芸術家」と言える。ワイルドが色彩をいかに重視したかは、詩人J・キーツ（一七九五―一八二一）のソネット「このように終わるソネットに答えて書かれし」への関心で分かる。ワイルドが興味を抱いたそのソネットは、詩人J・H・レノルズ（一七九四―一八五二）の「黒い目は、はるかにいとしい／ヒヤシンスの釣鐘を嘲る目よりは――」と言う詩行に応えて、キーツが「青色！森の緑の優しい従兄弟／最も麗しいすべての花々の緑と結ばれ、／勿忘草、――ブルーベル――そして、あのひっそりと咲く／女王のすみれ草、何と奇妙な力を／汝は有するのか、ただの影のようなのに！だが、何と偉大なのか、／汝が目の中に在りて、宿命で生きている時には！」(367)と詠んだ詩である。

ワイルドは、キーツの姪E・スピード（一八二三―八三）に宛て「それ［青色についてのキーツのソネット］は私がいつも愛しているソネットで、実際至高の完璧な芸術家でなくては、誰が単なる色彩からかくも驚嘆すべきモチーフを引き出すことができたでしょう」(*CL* 157)としたためている。そして、評論「青色についてのキーツのソネット」（一八八六）で、作者はキーツの「色彩の調和の繊細な感覚」(84)を賛美し、スピードから贈呈されたキーツのそのソネットの草稿を額縁に入れて自宅の客間に飾っている(Ellmann 258)。

また、M・フィールド（K・ブラッドリー〈一八四六―一九一四〉とE・クーパー〈一八六二―一九一三〉の筆名）は一八九〇年頃にワイルドと交わした会話を、次のように回想している。

「フランス語は驚くほど色彩語が豊かである。」その点で英語は貧相であることで私たちの意見は一致した［・・・］彼［ワイルド］は、ルーブル博物館にあるヴェラスケスの、ピンクのバラを手に持つ王女の物語を一部始終私に語った。彼はそのバラの由来を知ろうと熱中し、それを手近の小人の肖像に見付けた。［・・・］その小人は廷臣たちの前で踊り、そして彼女は髪からそれ［バラ］を抜き取って彼に投げ与えた。

［・・・］彼［ワイルド］はかつてスペインの物語――黒と銀の物語――を書いた――その中で彼はスペイン生活の威厳と陰鬱を少し――どっしりとした黒のベルベットのクッションのように――伝えようと努めた――そして、その物語がフランス語に翻訳されると、ピンクと青色になった。それで、やはり英語にもある色彩の力――陰鬱を表す力――フランス語にはない――があると彼は知った。

(Mikhail 197)


このように、童話「王女の誕生日」(一八八九)を創作した際に、作者が「黒と銀の物語」を書こうと努めた逸話は興味深い。また、作者が「ピンクと青色」の色彩を有するフランス語を賞賛し、一方で「陰鬱を表す」「色彩の力」しか持たない「英語」を揶揄しているのは実に興味深い。先述したように、『ウィンダミア卿夫人の扇』(一八九二)に登場するアーリン夫人の「ピンク」のシェードに纏わる台詞、あるいは作者がその劇の原稿をG・アレクサンダー(一八五八―一九一八)に手渡した際の「ピンクのランプシェードのあるモダンな上流階級の客間の劇の一つ」(Bird 93)の寸評は注目に値する。L・ジョプリング(一八四三―一九三三)は「私が彼女［ワイルド卿夫人］を答礼訪問すると、彼女は暗くした部屋にいた。明りがピンクのシェードの下に灯っていた。外では午後の太陽がかんかん照りだった」(Mikhail 204)と語っている。

室内の照明に関して、ワイルドはアメリカでの講演「美しい家」（一八八二）で次のように述べている。

部屋は、直接の明かりよりも明かりの反射によって照明すべきである。もしガスを使用しなければならないのなら、部屋は壁の張り出しガス管から照明するようにして、明かりが壁や天井から反射するように、ガスのそれぞれの炎は優美なシェードで覆うか、衝立で隠すべきである。ランプや蠟燭の方が柔らかい明かりを発するので、はるかによく、読書にも最適で、その他の装飾を台無しにすることもなく、ガスよりもずっと綺麗で健全である。(O'Brien 171)

この講演では「優美なシェード」の色彩について言及がないが、この劇の第三幕でピンクらしいシェードの照明が次のように意図されている。

チーヴリー夫人　［・・・］だめよ。そのランプは好きじゃないわ。あまりにぎらぎらしすぎだわ。蠟燭を灯して。
フィップス　〔ランプを元の所に戻す〕畏まりました、奥様。
チーヴリー夫人　蠟燭にとてもお似合いのシェードがあればうれしいわ。
［・・・］
フィップス　このシェードならお気に召すと思いますよ、奥様。私どもの所で最も相応しいものですから。「ゴーリング」子爵様が晩餐会用の服をお召しになる時にご使用のものと同じものでございます。(III. 172-201)

この場面の卜書に、「ドアが開いた時『客間の照明は落とされていて』、蠟燭が灯されると『客間で白色の明るさが増してくる』。シェードが付けられると『客間はローズピンクの明るさ』になる」のバージョンがある(221 n)。実際、作者がよく利用したケトナーズ(レストラン)の私室での若者との晩餐の席上には「ピンクのシェードの蠟燭」(Croft-Cooke 144) が灯されている。

さらに、『真面目が肝心』(一八九五)の第二幕でも「ピンク」が次のように意味深長に使われている。

アルジャノン　[・・・] まずボタンホールに花を挿していないと、食欲が少しも出ないのでね。
セシリー　マレシャル・ニエルになさいます?
アルジャノン　いいえ、ピンクのバラにして欲しいですね。
セシリー　どうしてかしら。〔花を切る〕
アルジャノン　あなたがピンクのバラのような方ですから、従姉妹のセシリーさん。(II. 172-7)

ワイルドは一八八二年六月頃に画家のウィスラー(一八三四—一九〇三)に宛て、「もちろんサロン展は成功だね。[・・・] あの可愛いピンクの貴婦人」(*CL* 173) と書き送っている。「あの可愛いピンクの貴婦人」(The little pink lady) は、ウィスラーの絵画《肌色とピンクの調和》(一八八一—一二)に描かれた女性に言及したものである。W・ペイター(一八三九—九四)の「『色彩の思想』」(*CL* 52) に関心を抱いたワイルドは、一八七九年の初め頃に画家F・マイルズ(一八五二—九一)と共同生活を始め、ウィスラーの影響を受けて「肌色」と「ピンク」の組合せに興味を抱いたと思われる。例えば、一八八四年の暮れ頃からワイルド夫妻が住んだタイト・ストリート一六番地の家の設計はE・W・ゴドウィン（一八三三―八六）が担当し、ウィスラーも関与している(Holland, *world* 54)。その家の、妻のコンスタンスの寝室の壁は「ピンク」、奥のワイルドの寝室の壁は「濃い青色」で天井は「淡い青色」である(Ellmann 258)。

話を劇に戻すと、ガートルードの「ピンクの便箋」は非常に効果的である。と言うのは、ゴーリング子爵宛てに恋文紛いの手紙を出す彼女は、学生時代に「品行方正賞」(I. 118-9)をもらった折り紙付きのピューリタンだからである。シェイクスピアが『十二夜』で上品ぶるマルボーリオに「黄色のストッキング」を履かせてピューリタンを皮肉ったように、結婚して「一〇年」(172 n)で子供のいないガートルードに作者は「ピンクの便箋」を使用させる。マルボーリオの「ストッキング」の「黄色」に関して、ワイルドは「シェイクスピアと舞台衣装」（一八八五、一八九一年に『意向集』に収められた際に「仮面の真理」と改題）で「家令のストッキングの色」(210)と述べている(Guy 526)。

また、ガートルードの手紙を受け取るゴーリング子爵が「晩餐会用の服」を着る時に使用するシェードの色合いは恐らく「ピンク」であろう。一八八七～八年頃のクリスマスにワイルド宅を訪れたW・B・イェーツ（一八六五―一九三九）の回想では、天井から「赤いシェードのランプ」(134)がぶら下がっている。

A・ルーリーは「赤の薄い色合いは、バラ色から最もほのかな小エビ色のピンクまで、愛情と関連があるように思える。濃いバラ色は、性的かつ感情的なロマンチックな恋愛の伝統的な色彩である。白（純潔、無垢）が加われば加わるほど、官能的な中身は減じ、ついには消えてしまう」(196) と述べている。『何でもない女』（一八九三）のイリングワース卿が語る「人は人生の喜び、美、色彩に共鳴すべきである」(I. 257-8) の「色彩」は、恐らく「ピンク」であろう。

次に、『何でもない女』の場合と同様、この劇を服装の観点から検討してみよう。と言うのも、先述したように、作者は「シェイクスピアと舞台衣装」（一八八五）で、「衣装は描写せずして登場人物を表示し、また劇的状況や劇的効果を生み出す手段である」(228) と述べているからである。

III

作者を彷彿とさせるゴーリング子爵がこの劇に登場しているのは注目すべきである。先のフィールドは一八九〇年頃の作者の服装について、「彼はライラック色のワイシャツと薄紫のネクタイを身に付け、素晴らしいプリムローズピンクの装い――確かに、とてもケルト的な組合せであった」(Mikhail 198) と述べている。また、ワイルドが一八八四年五月二九日にコンスタンスと結婚した時、彼女のドレスは次のようであった。

花嫁の豪華なクリーム色のサテンのドレスは、繊細なキバナノクリンザクラの色合いであった。ボディスは四角のスタイルで、正面はやや低めでメディチ風のハイカラーで仕上げられていた。十分にゆとりのある袖はふくらんでいた。スカートは無地のしつらえで、オスカー・ワイルド氏の贈り物の、美しい細工の銀の帯でギャザーが寄せられていた。サフラン色のインドの絹の紗のベールは真珠で刺繡が施され、マリー・スチュアート風の装いであった［・・・］。(Sherard 255-6)

花嫁のドレスの色彩と装飾もさることながら、「メディチ風」、「マリー・スチュアート風」の装いはとても興味深い。と言うのも、この劇の登場人物の幾人かは画家の描く人物に譬えられているからである。例えば、マーチモント夫人とバジルドン伯爵夫人はA・ワトー（一六八四―一七二一）風の人物、カヴァシャム伯爵はT・ローレンス（一七六九―一八三〇）風の人物、ロバートはヴァン・ダイク（一五九九―一六四二）が頭部を描いたであろう人物、チーヴリー夫人は「あまりにも多くの流派の影響を示す」人物にそれぞれ譬えられている。

当時も、人々は流行のファッションに熱を上げている。例えば、G・デュモーリエ（一八三四―九六）の描いた風刺画《拒否》（一八七八）で、社交界婦人が「腰を掛けたいのですが、私のドレスメーカーがだめと申しますのよ」(Trevelyan 179)と答えるほどの着飾りぶりである。短編「アーサー・サヴィル卿の犯罪」（一八八七）でも、ジェーン・パーシーが流行のファッションに関心を示し、アーサーの母親に宛て「追伸――是非とも蝶形リボンのことについて教えて下さい。それが流行だとジェニングズが言い張るのですよ」(28)としたためている。また、『ウィンダミア卿夫人の扇』（一八九二）の第一幕で、ベリック公爵夫人が「私の新しいドレスを着るのに二時間要ることくらい分かっているわ。ドレスも毎年段々と窮屈になるように私には思えるわ」(20 n)と語るバージョンもある。

女性の服装に関するワイルドの見解は、論説「ドレス改革に関するより急進的な考え」（一八八四）で語られている。また、彼は「文芸的とその他の覚書」（一八八七）で「我々自身の時代に教養ある女性がクロスバーに縋り付き、ウエストが一五インチの円形になるまでメイドに紐で締めてもらうことがあると思うのは、実に悲しいことである」(30) と慨嘆している。

このように、作者が女性の服装に関心を示したことは紛れもない。ここで注目したいのは、女性の品格と装いの関係である。と言うのも、メイベルが次のように発言するからである。

> ダイヤモンドのブローチを誰か落とされているわ！とても美しいわよね？〔それを彼［ゴーリング子爵］に見せる〕それが私のであればよいのだけれど、でもガートルードは真珠しか私には付けさせないの。私、真珠には全くうんざりだわ。真珠だと、とても無器量で、とても善良で、とても知的にしか見えないもの。(I. 633-6)

M・ヴァルヴルデは、論文「華美の愛好——一九世紀の社会言説におけるファッションと堕落した女」で、「ヴィクトリア朝ファッションの鍵となる記号論的識別は『慎ましいドレス』と『華美』との識別である」(169) と述べている。この論文は、上流階級の服装観念に焦点を絞っていないが、「英語を話すフェミニストの間ではドレスと華美の問題に強いピューリタニズムがあった」(185) と指摘している。先の「シェイクスピアと舞台衣装」（一八八五）で、ワイルドは「服装の色彩、装飾、優雅さに対するピューリタンの嫌悪」(224) に言及している。また、J・ロウバザムは「表面上の外観が人格を判断する最も重要な鍵であった。女性がドレスと言う手段で大勢の中で際立つことは、従って俗悪であり、かつ、立派な階級の慎み深い淑女の本分と見なされる、あの天性の優雅さの欠如を示した」(40)と述べている。

そう言えば、ゴーリング子爵がガートルードの身嗜みを意味ありげに称賛する場面が第二幕にある。

ゴーリング卿〔彼らしいとても真面目な態度で〕おお！どうかしない〔脱がない〕で下さい。とても綺麗ですから。私が見た中で最も綺麗な帽子ですね。それなら、女性リベラル協会も拍手喝采で歓迎されたと思いますよ。

チルタン卿夫人〔微笑を浮かべて〕お互いのボンネットを眺めるよりも、もっとなすべき重要な仕事が私どもにはありますのよ、ゴーリング卿。(II. 284-8)

このように、この劇では女性の品格と身嗜みが取り沙汰される側面がある。つまり、「昨夜彼女は随分ルージュは付けていたが、十分な衣服は身に付けていなかった」(II. 238-9)とゴーリング子爵に皮肉られる「デコルテ」のチーヴリー夫人は、「天性の優雅さの欠如」を示す女性と言える。と言うのも、「慎み深い」女性はパリのけばけばしい傾向のファッションを避けたからである。それに反して、ロバートが「すべて善良な物の白い像」と呼ぶガートルードは、「慎ましい」身嗜みのはずである。

ここで、上演の際の登場人物の服装を見てみよう。一八九五年一月九日付の『スケッチ』誌に掲載の記事「劇場でのドレス」に拠れば、ガートルードは「三着の美しいガウンを着」(296)て登場する。なるほど、彼女は第二幕では「白いサテンのガウン」(296)を着用している。しかし、第四幕の彼女は「キンポウゲの黄色のサテンの[・・・]驚くほどに見事なドレスを着て、そのボディスはとても手の込んだ美しいもので、金の薄絹の前飾りがアレンジされ、それを通して青みがかった色合いが仄かに見え、奥行きのあるショルダーケープは、柔らかい優雅な襞となって垂れ、黄色のサテンのピンクっぽい藤色で縁どられたウエストの両側で先細になっている」(296)のである。また、チーヴリー夫人は「とても目立つ手の込んだ何着かのガウンを着、それらの少なくとも二着は決して私[記事の作者]の賛同を得られるものではない」(297)のである。そして、ゴーリング子爵が結婚するメイベルは、「想像でき得る最も粋なガウンを三着」(297)着て登場し、それらの「ドレスはすべて他の人たちから十分に際立つ」(298)のである。

おわりに

ワイルドは、講演「美しい家」で「人々は陰鬱なドレスで美しい環境を損なうべきではない。今日ではドレスは全く地味すぎるので、我々はより多くの色彩と鮮やかなものを使用する習慣にすべきである」(O'Brien 178)と述べている。この唯美主義理論を実践するかのように、「白いサテンのガウン」のガートルードも最終的に「驚くほどに見事なドレス」を着る女性になる。さらに、メイベルも「想像でき得る最も粋なガウン」を着て「他の人たちから十分に際立つ」のである。

当時の女性の「服装」と「色彩」について、先のロウバザムは「どんな女性も黒か白の服を着れば失敗しなかった。そして、それが上手くいかなければ、柔らかいあるいは黒っぽい色調がけばけばしい赤や緑よりも好まれた。赤や緑の色調は、虚構として精神と血統の下品さを示した」(41)と要約している。例えば、チーヴリー夫人のガウンの色は、最終的に「薄紫」になるが、第一幕での彼女の夜会服は「暗いエメラルドグリーンのサテン」(297)である。

このように、この劇の女性の服装はピューリタンが嫌悪する「より多くの色彩と鮮やかなもの」が際立つように仕組まれている。要するに、作者はヴィクトリア朝の「理想」を痛罵し、ピューリタンが嫌悪する「華美」を導入して、堅苦しい英国の人々の服飾観念を風刺しているのである。このことは、初演時にガートルードを演じたJ・ニールソン（一八六八―一九五七）が「社交界の人々についてのオスカー・ワイルドの劇は必然的にドレスパレードだった」(Mikhail 244)と回想していることからも推測できる。

さて、「情熱と知性がほとんど完全に分離した」ロバートが妻の理想像に苦悶する姿に、作者の自己投影を垣間見ることも可能である。だが、この劇で注目すべきは作者を彷彿とさせるゴーリング子爵の存在である。と言うのも、このダンディが重要な役割を演じるからである。確かに、ゴーリング子爵がガートルードに伝授する男性優位の人間観は、当時のフェミニズムを小馬鹿にしている。しかし、これもガートルードの「理想」を打ち砕く「説諭」にすぎない。と言うのも、男性が女性に付与した「理想」が、逆にフェミニストによって男性に押し付けられる風潮が生じたからである。一見進歩的に見えるフェミニストのガートルードは、実は伝統的な価値観を擁護する型の女性にすぎない。それゆえ、彼女に対するゴーリング子爵の「説諭」は、娘の「人格」を百も承知したアーリン夫人が伝統的な「母親」の「義務」を説諭して「教訓」を学ばせたのと類似の役割を果たしていると言える。

また、『ウィンダミア卿夫人の扇』とこの劇の類似点は、アーリン夫人の身の振り方と、ロバートの進退問題についての作者の処遇にある。つまり、アーリン夫人が「悔い改め」などではなく「快楽」の余生を送ると豪語するのと同様、ロバートも政界から引退せずに閣僚となって「公的生活」を続行すると言うのが作者の創見なのである。この結末を招来するのは、作者の意匠を担ったゴーリング子爵の「慈愛」の精神が寄与しているのは言うまでもない。ピューリタン的「自己犠牲」を嫌悪し、「慈愛」を説くゴーリング子爵の姿勢は、作者の心性を明白に物語るものである。

特に、作者の意匠は登場人物の「服装」と「色彩」に顕在化している。ガートルードの「白」との対比で、彼女の「黄色のサテンの、ピンクっぽい藤色」が聴衆の視覚を捉えるように意図されている。ここで、童話「王女の誕生日」に纏わる先のフィールドの逸話を思い出していただきたい。注目すべきは、王女が小人に投げ与えた花は、フィールドの逸話と異なり、「白いバラ」(161)であって、決して「ピンクのバラ」などではないことである。恐らく、「これから私の所に遊びに来る人たちは心をもたない者にしてね」(170)と語る王女は、「愛」などを解さぬ「一二歳」(154)の誕生日を迎えたばかりの幼い少女なのである。

また、「白」の象徴的使用は『何でもない女』のヘスターを想起させる。と言うのも、最初「白」の服を着て登場するヘスターが、ジェラルドへの「愛」に目覚めて精神的変貌を遂げると、「世紀末的な人」となって「ピンクっぽい」黄色の服装で登場するからである。また、『何でもない女』

の上演でも、アロンビー夫人が「白」と「黒」を綯い交ぜにした「ピンク」の女性として登場している。このように、「愛」を巡って使用される「ピンク」は、まさにワイルドの文学を象徴する色彩なのである。

引用文献

Bird, Alan. *The Plays of Oscar Wilde*. London: Vision Press, 1977.
Croft-Cooke, Rupert. *The Unrecorded Life of Oscar Wilde*. London: W H Allen, 1972.
Dowling, Linda, ed. *The Soul of Man under Socialism and Selected Critical Prose*. Middlesex: Penguin Books, 2001.
Draper, R. P., ed. *Hardy: The Tragic Novels*. London: Macmillan Press, 1975.
Edmonds, Antony. *Oscar Wilde's Scandalous Summer*. Gloucestershire: Amberley Publishing, 2014.
Ellmann, Richard. *Oscar Wilde*. New York: Alfred A. Knopf, 1988.
Eltis, Sos. *Revising Wilde: Society and Subversion in the Plays of Oscar Wilde*. Oxford: Clarendon Press, 1996.
Ford, Colin and Harrison, Brian. *A Hundred Years Ago*. London: Bloomsbury Books, 1983.
Garrod, H. W., ed. *Keats: Poetical Works*. Oxford: Oxford UP, 1970.
Grindle, Juliet and Gatrell, Simon, eds. *Tess of the D'Urbervilles*. Oxford: Oxford UP, 1988.
Guy, Josephine M., ed. *The Complete Works of Oscar Wilde*, Vol. IV. Oxford: Oxford UP, 2007.
Holland, Merlin. *The Real Trial of Oscar Wilde*. New York: Fourth Estate, 2003.

Holland, Vyvyan. *Oscar Wilde and his world*. Norfolk: Thames and Hudson, 1977.

Hyde, H. Montgomery. *The Trials of Oscar Wilde*. New York: Dover Publications, 1962.

Lurie, Alison. *The Language of Clothes*. New York: Random House, 1981.

Mikhail, E. H., ed. *Oscar Wilde: Interviews and Recollections*, 2 Vols. London: Macmillan Press, 1979.

Morley, Sheridan. *Oscar Wilde*. New York: Holt, Rinehart and Winston, 1976.

Moyle, Franny. *Constance: The Tragic and Scandalous Life of Mrs Oscar Wilde*. London: John Murray, 2011.

O'Brien, Kevin. *Oscar Wilde in Canada*. Toronto: Personal Library, 1982.

Powell, Kerry. *Oscar Wilde and the Theatre of the 1890s*. Cambridge: Cambridge UP, 1990.

Rowbotham, Judith. *Good Girls Make Good Wives*. Oxford: Basil Blackwell, 1989.

Sherard, R. H. *The Life of Oscar Wilde*. London: T. Werner Laurie, 1906.

Trevelyan, G. M. *Illustrated English Social History*, Vol. 4. Middlesex: Penguin Books, 1964.

Valverde, Mariana. 'The Love of Finery: Fashion and the Fallen Woman in Nineteenth-Century Social Discourse', *Victorian Studies*, 32, No. 2 (Winter 1989), 168-88.

Yeats, W. B. *Autobiographies*. London: Macmillan Press, 1956.

6 『真面目が肝心』について

はじめに

『真面目が肝心』がセント・ジェイムズ劇場で初演されたのは、一八九五年二月一四日のことである。この日にアルジャノンを演じたA・エインズワース（一八六四―一九五九）の回想に拠れば、この時ほどの大成功を彼は五三年の演劇人生で味わったことがないのである(Pearson 257)。この日は聖ヴァレンタインの祭日に当たり、セシリーが一度も出会ったことのないアーネストと婚約した日でもある。

当日は数年来の最悪の吹雪で、しかもクイーンズベリー侯爵が一騒動起こそうと目論んでいたのである。これに関して、作者は「彼［クイーンズベリー侯爵］はプロボクサーを伴ってやってきたよ!!私はスコットランド・ヤードの連中すべてに――二〇人の警官に――劇場の見張りをさせたよ。彼は辺りを三時間うろつき、それから馬鹿げた猿のようにぺちゃくちゃと喋って立ち去ったよ」(*CL* 632)とダグラスに書き送っている。

この年には、ワイルドの前作『理想の夫』（一八九五）もヘイマーケット劇場で上演され、非常な成功を収めていた。彼のこれまでの風習喜劇のテーマは「過去のある女」と「過去のある男」で、それぞれ愛の喜劇が展開された。この『真面目が肝心』のテーマもそれまでと同一線上にあり、「『真面目（が肝心）』は同時にヴィクトリア朝の観客に捨て子の問題と、捨て子の嫡出と血統を提示しようとした」(Cox 209) のである。表面上はそうだとしても、この劇の副題は「真面目な人々への些細な劇」である。作者は、アーサー・ハンフリーズ（一八六五―一九四六）に宛て「私の『些細な』劇を楽しんでいただけると思う。この劇は、洒落者によって洒落者たちのために書かれている」(*CL* 630) としたためている。確かに、この「些細な」(trivial) 劇はピューリタン的風潮を揶揄するために書かれたと言う点で、これまでの風習喜劇と同一線上にある。しかし、これまでの彼の説教調のセリオコメディーと異なり、この劇は作者が述べるように「幾らかファース的な喜劇」(*CL* 620) である。

R・エルマンは「『真面目が肝心』でワイルドは真面目なジャック［ジョン］を軽薄なアーネストと判明させて、矛盾を求める彼自身の性向を茶化している」(99) と指摘している。実際、「治安判事」と「後見人」(I. 191) のジャック・ワージングは田舎では道徳的気風を示しながら、ロンドンでは「軽薄な」アーネストになる二重人格者である。当初のシナリオでは、ジャック・ワージングとアルジャノン・モンクリーフの姓名はそれぞれバートラム・アシュトンとアルフレッド・ランフォード卿で、バートラムとアルフレッドの二人がバートラムの架空の兄弟のジョージになり済まそうとする。そして、バートラムに若くて可愛い被後見人がいると知ったアルフレッドは、放蕩者のジョージになり済ましてバートラムの家を訪問するのである (*CL* 595-6)。

ところが、これら二人の姓名が変更され、アルジャノンは友人のバンベリーと言う架空の「病人」(I. 228) を捏造し、病気見舞いと称して田舎へ「バンベリング」(I. 254) に行くように改作されている。この造語の「バンベリング」(Bunburying) は「バンベリーになる」ことを意味し、ジキル・ハイド的な「二重生活」(CL 595) を示唆する。要するに、堅苦しいヴィクトリア朝社会ではジャックもアルジャノンも二重人格者にならざるを得ないというわけである。

このような社会風俗を、作者は一八九〇年代に頂点を極めた「ファース」の枠組みを利用して風刺している。実際、元の四幕物の方が上演された三幕物に比べてはるかに「ファース的な喜劇」で、作者の私事への言及も見られる。しかも、アーネストと言う名前は「同性愛的欲望を表す、注意深く暗号化された言葉」(qtd. Bristow 19) なのである。

まず、この劇の成立過程を検討し、この劇がいかに作者の性向を物語るのかを見てみよう。

I

ワイルドは一八九四年七月頃にセント・ジェイムズ劇場の支配人兼俳優のG・アレクサンダー(一八五八―一九一八) に宛て、この劇について次のように述べている。

さて、随分と面白味と機知に富んだ愉快なものが出来上がると思うよ。もしあなたもそう思い、先買権を入手したいなら――是非私に知らせて――一五〇ポンドを送って下さい。もしこの劇が出来上がった時に、あまりに些細で——十分に真面目でない——と思うのなら、もちろんその一五〇ポンドはお返しするよ——私は出掛けてそれを書きたいのだ。[・・・]
ところで、ねえアレック、私は金銭にとても困っていて、どうすべきか分からないのだ。もちろん、私は金遣いが荒くて[・・・]。(*CL* 597)

この文面通り、前年の後半よりワイルドの家計が逼迫し、一八九五年二月に四〇〇ポンドの借金の令状が送達されている(Page 55; 62)。後に、ワイルドが『書簡——獄に繋がれて』(『獄中記』、以下『書簡』と略記する)で述べるように、彼はダグラスとの「不運な最も悲しむべき交友関係」(37)を継続していたのである。さらに、先のクイーンズベリー侯爵の嫌がらせが一八九四年四月から始まり、同年六月には侯爵がワイルドの家の書斎にまで乗り込み、忌まわしい脅しを仕掛けている。

それゆえ、作者は家族を伴って保養地のワージングへ出掛け、一八九四年八月の手紙で「今ちょうど新しい劇を仕上げようとしている。それは全く馬鹿げたもので、何ら深刻な興趣も持ち合わせていないが、赤い金をどっさり私に齎してくれることを願っている」(*CL* 603)と述べている。そして、作者は九月頃にこの劇を仕上げ、アレクサンダーに宛て「私の劇は、対話が純然たる喜劇だが、これまでに書いた最高のもので、もちろん観念上ファース的である」(*CL* 610)と書き送り、一〇月二五日頃にも次のように述べている。

表紙で『ランシング卿夫人』となっているが、実際の題名は『真面目が肝心』だ。この劇を読めば、語呂合わせの題名の意味が分かるよ。もちろん、この劇はあなたに少しも相応しくない。あなたはロマンチックな俳優だから。これに必要なのは、ウィンダムやホートリーのような人たちだ。それに、あなたが今までセント・ジェイムズ劇場でやってこられた、確実な進歩の芸術路線を変更すれば、私は申し訳なく思うよ。(*CL* 620)

この頃、アレクサンダーは劇作に意欲を燃やすH・ジェイムズ(一八四三―一九一六)の『ガイ・ドンヴィル』を気に入り、一八九四年一二月からリハーサルに入っている。それゆえ、再三のワイルドの手紙にも拘わらず、アレクサンダーは喜劇俳優のC・ウィンダム(一八三七―一九一九)に『真面目が肝心』のタイプ原稿を回送した。その後、一八九五年一月五日に幕開きした『ガイ・ドンヴィル』が不首尾に終わり、アレクサンダーは窮地に陥った。そのため、ワイルドは次作をウィンダムに委ねるという条件で、わざわざアレクサンダーに『真面目が肝心』を譲渡するように事を運んだ。

当時は短い開幕劇が慣例だったので、アレクサンダーは四幕の『真面目が肝心』を三幕に減らすよう作者に要求し、『ウィンダミア卿夫人の扇』(一八九二)の場合と同様、作者はそれに応じたのである。

ここで、この劇の四幕物と三幕物の主な相違点について簡単に触れておきたい。四幕物の第二と第三幕が三幕物の第二幕に集約され、四幕物の五分の一程度が割愛された(Kohl 258)。具体的には、四幕物の第二幕で登場する庭師のモウルトンと事務弁護士のグリブズビーが割愛され、第三幕冒頭の領主邸での客間の場面も省かれた。他には、四幕物でブラックネル卿夫人に捨て子と咎められたジャックがアルジャノンに「そして、かつて父や母がいたかどうかなんて結局何になるのだろう？」（335）と応じる場面がある。また、三幕物ではジャックとアルジャノンがウィリス（レストラン）に食事に出掛けるが、四幕物ではアルジャノンがサヴォイ（ホテル）にジャックを誘うと、ジャックはサヴォイに多額の借金があってそこに出掛けられない場面がある。そして、四幕物ではサヴォイの借金の取り立てを依頼されたグリブズビーが、二〇日間の差し押さえ令状をもって登場し、アーネストと名乗るアルジャノンに返済を求める。当然、サヴォイに借金のないアルジャノンは、「ジャック、実際あなたがこの勘定を払わなければならない」（350）と言明する。しかし、このアルジャノンの正しい主張は他の人々には厚かましい虚偽と映る。そんな中、グリブズビーは支払い不能の場合にはアーネスト（アルジャノン）はホロウェイ監獄行きになると発言する。すると、見かねたセシリーが借金の肩代わりを申し出るので、仕方なくジャックが「昨年の一〇月来の七六二ポンド一四シリング二ペンス」（350）を弁済することになる。借金の額は異なるにせよ、「一〇月来」の借金と言う点では作者の私生活の窮状に合致する。

さらに、四幕物の第二幕でアルジャノンは大食漢ぶりを発揮し、ロンドンの医者推奨のジャックの昼食「パテドフォアグラのサンドイッチ」（344）と一八八九年物のシャンパン「ペリエ－ジュエ」（III. 229）（三幕物でも言及され、ウィリスで作者がダグラスとの食事の際に飲むワイン）を飲食していながら、「お腹がすいてはバンベリーできない」（354）と言って二度目の昼食を取ろうとする。また、四幕物の第三幕でアルジャノンがチャズブルは祭具室でプリズムを待っていると担ぐと、プリズムはまんまと騙されて彼に会いに行く場面がある。このように、四幕物の方がはるかに「ファース的な喜劇」である。

作者はこの劇を『バンベリー』(*CL* 1064) とも称しているが、アレクサンダーへの先の手紙で『ランシング卿夫人』と呼んでいたのはどうしてなのだろう。ランシングは、作者が青年のA・コンウェイを連れて行ったと裁判で糾弾された地名である (Hyde 122)。この地名を冠したランシング卿夫人は、ブラックネル卿夫人によって「ある人［熟練したフランスのメイド］を若いランシング卿夫人に推薦したのを憶えているわ。そうしたら、三ケ月後には彼女自身のご主人でさえ彼女が分からなかったのよ」(III. 170-2) と台詞で紹介されるだけの端役にすぎない。ブラックネル卿夫人のこの台詞は、「語るのも残念だけど、私たちは表層の時代に生きているのよ」(III. 164-5) と言う文脈で発せられている。この台詞に「衝撃的な冗談」を読み取るJ・ブリストーは、「フランス的なものすべてが、これまでに有害な影響と関連があったので、これは――女性の同性愛のように――性的な退廃と思われるものへの言及と信ずべき根拠がある」(214-5) と解説している。これは、作者の目論見を言い当てていると思われる。

ワイルドはH・M・ビアボウム（一八七二―一九五六）の論説「化粧の弁護」（一八九四）に関して、「『イエローブック』の化粧に関するマックス［ビアボウム］は素晴らしい」(*CL* 589) と絶賛している。その論説に拠れば、当時は「化粧に対する愛好」が流行した「ルージュの時代」で、過去五年間に化粧品製造業者が二〇倍に増加している (67-8)。この論説で用いられる「化粧した仮面」や「装飾」と言う言葉で分かるように、先のブラックネル卿夫人の台詞は、女性が化粧で容易に変身できることを風刺している。そう言えば、四幕物でジャックがアルジャノンの兄と判明し、無意識に真実を語っていたことを知ると、グウェンドレンにキスしながらジャックが「誰にキスしているのか私にはほとんど分からないよ」(380) と語るほど自失呆然とする滑稽な場面がある。

しかし、この劇は女性の正体が分からなくなる劇ではなく、二人の男性がアイデンティティを誤魔化し、アーネストと言う「仮面」を被る劇である。それゆえ、ブリストーの先の「性的な退廃と思われるものへの言及」を的外れと一笑することはできないのである。それに、ワイルドは未完の劇『愛は法』(『ダヴェントリー夫妻』) の筋書きでも、ジェラルド・ランシングを登場させようとしている (*CL* 599)。

次に、この劇の「バンベリング」の意味合いを、ヴィクトリア朝の社会風俗と作者の性向の観点から検討してみよう。

II

G・M・トレヴェリアンは「この全期間〔ヴィクトリア時代〕は宗教上の問題に対する関心が特徴的で、考え方の真面目と人格の自己修養に深く感化され、それはピューリタン的風潮の結果だった」(85) と指摘している。この「ピューリタン的風潮」(the Puritan ethos) の「真面目」を象徴する名前に着目した作者は、『何でもない女』(一八九三) でもアロンビー夫人に生真面目な夫の「アーネスト」(II. 61) を嘲り者にさせている。また、その劇で作者は「四人目〔の夫〕」(I. 386) を探し回るカロライン卿夫人や記憶喪失気味のハンスタントン卿夫人を活写してファース的な雰囲気を醸し出している。そして、作者は『真面目が肝心』でも「ピューリタン的風潮」の「真面目」を一笑するファース的世界を創出する。

この劇では当時の社会悪が顔を覗かせている。例えば、ジャックは一八八八年にロンドンを震撼させた切り裂き魔ジャックを連想させる。それは、彼の「黒い革の手提げ鞄」(I. 560)、あるいは「私は兄弟を殺すつもりだ」(I. 255-6) の台詞に窺える。『ドリアン・グレイの肖像』(一八九〇) でもドリアンが「確かに彼女の可愛い喉をナイフで切ったかのように彼女を殺した」(76) と言う描写が見受けられる。また、売春婦のたまり場のプロムナードのある「エンパイア［劇場］」(I. 686) への言及もある。さらに、ジャックは氏素姓の明らかな人物であることが最後に判明するが、『何でもない女』のジェラルド同様、最初は名もない私生児であるかのように提示されている。と言うのも、捨て子のジャックはヴィクトリア駅のブライトン線の手荷物預かり所に預けられた手提げ鞄の中で発見されたからである。当時、観光が流行し「海岸地ではグレイヴゼンドとブライトンが、ロンドンの労働者階級に人気のある行き先であった」(Barret-Ducrocq 104) からである。また、J・リチャーズとJ・M・マッケンジーは、一八四〇年に導入された手荷物預かり所に「異様な品」が預けられたことを指摘し、この劇にも言及して「望まずに生まれた赤ん坊が定期的に待合室、手荷物預かり所やその他の駅事務所で現れた」(306) と指摘している。事実、啓発的慈善の捨て子養育院は一八〇一年からロンドンの貧しい人々の私生児を受け入れている。

他方、「宗教上の問題に対する関心」はダーウィニズムとドイツ懐疑主義に触発されて、自殺が多発している。ワイルドは「W・H氏の肖像画」(一八八九) や未完の劇『愛は法』の筋書きでもピストル自殺を導入している。そして、この劇でもグウェンドレンが「ドイツ懐疑主義」(III. 35-6) に触れ、ジャックは「誓って、もしそう考えるのであれば、銃で自殺するよ」(I. 621) と発言する。O・アンダーソンは「一八六〇年代には男性の自殺者のほんの六パーセントがピストル自殺であったが、一世代後の一八九〇年から一八九二年ではその比率は二倍になった」(367) と指摘している。

実例を挙げれば、一八九三年にカーペットデザイナーのアーネスト・クラークが『デイリー・クロニクル』紙に「貴下がこれを受け取られる時には、私は弾丸の助けを借りて私の存在に終止符を打っているでしょう」と言う書き出しで始まる手紙を送付した。その手紙が八月一六日付の新聞に「人生に飽きて」と言う見出しで、次のように掲載されてセンセーションを巻き起こした。

> 私はずっと以前に、人生とは偽りの連続との決論を出した。［・・・］善良な社会主義者は頭脳と愛で社会に期待するが、我々の内と外に戦うべき獣性がいつもあるのだ。私は美感の主唱者たちにいつも興味があったが、遠くから眺めると、彼らの人生はルソーから今日の偉大なフランス人まで、卑しむべきである。宗教は、各人にこの世の後に実在を与えてくれるが、どうして他のすべての動物や虫などではだめなのであろうか?それは馬鹿げたこと、と彼らでさえ言うであろうが。人生の超絶的で審美的なことだけが我々の思考に値するのだ。美に従い、それを創造する人生のみが、何らかの程度の喜びに近づけるのだが、私の人生の醜悪さと悲惨な単調さが美を締め出してしまい［・・・］。
>
> 私は三週間前に拳銃を購入した。ケンブリッジシャーに休暇を過ごしに行くと直ぐ、それを私はリバプール・ストリートの手荷物預かり所に今晩まで預けていた。(Stokes 116)

この事件を作者が知っていたことを裏付ける資料はないが、このアーネストの自殺は社会的反響を呼んだことは紛れもない。

このように、アーネストと言う名前は様々な連想を伴ったのと同様、作者にとって私的な意味合いがあった。このアーネストと言う名前に関して、P・F・ベーレントは「『アーニング』[Urning]の英語の同義語が『ウラニア』[Uranian]であるのに対し、そのフランス語の同義語は『ウラニスト』[Uraniste]である――この術語の発音はアーネストと言う名前を明らかに連想させる」(173)と指摘している。さらに、ベーレントは、作者がこの術語を知っていた証拠として、ロバート・ロス（一八六九―一九一八）宛ての作者の手紙で用いられる「ウラニアの」(*CL* 1019, Uranian)と言う語を挙げ、性科学者K・H・ユルリクス（一八二五―九五）が男性の同性愛者に「アーニング」(Urning)という術語を適用したと述べている(172)。また、一八九二年に出版されたJ・B・ニコルソンの詩集『真面目に恋』(*Love in Earnest*)は、アーネストと言う名前の語呂合わせで、同性愛をあからさまに詠った作品である(Beckson 187)。要するに、「アーネストと言う言葉はワイルドが面識のある男色作家の仲間内では同性愛を表す隠語であった」(Bristow 208)と考えるのが妥当である。

また、M・ダイヤモンドは、作者が一八七〇年のアーネスト・ボールトンとフレデリック・パーク（女装してステラ・ボールトン、ファニー・パークと名乗った）の事件を知っていたに違いないと述べている(121)。確かに、最終幕でジャックがアーネストと判明し、牧師のチャズブルはフレデリックと呼ばれている。作者の私的ジョークはこれらの名前に限られたわけではない。事実、四幕物の第四幕でジャックは父親の洗礼名を捜す際に、ブラックネル卿夫人に『緑のカーネーション』を手渡している。一八九四年九月に匿名で出版された『緑のカーネーション』は、ワイルドとダグラスをモデルにした風刺小説である。その小説の著者を『ペル・メル・ガゼット』紙がワイルドと示唆したため、作者は編集長に宛て「その素晴らしい花［緑のカーネーション］は私が考案した」(*CL* 617) と認めたが、その本とは自分は無関係だと表明している。

以前に遡るが、『ウィンダミア卿夫人の扇』（一八九二）の初演の前日に、ワイルドは友人のW・G・ロバートソン（一八六六―一九四八）に緑のカーネーションを購入するように告げ、「舞台上のある若い男性が緑のカーネーションを付けるよ。人々はそれを見詰めて不思議がる。それから彼らは劇場を見回し、あちこちに益々多くの神秘的な緑の小さな斑点を目にする」(Mikhail 212) と説明している。この「舞台上のある若い男性」は、「おい君、一体我々男性が純潔と無垢を売り歩いてどうなるって言うのだ。念入りに考えたボタンホールの花の方が、よっぽど効果的ってものさ」(III. 319-21) と意味ありげに語るグレアム氏である (Mikhail 213)。事実、「一九世紀後期では、緑のカーネーションは同性愛を示すために緑のカーネーションを付けると言われたパリの同性愛者と一般に連想されるようになっていた」(Behrendt 128) のである。そして、『真面目が肝心』の初演時の作者は「指に大きなスカラベの指輪をはめていた。一輪の緑のカーネーションが――その指輪の色に呼応して――彼のボタンホールに猛然と咲いていた」(Mikhail 270) のである。

さらに、作者に関わる人名や地名がこの劇に散見される。例えば、アルジャノン・モンクリーフは、元はアルフレッド・ラフォード卿でアルフレッド・ダグラス卿（一八七〇―一九四五）を示唆し (Beckson 186 n)、ブラックネルもダグラスの母親のカントリーハウス近くの町の名前である(Small 206)。また、ジャックがベルグレーヴ・スクエアの家を貸与している「ブロックサム卿夫人」(I. 521, Lady Bloxham)は、同性愛小説『司祭と侍祭』(一八九四)の著者J・F・ブロックサム(一八七三—一九二八)(Bloxom、ダグラスの友人で『カメレオン』誌の編集長)を示唆する(Beckson 189)。そして、ジャックがアーネストの住所とした「オールバニー」(I. 165)の当初の番地はB・4ではなくE・4で、そこには同性愛者の秘密結社を組織した友人のG・アイヴズ(一八六七—一九五〇)が住んでいる(Beckson 210)。さらに、ジャックの「あのシガレットケース」(I. 111)は、ワイルドが友人に贈り物とした馴染みの品物である。例えば、先のコンウェイに作者はシガレットケースを贈り、ダグラスには金のシガレットケースを送っている(Donohue 116)。そして、ブラックネル卿夫人が「結婚するにはとてもよい年齢」(I. 491)と語る二九歳で、ワイルドも結婚している。

以上のように、ワイルドは友人、知己を楽しませる小細工を劇中に施している。それゆえ、R・ガニヤーが指摘するように、「バンベリングの霊感は、ワイルドの同性愛の経験に由来したことは十分にあり得る。確かに、原初のサブプロット——それでは、アルジー「アルジャノン」がサヴォイやウィリスでの借金のためにホロウェイに投獄される羽目に直面する——は、ワイルドの悪名高い放縦の自己風刺であった」(115)と考えられる。

次にこの劇の「ファース的な」側面について考えてみよう。

III

英国の「ファース的な喜劇」(W・S・ギルバート〈一八三六—一九一一〉が宣伝に使った呼称)の最初は、一八七五年の『トム・コッブ、あるいは運命の玩具』である(Huberman 22)。その後二五年間、この種の三幕物の喜劇が圧倒的多数を占め、演劇の人気となった(Huberman 1)。そのギルバートの『婚約して』の類似点が『真面目が肝心』に認められる(Kohl 259-60)。例えば、『婚約して』でミニー・シンパーソンの結婚式に用意されたお菓子のタルトをベリンダ・トリハーンが貪欲に食べる場面、あるいはミニーの父親が彼の甥のチェビオット・ヒルの自殺の意向を聞くや喪服姿で登場する場面、さらに、登場人物のベルヴォニー(Belvawney)の名前が動詞や動名詞として使用される点である。

ワイルドが「輝かしい劇作家」(*CL* 563)と見なすのは、この三幕物の「ファース的な喜劇」を「ファース」と呼んで一時期を画したA・W・ピネロ(一八五五—一九三四)である。「現代のすべての喜劇の中で最高」とワイルドが呼ぶピネロの『治安判事』(一八八五)にもワイルドは「主要な霊感」(Huberman 103)を受けたらしい。

K・パウエルは「ワイルドが彼自身のファースを書く際に最も頼った劇は、レストックとロブソンの『捨て子』であったことは十分あり得る。筋書き、雰囲気、対話においてさえ、これら二つの劇はファースと言うジャンルの偶然の一致あるいは偶発の関係によっても説明できないほどに共通点を示している」(111)と述べている。さらに、パウエルは、典型的なファースが「穏健な因襲尊重」で終わるのに対して、「『真面目［が肝心］』でワイルドは一般のファース、特に『捨て子』の仕掛けを取り上げ、それらを滅茶苦茶にしている」(119) と指摘している。

J・ブリストーも「『真面目［が肝心］』は、喜劇として、筋のあらゆる偶然の一致、素早い脱出や間の悪い登場を巧みに扱い、メロドラマではなくファースに訴える階級意識の強い劇である。しかし、筋の運びのもっともらしさを極端に誇張する点ではファース的だとしても、登場人物が滑稽に尻餅をつき、面前で戸がぴしゃりと閉まる、フランスの娯楽第一のファースの種類とは『真面目［が肝心］』は似ていなかった」(21) と正鵠を得ている。ここで、「ファース的な喜劇」としての『真面目が肝心』に着目してみよう。

まず、世紀末は二重人格者ジキル・ハイドに魅了された時代である。この劇でも、多くの人物が多少とも二重人格者である。まず、ハートフォードシャーの「ウールトン」(I. 718) で「治安判事」と「後見人」(I. 191) のジャックは、表向き道徳的気風を示すが、暇を見付けては「快楽」(I. 40) を求めてロンドンへ出掛ける。片や、ロンドンの「ハーフムーン・ストリート」に住むアルジャノンは、「バンベリー」(I. 228) と言う病人を捏造し、「病人に対する現代の同情心」(I. 344-5) をよいことに、病気見舞いと称して田舎に「バンベリング」に行く。さらに、四幕物に登場する借金取りのグリブズビーも二重人格者である。グリブズビーが借金の支払い先は「パーカー・アンド・グリブズビー」と首肯すると、ジャックがパーカーはどんな人かと尋ねる。すると、グリブズビーは「私が二人を兼ねています、ご主人様。不愉快なビジネスで参ります時はグリブズビー、それほどひどくない種類の折りにはパーカーです」(Jackson 112) と露骨である。

このように、男性は「ビジネス」(I. 71)に迫られて「仮面」を被る一方、意外な素顔を曝け出す。この二重性は、都会と田舎の対比を示唆し、登場人物の性格と劇の舞台に波及している。例えば、都会人のアルジャノンは第一幕冒頭のピアノ演奏で分かるように、洗練された紳士であるが、田園への志向もある。それに対し、田舎者のジャックは都会のロンドンで「快楽」を求める心性がある。この構図は、都会派のグウェンドレンと田舎娘のセシリーにも当てはまり、舞台もロンドンから田舎のウールトン（架空の地名）に変わる。

また、この劇の時期は社交シーズンの終わる「七月」に設定され、三組の男女の恋愛と結婚に焦点が当てられる。当時、女性の結婚適齢期は二〇歳から二五歳、男性の場合は二三歳から二八歳くらいである(Jalland 79)。それゆえ、ブラックネル卿夫人は、二九歳のジャックを「結婚するにはとてもよい年齢」と評する。しかし、彼女はアルジャノンと婚約した一八歳のセシリーが三五歳まで結婚できないと知ると、「ロンドンの社交界は、ご自身の自由選択で何年もの間三五歳のままの、とても高貴な生まれの女性で一杯なのよ」(III. 260-3)と突拍子もないことを言い放つ。

この「ゴルゴンのような人」(I. 605, a Gorgon)は、『ウィンダミア卿夫人の扇』（一八九二）のベリック公爵夫人よろしく、娘のグウェンドレンの婿捜しに懸命である。地位と財産しか気に掛けないブラックネル卿夫人にあっては、捨て子のジャックなどひとたまりもない。彼女がジャックのことで手帳に書き留めるのは、彼の年収だけであろう。そして、話題が家柄となると、ジャックにはどうしようもない。グウェンドレンとの婚約の認知を求めるジャックに、彼女は皮肉たっぷりに「手荷物預かり所家に嫁がせ、小荷物殿と縁組みを結ばせる?」(I. 595-6)ときっぱりと拒絶する。その際に、彼女は「王家のニュアンス」を伴う「縁組み」(an alliance) と言う言葉を用いている (Philipps 19)。この言葉がしっぺ返しに使われることに注目したい。家出したグウェンドレンを追ってジャックの屋敷に来たブラックネル卿夫人は、一三万ポンドの財産のあるセシリーとアルジャノンが婚約したと知ると、すぐに二人の結婚を承諾する。しかし、今度はジャックがブラックネル卿夫人に異議を唱え、「あなたがグウェンドレンと私との結婚を承諾して下されば、すぐに私もとても喜んであなたの甥御様が私の被後見人と縁組みなさるのを許しますよ」(III. 284-6) と遣り返す。

このブラックネル卿夫人が権威の権化と描かれているのも「ファース的」である。当時は家父長制であったので、J・ブリストーは「女性の権威のこの強調は意義深く、この劇に見出される因襲的振る舞いの多くの逆転の一つに数えられる」(207) と端的である。また、女性家庭教師のプリズムが語る教訓の「自業自得」(II. 233, As a man sows, so shall he reap) は、本来なら厳粛に受け止められるべきだが、四幕物ではセシリーが「たとえ彼ら［男の方たち］がする［縫う］にしても、どうして彼らがそのことで罰せられなければならないのか私には分かりませんわ」(340)、と「撒く」(sow) と「縫う」(sew) を勘違いし、その厳粛な雰囲気を滑稽極まりない場面に一変させる。

また、アルジャノンは「幸福な英国の家庭」(I. 274) が信奉する「二人はよい連れ、三人は仲間割れ」の諺を「結婚生活では、三人はよい連れ、二人は仲間割れ」(I. 270-1) と茶化す。そして、正体が露見すると、アルジャノンは「私が困っている時には、食べることが唯一私を慰めてくれるのだ」(II. 835-6) とマフィンを貪り、そんな彼を非難するジャックもマフィンに執着する。この二人を突き動かしているのは、恋愛感情と言うよりは「食べ物と飲み物」(II. 838) である。恋人の「理想」を叶えるために洗礼名を変えようとする二人の動機が「新生」を願うものだとしても、彼らは女性の欲求に盲目的に従うにすぎない。それゆえ、「非常に重要な事柄においては、誠実さではなくスタイルが極めて重要なの」(III. 28-9) と語るグウェンドレン的思考がこの劇の主流なのである。しかも、その「スタイル」を身に付けた二人の女性の理想が「アーネストと言う名前の誰かを愛すること」(I. 395) であるため、男性二人は否が応でもその理想に従わざるを得ない。当初のシナリオでは、彼女たちはそれぞれ男性二人を「矯正する」(reform) 家庭の天使的役割が付与されている (*CL* 596)。さらに、グウェンドレンは「家庭が男性の本来の領域のように私には思えるの」(II. 584-5) と主張し、家父長制の概念など物ともしない。

要するに、「ワイルドは、社会的に是認された確かな事柄が絶えず消失する世界、つまり、社会階級、教育、教会、金銭、恋愛と家族に関する価値が絶え間なく変化を被る世界を描いている」(Bloom 40) ことになる。そして、その「世界」では女性が能動的で衝動的なのである。例えば、グウェンドレンとセシリーが「浅はかなマナーの仮面」(II. 676) をかなぐり捨てて恋人のアーネストを奪い合う場面、あるいは二人が威厳ある沈黙を保ちましょうと二度も確約しながら、前言を翻してジャックとアルジャノンに話し掛ける場面などがそれに該当する。

特に、この女性二人に共通する行為は日記をつけることである。一八九二年に『パンチ』誌に連載されたユーモラスな『名もなき人の日記』は一八九四年に出版されている (Cevasco 249)。本来、日記は個人の私的な内省の記録であるが、セシリーは「私の人生の素晴らしい秘密」(II. 40-1) を日記に書き込むのを楽しみ、しかも出版を意図している。最初アーネストと名乗るアルジャノンがセシリーを誘惑しようとするが、逆に彼の方が彼女の日記の記述に幻惑されてしまう。挙げ句の果てに、彼女は彼のプロポーズの言葉まで日記に書き込もうとする。また、グウェンドレンも「列車の中で何か読むべき扇情的なもの」(II. 656-7) である日記を所持し、アーネストのプロポーズの時間を「昨日の午後五時三〇分」(II. 654) と記入して時間へのこだわりを示す。

「ロマンスのまさしく神髄は不確かさである」(I. 76-7) とアルジャノンが述べるように、「ロマンス」と「ビジネス」(I. 71) が第一幕から対比され、ビジネス的な時間へのこだわりが強調されている。三幕物では、帰りの列車の時刻を気にするブラックネル卿夫人しか「時計」を取り出さないが、四幕物ではチャズブル、グリブズビー、アルジャノン、そしてブラックネル卿夫人が「時計」を取り出して時刻を確認し、そのファース的な慌ただしさが浮き彫りとなる。そして、セシリーが「いかに時が流れ去ったのでしょうか?」(360) と語る仕儀となる。

最後に、セシリーが日記をつけるのを「病的な習慣」(355) と評するプリズムも、四幕物では日記をつけている。表面上取り澄ました彼女の洗礼名は「レティシア」(II. 86) である。この名前は「喜びを表す古い語である」(Harris 224)。その洗礼名が示唆するように、彼女は「喜び」を追求する相貌を呈している。作者の当初の考えでは、彼女はジャックとの結婚を目論む四〇歳以上の強かな女性で、彼女のために医者か牧師が登場することになっている (*CL* 596-7)。また、彼女同様、謹厳実直に見える神学博士のチャズブルも、セシリーが熱心な生徒でないと知ると、「もし私が好運にもプリズム先生の生徒なら、彼女の唇に縋り付きますよ」(II. 75-6) と大胆な言い間違いをして、その本性を露呈する。そして、プリズムもはっとするほどきわどい台詞の「若い女はうぶですよ」(II. 205) と発言する。結局、チャズブルは「原始キリスト教会」(II. 192) の教えに背いて結婚を決意する。四幕物では、チャズブルがプリズムに結婚を申し込むと、彼女は口頭では返事できないので、一年半も彼に抱き続けた気持を書き連ねた「私の日記の最後の三巻本」(381) を今晩送り届けるなどと突拍子もない返答をする。

チャズブルに拠れば、プリズムは「淑女の中でも最も教養があり、立派さをまさしく絵に描いた人」(III. 323-4) である。しかし、このプリズムこそ「一瞬の精神的放心」(III. 359-60) のため「原稿」(III. 361) と「赤ん坊」(III. 361-2) を取り違えた張本人である。彼女の手提げ鞄の裏地に付いた「染み」(III. 393) に関して、彼女は「ノンアルコール飲料」(III. 394, a temperance beverage) と明言している。しかし、先の『捨て子』の乳母は酩酊していたので、プリズムも酔っていたと推定される。そう考えれば、この劇で意味ありげに言及される大食とアルコールの関連が明瞭となる。

おわりに

「ピューリタン的気質」の「真面目」を痛罵する「ファース的な」この喜劇は、作者の親友ロバート・ロスに献呈されている。この劇は、W・H・オーデン(一九〇七―七三)が語るように、「恐らく英語で書かれた唯一純粋な言葉のオペラ」(Ellmann 136) である。実際、作者も三幕物の劇に関して「第一幕は独創的、第二幕は美しく、第三幕は憎らしいほど巧妙である」(Pearson 260)と自負している。

一般に、「彼のよく知られた四つの劇は、喜劇としての評判があり、その当時も喜劇と呼ばれたが、『真面目が肝心』(一八九五)だけが純粋に喜劇的である」(Booth 177)と考えるのが至当である。と言うのは、「ファース的な喜劇」の『真面目が肝心』以外の風習喜劇は、ワイルド流の社会風刺に富む面白さは多分にあるが、それでもセリオコメディーだからである。

この劇の初演の一週間ほど前のインタビューで、作者は「それ[この劇]は、絶妙に些細で、繊細な空想の泡沫で、その哲学を有している。[・・・]我々は人生のすべての些細な事柄を全く真面目に扱うべきであり、人生のすべての真面目な事柄を誠実な熟慮の瑣末主義で扱うべきであると言うことである」(Mikhail 250)と述べている。実際、作者は『書簡』でも「思想と行動での些細な事柄が魅力的だ。私は、それを劇や逆説で表現し、とても素晴らしい哲学の基調とした」(46)と回想している。

要するに、「表面上『真面目[が肝心]』は、二重生活を暴露するファース的な網の仕組みの、文化的に認可された異性間の恋愛と、ワイルドの社交界の喜劇に再現される曖昧なあるいは秘密の過去のテーマ(ウェル・メイド・プレイの普及した伝統的手法)を提示している」(Beckson 186-7)ことになる。そして、この劇では快楽、大食、求愛、結婚と洗礼が「ファース的」に描かれている。第一幕のジャックの台詞「おお、快楽、快楽だよ。他の何があって人がどこかに出掛けることがあるのだい。いつも通り食べているのだね、アルジー!」(I. 40-1)で分かる通り、「快楽」

と「食べること」は深い繋がりがある(Bristow 206)。文学作品では、食べ物は特に性欲を表示する手段としてよく用いられる(Guy and Small 127 n)。しかも、この劇で描かれる大食は作者の当時の私生活と符合する。と言うのは、「彼［ワイルド］はがつがつと食べていた。カフェ・ロワイヤルで昼食をとり、サヴォイで夕食を取り、大抵の日には夜食を食べにウィリスに行き、食事時やその合間に過ぎるほどの酒を飲んでいた」(Croft-Cooke 158)からである。四幕物のチャズブルの台詞「我々はワーズワースの質素なる生活と高遠なる思想からほど遠いのです」(350)の「質素なる生活と高遠なる思想」(41)と言う言葉を、作者は『書簡』でも繰り返して引用し、浅薄であった当時を懺悔している。

最後に、K・ワースは「『真面目が肝心』で快楽原則がついに完全な勝利を享受する」と述べ、「快楽」は「社会主義下の人間の魂」(一八九一)で説明される「快楽は自然の試金石、自然の認可の印である。人が幸せな時には、人は自分自身と自分の環境に調和している」(267)と言うワイルド流の考えの「省略表現」(a shorthand)であると解説している(153)。後年、ワイルドは友人のR・ターナー(一八六九—一九三八)に宛て「この劇［『真面目が肝心』］を通読するのは並々ではなかった。いかに人生と言うあの虎を弄んだことか!［・・・］それ［この劇］を『ドリアン・グレイ［の肖像］』と話ができる距離に置いて欲しい」(*CL* 1122)と述べている。おそらく、『ドリアン・グレイの肖像』(一八九一)と同様、この劇が作者の自伝的要素を多分に含んでいるからなのであろう。

引用文献

Anderson, Olive. *Suicide in Victorian and Edwardian England*. Oxford: Clarendon Press, 1987.

Barret-Ducrocq, Françoise. *Love in the Time of Victoria*, trans. John Howe. Middlesex: Penguin Books, 1992.

Beckson, Karl. *London in the 1890s.* London: W. W. Norton & Company, 1992.

Beerbohm, Max. 'A Defence of Cosmetics', in *The Yellow Book,* Vol. I. London: Elkin Mathews & John Lane, 1894.

Behrendt, Patricia Flanagan. *Oscar Wilde: Eros and Aesthetics.* London: Macmillan Academic and Professional, 1991.

Bloom, Harold, ed. *Oscar Wilde's The Importance of Being Earnest*. New York: Chelsea House Publishers, 1988.

Booth, Michael R. *Theatre in the Victorian Age.* Cambridge: Cambridge UP, 1991.

Bristow, Joseph, ed. *The Importance of Being Earnest and Related Writings*. London: Routledge, 1992.

Cevasco, G. A., ed. *The 1890s: An Encyclopedia of British Literature, Art, and Culture*. New York: Garland Publishing, 1993.

Cox, Don Richard, ed. *Sexuality and Victorian Literature*. Knoxville: University of Tennessee Press, 1984.

Croft-Cooke, Rupert. *The Unrecorded Life of Oscar Wilde.* London: W H Allen, 1972.

Diamond, Michael. *Victorian Sensation.* London: Anthem Press, 2003.

Donohue, J. with Berggren, R, ed. *Oscar Wilde's The Importance of Being Earnest*. Gerrards Cross, Bucks: Colin Smythe, 1995.

Ellmann, Richard, ed. *Oscar Wilde: A Collection of Critical Essays*. London: Prentice-Hall, 1969.
Gagnier, Regenia. *Idylls of the Marketplace*. California: Stanford UP, 1986.
Guy, Josephine and Small, Ian. *Studying Oscar Wilde: History, Criticism, and Myth.* Greensboro, NC: ELT Press, 2006.
Harris, Frank. *Oscar Wilde*. London: Panther Book, 1965.
Huberman, Jeffrey H. *Late Victorian Farce*. Michigan: U M I Research Press, 1986.
Hyde, H. Montgomery. *The Trials of Oscar Wilde.* New York: Dover Publications, 1962.
Jackson, Russell, ed. *The Importance of Being Earnest.* London: A & C Black, 1988.
Jalland, Pat. *Women, Marriage and Politics: 1860-1914.* Oxford: Oxford UP, 1988.
Kohl, Norbert. *Oscar Wilde: The Works of a Conformist Rebel*, trans. David Henry Wilson. Cambridge: Cambridge UP, 1989.
Mikhail, E. H., ed. *Oscar Wilde: Interviews and Recollections*, 2 Vols. London: Macmillan Press, 1979.
Page, Norman. *An Oscar Wilde Chronology*. London: Macmillan Academic and Professional, 1991.
Pearson, Hesketh. *The Life of Oscar Wilde.* London: Macdonald and Jane's, 1975.
Phillipps, K. C. *Language and Class in Victorian England*. Oxford: Basil Blackwell, 1984.
Powell, Kerry. *Oscar Wilde and the Theatre of the 1890s.* Cambridge: Cambridge UP, 1990.
Richards, Jeffrey and MacKenzie, John M. *The Railway Station*. Oxford: Oxford UP, 1986.
Small, Ian, ed. *The Complete Works of Oscar Wilde*, Vol. II. Oxford: Oxford UP, 2005.
Stokes, John. *In the Nineties.* London: Harvester Wheatsheaf, 1989.
Trevelyan, G. M. *Illustrated English Social History*, Vol. 4. Middlesex: Penguin Books, 1964.
Worth, Katharine. *Oscar Wilde*. London: Macmillan Press, 1983.

7 『サロメ』について

はじめに

世紀末芸術の様々なジャンルで取り上げられ、優美と残虐、無垢と退廃を併せ持つファム・ファタルの代表格はサロメである。この妖しいサロメに魅せられた芸術家は、ワイルドに留まらず、G・フロベール（一八二一―八〇）、G・モロー（一八二六―九八）、J・K・ユイスマンス（一八四八―一九〇七）など枚挙に暇がない。ワイルドは、一八九一年の暮れ頃にパリでフランス語で執筆し、翌年ロンドンでS・ベルナール（一八四四―一九二三）を主演として『サロメ』のリハーサルを行った。それゆえ、この劇はレーゼドラマの『フローレンスの悲劇』（未完）や『聖娼婦』（未完）と異なる（Moyle 235）。しかし、そのリハーサルは聖書中の人物の上演を禁じる検閲制度に抵触して三週間で打ち切られてしまった。と言うのも、検査官のE・ピゴット（一八二六―九五）がこの劇を「継娘に対するヘロドの近親相姦的情熱。［・・・］半ば聖書的、半ばポルノ的」（Stephens 112）と判断したからである。それゆえ、上演までの過程で出来上がるト書が少なく、「七つのベールの踊り」のト書きもそのリハーサル中に書き加えられたものである（Donohue,

'Wilde in France' 15)。

　作者はフランス語版の『サロメ』を一八九三年二月にフランスと英国で同時に出版した。そして、その翌年にA・ビアズリー（一八七二―九八）の挿絵入りの英語版『サロメ』が出版され、その際に作者は「私の友人、私の劇の翻訳者アルフレッド・ダグラスへ」と献辞を付した。それは、作者がこの劇の英訳をダグラス（一八七〇―一九四五）に依頼したからである。作者が『書簡――獄に繋がれて』（『獄中記』、以下『書簡』と略記する）でダグラスの「学童並みの誤り」(45-6)を指摘したと語るように、ダグラスの英訳は不正確である。J・ドノヒューも指摘するように、「汝の祖父は駱駝の番人だった！」(469, ton grand-père gardait des chameaux!) が「汝の父親は駱駝を追う人だった！」(459-60, thy father was a camel driver!) になり、「土地はユリのように花咲くだろう」(65-6, Elle fleurira comme le lis) が「それら［寂しい土地］はバラのように花咲くだろう」(63-4, They shall blossom like the rose) と訳されている。また、サドカイ人の台詞「天使とではない」(560, Pas avec des anges) は訳出されず、エロド（ヘロド）の台詞「理性的になるべきではないのか？」(844, N'est-ce pas qu'il faut être raisonnable?) も訳されていない。しかも、最終場面でのサロメの重要な台詞「愛しか考えるべきではない」(1017, Il ne faut regarder que l'amour) は無視されている (Donohue, *Works* 693)。

　フランス語版の『サロメ』は、一八九六年にA・リュニェ＝ポー（一八六九―一九四〇）によってパリで初演された。この時、作者は獄中にあって「私の感謝をリュニェ＝ポーに伝えてくれ。不名誉と恥辱の時に、私が今なお芸術家と見なされるのは何よりだ」(*CL* 652-3) とロバート・ロス

（一八六九―一九一八）にしたためている。作者の死後、一九〇二年にM・ラインハルト（一八七三―一九四三）がこの作品をベルリンで上演して大成功を博し、それを見て感激したR・シュトラウス（一八六四―一九四九）が一九〇五年にオペラにして『サロメ』は不動の地位を築いた。

作者は当初、ある女が恋い焦がれた男を殺し、その殺した男の流した血の中でその女が裸足で踊る劇を創作したかったらしい（Donohue, *Works* 335）。この流血の劇を作者がフランス語で書いた意図、並びに作者がサロメを扱った先行作品からどのような霊感を受け、どのようなサロメ像に仕上げたのかを検討してみたい。

まず、作者がフランス語で書いた意図から探ることにしよう。

I

フランス語で『サロメ』を書いたことについて、ワイルドは一八九二年六月三〇日の『ペル・メル・バジェット』紙で次のように説明している。

この劇を書いた私の考えは、単にこうであった。私が自由に扱えると分かっている一つの楽器があり、それは英語だ。これまで聴いていた別の楽器があり、一度その新しい楽器に触れて、それで何か美しいものが作れるかどうか確かめたかったのだ。［・・・］もちろん、フランスの文学者なら使わないであろう表現法があるが、それがこの劇に若干の浮き彫りあるいは色合いを添えている。メーテルリンクの生み出す多くの奇妙な効果は、神に誓ってフランドル人である彼が外国語で書くことに由来

している。(Mikhail 188)

この説明で作者が「一つの楽器」(one instrument) と言う言葉を使い、M・メーテルリンク（一八六二―一九四九）に言及しているのは注目に値する。と言うのは、作者はメーテルリンクの『マレーヌ王女』（一八八九）の紹介文を書くようにハイネマン社から依頼されたからである (Guy and Small 64)。結局、作者はその紹介文を書かなかったが、『マレーヌ王女』の『サロメ』に与えた影響は甚大と思われる。

『マレーヌ王女』の開幕場面は城の宴会場の外の真夜中の庭で、登場人物は流星などの森羅万象の異変に驚き、「大きな不幸」(100) の「前兆」(100) と恐れる。例えば、「空は真っ黒」(103) に、「月は異様に赤く」(103) なり、登場人物は「恐れ」(101) を抱き、見るもの、聞くものに異様に反応する。また、この劇特有の不気味な「死」(100) の影、それを象徴する「血」(100)、物憂げで幻想的な雰囲気を醸し出すリフレインなど『サロメ』との類似点が多々見受けられる。後年、作者はメーテルリンクに出会った時の印象を、次のようにロスに知らせている。

彼は気のいい男だ。もちろん、彼は芸術を全く捨てている。彼は、ただ人生を健全で健康的にし、魂を文化の束縛から解放しようと思っている。芸術は、今や彼には病弊と思えるのだ。そして、『マレーヌ王女』も彼の若気の馬鹿げた作品なのだ。［・・・］あなたは、『ペリアスとメリザンド』について私にまだ何も話してくれていないね。馬鹿げていたかな？ (*CL* 1090)

作者が『書簡』で「一曲の音楽のような」(109)と呼ぶ『サロメ』は、『マレーヌ王女』に作者が看取した詩的な音楽性に感化された作品である。また、作者は『フローレンスの悲劇』（未完）と『聖娼婦』（未完）と共に『サロメ』を「美しく彩色された音楽的作品」(130)と『書簡』で呼んでいる。作者が『サロメ』の執筆時期に音楽に関心を寄せたことは、作曲家のJ・M・ケーペルの依頼で抒情詩「忠実な羊飼い」（未発表）を彼に送付していることからも推測できる（Fong and Beckson 302)。それゆえ、G・フォーレ（一八四五―一九二四）、C・ドビュシー（一八六二―一九一八）が『ペリアスとメリザンド』（一八九二）に曲を付け、シュトラウスが『サロメ』をオペラにしたのは何ら不思議ではない。このことは、A・ツェムリンスキー（一八七一―一九四二）がワイルドの『フローレンスの悲劇』（未完）と『小人』（「王女の誕生日」の登場人物）をオペラにしていることからも、ある程度推察できないだろうか。

K・パウエルは演劇の検閲制度に二重標準があり、フランス語作品は英語作品に比べて検閲が寛容なために、ワイルドが『サロメ』をフランス語で書いたと推測している。さらに、パウエルは英語を話せないベルナールのレパートリーに合わせて作者が『サロメ』を書いたと推論し、ベルナールの役柄は気性の激しい女王か王女で、子供のように嫉妬深く残酷で、異端者か追放者に一途に恋し、その台詞はものうげな独白で、十八番は非業の死を遂げるものだったと指摘している(37-49)。しかし、作者が『サロメ』の草稿を読み聞かせたP・フォール（一八七二―一九六〇）は『マレーヌ王女』などと共に『サロメ』を一八九二年に上演する予定であった(Donohue, *Works* 473)。それゆえ、作者が英国の検閲制度を想定して『サロメ』をフランス語で書いたと見なすことは、首肯し難く思われる。ただ、二重標準のために作者がベルナール主演の『サロメ』を英国で上演できると思ったことは想像に難くない。

その『サロメ』の上演禁止で、作者が激昂してフランスに帰化すると語ったことは有名である。その理由の一端は、作者が述べるように、英国で上演禁止のC・サン・サーンス（一八三五—一九二一）の『サムソンとデリラ』（一八七七）やマスネの『エロディアード』（三幕物は一八八一、最終版の四幕物は一八八四）が「芸術家の都市」パリで上演されていたことにある (Mikhail 189-90)。そして、象徴派の芸術作品を上演しようとしたフォールたちは『ソロモンの雅歌』に基づく劇をテアートル・ダールで上演している（Tydeman and Price 6）。そして、その劇場を引き継ぎテアートル・ド・ルーブルと改名した先のリュニェ＝ポーが、『ペリアスとメリザンド』を上演し、『サロメ』も手掛けたのである。

また、サロメを演じる女優に関して、作者は後年「世界中でサロメを演じることのできる唯一の女優はサラ・ベルナールである」(*CL* 1196) と述べている。しかし、当時ワイルドが一流の踊り子を想定したことや、逆立ちで踊るルーマニアの踊り子に興味を抱いたと言う友人たちの逸話を突き合わせると、作者がベルナールのために『サロメ』を書いたと結論付けるのに躊躇せざるを得ない。と言うのは、この劇がベルナールのために書かれたと報じた『タイムズ』紙の編集長に宛て、作者は「私の劇［『サロメ』］は断じてこの偉大な女優のために書かれたのではなかった。私は決していかなる俳優や女優のためにも劇を書いた例はなく、これからもそうすることは決してない」(*CL* 559) と書き送っているからである。ただ、以前に作者はM・アンダーソン（一八五九—

一九四〇）のために『パデュア公爵夫人』（一八八三）を書いたことは紛れもない事実である。

話を元に戻すと、作者がフランスの劇場で上演するためにフランス語で『サロメ』を書いたことはほぼ間違いなかろう。と言うのは、W・S・ブラントが一八九一年一〇月二七日の日記に「オスカーは［コメディー］フランセーズで上演するためにフランス語で劇を執筆していると我々に語った。彼はフランス学士院会員になる野心を抱いている」(qtd. Tydeman and Price 15) と記しているからである。ただ、ワイルドは完璧なフランス語は書けなかったらしい。そのため、ワイルドは書き上げた原稿の校閲と提言などを友人のS・メリル（一八六三―一九一五）、A・ルテ（一八六三―一九一〇）、P・ルイス（一八七〇―一九二五）、M・シュウォブ（一八六七―一九〇五）に依頼している (Raby, *Companion* 122)。

次に、サロメの物語の起源と彼女を取り上げた作品について検討してみよう。

II

サロメの物語の起源は、主に新約聖書「マタイによる福音書」の第一四章と「マルコによる福音書」の第六章などで記述される聖ヨハネに纏わる挿話である。それらを統合すると、キリストに洗礼を授けて救世主の到来を予言するヨハネは、ヘロデ王が兄弟の妻ヘロデアを娶り近親相姦の罪を犯したと非難した廉で獄に繋がれる。他方、ヘロデ大王の孫娘で気性の激しいヘロデアは、ヨハネを殺害したいが、臆病なヘロデは彼を殺す手助けをしてくれない。そんなある日、ヘロデ王は誕生日を祝って宴会を催し、その宴席で「ヘロデアの娘」が踊りを披露して、列席の人々をはじめヘロド王を大喜びさせる。


そこで王はこの少女に「ほしいものはなんでも言いなさい。あなたにあげるから」と言い、さらに「ほしければ、この国の半分でもあげよう」と誓って言った。そこで、少女は座をはずして、母に「何をお願いしましょうか」と尋ねると、母は「バプテスマのヨハネの首を」と答えた。

するとすぐ、少女は急いで王のところに行って願った、「今すぐに、バプテスマのヨハネの首を盆にのせて、それをいただきとうございます」。王は非常に困ったが、いったん誓ったのと、また列座の人たちの手前、少女の願いを退けることを好まなかった。そこで、王はすぐに衛兵をつかわし、ヨハネの首を持って来るように命じた。衛兵は出て行き、獄中でヨハネの首を切り、盆にのせて持ってきて少女に与え、少女はそれを母にわたした。(『聖書』、新約聖書 60)

このように、ヘロデ王は「非常に困った」が、ヨハネの断首を命じている。また、「少女」は「ヘロデアの娘」と言及されるだけで、「母」の傀儡にすぎない。

やがて、四世紀にアレクサンドリアにヨハネの教会が建てられると、人々の興味はヘロデアの娘のサロメに集まり、ローマのデカダンスの文学者の間で彼女は人気者となる。そして、中世の十字軍遠征の際に再度ヨハネが注目され、それと共にサロメが教会の装飾に描かれ、ヘロデアと混同され始める。ルネサンス期になると、画家のジョット(一二六六?―一三三七)、F・F・リッピ(一四〇六―六九)、D・ギルランダイオ(一四四九―九四)、ティツィアーノ(一四八八?―一五七六)などがサロメに着目し、物静かで威厳のある愛らしいサロメを描く(Meltzer 15-6)。

文学作品では、H・リッチ卿（一八〇三―六九）が無韻詩の悲劇『ヘロデアの娘』（一八三一）をロンドンで上演し、サロメを中心人物に取り上げて、預言者との出会いと彼女の死に焦点を当てる (Donohue, *Works* 375)。また、H・ハイネ（一七九七―一八五六）が『アッタ・トロル』（一八四三）で次のように「ヘロデアの残虐な愛の伝説」を詠う。

彼女は、いつも両手に持っている。
あの嘆かわしい大皿を、
彼女は、それに載る洗礼者ヨハネにキスする。
そう、熱烈にキスする。

と言うのも、以前に彼女は洗礼者を愛したから――
これは、聖書に書かれていないが、
それでも伝説は今も残っている。
ヘロデアの残虐な愛の伝説が――

そうでなければ、他にどのような説明がつこう。
あの貴婦人の奇妙な憧れについて――
愛してもいない男の首など、
女がどうして欲しがるものか？ (qtd. Praz 314)

このような報われない愛を『ヘロデアの娘サロメ――劇詩』（一八六二）で取り上げたのは、アメリカの作家J・C・ヘイウッド（?―一九〇〇）である。ワイルドは彼の『サロメ――劇詩』（一八八七、新改訂版）を「詩人のコーナー」（一八八八）で「非常にありふれた著作」(65)と論評している。しかし、『サロメ――劇詩』でヘロデアが預言者にキスする場面、あるいは一連の宝石類への言及などはワイルドの『サロメ』にその反響が見られる(Donohue, *Works* 387-9)。また、ワイルドと親交のあったS・マラルメ（一八四二―九八）は、劇詩「エロディアード」（一八九八）で「月」を熱愛するナルシストの処女エロディアード（ヘロデア）を創造している。この詩はJ・K・ユイスマンスの『さかしま』（一八八四）で言及されているので、出版以前からマラルメの友人間で知られていたことになる(Praz 317)。

世紀末デカダンスの祈祷書となった『さかしま』で、主人公デ・ゼサントはモローの描くサロメの絵画を二枚入手し、踊るサロメに取り付かれる。ワイルドは、『ドリアン・グレイの肖像』（一八九〇）で「ギュスターヴ・モローの図案」(124)に言及している。元々フロベールの描くサランボーに取り付かれたモローは、踊るサロメを一二〇枚描き、その中七〇枚はサロメだけを描いている。このモローの油絵《踊るサロメ》と《出現》が一八七六年のサロン展に出品された時、五〇万人以上の人々がそれらの絵を見に出掛けている(Meltzer 18-9)。モローの描くこのサロメの中に、デ・ゼサントは次のようにファム・ファタルの原型を垣間見ている。

瞑想的で荘重でほとんど厳粛な表情を顔に浮かべ、彼女は淫らな舞踏を始めて、年老いたヘロデの眠れる官能を呼び覚ますことになる。彼女の乳房は上下に波打ち、渦巻く首飾りの摩擦で乳首は堅くなる［・・・］。

［・・・］

福音書の物語の事実に何ら関係なく想像された、ギュスターヴ・モローの絵画に、デ・ゼサントは、夢見ていた超人的な、奇妙な、あのサロメの実現された姿をついに見ることができた。［・・・］彼女はある意味で不滅の好色の象徴神、不滅のヒステリーの女神、［・・・］呪われた美女となった［・・・］。(Huysmans 45-6)

画家C・J・ホームズ（一八六八―一九三六）はワイルドとの『サロメ』の談話に触れて、「これ［『サロメ』］は空想的な機知として着想され、メーテルリンク、フロベール、そしてギュスターヴ・モローの宝石で飾られた儀式主義によって示唆された要素が誇示され、茶化されていた」(Mikhail 201) と述べている。また、作家H・マゼル（一八六四―一九四七）の回想では、ルーマニアのアクロバットがムーラン・ルージュで逆立ち踊りをするのを見たワイルドは「私が彼女のために書く劇で彼女はサロメの役を演じなければならない。フロベールの物語のように、彼女に逆立ちで踊って欲しい」(Mikhail 446) と発言している。そのフロベールは、ルーアン聖堂のステンド・グラスに描かれた、逆立ち踊りのサロメに触発されて「エロディィア」（『三つの物語』〈一八七七〉の一編）を出版している。ただ、サロメの踊りは元来「立派な人に不似合いとシリアでは見なされない柄に合った踊り」(Renan 113) だったようである。

フロベールの短編「エロディィア」では、大帝国を夢見る野心家のエロディィア（ヘロデア）は、エロド（ヘロド）との間に子供ができると確信して娘のサロメをローマに残す。しかし、エロドがエロディアと結婚するためにアラブの国王の娘と離婚し、そのため戦争が一二年間も続く。それで、子供のできないエロディアは自分も離縁されるのではと危惧する。彼女の悩みに拍車を掛けるのは、ユダヤ人の預言者イアオカナン（ヨハネ）の中傷である。イアオカナンは、兄弟の妻を娶って近親相姦を犯したエロドが神に罰せられて「雄ラバの生殖不能症」(128) になったと誹謗する。このイアオカナンは、来るべき神の救済を語る際には「甘く快く歌うよう」(127) であるが、非難の矛先が「バビロンの娘」(129) のエロディアに向けられると、雷の怒号に豹変する。それゆえ、彼女はイアオカナンを「雨水だめ」(124) の中で殺害しようと策を弄するが、エロドの手助けがない。そこで、彼女は若かりし頃の自分を彷彿とさせるサロメをローマから呼び寄せるのである。

宴会が始まると、ナザレ人、パリサイ人とサドカイ人の間で、イエスの奇跡、救世主、預言者エリヤを巡って論争が起きる。そんな中、サロメが登場して「愛の熱狂」(145) の踊りをし、さらに扇情的な逆立ち踊りをすると、エロドは悦楽の嗚咽をあげ、「私の王国の半分」(146) を与えると言う。そこで、「歯音不全の発音をする」「子供っぽい様子の」(146) サロメは、楼台に隠れているエロディアの指図で、預言者の首を所望しようとするが、イアオカナンの名前がしばし思い出せない。やがて、その首を受け取ったサロメは母親の所に持って行く。他方、エロドはその首を目の当たりにして涙を流す。と言うのは、エロドはイアオカナンを好きにならずにいられなかったからである。

このように、フロベールの物語は聖書の物語の大筋をほぼ踏襲している。しかし、この物語では「重要人物の死」(131) を予言する人物が配されている。それは、エッセネ派の信徒で占星術師のファニュエルである。このファニュエルの予言を疑わなかったエロドは、死の予言は自分のことに違いないと思ったのである。

さて、ワイルドは『サロメ』の上演禁止の際のインタビューで、聖書を題材にしたオラトリオやオペラ、具体的には、C・グノー（一八一八―九三）の『シバの女王』（一八六二）、先述のサン・サーンスの『サムソンとデリラ』（一八七七）とマスネの『エロディアード』（一八八一）に言及している（Mikhail 187）。後年ワイルドはマスネの『サッフォー』（一八九七）について「この曲は、マスネの曲が普通そうであるように、あちこちあてもなく彷徨い、真の旋律は現れずに果てしなく期待はずれで、テーマも絶えず提示されるが、いかなる展開部にも帰着しない」(CL 1083)と述べている。

このように、ワイルドは「マスネの曲」に馴染みがある。このマスネの『エロディアード』に三幕物と最終版の四幕物のオペラがある。四幕物の『エロディアード』は、一八八四年二月一日からパリのテアートル・イタリアンで初演されたが、この時にはワイルドはパリに居なかった (Rose 351)。ワイルドは同年五月から六月にかけて新婚旅行にパリに出掛けているので、その時に彼がこのオペラのことを聞き知った可能性は十分にある。と言うのは、このオペラで描かれる、エロディアード（ヘロデア）と「見捨てられた子供」(Massenet 49, enfant abandonnée) のサロメの母娘関係の提示あるいはエロディアードのサロメに対する愛情は、『ウィンダミア卿夫人の扇』（一八九二）のアーリン夫人とマーガレットの関係とアーリン夫人の母性愛を想起させるからである。実際、マスネのサロメがエロディアードの正体を知るのは最終幕であり、ワイルドは当初アーリン夫人の正体を最終幕まで暴露しないと主張していたのである。また、マスネのサロメがジャン（ヨハネ）に大胆に愛を告白する姿は『サロメ』の女主人公の人物造形を、オペラのエロディアードが母親ではなく女であることを選ぼうとする心的態度はアーリン夫人の心性を想起させるからである。しかも、『サロメ』と『ウィンダミア卿夫人の扇』の創作時期はほぼ同じである(Donohue, *Works* 487)。また、『エロディアード』で「娼婦」(Massenet 127, la courtisane)と呼ばれるサロメが預言者ジャンに「愛は何ら冒瀆ではない」(Massenet 61)と語り掛けるように、ワイルドは『聖娼婦』(*La Sainte Courtisane*)で娼婦ミルリーナと聖人ホノリーウスを登場させ、愛は冒瀆ではないことを浮き彫りにしようとしている。

このマスネの『エロディアード』は、フロベールの「エロディアス」を基にしているが、粗筋は大幅に異なる。このオペラでは、エロドは美少女サロメに夢中になるが、サロメがエロディアードの娘であることを知らない。また、エロディアードもサロメが見捨てた自分の娘だとは知らない。たまたま、夫の愛情を奪った恋敵の正体を知ろうとエロディアードが占星術師ファニュエルの所に出掛けて、初めてサロメがローマで見捨てた自分の娘だと教えられる。しかし、サロメが恋敵であるがゆえに、エロディアードはファニュエルの言葉を信じようとしない。また、出自をよく知らないサロメはエルサレムで母親を捜しあぐね、預言者のジャンに出会って恋し、大胆にも愛を告白する。ところが、このジャンに侮辱されたエロディアードは彼の首を刎ねるよう夫に求める。しかし、エロドは群衆に人気があるジャンを利用してローマに反乱を起こそうと画策する。その最中、ローマ総督のヴィテリウスが兵を率いて訪れ、暴徒を鎮めてジャンを捕える。その騒動の中、エロドはジャンを助けてやろうと思うが、サロメに求愛を拒絶され、彼女の恋しい男がジャンと知ると、嫉妬のためにジャンとサロメに処刑の宣告をする。ジャンの処刑の宣告に安堵するエロディアードは、娘の処刑に一抹の「奇妙な哀れみ」(Massenet 127)を覚えるが、娘を助けようとしない。

こうして、処刑を目前にしたジャンは「私は何の後悔もないが、それでも、ああ弱きこと！／あの子を思うと、あの子の輝くような顔立ちが、／いつも私の眼前に浮かび、／思い出が何と私を息苦しくさせることか！」(Massenet 137)と嘆く。そこへ、サロメが現れると、ジャンも愛を告白して二人は死を目前にして永遠の愛を誓う。ところが、ジャンだけが刑場に引き立てられ、サロメは助命されて宮殿に連れて行かれる。そこで、サロメはジャンの助命をエロドに嘆願する。さめざめと泣く娘の姿を目の当たりにして、エロディアードは嫉妬から覚める。しかし、時既に遅くジャンは処刑され、それを知ったサロメはエロディアードに短剣で襲いかかる。この期に及んで、エロディアードは「お許しを！私はあなたの母なの！」(Massenet 151)と正体を明かし、絶望したサロメは自刃する。

このように、このオペラではサロメがエロディアードの正体を知るのは最終幕である。また、バビロニア人たちは踊りを披露するが、サロメは踊ることはない。さらに、女主人公のエロディアードはエロドの愛を巡って苦悶し、やがて娘への「愛」に目覚めるのである。

ここで、ワイルドの『サロメ』を検討し、彼の独創性について考えてみたい。

III

P・レイビーは『サロメ』の舞台設定がフロベールの「エロディア」の残響と見なし、テラスは自然が侵入する「不可欠なワイルド的場所」と述べ、「階段」と「雨水だめ」が「二つの対立する焦点」と指摘している(*Importance* 327)。つまり、人工と自然が対峙するテラス、また宮殿へ通じる階段と地下の雨水だめによって分断される空間が劇の舞台となる。そして、閉ざされた宴会場や雨水だめから外のテラスに出ることによって、登場人物は自然に曝され、閉ざした心を露にする。ところが、ヨカナーン（ヨハネ）はサロメによって雨水だめから解放されながら、自ら雨水だめに戻り、エロドもエロディアを残したまま、閉ざされた宮殿へ帰って行く。このように、この劇は自己の解放と回帰を孕み、登場人物の内的葛藤を露呈する。その際に、作者は視覚と聴覚を対置し、唯物論と観念論、女性性と男性性、女性の獣欲的渇望と男性の観念論的憧憬の葛藤を描いている(Dijkstra 396)。

実際、この劇の登場人物は「見る」(2)ことを求めてやまない。この劇で何らかの形の動詞の「見る」がほぼ七〇回も使用されている(Donohue, *Works* 460)。と言うのも、彼らは人々の声、物音と気配などに敏感に反応するからである。そして、彼らの会話は救世主、奇跡、神などについての混沌とした話題に関してである。例えば、天使や神を「見る」あるいは「死の天使の翼の羽ばたき」(281-2)を聞くなどのように、それらはおよそ人知の及ばぬ事象である。

この劇は衛兵隊長のナラボスが「サロメ王女は今宵何と美しいのでしょう!」(1)と語る場面から始まる。宴会場にいる「美しい」サロメに彼が見惚れているのが分かる。義父のエロドの視線に耐え兼ねるサロメの様子、サロメが眼差しを避けるので陰鬱な表情のエロドの様子が語られ、特に「見る」ことは「不幸」(22-3)を招くと繰り返される。

まず、ナラボスはサロメを見すぎるために小姓に小言を言われ、エロドもサロメを見るたびに妻のエロディアに咎められる。しかし、ナラボスもエロドも美しいサロメを見ずにはいられない。そのサロメはテラスに逃れて一息つき、「神の酒に酔った」(638) ヨカナーンの「奇妙な声」(171) に魅せられ、禁じられた雨水だめの蓋を開けるようナラボスに求める。この時、サロメは繰り返しナラボスに「私を見て」(212) と声を掛ける。すると、彼は催眠術に罹ったかのように応じてしまう。このように、禁じられたものを見たい欲望は、見てはならないと言う禁止によって増大する。と同時に、その禁止の無力さが際立ち、人間の欲望の強さが浮き彫りとなる。

最初サロメは「駱駝の毛皮」(78) と「革の帯」(79) を身に纏う「獰猛な」(79, farouche) ヨカナーンを見て尻込みするが、すぐに彼の虜となる。しかし、「神を見ることを望む人の目隠しの布」(1005-6) を付けるヨカナーンは、サロメの美しさに気付かず、「金色の瞼の金色の目」(265-6) の女は誰だと問う。彼女が「エロディアの娘」(268) と答えると、彼は「下がれ！バビロンの娘！」(269)、「ソドムの娘」(276) と彼女を「売春婦」(990) 扱いして雨水だめに戻って行く。そこへ、ヨカナーンを恐れて出てくるはずのないエロドが、「ワイン」(39) に酔ってサロメを探してテラスにやって来る。彼は欲情に囚われ、サロメに「可愛い赤い唇」(456) を杯に、あるいは「果物」(463) に歯形を付けて欲しいと要求し、果ては、エロディアの玉座を与えると言う。これらの要求が拒絶されると、彼は陰鬱な気分を払拭するために踊りを所望し、何でも褒美を与えると彼女に誓約する。

そこで、サロメは、『パデュア公爵夫人』（一八八三）のビアトリーチェのように、復讐の糸口を見付け、「七つのベール」の踊りを舞う。裸足で踊るサロメは欲求の捌け口を見出し、性に狂った女に変貌する (Dijkstra 243-4)。そして、エロドの再三の交換条件を無視し、サロメは恋しいヨカナーンの首を貰い受ける。こうして、彼女は愛を拒絶したヨカナーンにキスし「あなたは決して私を見なかったわ。もし私を見ていたなら、あなたは私を愛したでしょう。この私はあなたを見たわ、ヨカナーン、そして、私はあなたを愛したのよ」(1007-8) と独白する。さながら吸血鬼に変貌したサロメを目の当たりにしたエロドは、「何も物を見たくない」(1026-7) と奴隷に松明を消させる。すると、星も月も隠れて一瞬真っ暗になる。しかし、エロドが階段を上り始めると、一条の月光がヨカナーンにキスするサロメを照らし出す。それを見たエロドは「その女を殺せ！」(1034) と命じる。このように、「見る」ことは人の欲望を駆り立て、その欲望が充足されない場合には殺意の動因となる。

さて、エロディアが「夢想してはいけないわ。夢想家は病人なのよ」(563-4) と語るように、この劇では「夢想家」(les rêveurs) が酒、信仰、愛に酔って自らの「夢想」に耽る。そして、彼らは自らの「夢想」を「月」(2) に投影する。しかし、「冷やかで懐疑的で合理主義者の」(*CL* 552) エロディアには「月は月らしい。それだけのこと」(399) である。それゆえ、この月は『ドリアン・グレイの肖像』の肖像画のように、見る人の想念を変幻自在に映す「鏡」の役割を果たす。

まず、ナラボスは「可愛い白い鳩のような」(7-8)「銀の足の」(6)「踊る」(8) サロメを月に投影する。エロディアの小姓は、「墓から出た」(3)「死んだ女」(3-4) のように月が「死人を探して」(4) いると思う。やがて、宴会場から逃れたサロメは月を「冷たく純潔な」(136-7)「処女」(137)

だと思う。その後、サロメがナラボスを誘惑すると、月は「奇妙な様子」(218) を呈し、ナラボスは自殺する。自殺の直前にナラボスが「サロメ、サロメ、私の最愛の人」と発言する台詞が草稿にある (Donohue, *Works* 526 n)。このナラボスの自殺で、小姓は月が「死人を探して」いたと納得する。

そこへ、エロドが登場し、サロメの姿と自らの欲望を綯い交ぜにしたかのように、月は「裸の」(393)「酔った」(397)「ヒステリックな女」(392) のように「恋人を探している」(396) と言う。その後、月は「血のように」(627) なり、「大きな白い雲」(885) で覆い隠され、やがて一条の月光がヨカナーンにキスするサロメを照らし出す。まさに、「『サロメ』は月のドラマである。フェニキアの女神、『三日月形の角を持つ天の女王』アスタルテが情熱の象徴として現れ、その跡に愚行、破壊、死を残していく」(Brasol 218) のである。

この「情熱の象徴」の月の変化に呼応して、登場人物もその相貌を急変させる。サロメの名前は、ヘブライ語の「平和」と関連し (Hanks and Hodges 292)、純粋無垢の象徴の「白い鳩」(7-8) に譬えられている。そのサロメがヨカナーンに「お前は呪われている」(370-1) と罵倒されると、「私は処女だったの。あなたは私の処女を奪ったわ。私は純潔だったの。あなたは、私の静脈に火をたぎらせたのよ」(1013-4) と独白する狂女に豹変する。このサロメの変貌は、ヨカナーンにも当てはまる。兵士によって「とても優しい」(70) と評されるヨカナーンは、「神の酒に酔った」(638) かのように叫び喚く。「ほっそりした象牙の像」(256-7) のように「純潔な」(257) ヨカナーンの外観は、まさしく「獰猛」である。

つまり、相反する心象が登場人物に付与されている。エロドの場合も、そうである。彼は、近親相姦の結婚を咎めるヨカナーンの言説が正しいと思いながら、サロメに愛欲を禁じ得ず、自己矛盾を来たす。そして、ヨカナーンと同様に「巨大な翼の羽ばたき」(444-5)を耳にしたエロドは、寒く感じた途端に「暑すぎる。息が詰まる。両手に水をかけてくれ。雪を食べさせてくれ。マントのホックを外してくれ。早く、早く、マントのホックを外してくれ。いや。[・・・]私を痛めつけるのは、私の王冠だ、私の薔薇の冠だ。薔薇は火で出来ているようだ。それらが私の額を火傷させたのだ」(742-6)と支離滅裂である。

このように、登場人物の言説は突拍子もなく激変する。と言うのは、「愛の神秘」(1016)ゆえに、登場人物が豹変するからである。この「愛の神秘」の情熱と冷酷を包摂する比喩は「銀」(6)である。「銀」はこの劇のテキスト自体に浸透しているように思われる(Toepfer 77)。実際、ワイルドの作品には「銀」が頻出している。ここでも、サロメとヨカナーンを形容するのは「銀」である。ヨカナーンは、サロメによって「銀の像」(256-7)と形容され、サロメもナラボスによって「銀の花」(116-7)に譬えられている。この「銀」は、月の心象と同様、情熱と冷酷を併せ持つ「愛」の女神アスタルテの比喩と考えられる。

また、月は純潔、情熱、死をそれぞれ象徴する白、赤、黒と変化する。この三色は『パデュア公爵夫人』(一八八三)でも使用されているが、ここではその三色はサロメがヨカナーンを形容する際の「白い」体、「赤い」口、「黒い」目に反響している。『エロディアード』のサロメがジャンの「声音」(Massenet 59)と「目の輝き」(Massenet 63)に引き付けられるのと対照的に、ワイルドのサロメはヨカナーンの身体の部位に即物的に魅せられている。

『サロメ』に相応しい舞台設定について、作者は「豪華な薄暗い背景で、ユダヤ人は全く黄色、ヨカナーンは白、ヘロデは濃い暗赤色、サロメ自身は蛇のように淡い緑色」(Mikhail 201) の装いであると語っている。特に、サロメの「淡い緑色」は注目すべきである。と言うのは、ヨカナーンの閉じ込められている「古い雨水だめ」(93) は「緑色のブロンズの壁」で囲まれ、ナラボスを誘惑するサロメの言葉は「あなたのために可愛い花、可愛い緑の花を落として差し上げるわ」(205-6) となっているからである。この「緑の花」は作者の「私的な暗号」である (Raby, *Importance* 329)。しかも、小姓はナラボスが自殺すると「彼は私の親友で、親友よりも親しかった」(376) と意味ありげに彼の死を嘆く。それゆえ、この劇には男性の同性愛のモチーフが潜在していることになる。

おわりに

ワイルドは、レーゼドラマの『聖娼婦』(未完) でも聖人ホノリーウスと性愛に耽る娼婦ミルリーナを配して、キリスト教的精神主義と異教的エロスを対立させている。特に、キリスト教的罪悪の観念を知らない無垢なミルリーナを聖娼婦と提示することによって、作者は道徳律に縛られたブルジョワ社会に挑戦状を叩き付けようとしている。それゆえ、聖書のサロメの物語は作者にとって格好の題材であったように思われる。

サロメを扱った作品は様々であるが、作者は「少女」サロメを「女」サロメに書き換え、サロメの官能性を際立たせている。そして、異教的なエロスを体現するサロメの対極として、作者はキリスト教的禁欲主義を説く「神の酒に酔った」ヨカナーンを配している。このヨカナーンの台詞は、L・ド・サシ（一六一三—八四）のフランス語版聖書からの直接引用なので、作者がヨカナーンを真の預言者と提示し、聖書の物語をそのまま再現しようとしていることが分かる (Donohue, *Works* 413-5)。また、作者は「悲劇的衣装を身に纏う理性、悲劇的結末を齎す理性」(*CL* 552) のエロディアを終始脇役とし、近親相姦の罪を犯して「生殖力のない」(692, stérile) エロドの罪悪感と自己矛盾を浮き彫りにしている。さらに、作者は同性愛の傾向の小姓とナラボスを登場させ、エロドの同性愛も匂わせている。と言うのは、ナルシスを想起させるナラボスは、エロドが追放した先王の息子だが、彼の寵愛を受けて衛兵隊長に任じられているからである。そして、ナラボスは、愛しいサロメがヨカナーンに激しく迫るのを見るに耐えず自殺すると、小姓は「親友よりも親しかった」ナラボスの死を嘆く。ところが、サロメはナラボスの自殺に何の反応も示さず「あなたの口にキスするよ、ヨカナーン」(369) と凄まじく迫る。また、「七つのベール」の踊りを舞ったサロメは、「私自身の快楽」(826, mon propre plaisir) のためにヨカナーンの首を要求し、エロドの執拗な交換条件を無視して、ヨカナーンにキスして陶酔する。

このように、作者は愛欲の強烈さを浮き彫りにしている。そして、吸血鬼のように変貌したサロメの姿を目の当たりにしたエロドは、彼女の行為が「見知らぬ神に対する罪」(1019-20) と思う。これは、『ドリアン・グレイの肖像』（一八九〇）でヘンリー卿が発言する「神への恐れ、それは宗教の秘儀である」(21)に通底する。こうして、酒と愛欲の酔いから醒めて「罪」の意識を取り戻した四分領太守のエロドは、ヨカナーンの予言通りに、兵士に命じて楯でサロメを惨殺して、愛憎の恐ろしさを際立たせるのである。

この愛憎の物語を再構築する際に、作者は踊り、死の予兆と月影を巧みに利用し、「美しく彩色された音楽的作品」である「私の詩」(*CL* 552)に仕上げている。また、この劇では占星術師のファニュエルは登場せず、不吉な死の予兆は登場人物の心象に投影され、登場人物の不安はヨカナーンの予言や不気味な月影の変容によって増幅されている。

作者は校閲を依頼したルイスに『サロメ』を献呈し、それに応えてルイスは次のソネットをワイルドに書き送っている。

輝きかすむ七つのベールを通し
彼女の体の曲線が月へ反り返り
彼女が褐色の髪で触れ
指で愛撫すると、星は光り輝く。

尾を広げる孔雀の夢を見て
彼女は羽根の扇に隠れて微笑み
旋風の渦を巻いて彼女が踊ると
青い肩掛けは弧を描いて軽やかに浮く。

黄色い波のベールを最後に纏い、ほとんど裸となって
彼女は遠ざかり、戻り、向きを変え、通り過ぎる。
玉座の縁で四分領太守は震え、彼女に懇願して促すが、

逃れた彼女は、夜の薔薇と一緒に踊り
野生の足を血の中に踏み入れて
背後に恐ろしい月影を引く。(Mason 375)

引用文献

Brasol, Boris. *Oscar Wilde*. New York: Octagon Books, 1975.

Dijkstra, Bram. *Idols of Perversity*. Oxford: Oxford UP, 1986.

Donohue, Joseph, ed. *The Complete Works of Oscar Wilde*, Vol. V. Oxford: Oxford UP, 2013.

______________. 'Wilde in France', *Times Literary Supplement*, 11 September, 2015, 14-5.

Flaubert, Gustave. *Trois Contes.* Paris: Le Livre de Poche, 1972.

Fong, Bobby and Beckson, Karl, eds. *The Complete Works of Oscar Wilde*, Vol. I. Oxford: Oxford UP, 2000.

Guy, Josephine M. and Small, Ian. *Oscar Wilde's Profession*. Oxford: Oxford UP, 2000.

Hanks, Patrick and Hodges, Flavia. *A Dictionary of First Names*. Oxford: Oxford UP, 2003.

Huysmans, Joris-Karl. *Against Nature*, trans. Margaret Mauldon. Oxford: Oxford UP, 1998.

Maeterlinck, Maurice. *Serres Chaudes, Quinze Chansons, La Princess Maleine.* Paris: Gallimard, 1983.

Mason, Stuart. *Bibliography of Oscar Wilde*, 2 Vols. New York: Haskell House Publishers, 1972.
Massenet, Jules. *Hérodiade・Livret de Paul Milliet & Henri Grémont*. Editions Heugel. Paris: EMI Classics 7243 5 55378 2 9, 1995.
Meltzer, Françoise. *Salome and the Dance of Writing*. Chicago: University of Chicago Press, 1970.
Mikhail, E. H., ed. *Oscar Wilde: Interviews and Recollections*, 2 Vols. London : Macmillan Press, 1979.
Moyle, Franny. *Constance: The Tragic and Scandalous Life of Mrs Oscar Wilde*. London: John Murray, 2011.
Powell, Kerry. *Oscar Wilde and the Theatre of the 1890s.* Cambridge: Cambridge UP, 1990.
Praz, Mario. *The Romantic Agony*, trans. Angus Davidson. Oxford: Oxford UP, 1970.
Raby, Peter, ed. *The Cambridge Companion to Oscar Wilde*. Cambridge: Cambridge UP, 1997.
__________, ed. *The Importance of Being Earnest and Other Plays*. Oxford: Oxford UP, 1995.
Renan, Ernest. *The Life of Jesus*. New York: Prometheus Books, 1991.
Rose, David Charles. *Oscar Wilde's Elegant Republic: Transformation, Dislocation and Fantasy in fin-de-siècle Paris*. Newcastle upon Tyne: Cambridge Scholars Publishing, 2015.
Stephens, John Russell. *The Censorship of English Drama.* Cambridge: Cambridge UP, 1980.
Toepfer, Karl. *The Voice of Rapture: A Symbolist System of Ecstatic Speech in Oscar Wilde's Salome*. New York: Peter Lang, 1991.
Tydeman, William and Price, Steven. *Wilde - Salome*. Cambridge: Cambridge UP, 1996.
日本聖書協会『聖書』一九七六年。

第3章

1　『スフィンクス』について

はじめに

ワイルドはオックスフォード大学時代に詩「ラヴェンナ」（一八七八）でニューディギット賞を得て、その後『詩集』（一八八一）を発表し、フランスの象徴派に倣った詩『スフィンクス』（一八九四）を出版した。しかし、この『スフィンクス』は彼のオックスフォード大学在学中に書き始められ、その証拠にガウン姿の教授のスケッチが原稿に描かれている（Mason 398）。それゆえ、この詩で詠われる「私はほとんど目にしていない／およそ二〇もの夏が秋のけばけばしい仕着せのために緑を落とすのを」（17-8）を字義通りに解釈してよいことになる。その後、パリに滞在した作者は一八八三年四月初旬にR・シェラード（一八六一―一九四三）に宛て「散文の韻律的価値は決してまだ十分に検証されていない。私が詠って私のスフィンクスを寝かせて、棺台に見合う三音節語の韻を見付けるとすぐに、そのジャンルでさらに何か仕事をしたいと思う」（*CL* 205-6）と述べている。しかし、この時点でも『スフィンクス』は完成せず、数ケ月後に作者はまたシェラードに宛て「ロンドンの生活の素晴らしい旋風と渦巻きが、私を私のスフィンクスの元から運び去ってしまう」（*CL* 211）

としたためている。それから一〇年後の一八九三年六月頃に、作者はC・リケッツ（一八六六―一九三一）に「この詩全体を長くできるかどうか確かめたいので、どうか訂正済みの校正刷りを送ってくれないか」(*CL* 566) と依頼している。こうして、『スフィンクス』は翌年六月に出版され、完成までの期間はほぼ二〇年に及んでいる。

この詩は「W・H氏の肖像画」（一八八九）や『ドリアン・グレイの肖像』（一八九〇）が発表された後に出版されているので、作者の性癖を考える点で興味深い。と言うのは、作者は「W・H氏の肖像画」でW・H氏をわざわざ「ロザリンドの少年俳優」(52) と明記し、その後も四年間に亘って加筆した「W・H氏の肖像画」（未発表となった）で「我が偉大な劇作家たちによって用いられた、演劇的好奇心のあらゆるモチーフの中で、両性の曖昧さほど微妙で魅惑的なものはない」(72) と特筆しているからである。この点に着眼すると、『ドリアン・グレイの肖像』に登場するドリアンの性倒錯や、ロザリンドを演じるシビルに対するドリアンの想いは作者の性癖を反映していると言える。そう考えると、この詩で詠われる「半ば女性半ば動物」(12) のスフィンクスのセクシュアリティも興味深く思われる。

それゆえ、この詩で詠われる「半ば女性」のスフィンクスの性癖を検討し、作者の性向に光を当てることにしたい。

I

ワイルドの作品には、人物の肖像がモチーフとしてよく用いられている。短編小説の「アルロイ卿夫人」(一八八七)でも彼女の肖像の「写真」がモチーフとして用いられ、「喪服のジョコンダ」(34)と記述されている。この短編を『アーサー・サヴィル卿の犯罪とその他の物語』(一八九一)に収める際に、作者は「秘密のないスフィンクス」に改題している。「スフィンクス」に擬せられるアルロイ卿夫人は、自由奔放に振る舞う「新しい女」、裏社交界の女、延いてはファム・ファタルのように描かれている。ファム・ファタルの典型はサロメである。また、娼婦の名を冠した『聖娼婦』(未完)のミルリーナもいる。『ウィンダミア卿夫人の扇』のアーリン夫人も観客に娼婦と映ったはずである。作者は「我々はア[アーリン]夫人をココットのように見せてはいけない。彼女は女策士で、ココットではない」(*CL* 515)と説明している。しかし、彼女はココット(娼婦)や裏社交界の女性が間借りするカーゾン・ストリートに借家を持っている(Barret-Ducrocq 52)。このアーリン夫人の人物造型に、作者の隠された意匠、つまり、彼女は両性的人物であると言う意匠を垣間見ることができる。と言うのは、このアーリン夫人の役柄に、作者はロザリンド役で人気のアメリカ女優のA・リーアン(一八六〇―一九一六)を望んでいるからである(*CL* 489)。リーアンは、大胆な異性装のロザリンドを演じ、英国の同性愛者にとっては禁断の幻想のシンボルだったのである(Auerbach 232-4)。

また、『ドリアン・グレイの肖像』で「紳士仕立てのガウンを着」(342)るモンマス公爵夫人のように、「新しい女」は男装を好み、軽蔑的な「ジョルジュ・サンド主義」と言う言葉も生まれている(Walkowitz 62)。そして、作者にとって魅惑的なのは「W・H氏の肖像画」(一八八九)の場合のように、女装の男性である。作者の友人のA・テイラー、F・アトキンズ、A・マーリング(正確な姓はマーリー)の三人は女装し、特にマーリングは「花形の服装倒錯者」(Croft-Cooke 174; Holland 319)だったのである。

B・ブレイゾールは「生涯を通じて、ワイルドはスフィンクスの神秘に取り付かれていたように思われる」(139)と指摘している。確かに、スフィンクスへの言及は、「シェリーの墓」(一八八一)、「幸福な王子」(一八八八)、「虚言の衰退」(一八八九)、「中国の賢人」(一八九〇)、『ドリアン・グレイの肖像』(一八九〇)、『何でもない女』(一八九三)などに散見される。このスフィンクスに関し、I・マリーは「エジプトのスフィンクスはたまに例外はあるが男性と表され、ギリシアのスフィンクスは女性であった。この伝統をワイルドはわざと混同している。彼のスフィンクスはいつも女性であり、この詩[『スフィンクス』]は別にして通常は一つの洒落、『秘密のないスフィンクス』としての女性と言う考えに由来する」(628)と端的である。女性は「秘密のないスフィンクス」と言う作者の「洒落」は、裏を返せば、男性は秘密のあるスフィンクスと言うことになりはしないだろうか。

また、作者の「洒落」が顕著なのは同性愛を示唆する『真面目が肝心』(一八九五)であるが、『何でもない女』でもその示唆が読み取れる。後者の劇では、アーバスノット夫人とイリングワース卿が息子のジェラルドを奪い合う筋書きがある。そのジェラルド役を俳優兼支配人のH・B・

トリー（一八五三―一九一七）の意向に反して、作者は「私の理想的なジェラルド」(CL 540) と呼ぶ、二二歳の男優S・バラクラフ（一八七一―一九三〇）を推挙している (McKenna 276-7)。と言うことは、作者の関心の一端は青年のジェラルドにあることになる。

実際、ワイルドの詩「我が聖母」（一八八一）の創作の過程で、「美しくすらりとした少年」(1)〈詩「過ぎ去りし日々」〈一八七七〉の一節〉が「ユリの少女」(1) に変貌を遂げている (Behrendt 56)。つまり、「ユリの少女」は元来「美しくすらりとした少年」だったのである。それゆえ、ワイルドの作品ではセクシュアリティが曖昧な男女が登場し、同性愛ないしは男性同士の三角関係のモチーフが潜在していることになる。

ここで、本題の『スフィンクス』に戻って、この詩の語り手の「私」とスフィンクスの関わりに焦点を移し、謎のスフィンクスの実像に迫ることにしよう。

II

異国風の語彙が顕著な『スフィンクス』に関し、I・マリーはC・ボードレール（一八二一―六七）の『悪の華』（一八五七）の猫を扱った詩編、G・フロベール（一八二一―八〇）の『聖アントワーヌの誘惑』（一八七四）、T・ゴーティエ（一八一一―七二）の『モーパン嬢』（一八三五―六）、「ある夜のクレオパトラ」（一八三八）と「ミイラの物語」（一八五八）などの影響を指摘している (627)。確かに、『悪の華』の一編「猫たち」で「それら［猫たち］は夢想しながら、孤独の深みに横たわり／果てしなく夢の中に眠り込むかに見える／巨大なスフィンクスの高貴な姿になる」(86)と詠われ、猫がスフィンクスに譬えられている。ワイルドのスフィンクスも「この奇妙な猫」(7)と詠われている。猫とスフィンクスの関連では、スフィンクスの愛した女神の「緑の緑柱石の目のパシュト」(66)は頭部が猫のエジプト神で、その使者はまさしく猫である。また、異国風の語彙や多くの怪物、特に「トラゲラフォス」(64)、「オレイカルク」(70)などはフロベールに依拠し、エジプトのミイラはゴーティエの影響なのであろう。

この詩でワイルドは一種独特な雰囲気を醸成するために「物憂い」(13)声調を用いている。そのことは、挿絵画家のC・リケッツがこの詩の表紙に「メランコリア」と言う語を配していることからも分かる。また、M・プラーツは、この詩のリズムがE・A・ポー（一八〇九―四九）の『大鴉』（一八四五）と類似していることを指摘している(258)。ワイルドはアメリカ訪問中にポーが『大鴉』を執筆した部屋を訪れ、ポーを「韻律表現の素晴らしい大家」(*CL* 277)あるいは「偉大なケルトの詩人」(*CL* 471)と呼び、『大鴉』をフランス語訳したS・マラルメ（一八四二―九八）を賛美している。

さて、『スフィンクス』は「半ば女性半ば動物」(12)のスフィンクスに触発された「私の空想」(1)が織り成す奇怪な幻想物語詩である。二〇歳にもならない「学生」(162)の「私」の小部屋の薄暗い片隅に、「美しくもの静かなスフィンクス」(2)が「中国製のマット」(8)の上に横たわり、「私」を見据えている。その「催眠的」(11)で「物憂い」(13)スフィンクスは、エジプト神話、聖書、ギリシア神話、ローマ神話についての夢想を掻き立て、「私」にその「絶美で怪奇なもの」

(12) に触れたい欲望を引き起こす。そして、「空想的なスフィンクス」(30) の「曲線状の古拙の微笑」(86)、つまり、ジョコンダの微笑を描く一節が次のように詠われる。

何とお前の微笑は精妙で秘かなのか！それではお前は誰も愛さなかったのか？いや、私は知っているぞ。
偉大なアモンがお前と寝床を共にしたことを！彼はナイル河畔でお前と一緒に寝たのだ！(73-4)

この連に続く「偉大なアモン」の描写は、最終段階で追加されたものであろう (Fong 478)。と言うのは、ワイルドはリケッツへの先の手紙で「この詩全体を長くできるかどうか確かめてみたい」(*CL* 566) と述べているからである。

そして、「私」は四散した「感覚のない石」(124) のアモンをイシスの神話に倣って再生させるために、スフィンクスにエジプトへ旅立つよう求める。しかし、スフィンクスは依然として「不変の凝視」(150) を「私」に向け、「私の中にあらゆる獣性を目覚めさせ」(168)、「私を私がなりたくない人にさせる」(168)。そして、「忌まわしい神秘」(167) のスフィンクスは「私の信条を不毛な見せかけ」(169) にし、「官能的な生活の淫らな夢を呼び起こし」(169)、最後に「私」を「呪われた」(165) ものに変貌させてしまう。

ここで、興味深いことは、作者が詩の創作過程で次の二連を削除して、スフィンクス像を修正していることである。

お前は恐ろしい鈎爪で握り始め、
お前は私を鉄の網で縛り、
お前はお前の歯を私の肌に立て、
お前は私の心臓をバラの如く剝ぎ取る。

お前は私の心臓をお前の鈎爪で剝ぎ取り、
お前は私の血を深紅のワインの如く飲み、
お前はお前の氷の唇を私の唇に押し付け、
お前はお前の黒くなった口部で私を銜える。(Fong 626)

この二連の削除によって、作者はスフィンクスの「私」への物理的な残虐行為を排除し、飽くまでもスフィンクスと「私」の精神的葛藤の物語にしている。実際、スフィンクスの「残酷な三日月形の唇」(181 n)の詩句も削除されている。それゆえ、スフィンクスの「獣性」(168)に激しく揺さぶられる「私」の妄想と対照的に、スフィンクスは飽くまでも「もの靜か」(2)で「不動」(3)である。

この修正のために、スフィンクスは残虐な吸血鬼になることを免れている。しかし、この詩は「道徳的退廃の耽溺、『感覚のない石の狂おしい情熱』の長々しい幻覚、悪徳と罪悪、サディズムとネクロフィリア、獣欲とマゾヒスト的妄想に喚起された幻想を形作る異国風の猥褻な想像力の産物」(Brasol 143)であることに変わりはない。また、クレオパトラがアントニーのために「彼女の結び付きを溶かす」(22) の言葉遣いには「明らかな性的含蓄」がある (Murray 628)。

さらに、グリュプス、キマイラ、リヴァイアサン、ビヒモスなどの怪物がスフィンクスの「肉欲の器」(46) であること、スフィンクスが「楔形のピラミッドの下に眠る彩色の王たち」(28) の「地下納骨所」(62) に忍び込んで「売春宿」(62) にするなどは、「異国風の猥褻な想像力の産物」の好例である。そして、「私」の妄想の対象として「喉」(9)、「口」(36)、「胸」(54)、「腰」(66)、「唇」(127)、「尻」(128) などの身体の部位が列挙され、「情熱」(43)、「愛する」(64)、「寝床を共にする人」(74)、「愛人」(122) が反復され、スフィンクスの倦むことのない「恥ずべき秘密の探索」(53) が生々しく描かれる。こうして、繰り返し語られる、スフィンクスの「肉欲」(46) に、「私」の精神はパニック状態となる。

そして、この詩の結びは次の通りである。

不実なスフィンクスよ！不実なスフィンクスよ！葦の生い茂るステュクス河畔で
　年老いたカローンが櫂に寄り掛かり、
私の渡し賃を待っている。汝は先に行って、私の十字架の元に私を残してくれ、
その青白い重荷は、痛苦で青ざめ、疲れ果てた目でこの世をじっと見て、
すべての死する魂のために涙を流し、すべての魂のために虚しく涙を流すのだ。(171-4)

G・ウィロビーはワイルドの一八九〇年夏頃の手紙の一節「聖人と芸術的快楽主義者は、確かに出会い――多くの点で接触する。善悪は行動の質ではなく、それは正規の社会機構の不完全さに

関連した精神的態度である」(*CL* 437) を引用し、ワイルドのキリストは「ヘレニズム的自己発展」と「ヘブライ的社会責任」の対立を一体化させるものであると解釈している (48-9)。そのような観点から見ると、この詩は疑似宗教ドラマの『サロメ』や『聖娼婦』(未完) の雰囲気と酷似し、「十字架」に象徴されるキリスト教的精神主義とスフィンクスが喚起する異教的快楽主義が相争う両極を形成し、結局「私」は「私の十字架の元に残してくれ」とスフィンクスに嘆願し、キリスト教的精神主義に縋るかのように見える。

しかし、R・エルマンは「最終行は、語り手が、ワイルドのように、贖罪の教義を受け入れるのを今なお困難に感じていることを示し、そのことは、語り手が公言する宗教への帰依に疑問を投げ掛ける」(91) と正鵠を射ている。それゆえ、「語り手」の「私」はキリスト教的精神主義に縋ろうとしながらも、スフィンクスの喚起する異教的快楽主義に魅了され、結局は「呪われた」ものに堕していることになる。と言うのは、「呪われた」ものの譬えとして、「語り手」は「アティス」(170) (女神のキュベレーに愛されたが、その女神の嫉妬で気が触れ、自ら去勢して自殺した若者) を引き合いに出し、「血糊のナイフを持つアティスは、今の私よりはましであった」(170) と慨嘆しているからである。

この詩の結びの解釈に関連して、P・F・ベーレントは「語り手」が女性よりも男性を性的に好んでいることを重視し、次のように述べている。

本質的に、語り手は異教的なスフィンクス像に具現される、女性の誘惑的、破壊的、獣的、肉体的な性を拒絶すると同時に、キリスト教的精神の中心人物、つまり、官能的で肉体的世界を超越した、目標と利害に付随する精神的願望――許し、救済、復活を表すキリストの理想化された男性像を採用している。(61)

この指摘は非常に興味深い。と言うのは、例のW・H氏の肖像画をリケッツに依頼した時、ワイルドは次のように語っているからである。

プラトンは、すべてのギリシア人のように、二種類の愛があると認めていた。一つは官能的愛で、それは女性を好む。そのような愛は、知性的に不毛である。と言うのは、女性は受容的なだけで、すべてを受け取り、本性の習わしは別にして、何も与えないからである。ギリシア人の知的な愛あるいはロマンチックな友情は、今日では我々を驚かすが、彼らはそれを精神的に実りあるもの、思想と徳の励みになるものと見なした［・・・］。(Ricketts 31)

ロバート・ロス（一八六九―一九一八）に宛てた手紙でも、ワイルドは「私はそれ［ウラニアの愛、つまり同性愛］を高貴だ――他の種類よりもさらに高貴だ――と思っている」(*CL* 1019)と直截である。このような性癖は、『詩集』（一八八一）の巻頭の詩「ああ！」にも窺える。この詩の「小さな棒で／私はロマンスの蜜に触れただけであった」(12-3)と言う詩句（女性への愛に優る、と聖書のサミュエル記で記述されるダビデとヨナタンの関係への言及）は、W・ペイター（一八三九―一八九四）が『ルネサンス史研究』（一八七三）でヴィンケルマンに関して記述した内容の反響である

(Ellmann 139; Behrendt 24)。

ワイルドがオックスフォード大学時代に読んで「私の人生にとても奇妙な影響を及ぼしたあの本」(102)と語る『ルネサンス史研究』のコンテキストでは、《ラ・ジョコンダ》はダ・ヴィンチ（一四五二—一五一九）の「服装倒錯者の自画像」で、しかもゴーティエは《ラ・ジョコンダ》が「新しいスフィンクス」、つまり、男性でも女性でもある神話上の生き物であると示唆している(Dellamora 144-5)。『ドリアン・グレイの肖像』（一八九〇）でも、「熱帯の蓮の葉に被われたナイル川、そこにスフィンクスがいて［・・・］ゴーティエがコントラルトの声に譬えるあの奇妙な影像、ルーブル博物館の斑岩造りの部屋に横たわる、あの『魅惑的な怪物』」(144)の一節がある。この「魅惑的な怪物」は疑わしい性別で、ゴーティエが詩集『七宝と螺鈿』（一八五二）の中の一編「コントラルト」で「これは若い男性なのか、女性なのか？女神なのか、あるいは男神なのか？」と詠んでいる(Murray 585)。

そう考えると、ワイルドのスフィンクスも「新しいスフィンクス」と解釈できる。先のベーレントは、「ワイルドのスフィンクスは、姿を動物に変えた神話上の幾人かばかりでなく、男女両性の恋人を全く食い尽くすセクシュアリティを有する」(60)と述べている。確かに、「半ば女性半ば動物」と詠われるスフィンクスは、男性ばかりでなく女性の「ネーレーイス」(54)を略奪し、女神の「パシュト」も愛している。

おわりに

この詩に関し、作者は「英国の家庭生活を破壊するので、『スフィンクス』を出版するのを躊躇した」(Mason 399)と語っている。確かに、この詩は英国の人々が信奉した家庭生活の美徳を破壊するに足る要素を多分に有している。頽廃的な官能性を醸し出す奇怪なスフィンクスの「獣性」と「肉欲」は、その最たるものである。『ドリアン・グレイの肖像』(一八九〇)でも「魂と肉体、肉体と魂――それらは何と神秘的であったか！魂に獣欲があったし、肉体にはその精神性の瞬間があった」(48)の叙述がある。

オックスフォードのアッシュモーリアン博物館の収集品に、エジプトやギリシアのスフィンクスが数多くあったので、それらからワイルドが霊感を受けた可能性もある(Behrendt 59)。確かに、考古学好きの父親の調査に同行した作者は、鮮やかな緑色を発するスカラベ（古代エジプト人にとって魂の象徴）の指輪をはめている(Schmidgall 78)。また、作者は童話「幸福な王子」（一八八八）でもエジプト行きを待ち焦がれるツバメを登場させている。

そして、「微妙で魅惑的な」「両性の曖昧さ」に興味を抱く作者は、スフィンクスの喚起する快楽主義に魅了されている。この詩で「半ば女性半ば動物」と詠われるスフィンクスは「男女両性の恋人を全く食い尽くすセクシュアリティ」を有している。そして、この詩の「語り手」が女性よりも男性を性的に好んでいることは、スフィンクスの「情夫」の「アモン」の描写を作者が大幅に加筆していることからも推測できないだろうか。その加筆部で詠われる「お前の曲線状の古拙の微笑で、お前は彼の情熱が湧き起こり、過ぎるのをじっと見た」(86) は、いかにも扇情的で生々しい。また、ハドリアヌス帝に寵愛された美青年アンティノウスを描写する「柘榴の口をしたあの稀なる若き奴隷の象牙の身体」(36) なども作者の性癖を窺わせる。

また、肖像や写真に対する作者の執着は顕著である。例えば、作者はアルフレッド・ダグラス（一八七〇―一九四五）の肖像画をW・ローゼンスタイン（一八七二―一九四五）に、自分の肖像画をH・ペニントン（一八五五―一九二〇）に依頼している。また、彼は有名人の写真、絵画の復刻版なども所持している。しかも、彼は自分の写真を名刺代わりに男性に渡し、その男性の写真を要求している。これは、彼が若い男性と親密になる手段だったようである (McKenna 94)。そして、写真を交換した金髪の青年H・C・ポリット（一八七一―一九四二）にワイルドは次のように書き送っている。

> あなたのパーソナリティが益々神秘的に、益々不可思議になる。受け取る肖像の写真ごとに。でも、実際私の人生を通じてスフィンクスたちが私の行く手を何度も横切ったのだ。(*CL* 1120)

このように、作者は実生活で「スフィンクスたち」に遭遇したが、その中でも女性のA・レヴァソン（一八六二―一九三三）が有名である。ワイルドは彼女を「スフィンクス」(*CL* 568 n) と呼び習わしている。しかし、ここで注目すべきは「スフィンクスたち」が「神秘的」で「不可思議」な「パーソナリティ」と関連があり、レヴァソンの場合は女性、ポリットの場合は男性と言う事実である。先述したように、「パーソナリティ」と言う言葉は「性的に共感し合う」同性愛者をも暗示する (Sandulescu 88)。それゆえ、ワイルドは、実生活同様、芸術においても「神秘的」で「不可思議な」「パーソナリティ」のスフィンクスに魅惑されたと言える。

引用文献

Auerbach, Nina. *Ellen Terry*. Philadelphia: University of Pennsylvania Press, 1997.

Barret-Ducrocq, Françoise. *Love in the Time of Victoria*, trans. John Howe. Middlesex: Penguin Books, 1992.

Baudelaire, Charles. *Les Fleurs du Mal*. Paris: Le Livre de Poche, 1972.

Behrendt, Patricia Flanagan. *Oscar Wilde: Eros and Aesthetics.* London: Macmillan Academic and Professional, 1991.

Brasol, Boris. *Oscar Wilde*. New York: Octagon Books, 1975.

Croft-Cooke, Rupert. *The Unrecorded Life of Oscar Wilde.* London: W H Allen, 1972.

Dellamora, Richard. *Masculine Desire.* London: University of North Carolina Press, 1990.

Ellmann, Richard. *Oscar Wilde*. New York: Alfred A. Knopf, 1988.

Fong, Bobby. *The Poetry of Oscar Wilde*. Michigan: A Bell & Howell Company, 1978.

Holland, Merlin. *The Real Trial of Oscar Wilde*. New York: Fourth Estate, 2003.

Mason, Stuart. *Bibliography of Oscar Wilde*, 2 Vols. New York: Haskell House Publishers, 1972.

McKenna, Niel. *The Secret Life of Oscar Wilde.* London: Arrow Books, 2004.

Murray, Isobel, ed. *The Writings of Oscar Wilde*. Oxford: Oxford UP, 1989.
Ricketts, Charles. *Recollections of Oscar Wilde.* London: Pallas Athene, 2011.
Sandulescu, C. George, ed. *Rediscovering Oscar Wilde.* Buckinghamshire: Colin Smythe, 1994.
Schmidgall, Gary. *The Stranger Wilde*. New York: Dutton, 1994.
Praz, Mario. *The Romantic Agony*, trans. Angus Davidson. Oxford: Oxford UP, 1970.
Walkowitz, Judith R. *City of Dreadful Delight.* Chicago: University of Chicago Press, 1992.
Willoughby, Guy. *Art and Christhood*. London: Associated University Presses, 1993.

2　『書簡――獄に繋がれて』と『レディング監獄のバラッド』について

はじめに

ワイルドの白鳥の歌は一八九八年二月に出版された詩『レディング監獄のバラッド』である。その詩の著者はC・3・3と記されていた。それは、彼がレディング監獄で過ごした独居監房のC・3・3（C棟四階三番）のことである。この詩は、作者の監獄体験に基づく悲哀に満ちた作品である。また、ワイルドはアルフレッド・ダグラス（一八七〇―一九四五）に宛てた『書簡――獄に繋がれて』（『獄中記』、以下『書簡』と略記する）をレディング監獄で執筆している。その『書簡』で、作者は「私の人生の二つの大きな転機は、父が私をオックスフォードに遣った時と、社会が私を監獄に送った時であった」(99)と回想し、服役中に起きた破産、母親の死、妻子との別離などを連綿と綴っている。それゆえ、『レディング監獄のバラッド』と『書簡』は人生の一大転機を迎えたワイルドの金字塔である。

一八九五年には彼の風習喜劇『理想の夫』（一八九五）と『真面目が肝心』（一八九五）がロンド

ンの著名な劇場で同時に上演されていた。そのため、作者が語るように、「訴訟を開始する私の致命的で馬鹿げた手段に出る前の週の印税は二四五ポンドであった」(CL 799)(傍点は原文)ので、彼は借金を返済できる状況にあった。と言うのは、前年の後半より彼の家計は逼迫し、一八九五年二月に四〇〇ポンドの借金の令状が送達されていたからである(Page 55; 62)。それにも拘わらず、ワイルドはダグラスとの豪遊を続け、一八九二年の秋から投獄までの間に「現金で五千ポンド以上」(41)使ったと『書簡』で回想している。当時、週三ポンドの収入は裕福な中流階級の収入に相当したので(Small 223)、作者の「週の印税」の二四五ポンドは巨額に上る。他方、ダグラスの父親のクイーンズベリー侯爵(一八四四—一九〇〇)が一八九四年四月からワイルドを誹謗し始め、同年六月には彼の家の書斎にまで乗り込み「忌まわしい脅し」(56)を仕掛けていたのである。

そのクイーンズベリー侯爵がワイルド所属のアルベマール・クラブに預けた名刺には「男色家を気取るオスカー・ワイルドへ」と記載されていた。それに憤慨したワイルドは一八九五年三月にクイーンズベリー侯爵を名誉毀損で告発する「致命的で馬鹿げた手段に出」た。その結果、逆に彼自身が五月二五日に同性愛の罪で二年間の重労働の有罪判決を受けた。そのため、作者はペントンヴィル監獄、ウォンズワース監獄に送られ、一一月二〇日にレディング監獄に移送され、翌々年の五月一八日に釈放されるまで獄中生活を送った。その後、「のけ者で追放者」(87)となった作者は、セバスチャン・メルモスと名乗り、ベルヌヴァル、ナポリ、パリと放浪し、一九〇〇年一一月三〇日に不帰の客となる。

英国から追放の憂き目に遭う遠因は、作者が『書簡』で語るように、ダグラスとの交遊によって生じたクイーンズベリー侯爵との不和にある。獄中で作者が綴った『書簡』と敗残の身となって再起を期して出版した稀有の詩『レディング監獄のバラッド』（一八九八）を検討したい。まず、『書簡』を取り上げ、ワイルドがこれを書くに至った経緯とその内容を吟味することにしよう。

I

ワイルドが『書簡』に取り掛かったのはレディング監獄で服役中の一八九六年秋頃で、翌年四月頃には書き終えている (Small 11-3)。そして、ロバート・ロス（一八六九―一九一八）宛ての一八九七年四月一日の手紙で、ワイルドはこの『書簡』のタイプ写しを校正用に一部、別途タイプ写しを作成し、『書簡』の原稿自体はダグラスに送るようロスに依頼し、自己の死の際にはロスに遺著管理者となって欲しい旨を記している (CL 780-1)。それゆえ、『書簡』で引用する『ハムレット』のように、ワイルドは狂気の沙汰と世間に映る行動に出た真意を後世に伝えるホラーショの役割をロスに付与したことになる。もし後世にこれを伝えなければ、「あなた［ダグラス］の父は日曜学校の小冊子の英雄になるだろうし、あなたは幼児サミュエルと肩を並べ、私の居場所はジル・ド・レとサド侯爵の間になるだろう」(80) からである。さらに、この私的な『書簡』をワイルドは実際に校正しているので、これは「半公開的な手紙」と見なされる (Small 21)。

そして、ワイルドの死後の一九〇五年にロスが不完全な形でその『書簡』を『獄中記』として出版した。その後、一九〇八年にロスは『獄中記』を改訂し、ワイルドの次男のヴィヴィアン・ホランド（一八八六―一九六七）が一九四九年に再改訂し、ハート＝デイヴィスが一九六二年に再編集し、ハート＝デイヴィスとマーリン・ホランドがそれを受け継いだ。

その後、この『書簡』を編集して二〇〇五年に出版したI・スモールは、ワイルドがロス宛ての手紙で名付けた「『書簡――獄に繋がれて』」（CL 782）を作品名とした。スモールに拠れば、ワイルドはこの『書簡』に根気強く取り組み、ロスが編集者あるいは出版者として『書簡』に深く関与している(9)。まず気付くのは、ワイルドがダグラスから「逃れることを期待して実際に英国を離れて海外に行くことさえした」(69) ことが加筆されている。そして、ワイルド夫妻溺愛の長男のシリルだけが子供であるかのような記述が改められ、次男のヴィヴィアンを含めた「私の子供たち」(113) に修正されている。また、ワイルドが不公平な裁判の犠牲者となる「忌わしい陰謀」(141) は、クイーンズベリー侯爵によって仕組まれたとの記述が削除されている。さらに、キリストへの想いを滔々と綴った場面で、『書簡』の宛て名の「あなた［ダグラス］」と言う言葉が幾度か削除されている。

このように、作者はこの『書簡』に加筆修正を行ったが、最終的に出版していない。それでも、獄中の作者の様々な想いがこの『書簡』に綴られていることに異論はない。と言うのも、作者に拠れば、ダグラスに唆されてクイーンズベリー侯爵を名誉毀損で訴えたからである。しかも、作者は裁判の敗訴で破産宣告を受け、家財も売却され、妻との離婚の危機に晒され、子供の監護権も剝奪され、「私の母は［・・・］失意のうちに亡くなった」(134) からである。ワイルドの母親ジェーンは、投獄中の息子の近況を知らせてくれたE・レヴァソン（一八五〇―一九二二）に宛て、一八九五年八月二九日の手紙で「恐らくオスカーが三ケ月後に手紙を寄越すかも知れないと思っていたが、彼からは何の便りもなく、私からの手紙も送り返されると案じて、彼に手紙を出さなかった」(*CL* 652 n) と述べている。

ところで、この『書簡』で述べられていることすべてが真実ではないことも確かである。例えば、先のように、作者は「私はあなたの父を訴えて彼を逮捕させるように罵られ、あなたの罵りに駆り立てられた」(61) と述べている。しかし、「あなたの父を訴え」る行動に出る前日に作者はロスに宛て「ボジー［ダグラス］の父親が私のクラブにひどい言葉を書いた名刺を置いて行ったよ。私には今や刑事訴追しか考えられない」(*CL* 634) と書き送っている。それゆえ、「刑事訴追」の手段に出たのはダグラスの「罵り」ばかりではなく、作者自身の考えでもある (Robins 14)。また、作者は「人のまさしく最高の瞬間は［・・・］塵に跪き、胸を叩き、人生のすべての罪を語る時である」(141) と釈明している。この「罪を語る」告白録を作者が書くに至った精神の軌跡を辿るために、獄中からのワイルドのその他の手紙を検討することにする。

II

被告となる裁判の初公判前にホロウェイ監獄に収容された作者は、一八九五年四月九日にM・エイディ（一八五八—一九四二）とロス宛てに「ボジー［ダグラス］はとても素晴らしい」(*CL* 642) と述べ、第一審中の同月二九日にもダグラス本人に宛て「あなたへの私の不滅で、私の永遠の愛」を誓い、「あなたの愛は私のすべての時の光である」(*CL* 646)と述べている。さらに、作者は五月頃にダグラスに宛て「今や私はあなたをキリスト自身の心を持つ金髪の少年と思っている」(*CL* 651)と述べ、第二審の始まった同月二〇日頃にもダグラスに「私が愛の力を試すことになるのは恐らく監獄である」(*CL* 651)と決意のほどを語っている。

やがて、五月二五日に二年間の重労働の実刑判決を受けた作者はペントンヴィル監獄に投獄され、三ケ月に一通の手紙と一回の面会(二〇分以内で面会者は三人まで)しか許可されなくなる。そのため、彼がダグラスと意思疎通を図れず、独房で悶々とした時を過ごしたことは想像に難くない。同年七月四日にウォンズワース監獄に移送された彼は「飢餓と不眠で生じた全くの身体的、精神的衰弱のために救護院に二ケ月間いた」(*CL* 659)と述べ、『書簡』でも「ウォンズワース監獄にいた間、私は死ぬことを切望した」(103)と述懐している。

その後、一一月二〇日(作者に拠れば、一三日)に、彼はレディング監獄に移送された。当日、手錠をかけられ囚人服姿のワイルドが連絡駅のクラパムジャンクションにいると、それに気付いた見物人が嘲笑した。そのため、彼は「私は灰色の一一月の雨の中、野次る群衆に取り囲まれて半時間そこに突っ立っていた」(128)と屈辱を吐露し、それが心的外傷となって、その後一年間毎日同時刻に涙を流したと『書簡』で触れている。結局、彼はレディング監獄でさらに一年半ほど刑に服す。

その期間、彼は妻や弁護士に手紙を出したであろうが、それらは残存していない。確認できるレディング監獄からの彼の最初の手紙は、翌年の一八九六年三月一〇日のロス宛てのものである。

その手紙で、彼は「私は苦悶と絶望以外のすべての感情に無感覚のようである。［・・・］私は筆記具を与えられていないので［・・・］」(*CL* 653) と述べている。同年二月三日に彼が敬愛する母親が亜急性気管支炎で死亡し (O'Sullivan 410)、同月一九日にその死去を知らせるために妻のコンスタンスがわざわざジェノアからレディング監獄に赴いている。それに触れて、彼は『書簡』で「彼女［母親ジェーン］の死は私には堪らなかった。でも、かつて言葉の王であった私も私の苦悶と私の恥辱を言い表す言葉がない。［・・・］彼女と私の父が［・・・］高貴で名誉あるものとした名前を私に譲ってくれた。［・・・］私はその名前を永遠に汚してしまった」(83) と嘆き、「あなただけが超然とし、何の伝言も送らず、何の手紙も私に寄越さなかった」(83) とダグラスを誹謗している。

ほどなく、五月二九日に面会に訪れたロスから、ワイルドはダグラスが詩集を自分に献呈しようとしていることを知った。そのため、ワイルドは翌日のロス宛ての手紙で、その献呈をダグラスに止めさせ、ダグラスへの手紙や贈り物はすべて返却させるようにロスに依頼し、「私が彼に与えた何かを彼が身に付けているか持っていると思うことが私には特別に不快である。もちろん、私は［・・・］二年間の不快な記憶を取り除けない」(*CL* 655) としたため、さらに、彼は「彼［ダグラス］は彼の父親への憎悪と他の下劣な情熱を満足させるために私を破滅と不名誉の奈落に突き落とした」(*CL* 655) と憤慨し、出獄後は「のけ者――不名誉と極貧と侮蔑――の人生」(*CL* 655) しか望めないと絶望している。この時期が彼の苦渋の極みだったと思われる。実際、彼は『書簡』でこの時期に触れ、「無力な絶望で両手を揉み絞り、『何て結末だ、何てひどい結末だ！』と言うばかりで、他に何かしたことを思い出せない」(125) と述べている。

やがて、投獄生活に一年以上耐えたワイルドは、一八九六年七月二日内務大臣に請願書を出し、「性の狂気」(*CL* 656) は医者によって治療されるべき病気であること、また、右耳の膿瘍で聴覚が毎週悪化し、視力も四ヶ月間低下して、もはや理性を保てないので刑期を減免して欲しい旨を直訴している。さらに、同月四日にも彼は内務大臣に請願書を出し、友人との面会は看守付きの檻の部屋にならないよう要望し、この願いだけは認可された。七月一〇日の健康診断で、彼の体重はレディング監獄に入所以来三・六二キロ増え、精神状態も正常に保たれているとの報告がなされた。しかし、先の刑期減免の請願書への回答はなく、彼の健康状態の調査だけが行われた。しかし、投獄前の彼の体重は恐らく九〇・七二キロ以上で、ペントンヴィル監獄で八六・一八キロ、ウォンズワース監獄で七六・二キロに激減している (Robins 26-7)。

しかし、これらの請願書のお蔭で、以前（一週間に二冊）よりも多くの本と文房具がワイルドにあてがわれた。また、七月下旬にレディング監獄の所長が、厳格なH・B・アイザックソン（一八四二―一九一五）から寛大なJ・O・ネルソン（一八五九―一九一四）に替わったことも彼の精神衛生に功を奏した (Robins 63)。この頃、彼は聖書、E・ルナン（一八二三―九二）の『キリストの生涯』（一八六三）、T・カーライル（一七九五―一八八一）の『衣装哲学』（一八三三―四）やニューマン枢機卿（一八〇一―九〇）の『批評的、歴史的随筆』などの閲覧を求めている。やがて、彼は九月二八日のエイディ宛ての手紙で「ペンとインクを単に使うだけでも私の救いになる。[・・・] 私は私のノートにしがみついている。それは私の救いになる。それを持つ以前には私の頭脳はまさに悪循環を引き起こしていた」(*CL* 666) と述べている。実際、彼は「悪循環」の「頭脳」を正すため、「私のノート」に救いを求めたようである。そして、『書簡』で彼はワーズワース、ダンテ、ゲーテ、エマーソン、ボードレール、プラトン、キーツなどの著作から引用し、「私は私の時代の芸術と文化に対して象徴的関係にある人だった」(94) と回顧することになる。

同年一一月一〇日に彼は再度内務大臣に請願書を送り、眼鏡と写本と耳の診察に感謝しているが、それらは「獄中生活の静寂と孤独が日毎に増大させる、恐ろしい精神的重圧と苦悶を軽減するのにほとんど何の役にも立たない」(*CL* 667) と述べ、一年半の刑期で済ませて欲しいと懇願している。この一一月頃に、彼はロスに宛て「私は一つの致命的な失態を演じた。[・・・] 私は彼[ダグラス] が私の人生を支配するのを許した私の愚行を日夜呪っている。それが、ここの壁に響けば永遠に『馬鹿者』と叫ぶであろう」(*CL* 670) と記し、ダグラスとの交友関係の恥辱を綴って「棘」(*CL* 671, the thorn) を抜くことができたと漏らしている。この文面と類似の記述が『書簡』にもあるので、M・ホランドはこのロス宛ての手紙を引用して、『書簡』の原稿の該当頁数を併記している (7)。

翌一八九七年二月一八日のエイディ宛ての手紙で、ワイルドは執筆中の『書簡』に言及し、「それは究極的に人生に対する私の将来の精神的態度、再び世間に対面することを望む方法、私の人格の進展、つまり、私が失ったもの、私が学んだもの、私が到達したいと思うものを扱うので、それは私の人生で最も重要な手紙である」(*CL* 678) と語っている。

こうして、彼は「人生で最も重要な手紙」の『書簡』で、「最大の悪は浅薄である。現実となったことすべてが正しい」(38)と繰り返し、「恥辱」(83)を糧に芸術家として新生を目指すことを力説する。また、彼は「私の意志の力が全くあなたのに服従するように」(42)なり、「私自身の評判のお人好しとケルト的怠惰」(43)のために「全くの倫理的堕落」(42)を招いたと自己批判している。それと同時に、彼は「盲目の過度の虚栄心」(48)と「想像力の恐ろしい欠如」(66)を示す「致命的なダグラス気質」(48)や、ダグラスを溺愛する愚かな母親と「あの猿のような顔」(129)の父親に痛罵を浴びせている。とりわけ、彼はロスとの慎ましい晩餐から「私のすべての対話体作品の最初で最高のもの」(42)が生まれ、破産裁判所でロスが「私に帽子を厳粛に上げた」(85)行為を引き合いに出し、ダグラスの「知的な事柄での『オックスフォード気質』」(39)の欠如を慨嘆している。

そして、『書簡』で「生まれついての道徳律廃棄論者」(98, a born antinomian)と自認するワイルドは、道徳、宗教、理性に救いを求めず、「個人主義者の中で最も崇高な」(113)キリストの「共感」(120)と「詩的正義」(120)に意義を見出し、愛と憎しみの相違をダグラスに説き聞かせようとしている。そして、この『書簡』の末尾で、彼は出獄後にダグラスと再会する条件、状況と場所を示唆し、さらに深くダグラスを知り、悲哀とその美の意味を彼に教えなければならないと結んでいる。

この『書簡』で、彼は「監獄方式は完全に全く間違っている。私が出所したら、それを変えることができるように何でもする」(125)と記している。実際、彼は出所後に社会が課す刑罰、特に非人道的な監獄制度に批判を浴びせている。その表明が、彼が『デイリー・クロニクル』紙に投稿した二通の手紙と『レディング監獄のバラッド』である。次に、それら二通の手紙と『レディング監獄のバラッド』を見てみよう。

III

レディング監獄で服役中のワイルドは、一八九七年四月頃に同胞の看守T・マーティンと懇意になった。マーティンは『デイリー・クロニクル』紙や生姜入りビスケットの差し入れをしてくれたので（*CL* 798）、作者は意志薄弱の兵士の名前を彼から聞き出し、兎の密猟で投獄された三人の子供の釈放の手助けなどを彼に頼んだ（*CL* 831）。そのマーティンがお腹をすかせた子供にビスケットを与えた廉で解雇処分を受けた旨の手紙を『デイリー・クロニクル』紙に投稿し、それが一八九七年五月二四日の紙上に掲載された。既に出獄していたワイルドは、同月二七日に彼を擁護するために実名で『デイリー・クロニクル』紙に投稿した。その投稿で、作者はつぶさに体験した監獄の「残忍性」（323）と「懲戒規則」（323）、特に「子供に対する非人道的な処遇」（325）と「監獄で狂気あるいは意志薄弱になる多くの人々」（327）の具体例を示し、「子供の性質の独特な心理」（324）と囚人の「精神の病理」（329）に配慮すべき管理者側の方策を示唆した。

二通目の『デイリー・クロニクル』紙への投稿は翌一八九八年三月二四日に発表され、差出人の氏名は「『レディング監獄のバラッド』の著者」である。C・3・3の名前で『レディング監獄のバラッド』を出版したワイルドは、下院で監獄改革法案の読会が予定され、その主要な改革案が

「視察官と公務訪問者の数の増加」(330) と知り、そのような改革は有害無益であるので、有効な改善策を具申している。その改善策の骨子は、監獄の「馬鹿げた非人道的な規則」(330) を囚人に強制するのではなく、囚人の「体の欲求と精神の欲求」(330) を考慮すべきと言うものである。具体的には、飢餓、不眠と病気に陥らないための衛生上の改善点と、精神衛生と人間関係を健全に維持するための変更案の提示である。ワイルドの提案のいくつかは、同年八月の監獄法案に結実した (*CL* 1045 n)。

ここで、社会の法の執行機関である監獄とそこに収容された囚人に対するワイルドの想いが表明された『レディング監獄のバラッド』を取り上げることにする。

一八九七年五月の終わり頃に取り掛かった『レディング監獄のバラッド』を仕上げるのに、ワイルドは相当苦労し、ロスから「多くの示唆」(*CL* 971) を得ている。そして、翌年二月に彼はこの詩を出版し、F・ハリス（一八五六—一九三一）に宛て「この詩はあまりに自伝的で［・・・］それは私から絞り出され、苦痛の叫び、マルシュアスの叫びで、アポロの歌ではなかった」(*CL* 1025) と説明している。また、作者が自認する「あまりに自伝的」な詩は「多くの点で私自身の芸術哲学のある種の否定」(*CL* 928) である。

この詩の献辞は、一八九六年七月にレディング監獄で処刑された元近衛騎兵連隊のチャールズ・ウールドリッジに捧げられている。この三〇歳の死刑囚に纏わる事実を、作者は部分的に踏襲している。ウールドリッジは、罪を悔いて連隊の制服を着て処刑されるのを望み (Stokes 75)、「六週間」(97)「再拘留の囚人たち」(7) と共に中庭を歩き、六月一七日に「三週間の命」(626) を宣告され、「ガラスの小さな屋根」(92) の「恐ろしい納屋」(90) で絞首刑になった。

　しかし、この死刑囚に纏わる事実と詩で詠われる事柄に相違点もある。まず、ウールドリッジは赤い縁取りの青い制服を着用したが、詩では彼は「緋色の上着」(1) と詠われ、しかも彼は叫び声を立てずに勇敢に息絶えたが、詩では彼の「祈り」(389) が「悲鳴」(390) の「あの苦々しい叫び声」(392) になったと詠われている。また、ウールドリッジが路上で二三歳の妻の喉を西洋剃刀で殺害したが (Ellmann 503-4)、詩では「彼」(1) は「彼が愛した」(5) 女を「彼女のベッド」(6) で「ナイフ」(630) で殺害したと詠われている。

　妻から「愛した」女への変更は、囚人である語り手「私」(13) の妻コンスタンスの具象並びに置換と解釈できる (Sandulescu 306)。最終的に、妻のコンスタンスは家庭生活を破壊したワイルドと別居の手続きを済ませ、子供の監護権を彼から剝脱している。しかも、彼女は悔い改めたワイルドと面会すると言うが、子供と会わせる約束はしない「恐ろしい罰」(*CL* 865) を彼に科している。また、気性が激しく嫉妬深いウールドリッジは妻が別の騎兵と出会っていると言う噂に激怒して素面で妻を殺害したが、詩では「ワイン」(2) に泥酔した「彼」(1) が、恐らく愛の縺れから「愛した」女を殺害したと推定される。そして、「各人は愛する者を殺す／だが、各人は死ぬことはない」(53-4) と詠われ、「彼」と「私」の処罰の落差が歴然となる。

　このウールドリッジの絞首刑を巡って、語り手の「私」はバラッド形式で囚人、教戒師、刑務所長、医者、看守などの様子についての想いを綴る。その際に、語り手は「私の背後で声が低く囁いた時／『あいつは縛り首にならなきゃなんねえ』と」(23-4)（傍点は原文）のように、監獄特有の俗語「あいつは縛り首にならなきゃなんねえ」(*That fellow's got to swing*) を用いて信憑性を付与している (Kohl 304)。この点は、作者自身が一八九七年一一月二五日にロスに宛て「私は『刑務所長は規定法に厳格なのであった』と表現した。今では『厳しい』の方がよいと思う。この詩は口語体のつもり——せいぜいG・R・シムズだが——それに粗野な効果を目指すなら、粗野である方がよい」(*CL* 992)(傍点は原文) と自認している。そのため、「それぞれの狭い独房に我々は住み／そこは不潔な暗い便所」(571-2)、と「便所」(latrine) の語まで用いている。

さらに、ロスが指摘するように、この詩は第四編の「そして追放者はいつも哀悼するのだから」(534) で終わるべきだが、そこからプロパガンダが始まる (*CL* 964)。それゆえ、第五編と六編は後に追加されている (Mason 410-1)。実際、ワイルドはロスに宛て「あなたの批評の多くに私は同意するよ。この詩は文体で相反する目的の難しさの煽りを食っている。現実的な所もあればロマンチックな所もある。詩もあれば、プロパガンダもある」(*CL* 956) と自嘲している。

「詩」の部分は、「私とすべての苦悩する人」(121) が死刑囚ウールドリッジの「死、恐れと運命」(242) に共感する描写である。特に、ウールドリッジと「私」は遭遇するが、互いに言葉を交わすことも合図することも許されない。そのため、「私」は「恥辱の死」(55) を遂げる彼に同情し、「二人の追放者であった私たちは」(170) と詠む。「二人の追放者」の共通点は、二人が愛のために罪を犯したことである。こうして、「私」は、人間の愛と罪の悲劇を次のように要約する。

　　そして、すべての人は愛するものを殺す、

すべての人にこれは聞いてもらおう、
無情の眼差しでそうする人もあれば、
ある人は嬉しがらせる言葉で、
臆病者はキスでそうする、
勇気のある人は剣で！(649-54)

また、ウールドリッジの苦悩と後悔に共感して「私」が詠む詩行に「と言うのは一つ以上の生を生きる者は／一つ以上の死を迎えねばならない」(395-6) と言うのがある。これは、作者の二重生活を示唆する (Beckson 16)。それゆえ、人間の愛と罪の悲劇の先の要約は、作者の愛に対する個人的感情の表明と解釈できる (Sandulescu 309)。波瀾万丈の性の遍歴のワイルドは愛と肉欲を混同し、彼の愛が数日あるいは数週間続くことは稀で、肉欲が衰えると愛も潰えている (McKenna 136; 149)。この詩でも、「売る者もあれば、買う者もある」(50) と愛が詠われ、「肉欲」(lust) は二回用いられている。最初は「ある者は肉欲の手で絞め殺す」(45) のように「肉欲」が「愛する人」(43) を殺すと詠われ、二度目は「肉欲」だけは「人類の機械」(576) である監獄でも消滅しないと詠われている。

他方、「プロパガンダ」の部分は枚挙に暇がない。「私」は「人類の機械」の中で「いかに人がその同胞を傷つけるか」(552) を告発し、「カイン」(635) と「人の息子」(557) キリストに言及する。しかも、「私」は罪人を「獣の群れ」(446) と詠い、「人間の厳格な正義」(361) がまかり通り、監獄が「奇怪な尊属殺人者」(366) である現実を糾弾する。その理由は、「神の永遠の法は優しく／そして石の心を砕く」(605-6) のに対して、「すべての法は／人が人類のために作ったが／[・・・] ただ麦を藁にして籾殻を残す／とても悪い唐箕で」(541-6) のためである。このような社会批判は、「人の善なるものだけが／そこでは衰弱し枯れる」(561-2) と言う詩句に残り、修正前の詩句の「そして各人の頭脳は憎しみで衰弱し／そして各人の心は頑なになる」(213 n) で歴然としている。

特筆すべきは監獄の閉所恐怖症的な空間の描写である。「壁」が三回、「監獄の壁」は六回繰返されている。そして、描写される自然の事象は、監獄の中の光と影、そして風、空と雲だけである。ワイルドは『書簡』で「監獄の壁の上に姿を見せ、風にそんなに揺らぐ木々の黒い枝」(127) に言及しているが、この詩では監獄の壁の外の事物への言及は一切ない。そのため、閉ざされた監獄での囚人の閉塞的な孤立状態が浮き彫りとなる。例えば、囚人は「それぞれの狭い独房」(571) に閉じ込められ、その「独房」は「黒い絶望の洞穴」(112)、「番号を付けられた墓」(246)、「分け隔てられた地獄」(408) と記述される。やがて、処刑の日に、ウールドリッジの苦悩の姿に感染したかのように、作者は「私は決してそんなに悲しい人たちを見たことはなかった／物欲しげな眼差しで眺めるのを／あの青い小さなテントを／我々囚人が空と呼んだテントを／そしてすべての何気ない雲を／幸せに自由に通り過ぎるのを」(415-20) と詠うのである。

おわりに

ワイルドはC・ブラッカー（一八五九—一九二八）に宛てた手紙で『レディング監獄のバラッド』を「私の白鳥の歌」(*CL* 1035)と呼び、「私はこれから再び書くことはないと思う。生きる喜びがなくなった。そして、それは、意志の力と共に、芸術の基盤なのだ」(*CL* 1035)と述べている。また、作者は一八九八年八月一六日にロスに宛て「何かが私の中で死んだ。書きたい欲求を何ら感じない。私は力に気付かない。もちろん監獄での最初の一年が心身ともに私を滅ぼした」(*CL* 1095)とも述べている。

確かに、ダグラスへの愛に縋る想いを書き綴った『書簡』で、彼は「私は意志の幾らかの頑固さ、性質の大いなる反抗心ですべてに耐えたが、一つ［草稿ではシリル］以外の全くすべてのものを失った。私の名前、私の地位、私の幸福、私の自由、私の富を失った。私は囚人で貧民だった」(113)と語っている。そして、彼は残されていた「一つ」である子供の監護権すら剝脱されたのである。

出獄後、ワイルドはセバスチャン・メルモスと名乗り、『レディング監獄のバラッド』の著者名もC・3・3とした。実際、彼は『書簡』で「私自身あの時には名前など全くなかった。あの時に私が投獄された巨大な監獄では、私は単に長い廊下の小さな独房の数字と文字、千もの生命のない人のように、千もの生命のない番号の一つにすぎなかった」(77)と記している。

C・3・3の名前で出版した詩をワイルドは劇作家のS・グランディ（一八四八—一九一四）に

献本している。その理由は、上演中の『真面目が肝心』のプログラムから汚名を被ったワイルドの名前が削除されたことに彼が抗議してくれたからである。『レディング監獄のバラッド』でも、死刑囚ウールドリッジの「墓には何ら名前はなかった」(642) と詠われている。また、四〇歳で死去した妻の墓地を訪ねたワイルドは、一八九九年三月一日頃にロスに宛て「彼女の名前――もちろん、彼女の姓も私の名前も書かれていなかった――が墓石に刻まれているのを目にするのはとても悲劇的だった。ただ『勅撰弁護士ホラス・ロイドの娘コンスタンス・メアリー』と『ヨハネの黙示録』からの一節があった」(*CL* 1128) と感慨無量である。

翌年二月二八日頃、ワイルドはロスに宛て「あなたが私自身のように神経衰弱患者になったことが分かるよ」(*CL* 1175)（傍点は原文）と記し、ここ四ケ月間ほど午後までベッドから起き出せず、医者に診てもらっている状況を綴っている。それから九ケ月後の一九〇〇年一一月三〇日に、彼は髄膜脳炎で亡くなった。

ワイルドの死因については梅毒説もあるが、A・H・ロビンズは、彼が収監中に二人の専門医を含め、少なくとも七人の医者に診察され、「内務省（監獄委員会）資料の治療経過報告書のどこにも梅毒は一切触れられていない」(114) 事実に鑑みて梅毒死説を排除しようとしている。また、ロビンズは、彼が演技性人格障害の傾向を示していると述べ、この型の人間は不誠実で虚偽の傾向があるとも指摘している (214)。確かに、ワイルドの年齢偽証は裁判の時に実証されている。また、彼は結婚した時に二九歳を過ぎているのに、結婚証明書に二八歳と記入し、二度の国勢調査でも実年齢を誤魔化している (Robins 170)。それゆえ、『書簡』で述べられるダグラスへの恨み辛みのすべてが真実とは見なし難い。事実、作者は「虚言の衰退」（一八八九）で、「どんな偉大な芸術家も物事をあるがままに見ることはない。もし、そうすれば、彼は芸術家でなくなるだろう」(97)と述べている。

最後に、作者の死後一九〇九年に彼の遺骸がパリのペール・ラシェーズに移され、J・エプスタイン（一八八〇—一九五九）の墓碑が一九一二年に据えられた。その時に『レディング監獄のバラッド』からの一節「そして異邦人の涙が彼のために満たす／憐みの長く壊れし墓を／と言うのは、彼の哀悼者は追放者であろうから／そして追放者はいつも哀悼するのだから」(531-4)が墓碑に刻まれた。それから八〇年以上経った一九九五年に、ウェストミンスター寺院の文人顕彰コーナーにワイルドの記念の窓が設置され、彼は漸く文人として認知された。

引用文献

Beckson, Karl. *The Oscar Wilde Encyclopedia*. New York: AMS Press, 1998.

Ellmann, Richard. *Oscar Wilde*. New York: Alfred A. Knopf, 1988.

Holland, Merlin. 'Introduction' in *Oscar Wilde: De Profundis: A Facsimile*. London: British Library, 2000.

Kohl, Norbert. *Oscar Wilde: The Works of a Conformist Rebel*, trans. David Henry Wilson. Cambridge: Cambridge UP, 1989.

Mason, Stuart. *Bibliography of Oscar Wilde*, 2 Vols. New York: Haskell House Publishers, 1972.

McKenna, Niel. *The Secret Life of Oscar Wilde*. London: Arrow Books, 2004.

O'Sullivan, Emer. *The Fall of the House of Wilde*. London: Bloomsbury Publishing, 2016.
Page, Norman. *An Oscar Wilde Chronology*. London: Macmillan Academic and Professional, 1991.
Robins, Ashley H. *Oscar Wilde: The Great Drama of His Life*. Brighton: Sussex Academic Press, 2011.
Sandulescu, C. George, ed. *Rediscovering Oscar Wilde*. Buckinghamshire: Colin Smythe, 1994.
Small, Ian, ed. *The Complete Works of Oscar Wilde*, Vol. II. Oxford: Oxford UP, 2005.
Stokes, Anthony. *Pit of Shame: The Real Ballad of Reading Gaol*. Hampshire: Waterside Press, 2007.

あとがき

当時大学二年生の私は、美青年ドリアンの人生がワイルド一流の会話と美学に絡めて一幅の肖像に見事に劇化されているのに圧倒された。その『ドリアン・グレイの肖像』は私が初めて出合ったワイルドの作品であった。しかも、座談の名人ワイルドの英語はそれほど難しく思えなかった。その時から、私はワイルドの全作品に取り組み、彼の機知に富んだ短編と哀愁を帯びた童話、警句の多い風習喜劇の妙味に魅了された。また、幸いなことに、当時神戸市外国語大学の山田勝教授はワイルドと世紀末関連の文学研究に打ち込まれ、その興味深い知見を私に披瀝して下さった。

それからかなりの歳月が流れ、ワイルド没後一〇〇周年に当たる二〇〇〇年に、私は英国のバーミンガム大学で一年間の海外研修の機会を得て、イアン・スモール教授の指導を受けることができた。その頃、スモール教授はオックスフォード大学出版のワイルド全集の編纂に携わられ、私はその第一巻の原稿を直に読む機会に恵まれた。さらに、海外研修の期間中に、ワイルドについての学会がオックスフォードとダブリンで開催され、私は海外の研究者の興味深い研究発表を聴く幸運にも恵まれた。

今回「追手門学院大学研究成果刊行助成制度」のお蔭で、私はこれまでに発表した作品論を書き直す機会を得た。私の最初の論考『ドリアン・グレイの肖像』は一九八一年に遡る。当時私は精一杯努力してその論文を仕上げたつもりだった。その稚拙な論考を愛おしく思いながら、私は最近の研究成果を踏まえてその作品論とそれ以降に発表した論文に大幅に加筆・修正を加えた。今年の一一月にワイルド全集の第八巻が出版された。それゆえ、本書がワイルド全集の進展に照らして、自負できるほどに斬新な切り口と解釈を提示できているかどうか甚だ不安である。

最後に、本書は引用文献で触れた研究者の成果に負うところ多大である。それら先人の研究者に深謝すると共に、本書がこれからのワイルド研究の一助になることを願っている。そして、この拙論を読まれた方が、幾らかでもワイルドに魅力を感じ、直にワイルドの作品を読んでくださることを切に望んでいる。ワイルド研究の奨励と助言に関しては、大学時代にお世話になった教授と先輩と学友、並びにワイルド協会の諸先生方にこの場を借りて御礼申し上げる。そして、本書の校正と刊行にご尽力くださった英宝社の下村幸一氏に心より御礼を申し上げる次第である。

二〇一七年一二月

著　者

オスカー・ワイルドの略年表

一八五四 アイルランドのダブリンのウェストランド・ロウ二一番地で生まれ、翌年四月二六日に聖マルコ教会で洗礼を受け、オスカー・フィンガル・オフレアティ・ワイルドと命名される。父親のウィリアム・ワイルド（一八一五―七六）は、耳鼻科・眼科の医者で聖マルコ病院を設立し、後にサー（卿）の称号を授与される。母親のジェーン・エルジー（一八二一―九六）は、スペランザの筆名で知られる熱烈なアイルランド愛国主義者である。オスカーの兄ウィリアム（一八五二―九九）は後に法廷弁護士の資格を得るが、その職に専念せずにジャーナリストとなる。

一八五五 ワイルド家はメリオン・スクエア一番地に引っ越す。

一八五七 妹のアイソラが生まれる。彼女は、愛くるしい笑い声で家族を明るくする一家のお気に入りとなり、オスカーは彼女を「陽光の化身」と呼んでいる。

一八六四 父親のウィリアムがサー（卿）の称号を授与される。トリニティ・コレッジの法医学教授の娘メアリー・トラバーズ（父親ウィリアムの患者）が二千ポンドの損害賠償を求めて、母親のジェーンに対して名誉棄損の裁判を起こす。母親のジェーンが、息子二人に献辞して『スペランザの詩』を出版する。名誉棄損の裁判の判決でジェーンに一ファージング（一ペニーの四分の一）の賠償が命じられ、裁判の費用の二千ポンドを返済しなければならなくなる。

一八六四—七一　兄のウィリアムと共にエニスキレンにあるポートラ・ロイヤル・スクールに寄宿する。

一八六七　妹アイソラが脳出血で急死する。

一八七一　兄の入学したダブリンのトリニティ・コレッジに進学する。

一八七四　トリニティ・コレッジでギリシア語のバークレー金賞を受賞する。そして、給費奨学生として英国のオックスフォード大学モードリン・コレッジに転学する。

一八七五　フリーメイソンのアポロ大学支部に入会する。トリニティ・コレッジ時代の指導教員のジョン・マハフィー教授と共にイタリアを旅行する。

一八七六　父親のウィリアムが死亡する。古典の第一次学士試験で最優等を得る。

一八七七　アイルランド奨学金は不合格となる。再度マハフィー教授と共にギリシアを旅行し、ローマ経由の帰途にラヴェンナに立ち寄る。評論「グローヴナー・ギャラリー」を『ダブリン大学マガジン』誌に発表する。

一八七八　詩「ラヴェンナ」でニューディギット賞を受賞する。人文学で最優等を得て、文学士の学位を取得する。

一八七九　画家フランク・マイルズの借家（ソールズベリー・ストリート一三番地）に移り住む。兄のウィリアムと母親のジェーンがロンドンに移り住む。

一八八〇　ヘレニズム協会（一八七九年設立）の評議会委員となる。マイルズと共に、チェルシーのタイト・ストリート一番地（キーツ・ハウス）に引っ越す。『ヴェラ、あるいはニヒリストたち』を数部私的に出版する。

一八八一　ギルバートとサリヴァン共作のオペレッタ『ペイシェンス』が上演される。『詩集』を自費出版する。マイルズと仲違いして、タイト・ストリート一番地の家を出る。興行主カートの斡旋で、英国の芸術運動の講演のためにアメリカに旅立つ。

一八八二　一〇ケ月に亘ってアメリカとカナダの一〇〇以上の都市でおよそ一五〇回の講演を行う。講演の演題は、「英国の文芸復興」、「装飾芸術」と「美しい家」である。また、アメリカ在住のアイルランド人のために「一九世紀のアイルランドの詩人と詩」の特別講演を行う。

一八八三　アメリカ講演旅行から帰国する。パリに三ケ月ほど滞在し、マラルメやヴェルレーヌなどと交流する。『ヴェラ、あるいはニヒリストたち』がニューヨークのユニオン劇場で上演され、一週間で打ち切られる。『パデュア公爵夫人』を数部私的に出版する。英国のほぼ一五〇ケ所で一八八八年頃までおよそ二四〇回の講演を行う。講演の演題は、「美術学生への講演」、「現代生活での芸術の価値」、「ドレス」、「アメリカの印象」、「美しい家」、「チャタートン」などである。勅撰弁護士ホラス・ロイドの長女コンスタンス・メアリー・ロイド（一八五八―九八）と婚約する。

一八八四　パディントンのセント・ジェイムズ教会で、コンスタンスと結婚する。彼女には二歳違いの兄オットーがいる。タイト・ストリート一六番地に新居を構える。

一八八五　長男シリルが生まれる。評論「シェイクスピアと舞台衣装」（一八九一年に『意向集』に収められた際に「仮面の真理」と改題）を『一九世紀』誌に発表する

一八八六　ロバート・ロス（一八六九―一九一八）と出会ったと言われる。次男ヴィヴィアンが生まれる。

一八八七　カッセル社の婦人雑誌『ウーマンズ・ワールド』を編集（一八八九年まで）する。『コート・アンド・ソサエティ・レビュー』誌と『ワールド』誌に、短編小説「カンタヴィルの幽霊」、「アー

サー・サヴィル卿の犯罪」、「アルロイ卿夫人」（後に「秘密のないスフィンクス」と改題）、「模範的な百万長者」の順に発表する。

一八八八 コンスタンスが『合理服協会新聞』を編集（一八八九年まで）する。『幸福な王子とその他の物語』を出版する。

一八八九 「ペン、鉛筆と毒薬」を『フォートナイトリー・レビュー』誌に、「虚言の衰退」を『一九世紀』誌に発表する。「幼い王女の誕生日」（後に「王女の誕生日」と改題）を『挿絵入りパリ』誌に発表する。「W・H氏の肖像画」を『ブラックウッヅ・マガジン』誌に発表する。

一八九〇 『ドリアン・グレイの肖像』を『リッピンコッツ・マンスリー・マガジン』誌に発表する。

一八九一 『パデュア公爵夫人』が『グイード・ファランティ』と題してニューヨークで上演され、二一回の公演で中止となる。「社会主義下の人間の魂」を『フォートナイトリー・レビュー』誌に発表する。改訂版の『ドリアン・グレイの肖像』を単行本として出版する。『意向集』を出版する。アルフレッド・ダグラス卿（一八七〇―一九四五）と出会ったと言われる。『アーサー・サヴィル卿の犯罪とその他の物語』を出版する。兄のウィリアムがフランク・レズリー夫人と結婚する。『柘榴の家』を出版する。

一八九二 『ウィンダミア卿夫人の扇』が上演される。サラ・ベルナール（一八四四―一九二三）主演の『サロメ』がリハーサル中に上演禁止となる。

一八九三 フランス語版の『サロメ』をパリとロンドンで同時出版する。『何でもない女』が上演される。兄のウィリアムがフランク・レズリー夫人と離婚する。

一八九四 兄のウィリアムがリリー・リーズと再婚する。ビアズリーの挿絵入りの英語版『サロメ』を出版する。詩『スフィンクス』を出版する。

一八九五　『理想の夫』、『真面目が肝心』が上演される。クイーンズベリー侯爵がワイルド所属のアルベマール・クラブを訪れ、「男色家を気取るオスカー・ワイルドへ」と記した名刺を置いて行く。それに憤慨したオスカーは、クイーンズベリー侯爵を名誉棄損で告発し、逆に彼自身が同性愛の罪で二年の実刑判決を受ける。ペントンヴィル、ウォンズワース監獄で刑に服する。妻のコンスタンスと子供二人がホランド姓を名乗る。破産宣告を受ける。レディング監獄に移る。

一八九六　母親のワイルド卿夫人（ジェーン）が死亡する。フランス語版の『サロメ』がパリで上演される。レディング監獄で『書簡――獄に繋がれて』（『獄中記』）の執筆に取り掛かる。

一八九七　ペントンヴィル監獄に移され、釈放される。出獄後、セバスチャン・メルモスと名乗り、ディエップに渡る。ルーアンでダグラスと再会し、ナポリで三ケ月ほど同棲生活を送る。

一八九八　『レディング監獄のバラッド』を出版する。妻のコンスタンスが脊髄の手術を受けて死亡する。

一八九九　兄のウィリアムが肝臓と心臓の病気で死亡する。

一九〇〇　右耳の手術を受ける。臨終の間際に、ロスの計らいでカトリックの秘蹟を受ける。化膿性中耳炎に付随する髄膜脳炎のためパリのオテル・ダルザスで死亡する。

初出一覧

本書に収録する際に、次のいずれの論考も大幅に加筆・修正している。

はじめに（オスカー・ワイルドの人生と作品について）

1　アイルランド時代（一八五四―七三）、2　オックスフォード大学時代（一八七四―八）
「書簡に見るオスカー・ワイルド（1）」［『追手門学院大学英語文化学会論集』第一八号所収、二〇〇九年三月、一五―二六頁］

3　ロンドンの独身時代とアメリカ講演旅行（一八七九―八三）
「書簡に見るオスカー・ワイルド（2）」［『追手門学院大学英語文化学会論集』第二三号所収、二〇一四年三月、三九―五五頁］

4　結婚と創作（一八八四―九〇）
「オスカー・ワイルドの恋愛と結婚」［『英国の世紀末文化とオスカー・ワイルド』所収、二〇一三年二月、八九―一〇四頁］（「オスカー・ワイルドの恋愛と結婚に関する伝記的考察」、『追手門学院大学英語文化学会論集』第三号所収、一九九四年三月、二九―四八頁）

5　風習喜劇の創作（一八九一―四）

「オスカー・ワイルドの演劇の特徴について」〔『オスカー・ワイルド研究』第一五号所収、二〇一六年一二月、一―一二頁〕

6　裁判、投獄と出獄後（一八九五―一九〇〇）
「一九世紀末英国のセンセーショナルな裁判と事件」〔『英国の世紀末文化とオスカー・ワイルド』所収、二〇一三年二月、三九―五一頁〕（「ヴィクトリア朝のセンセーショナルな裁判と事件」、『追手門学院大学英語文化学会論集』第一二号所収、二〇〇三年三月、七一―八六頁）

第1章（短編小説、物語、長編小説）

1　『アーサー・サヴィル卿の犯罪とその他の物語』について〔オスカー・ワイルドの短編小説について、『追手門学院大学国際教養学部紀要』第七号所収、二〇一四年一月、四五―五七頁〕

2　ワイルドの「模範的な百万長者」とドイルの「捩れた唇の男」について〔ドイルの「捻れた唇の男」とワイルドの「模範的な百万長者」について――乞食と慈善、『追手門学院大学英語文化学会論集』第九号所収、二〇〇〇年三月、三三―四三頁〕

3　『幸福な王子とその他の物語』と『柘榴の家』について〔ワイルドの童話に関する一考察――楽園幻想と鏡の世界、『大阪経済大学教養部紀要』第二号所収、一九八四年一二月、五九―七〇頁〕

4　「W・H氏の肖像画」について〔オスカー・ワイルドの「W・H氏の肖像画」について、『追手門学院大学国際教養学部紀要』第八号所収、二〇一五年一月、一三―二三頁〕

5　『ドリアン・グレイの肖像』について（1）〔『ドリアン・グレイの肖像』の一考察――小説の構成とそのモラルをめぐって、神戸外大大学院文学研究会 *Viewpoints* 第一号所収、一九八二年九月、三〇―四八頁〕

6　『ドリアン・グレイの肖像』について（2）〔頽廃期の小説『ドリアン・グレイの肖像』の一考察――鏡の心象とパストラル喪失をめぐって、日本文体論協会『文体論研究』第二八号所収、一九八一年一一月、

三五―五〇頁〕

第2章（劇作品）

1 『ヴェラ、あるいはニヒリストたち』について〔A Study of *Vera; or, The Nihilist*: A Political Play with a Revolutionary Heroine、『追手門学院大学英語文化学会論集』第一〇号所収、二〇〇一年一二月、四一―五六頁〕

2 『パデュア公爵夫人』について〔『パデュア公爵夫人』について、『追手門学院大学文学部紀要』第二四号所収、二〇一五年三月、二一―三〇頁〕

3 『ウィンダミア卿夫人の扇』について〔『ウィンダミア卿夫人の扇』の一考察――ヴィクトリア的状況と「善良な女」をめぐって、神戸外大大学院文学研究会 *Viewpoints* 第三号所収、一九八五年三月、一一―一九頁〕

4 『何でもない女』について〔『何でもない女』の一考察――「国際的状況」と「女性の劇」をめぐって、『追手門学院大学文学部紀要』第二四号所収、一九九〇年一二月、二二七―四六頁〕

5 『理想の夫』について〔『理想の夫』の一考察――色彩と服装をめぐって、『追手門学院大学文学部紀要』第二五号所収、一九九一年一二月、二一七―三五頁〕

6 『真面目が肝心』について〔『真面目が肝心』の一考察――「バンベリング」と「ファース的な喜劇」をめぐって、『追手門学院大学文学部紀要』第二八号所収、一九九三年一一月、二五三―七一頁〕

7 『サロメ』について〔『サロメ』の一考察――サロメ伝説とワイルドの独創性、『追手門学院大学文学部紀要』第三五号所収、一九九九年一二月、四七―六〇頁〕

第3章（詩作品）

1 『スフィンクス』について［『スフィンクス』の一考察――モチーフとセクシュアリティをめぐって、『追手門学院大学英文学会論集』第六号所収、一九九七年三月、一二九―四一頁］

2 『書簡――獄に繋がれて』と『レディング監獄のバラッド』について［オスカー・ワイルドの『書簡――獄に繋がれて』と『レディング監獄のバラッド』について、『追手門学院大学国際教養学部紀要』第九号所収、二〇一六年一月、四一―五一頁］

索　引

新谷　好

略　歴
1953 年　兵庫県生まれ
1977 年　神戸市外国語大学外国語学部英米学科卒業
1979 年　神戸市外国語大学大学院外国語学研究科英語学専攻修了
現　在　追手門学院大学国際教養学部国際教養学科教授
日本ワイルド協会理事

著　書
『隠された意匠』（共著、南雲堂、1996 年）
『オスカー・ワイルド事典』（分担項目執筆、北星堂書店、1997 年）
『英語文化の諸相』（共著、英宝社、1999 年）
『英国世紀末文化とオスカー・ワイルド』（英宝社、2013 年）

オスカー・ワイルドの文学作品

2018 年 2 月 15 日　印　刷　　2018 年 2 月 26 日　発　行

著　者 © 新　谷　好

発行者　佐　々　木　元

制作・発行所　株式会社　英　宝　社
〒101-0032 東京都千代田区岩本町 2-7-7
Tel〔03〕(5833) 5870　Fax〔03〕(5833) 5872

ISBN978-4-269-72149-4 C3098
［組版：株式会社マナ・コムレード／印刷・製本：モリモト印刷株式会社］